Stephanie Perkins
Rendezvous in Paris

cbj

DIE AUTORIN

Stephanie Perkins, geboren in North Carolina, ist in Arizona aufgewachsen und hat in San Francisco und Atlanta studiert. Sie hat schon immer mit Büchern gearbeitet – erst als Buchhändlerin, dann als Bibliothekarin und jetzt als Autorin. Sie liebt spannende Abenteuer, Mocca Latte, Märchen, laute Musik, Nachmittagsschläfchen und Küssen.

Weitere lieferbare Titel bei cbj:

Herzklopfen auf Französisch
(40220)
Schmetterlinge im Gepäck
(40214)

Stephanie Perkins

Rendezvous *in* Paris

Aus dem Englischen
von Stefanie Mierswa

cbj

cbj

Kinder- und Jugendbuchverlag
in der Verlagsgruppe Random House

MIX
Papier aus verantwortungsvollen Quellen
FSC® C014496
FSC www.fsc.org

Verlagsgruppe Random House FSC®-N001967
Das für dieses Buch verwendete
FSC®-zertifizierte Papier *Pamo House*
liefert Arctic Paper Mochenwangen GmbH.

2. Auflage
Deutsche Erstausgabe März 2015
Gesetzt nach den Regeln der Rechtschreibreform

Die Originalausgabe erschien 2014 unter dem Titel
»Isla and the Happily Ever After« bei Dutton Books,
a member of the Penguin Group (USA), Inc., New York

Dieses Werk wurde vermittelt durch die
Literarische Agentur Thomas Schlück GmbH,
30827 Garbsen.
Übersetzung: Stefanie Mierswa
Umschlagbild: Shutterstock (Nata Sdobnikova,
Nikonaft); Gettyimages (Photodisc)
Umschlaggestaltung: *zeichenpool, München
kg · Herstellung: ReD
Satz: KompetenzCenter, Mönchengladbach
Druck und Bindung: GGP Media GmbH, Pößneck
ISBN: 978-3-570-40260-3
Printed in Germany

www.cbj-verlag.de

Für Jarrod,
bester Freund & wahre Liebe

Kapitel eins

Es ist Mitternacht, es ist brütend heiß und ich stehe unter Schmerzmitteln, aber der Typ da vorne – genau da drüben –, das ist er.

Derjenige welcher.

Seine Haltung ist mir so vertraut wie ein wiederkehrender Traum. Die Schultern gerundet, der Kopf schräg nach rechts geneigt, die Nase dicht über dem Stiftende. Vertieft. Ein schmerzliches Glücksgefühl durchdringt mich. Er ist ganz nah, nur zwei Tische entfernt, und blickt in meine Richtung. Im Lokal ist es schwülwarm und die Luft ist von bittersüßem Kaffee erfüllt. Drei Jahre Sehnsucht rasen durch meinen Körper und sprudeln aus mir heraus:

»Josh!«

Er hebt ruckartig den Kopf. Eine Weile, eine sehr lange Weile, sieht er mich einfach nur regungslos an. Und dann … stutzt er. »Isla?«

»Du weißt meinen Namen. Und du sprichst ihn sogar richtig aus.« Die meisten Leute nennen mich Ihs-la, aber richtig heißt es Ei-la. Wie Eiland ohne nd. Ich verziehe den Mund zu einem Grinsen, lasse es aber sofort wieder sein. Autsch.

Josh blickt sich um, als suchte er jemanden, und legt dann vorsichtig seinen Stift beiseite. »Ähm, klar. Wir haben ja in zig Kursen nebeneinander gesessen.«

»In fünf haben wir nebeneinander gesessen, zwölf hatten wir insgesamt zusammen.«

Schweigen.

»Okaaay«, sagt er gedehnt. Wieder Schweigen. »Alles in Ordnung mit dir?«

Ein Typ, der wie ein junger Abraham Lincoln mit einem Piercing-Fetisch aussieht, wirft mir eine einseitige laminierte Speisekarte auf den Tisch.

Ich sehe sie gar nicht erst an. »Irgendwas Weiches, bitte.«

Abraham kratzt sich müde den Bart.

»Nur keine Tomatensuppe, Schokoladenpudding oder Himbeerapfelmus. Das hatte ich nämlich heute schon«, füge ich hinzu.

»Ach so.« Abrahams Miene hellt sich auf. »Du bist krank.«

»Nein.«

Sein Gesicht verfinstert sich wieder. »Dann halt nicht.« Er nimmt die Speisekarte vom Tisch. »Bist du gegen irgendwas allergisch? Muss es koscher sein? Bist du Vegetarierin?«

»Häh?«

»Ich sehe mal in der Küche nach.« Damit stolziert er davon.

Ich wende mich wieder Josh zu, der mich immer noch beobachtet. Er blickt auf sein Skizzenbuch hinunter, dann wieder auf, dann wieder hinunter. Als wäre er sich nicht sicher, ob unsere Unterhaltung schon beendet ist oder nicht. Ich schaue auch nach unten, denn mich beschleicht das immer beunruhigendere Gefühl, dass ich morgen vielleicht etwas bereue, wenn ich jetzt weiterrede.

Aber ... als könnte ich mich nicht dagegen wehren – und das kann ich tatsächlich nicht, wenn ich in seiner Nähe bin –, blicke ich auf. Das Blut pulsiert in meinen Adern, während ich ihn mit den Augen verschlinge. Seine lange, wohlgeformte Nase. Seine schlanken, selbstbewussten Arme. Seine blasse Haut ist durch die Sommersonne etwas dunkler geworden und sein schwarzes Tattoo lugt unter dem Ärmel seines T-Shirts hervor.

Joshua Wasserstein. Ich bin so verknallt in ihn, dass es kaum auszuhalten ist.

Er sieht auch wieder zu mir und ich laufe rot an. Dieses ewige Rotwerden. Der Fluch aller Rothaarigen. Ich bin froh, als Josh sich räuspert und etwas sagt. »Schon komisch, oder? Dass wir uns vorher noch nie über den Weg gelaufen sind.«

Ich steige sofort darauf ein. »Bist du oft hier?«

»Ach so.« Er spielt mit seinem Stift herum. »Ich meinte eigentlich in der Stadt. Ich wusste, dass du auf der Upper

West Side wohnst, aber ich hab dich noch nie in der Gegend gesehen.«

Mein Brustkorb schnürt sich zusammen. Ich wusste das von ihm, aber ich hatte keine Ahnung, dass *er* das auch von *mir* wusste. Wir gehen beide auf ein Internat für Amerikaner in Paris, aber die Ferien verbringen wir in Manhattan. Alle wissen, dass Josh hier wohnt, weil sein Vater für New York im Senat der Vereinigten Staaten sitzt. Aber es gibt keinen Grund, warum sich jemand merken sollte, dass ich auch hier wohne.

»Ich komme nicht oft raus«, platze ich hervor. »Aber ich hab einen Mordshunger und zu Hause gibt's nichts zu essen.« Und dann lasse ich mich irgendwie auf den freien Platz ihm gegenüber gleiten. Meine Kompass-Halskette klackert gegen die Tischplatte. »Mir wurden heute Morgen die Weisheitszähne rausgenommen, und ich bin ohne Ende voll mit Medikamente, aber mein Mund tut immer noch so weh, dass ich nichts Hartes essen kann.«

Josh lächelt zum ersten Mal.

Ich frohlocke innerlich und lächle so breit wie möglich zurück, auch wenn es wehtut. »Was ist?«

»Schmerzmittel. Jetzt verstehe ich.«

»Ach, Shit.« Ich ziehe ein Bein an und stoße mit der Kniescheibe an den Tisch. »Benehme ich mich so bescheuert?«

Er lacht überrascht auf. Ständig lacht irgendjemand, weil er nicht damit rechnet, dass ein so zierliches Wesen mit einer so leisen, lieblichen Stimme Wörter wie »Shit« sagt. »Ich hab nur gemerkt, dass irgendwas anders ist. Das ist auch schon alles.«

»Zu den Nebenwirkungen gehört eine grausame Kombination aus Erschöpfung und Schlaflosigkeit. Und genau deshalb bin ich hier.«

Josh lacht erneut. »Meine wurden mir letzten Sommer rausgenommen. Morgen geht's dir besser.«

»Versprochen?«

»Nicht ganz. Aber in ein paar Tagen auf jeden Fall.«

Wir hören auf zu lächeln und verfallen in nachdenkliches Schweigen. Bisher haben wir in der Schule nur selten miteinander gesprochen und noch nie außerhalb. Ich bin zu schüchtern und er ist zu distanziert. Außerdem hatte er ewig ein und dieselbe Freundin.

Hatte.

Sie haben sich letzten Monat getrennt, genau bevor sie ihren Abschluss gemacht hat. Josh und ich haben unser letztes Jahr noch vor uns. Und ich wünschte, es gäbe einen logischen Grund dafür, dass er plötzlich Interesse an mir zeigt, aber … den gibt es nicht. Seine Exfreundin war hartnäckig und direkt. Genau das Gegenteil von mir. Vielleicht bin ich deshalb so erschrocken, als ich plötzlich auf sein Skizzenbuch zeige und diesen vorübergehenden Zustand in die Länge ziehen will.

»Woran arbeitest du gerade?«, erkundige ich mich.

Er bewegt den Arm, um die offen liegende Zeichnung zu verdecken, die jemanden zeigt, der wie ein junger Abraham Lincoln aussieht. »Ich hab nur … ein bisschen rumgekritzelt.«

»Aha, unsere Bedienung.« Ich grinse. Autsch.

Er nimmt mit betretenem Gesicht den Arm weg, zuckt dann aber nur die Schultern. »Und das Pärchen da in der Ecke.«

Wir sind nicht allein hier?

Ich drehe mich um und entdecke ganz hinten einen Mann und eine Frau mittleren Alters, die zusammen in einem Stadtmagazin lesen. Sonst ist niemand da, also bin ich immerhin nicht völlig neben der Spur. Glaube ich jedenfalls. Ich drehe mich mit wachsendem Mut wieder zu Josh um.

»Darf ich das mal sehen?«

Ich habe ihn gefragt. Ich kann gar nicht glauben, dass ich ihn tatsächlich gefragt habe. Ich wollte immer schon mal einen Blick in seine Skizzenbücher werfen, mal eins in der Hand halten. Josh ist der talentierteste Künstler unserer Schule. Er benutzt verschiedene Ausdrucksformen, aber seine wahre Leidenschaft ist der Comic. Ich habe ihn mal sagen hören, er arbeite an einer Graphic Novel über sein Leben.

Eine Autobiografie. Ein Tagebuch. Welche Geheimnisse wohl darinstehen?

Ich begnüge mich mit Kritzeleien, die ich über seine Schulter hinweg sehe, mit Gemälden, die im Kunstraum trocknen, mit Skizzen, die an den Zimmertüren seiner Freunde hängen. Sein Stil ist recht eigenwillig. Melancholisch, schön und ganz individuell. Seine Linienführung ist sorgfältig. Man erkennt an ihr, dass er sehr aufmerksam ist. Man würde das von ihm nicht glauben, weil er häufig mit offenen Augen träumt, Kurse schwänzt und seine Hausaufgaben nicht macht, aber wenn ich seine Zeichnungen sehe, weiß ich, dass es stimmt.

Wenn er mich doch nur so ansehen würde wie das, was er malt. Dann würde er nämlich merken, dass ich noch etwas anderes als nur schüchtern bin, so wie ich erkenne, dass er nicht bloß ein Faulenzer ist.

Meine Wangen glühen wieder – zum Glück kann er meine Gedanken nicht lesen –, doch dann merke ich … er sieht mich tatsächlich aufmerksam an. Sollte ich lieber gehen? Seine Miene wirkt jetzt besorgt und ich mache ein finsteres Gesicht. Josh deutet mit dem Kopf auf den Tisch. Sein Skizzenbuch liegt bereits vor mir.

Ich muss lachen. Er lacht ebenfalls, aber es klingt leicht verwirrt.

Das Buch ist immer noch an der Stelle mit den unfertigen Zeichnungen aufgeschlagen. Ein freudiger Schauer durchrieselt mich. Auf einer Seite starrt Abraham gelangweilt den Rücken des Skizzenbuchs an. Selbst die Ringe in seiner Nase, seinen Augenbrauen und seinen Ohrläppchen sehen lustlos und verstimmt aus. Auf der Seite gegenüber hat Josh perfekt das leichte, konzentrierte Stirnrunzeln des Pärchens in der hinteren Ecke eingefangen.

Ich berühre ganz sanft eine unbemalte Ecke. Um mir selbst zu beweisen, dass dieser Moment auch wirklich passiert. Meine Stimme wird ehrfürchtig. »Die sind toll. Ist das ganze Buch voll mit solchen Porträts?«

Josh klappt das Skizzenbuch zu und zieht es zu sich zurück. Die Seiten sehen abgenutzt aus. Vorne drauf ist ein blauer Aufkleber, der wie Amerika geformt ist. Handschriftlich darüber geschrieben ist ein einzelnes Wort:

WILLKOMMEN

Ich weiß nicht, was das bedeuten soll, aber es gefällt mir.

»Danke.« Er lächelt mich noch mal an. »Eigentlich ist es für alles Mögliche gedacht, aber du hast recht. Es sind hauptsächlich Porträts drin.«

»Und darfst du das?«

Er runzelt die Stirn. »Was denn?«

»Ich meine, musst du die Leute nicht erst fragen?«

»Um sie zu malen?«, fragt er. Ich nicke und er spricht weiter. »Nö. Ich mache ja nichts Besonderes mit den Zeichnungen. Das hier ist nicht mal mein gutes Skizzenbuch. Siehst du? Ich kann die Seiten nicht rausreißen.«

»Machst du das oft? Fremde Leute malen?«

»Klar.« Er greift mit dem Zeigefinger nach seiner Kaffeetasse. In der Nähe des Nagels ist ein schwarzer Tintenklecks. »Um etwas gut zu können, muss man es üben.«

»Möchtest du an mir üben?«, frage ich.

Joshs Wangen färben sich dunkelrot, als Abraham zwei Gerichte auf den Tisch knallt. »Hühnerbrühe und Käsekuchen«, sagt Abraham zu mir. »Mehr war nicht da.«

»*Merci*«, antworte ich.

»*De nada.*« Abraham verdreht die Augen und geht wieder.

»Was ist bloß los mit dem Typ?«, frage ich und schaufle mir den Käsekuchen in den Mund. »O Mann, istdaslecker«, murmle ich mit vollem Mund. »MöchtestdueinStück?«

»Äh, nein, danke.« Josh macht einen verwirrten Eindruck. »Du siehst hungrig aus.«

Ich stürze mich gierig auf den Rest.

»Dann wohnst du ganz in der Nähe?«, erkundigt er sich nach einer Weile.

Ich schlucke. »Zwei Minuten von hier.«

»Ich auch. Zehn Minuten.«

Anscheinend mache ich ein überraschtes Gesicht, denn er fährt fort. »Ich weiß. Ist schon komisch, nicht?«

»Cool.« Ich schlürfe meine Brühe. »O Mann. Die schmeckt so was von gut.«

Er sieht mir noch einen Moment lang schweigend zu. »Hast du das eben … ernst gemeint? Du hättest nichts dagegen, wenn ich dich zeichne?«

»Nein, das wäre super.« *Duuuuuu bist super*. »Was soll ich machen?«

»Gar nichts. Mach einfach weiter mit dem, was du gerade machst.«

»O nein. Dann malst du ein Bild von mir, auf dem ich esse wie ein Pferd. Äh nein, ein Schwein. Ich meinte, wie ein Schwein. Meine ich ein Schwein oder ein Pferd?«

Josh schüttelt amüsiert den Kopf. Er öffnet das Skizzenbuch auf einer neuen Seite und blickt auf. Dann sieht er mich fest an. Ich bin sprachlos.

Haselnussbraun.

Das Wort setzt sich auf meine innere Liste der Fakten über Josh. Manchmal waren mir seine Augen grün vorgekommen, manchmal braun. Jetzt weiß ich, warum.

Haselnussbraun. Joshs Augen sind *haselnussbraun.*

Ich versinke in grünbraunem Nebel. Das Kratzen seines Stifts vermischt sich mit dem Kratzen eines alten Folksongs, der aus den Lautsprechern kommt. Ihre vereinigte Melodie beinhaltet Sehnsucht und Aufruhr, Qual und Liebe. Draußen brechen Gewitterwolken los. Regen und Wind stimmen mit ein und ich summe dazu. Mein Kopf stößt mit einem dumpfen Geräusch gegen ein Fenster.

Erschrocken setze ich mich auf. Meine Schale und mein Teller sind leer. »Wie lang bin ich schon hier?«

»Eine Weile.« Josh grinst. »Also diese Medikamente, die du da nimmst. Muss ziemlich gutes Zeug sein, was?«

Ich stöhne auf. »Sag mir jetzt bitte, dass mir keine Spucke aus dem Mund gelaufen ist.«

»Nein. Keine Spucke. Du siehst glücklich aus.«

»Ich *bin* glücklich«, bestätige ich. Denn ... das bin ich wirklich. Mein Blick trübt sich.

»Isla?«, flüstert Josh. *»Zeit zu gehen.«*

Ich nehme den Kopf vom Tisch hoch. Wie ist er da hingekommen?

»Kismet schließt.«

»Was ist Kismet?«

»Schicksal«, antwortet er.

»Was?«

»So heißt das Café.«

»Ach so. Okay.« Ich folge ihm nach draußen in die Nacht. Es regnet noch. Die Tropfen sind dick und warm. Ich bedecke meinen Kopf mit bloßen Händen und Josh steckt sich das Skizzenbuch unter das Shirt. Ich erhasche einen kurzen Blick auf seinen Bauch. »Zum Anbeißen.«

Er zuckt zusammen. »Was?«

»Hmm?«

Ein Lächeln umspielt seine Mundwinkel. Ich möchte sie küssen, einen Kuss auf jede Seite.

»Na schön, Mrs Schmerzmittel.« Er schüttelt den Kopf. »In welche Richtung?«

»In welche Richtung wohin?«

»Zu dir nach Hause.«

»Kommst du mit?« Ich bin entzückt.

»Ich bringe dich nach Hause. Es ist spät. Und es regnet.«

»Oh, das ist aber nett. Du bist nett.«

Die Ampellichter leuchten gelb auf den nassen Asphalt. Ich zeige Josh die Richtung und wir rennen über die Amsterdam Avenue. Es regnet stärker. »Da rüber!«, sage ich, und wir ducken uns unter ein Baugerüst an einem Häuserblock. Schwere Regentropfen prallen gegen das Aluminium und klingen wie ein Flipperautomat.

»Isla, warte!«

Aber es ist zu spät.

Normalerweise sind Baugerüste ein idealer Regenschutz, aber manchmal verlaufen die Stangen schräg und bilden einen Trichter, in dem sich Wasser sammelt, das einen pitschnass machen kann. Ich bin pitschnass. Die Haare kleben mir im Gesicht, das Sommerkleid klebt mir am Körper und Wasser gluckst zwischen meinen Sandalen und meinen Fußsohlen.

»Ha-ha.« Ich bin nicht sicher, ob das ein echtes Lachen ist.

»Alles okay?« Josh bückt sich unter das Gerüst, weicht dem Wasserfall aus und duckt sich neben mich.

Ich lache tatsächlich. Ich halte mir den Bauch. »Lachen … tut … am Mund weh. Am Mund und am Bauch. Und am Mund.«

Er lacht auch, aber es wirkt abgelenkt. Plötzlich blickt er betont zu meinem Gesicht hinauf, und mir wird klar, dass er vorher woanders hingesehen hat. Mein Grinsen wird breiter. *Dankeschön, du unanständiger Trichter.*

Josh entfernt sich ein Stück und scheint sich in seiner Haut unwohl zu fühlen. »Jetzt sind wir bald da, oder?«

Ich deute auf eine Reihe von Giebelhäusern auf der anderen Straßenseite. »Das zweite. Mit den kupfergrünen Fenstern und dem Ziegeldach.«

»Die habe ich schon mal skizziert.« Er macht große Augen und scheint beeindruckt. »Sie sind toll.«

Die Wohnung meiner Eltern liegt in einer Reihe flämisch aussehender Häuser aus dem späten neunzehnten Jahrhundert. Wir leben in einer der wenigen Gegenden, in denen sich die Anwohner Blumen auf die Veranda stellen können, ohne dass sie von Passanten kaputt gemacht werden.

»Maman gefallen sie auch. Sie mag hübsche Sachen. Sie ist Französin. Deshalb gehe ich auch auf unsere Schule.« Ich verstumme, als mich Josh zum Hauseingang mit den rosa Kletterrosen über der Tür führt. Zu Hause. Er nimmt seine Hand von meinem Kreuz, und ich begreife erst jetzt, dass sie überhaupt da gelegen hat.

»*Merci*«, sage ich.

»Gern geschehen.«

»Danke«, sage ich.

»*De rien*.«

Die Luft ist erfüllt vom Duft der regennassen Rosen. Ich taste mich unbeholfen ins Haus und er wartet wie eine Statue auf dem Gehweg. Sein dunkles Haar ist jetzt genauso nass wie meins. Ein Wasserrinnsal läuft an seiner Nase hinunter.

Mit einem Arm drückt er sich das Skizzenbuch unter seinem T-Shirt an die Brust.

»Danke«, sage ich noch einmal.

Er spricht lauter, damit ich seine Stimme durch die Glastür hören kann. »Ruh dich aus, Mrs Schmerzmittel. Träum schön.«

»Träum«, wiederhole ich. »Schön.«

Kapitel zwei

AchdumeineGüte was zum Teufel habe ich letzte Nacht gemacht?????????

Kapitel drei

Und ich kann mich an nichts mehr erinnern! Ich habe keinen Schimmer, was ich gesagt habe oder was *er* gesagt hat, und er muss mich nach Hause gebracht haben, weil er wusste, dass ich so auf Droge war, dass ich sonst von einem Taxi überfahren worden wäre.

Kurt Donald Cobain Bacon blickt weiter stur zur Decke. »Dann hat Josh also dein Essen bezahlt.«

Es dauert einen Moment, bis diese Aussage bei mir angekommen ist. Mein bester Freund und ich liegen nebeneinander auf meinem Bett. Meine Hand greift von selbst nach der Vorderseite seines Shirts und verdreht es zu einem festen Knoten.

»Lass das.« Seine Stimme klingt schroff wie so oft, aber nicht unhöflich.

Ich ziehe die Hand weg und fasse mir direkt ans geschwollene, pochende, sich schlimmer als gestern anfühlende Zahnfleisch. Und gebe ein ziemlich beängstigendes Stöhnen von mir.

»Du hast gesagt, er hat dich geweckt und dann seid ihr gegangen«, fasst Kurt zusammen. »Das bedeutet, er hat die Rechnung bezahlt.«

»Ich weiß. Ich weiß.« Trotzdem klettere ich vom Bett runter. Ich schnappe mir meine Handtasche, drehe sie um und schüttle sie hektisch.

»Du wirst keine finden«, sagt er.

Ein heiß geliebtes Taschenbuch über eine Bergsteigerkatastrophe auf dem Mount Everest fällt mit einem dumpfen Schlag auf meinen Läufer. Stifte, Lippenstifte und kleine Münzen prasseln heraus und kullern davon. Mein Portemonnaie. Eine leere Taschentücherpackung, eine Sonnenbrille, ein zerknitterter Flyer für einen neuen Bagelshop. Nichts. Ich schüttle fester. Immer noch nichts. Ich sehe in meinem Portemonnaie nach, obwohl ich genau weiß, was ich nicht finden werde: eine Quittung aus dem Lokal.

»Sag ich doch«, sagt Kurt.

»Ich muss mich dafür entschuldigen, dass ich so durchgeknallt war. Ich muss ihm das Geld geben.«

»Wem musst du Geld geben?«, will Hattie wissen.

Ich wirble herum und sehe meine kleine Schwester neugierig in der Tür stehen. Sie lehnt mit verschränkten Armen am Türrahmen und sieht trotzdem viel zu groß aus. Und das ist sie auch. Sie hat mich letztes Jahr nicht nur eingeholt, sondern überragt mich inzwischen um ein gutes Stück.

»Ich weiß, was du gestern Abend gemacht hast«, sagt sie. »Ich weiß, dass du dich rausgeschlichen hast.«

»Ich hab mich nicht rausgeschlichen. Ich bin nur ein paar Stunden rausgegangen.«

»Aber Maman und Dad wissen nichts davon.«

Ich gebe keine Antwort und Hattie grinst. Sie wirkt selbstzufrieden wie eine Stubenkatze. Natürlich wird sie nichts verraten. Eine so wertvolle Information wird sie für sich behalten, bis sie sie irgendwann gebrauchen kann. Hattie schnappt sich mein Portemonnaie vom Fußboden – wobei sie mich dabei durch ihren blöden Wachstumsschub überheblich von oben herab ansieht – und lässt es in meine Tasche fallen. Dann ist sie weg.

Ich werfe die Tasche an die Stelle, wo Hattie gestanden hat, und klettere wieder aufs Bett. Dann schlinge ich beide Arme um Kurts Arm. »Du musst mitkommen«, bitte ich ihn. »Zum Kismet. Heute Abend.«

Er zieht die Augenbrauen zum üblichen V zusammen. »Glaubst du, dass er dort Stammgast ist?«

»Vielleicht.« Keine Ahnung, wie ich darauf komme. Eigentlich wünsche ich es mir bloß. »Bitte, ich muss es ihm erklären.«

Ich spüre, wie er mit den Schultern zuckt. »Dann suche ich den ›richtigen Weg‹.«

Kurt ist ein Gewohnheitsmensch und weiß immer gern vorher, wo er hingeht. Er ist besessen davon, die beste Route an einen bestimmten Ort auszuarbeiten, auch wenn es um ein Lokal geht, das nur ein paar Minuten weit weg ist. Diese Routen nennt er »den richtigen Weg«. Der richtige Weg beinhaltet niemals öffentlichen Personennahverkehr, überfüllte Kreuzungen oder Straßen mit Geschäften im Stile von Abercrombie & Fitch, aus denen furchtbare Musik und/oder Parfümgestank strömt.

Die Kartografie fasziniert ihn, seit er sechs Jahre alt war und den *Times*-Weltatlas entdeckte, mit dem meine ältere Schwester gerade eine ihrer klebrigen Werkarbeiten beschwerte. Von da an ließ ihn das Buch nicht mehr los und er vertiefte sich jahrelang in die Seiten und lernte Namen, Formen und Entfernungen auswendig. Als wir noch klein waren, legten wir uns bei mir auf den Fußboden und malten unsere eigenen Karten. Kurt zeichnete ordentliche, detaillierte, maßstabsgetreue Karten unserer Gegend, während ich England-förmige Inseln mit altenglisch klingenden Namen entwarf. Sie hatten dichte Wälder, krakelige Flüsse und schneebedeckte Gipfel und waren umgeben von dreieckigen Haifischflossen und gebogenen Meerungeheuern. Es brachte Kurt auf die Palme, dass ich nichts Reales malen wollte.

Ich kenne ihn schon ewig. Unsere Mütter sind ebenfalls beste Freundinnen – und sie sind beide Französinnen in New York –, deshalb war er einfach … immer schon da. Wir sind bereits in Manhattan auf dieselben Schulen gegangen und jetzt besuchen wir dieselbe Highschool in Paris. Er ist dreizehn Monate jünger als ich, daher waren wir nur ein Jahr voneinander getrennt – als er in die achte Klasse ging und ich im ersten Jahr der Highschool war. Keiner von uns beiden denkt gern an dieses Jahr zurück.

Ich puste mir eine Strähne seines struppigen blonden Haares aus dem Gesicht. »Könnte es nicht sein …«

»Du musst den Satz schon zu Ende sprechen.«

»Es ist bloß … Josh und ich haben uns *unterhalten*. Ich erinnere mich, dass ich mich gut gefühlt habe. Könnte es nicht sein, dass das letzte Nacht nicht … irgendein peinliches Missgeschick war, sondern … eine Chance für mich?«

Kurt runzelt wieder die Stirn. »Chance worauf?«

Er ist nicht besonders gut darin, meine Gedanken zu Ende zu denken. Und obwohl er schon seit Langem weiß, was ich für Josh empfinde, zögere ich, es laut auszusprechen. Diese winzige aufflackernde Hoffnung. »Eine Beziehung. *Kismet*, weißt du?«

»Es gibt kein Schicksal.« Er verzieht abschätzig das Gesicht. »Hake letzte Nacht einfach als weiteres peinliches Missgeschick ab. Du hattest schon lange keins mehr«, fügt er hinzu.

»Fast ein Jahr nicht«, seufze ich. »Kommt ja genau pünktlich.«

Josh und ich hatten bisher jeweils ein bedeutsames Aufeinandertreffen pro Jahr. Bei keinem davon habe ich einen anziehenden Eindruck hinterlassen. Im ersten Jahr auf der

Highschool sah Josh mich in der Mensa Joann Sfar lesen. Er freute sich, jemanden gefunden zu haben, der sich auch für europäische Comics interessiert, und bombardierte mich mit einer Reihe von Fragen. Ich war aber viel zu überwältigt, um zu antworten, und glotzte ihn nur stumm an. Woraufhin er verwirrt dreinschaute und ging.

Im zweiten Jahr ließ uns unsere Englischlehrerin zu zweit einen Zeitungsartikel schreiben. Ich war so nervös, dass ich die ganze Zeit mit meinem Stift auf den Tisch klopfte. Bis er mir aus der Hand flog. Und sich in Joshs Stirn bohrte.

Im dritten Jahr erwischte ich ihn und seine Freundin beim Knutschen im Aufzug. Nicht in der Schule, sondern bei BHV, einem riesigen Kaufhaus. Ich stotterte ein unverständliches Hallo, ließ die Türen wieder zugehen und nahm die Treppe.

»Aber«, beharre ich, »jetzt habe ich doch einen *Grund*, mit ihm zu reden. Meinst du nicht, dass sich daraus vielleicht was ergeben könnte?«

»Seit wann verhalten sich die Menschen logisch?«

»Ach, komm.« Ich sehe Kurt mit unschuldigen Rehaugen an. »Können wir es uns nicht einfach vorstellen? Wenigstens einen Moment lang?«

»Ich wüsste nicht, wozu das gut sein soll.«

»Das war ein Witz«, erkläre ich, weil Kurt manchmal Erklärungen braucht.

Er macht ein finsteres Gesicht. »Notiert.«

»Ach, ich weiß ja auch nicht.« Ich kuschle mich an seine Seite. »Es gibt eigentlich keinen Grund dafür und ich kann es nicht erklären, aber … ich glaube, Josh wird heute Abend da sein. Ich glaube, wir werden ihn sehen.«

»Bevor du fragst« – drei Monate später platzt Kurt in mein neues Wohnheimzimmer in Paris und stößt dabei fast mit einem leeren Koffer zusammen – »nein. Ich hab ihn nicht gesehen.«

»Ich wollte gar nicht fragen.« Doch, wollte ich.

Mein letzter Funken Hoffnung erlischt. Im Laufe des Sommers war er immer kleiner geworden, bis er kaum noch zu sehen war. Nur noch eine Spur von Hoffnung. Denn Kurt hatte recht, Menschen verhalten sich nicht logisch. Oder vorhersehbar. Oder sogar zufriedenstellend. Josh war an jenem Tag danach nicht um Mitternacht da. Auch nicht in der Nacht darauf. Oder am folgenden Tag. Zwei Wochen lang habe ich rund um die Uhr im Kismet nachgesehen, und all meine Erinnerungen an Glück lösten sich in Nichts auf, als ich der Realität ins Auge sehen musste: Ich hörte keine Musik. Ich spürte keinen Regen. Nicht einmal Abraham bekam ich zu Gesicht.

Es war, als hätte es diese eine Nacht nie gegeben.

Ich suchte im Internet nach Josh. Seine E-Mail-Adresse stand im Schulhandbuch aus dem letzten Jahr. Doch als ich versuchte, ihm eine lässig-freundliche Erklärung/Entschuldigung zu schicken – ich brauchte *vier Stunden*, um diese E-Mail zu schreiben –, informierte mich der Server, dass der Account wegen Nichtbenutzung nicht mehr aktiv sei.

Dann versuchte ich es über die verschiedenen sozialen Netzwerke, kam aber nicht weit. Ich selbst habe nirgendwo einen Account, da mir dieses Social Networking immer wie ein Beliebtheits-Wettbewerb vorkommt. Ein öffentliches Zeugnis meiner eigenen Unzulänglichkeiten. Das Einzige, was ich immer wieder fand, war ein Schwarz-Weiß-Foto von Josh, wie er an der Seine steht und melancholisch auf irgendeinen Punkt in der Ferne starrt. Ich muss zugeben, ich kannte es schon. Dieses Bild steht schon seit Monaten im Internet. Aber ich fand es zu armselig, mich irgendwo anzumelden, nur um sein sogenannter »Freund« zu werden.

Also tat ich das, was ich eigentlich niemals tun wollte: Ich googelte seine Heimatadresse. Die Wogen meiner Scham waren vermutlich bis in andere Staaten zu spüren. Aber dieser letzte Schritt in Richtung Stalking führte mich schließlich zu der Information, die ich die ganze Zeit gesucht hatte. Auf der Website seines Vaters prangte ein Foto der Familie beim Verlassen eines Flughafengebäudes in Washington. Das Bild war zwei Tage nach dem Abend im Kismet aufgenommen worden und darunter stand, dass sie bis zum Herbst in der Hauptstadt bleiben würde. Der Senator sah erhaben und zufrieden aus. Rebecca Wasserstein winkte mit strahlendem Politikergattinnen-Lächeln in die Kamera.

Und das einzige Kind der beiden?

Es trabte mit gesenktem Kopf und seinem Skizzenbuch im Arm hinter ihnen her. Ich klickte auf das Bild, um es zu vergrößern, und mein Blick fiel auf einen blauen Aufkleber, der die Form von Amerika hat.

Ich bin da drin. Ich bin in diesem Skizzenbuch.

Seine Zeichnung habe ich nie zu Gesicht bekommen. Was hätte sie wohl über mich verraten? Über ihn? Ob er sie manchmal ansah? Den ganzen Sommer lang fragte ich mich das.

Kurt rüttelt am Griff meiner neuen Zimmertür und holt mich dadurch unsanft nach Frankreich zurück. »Der klemmt irgendwie. Du musst ihn reparieren lassen.«

»Je mehr sich Dinge verändern, desto mehr bleiben sie gleich«, sage ich.

Er runzelt die Stirn. »Das ergibt doch keinen Sinn. Die Tür, die du letztes Jahr hattest, war völlig in Ordnung.«

»Vergiss es.« Ich seufze. Drei Monate sind eine lange Zeit. Das Selbstbewusstsein, das ich hatte, um mit Josh zu sprechen, ist inzwischen wieder zu Schüchternheit und Angst zusammengeschrumpft. Selbst *wenn* Kurt ihn im Flur gesehen hätte, hätte ich sicher nicht mein Zimmer verlassen, um mit ihm zu reden.

Kurt drückt sich mit seinem ganzen Gewicht gegen meine Tür, lauscht auf das verräterische Klicken und lässt sich neben mich aufs Bett fallen. »Eigentlich sollen sich die Türen automatisch verriegeln. Ich sollte gar nicht so hereinkommen können.«

»Und trotzdem …«

»… tu ich es die ganze Zeit.« Er grinst.

»Aber schon komisch, oder?« Seit unserer Ankunft vor zwei Tagen schwingt in meiner Stimme eine gewisse Ehrfurcht mit. »Wessen Tür das vorher war?«

»Statistisch gesehen unwahrscheinlich. Aber nicht unmöglich.«

Ich bin schon mein ganzes Leben lang daran gewöhnt, Kurts wahnsinnig aufbauende Kommentare einfach auszublenden, daher stört mich seine Antwort nicht. Vor allem weil ich, Isla Martin, nach einem Sommer der Enttäuschungen und Rückschläge …

… ab sofort in Joshua Wassersteins letztem offiziellen Zuhause residiere.

Das hier waren seine Wände. Das war seine Zimmerdecke. Der dunkle Fettfleck auf der Sockelleiste, genau über der Steckdose? Geht wahrscheinlich auf sein Konto. Für den Rest des Schuljahres werde ich denselben Blick aus demselben Fenster auf dieselbe Straße haben. Ich werde auf seinem Stuhl sitzen, seine Dusche benutzen und in seinem Bett schlafen.

In seinem Bett.

Ich fahre mit dem Finger an den Nähten meiner Steppdecke entlang. Es ist eine gestickte Karte von Manhattan.

Wenn ich in Manhattan bin, schlafe ich unter einer gestickten Karte von Paris. Aber unter *dieser* Decke und unter *diesen* Laken gibt es einen heiligen Ort, der einmal Josh gehört hat. Er hat hier geträumt. Das muss doch etwas bedeuten. Jedenfalls wünschte ich mir, es wäre so.

Wieder fliegt meine Tür auf.

»Mein Zimmer ist größer als deins«, verkündet Hattie. »Das hier ist ja eine Gefängniszelle.«

O ja. Ich muss unbedingt die Tür reparieren lassen.

»Stimmt«, antwortet Kurt, denn die Zimmer in der Résidence Lambert sind tatsächlich so groß wie begehbare Schränke. »Aber wie viele Zimmergenossinnen hast du bekommen? Zwei oder drei?«

Meine Schwester ist im ersten Jahr an der SOAP, der School of America in Paris. In meinem ersten Jahr hier war unsere ältere Schwester, Gen, schon im Abschlussjahrgang. Jetzt bin ich im Abschlussjahr und Hattie ist neu hier. Sie ist im Wohnheim für die unteren Klassen ein Stück weit die Straße runter untergebracht. Die Schüler im Grivois-Wohnheim sind mit mehreren in einem Zimmer, werden ohne Ende überwacht und haben Ausgangssperren, an die sie sich halten müssen. Hier im Lambert haben wir jeder ein eigenes Zimmer, einen einzigen Wohnheimleiter und weitaus mehr Freiheiten.

Hattie wirft Kurt einen finsteren Blick zu. »Immerhin muss ich mich nicht vor meinen Zimmerkumpanen verstecken.«

Letztes Jahr – als ich schon hier im Lambert wohnte, Kurt aber noch im Grivois – hat er mehr in meinem als in seinem eigenen Bett geschlafen, weil er mit seinen Zimmergenossen nicht auskam. Aber mich störte das nicht. Wir haben schon in einem Bett geschlafen, bevor wir sprechen konnten. Außerdem sind Kurt und ich tatsächlich nur Freunde. Bei uns gibt es keinen Blödsinn nach dem Motto: Er ist mein bester Freund, aber insgeheim lieben wir uns oder so was. Eine Beziehung mit ihm würde mir wie Inzest vorkommen.

Hattie kneift die Augen zusammen. »In der Eingangshalle warten alle aufs Abendessen.« Sie meint sowohl seine als auch unsere Eltern. »Beeilt euch.« Damit knallt sie meine Tür zu. Die Tür fliegt wieder auf, aber Hattie ist schon weg.

Ich stehe schwerfällig auf. »Hätten meine Eltern sie doch nur auf ein Internat in Belgien geschickt. Da wird auch Französisch gesprochen.«

Kurt setzt sich auf. »Das soll ein Witz sein, oder?«

Soll es. Meinen Eltern ist es wichtig, dass meine Schwestern und ich einen Teil unserer Ausbildung in Frankreich erhalten. Wir haben die doppelte Staatsbürgerschaft. Wir alle sind zuerst in den USA zur Schule gegangen und absolvieren hier in Frankreich die Highschool. Wo wir danach hingehen, dürfen wir selbst entscheiden. Gen hat sich das Smith College in Massachusetts ausgesucht. Ich weiß noch nicht genau, wo ich später leben möchte, aber bald werde ich mich sowohl um einen Studienplatz an der Sorbonne hier in Paris als auch um einen an der Columbia in New York bemühen.

Kurt setzt sich die Kapuze seines dunkelgrauen Lieblingssweatshirts auf, obwohl es draußen warm ist. Ich schnappe mir meinen Zimmerschlüssel und wir gehen. Kurt braucht beide Hände, um meine Tür zuzuziehen. »Du musst wirklich mit Nate darüber sprechen.« Er deutet mit dem Kinn in Richtung der Wohnung unseres Wohnheimleiters, nur zwei Türen weiter.

Zugegeben, Joshs früheres Zimmer hat Nachteile. Es liegt außerdem im Erdgeschoss, deshalb ist es immer laut. Sogar superlaut, weil es auch noch direkt neben dem Treppenhaus liegt.

»Da ist er«, sagt Kurt.

Ich gehe davon aus, dass er Nate meint, folge aber seinem Blick und bleibe zögernd stehen.

Er ist es.

Josh wartet in der Eingangshalle auf den Aufzug. In weniger als einer Sekunde löst sich ein ganzer Sommer des Träumens, Planens und Probens mit einem Schlag in Nichts auf. Ich muss die Augen zumachen, um nicht umzukippen. Mir ist schwindelig. Es tut mir faktisch weh, ihn anzusehen. »Ich kann nicht atmen.«

»Natürlich kannst du das«, entgegnet Kurt. »Du atmest doch gerade.«

Josh sieht allein aus.

Ich meine, er ist allein, aber … er sieht allein *aus*. Er hält einen Stoffbeutel mit Lebensmitteln in der Hand, starrt auf die Aufzugtür und wirkt völlig losgelöst von der Menge hinter ihm. Kurt zieht mich in Richtung Eingangshalle. Der Aufzug macht Bing!, die Tür geht auf und Josh schiebt das altmodische Gitter zur Seite. Hinter ihm drängen sich Schüler und Eltern hinein – viel zu viele Leute für einen so kleinen Raum –, und als wir vorbeigehen, zuckt Josh zusammen, weil er in eine Ecke gezwängt wird. Das Zucken dauert nur einen winzigen Moment, dann zeigt sich auf seinem Gesicht wieder Gleichgültigkeit.

Die Menge rempelt und drückt Knöpfe, und einer der Väter zieht mit Gewalt das Gitter zu, aber da passiert etwas Merkwürdiges. Josh blickt über das Meer aus Fahrgästen durch das Metallgitter hindurch. Und auf einmal sehen seine ausdruckslosen Augen etwas. Mich.

Die Aufzugtür schließt sich.

Kapitel vier

Die Direktorin beendet gerade ihre übliche Rede, die sie immer am ersten Tag nach dem Frühstück hält, um uns alle wieder in der Schule willkommen zu heißen. Kurt und ich stehen ganz hinten im Hof, zurückgezogen zwischen zwei Bäumen, die wie riesige Lutscher geschnitten sind. Ein leichter Eisengeruch liegt in der Luft. Vor uns ragt die Schule auf, ein graues Gemäuer mit Kaskaden von Kletterpflanzen und schweren Türen. Davor stehen unsere Mitschüler.

Es gibt hier fünfundzwanzig Schüler pro Jahrgang – also alles in allem einhundert – und es ist schwierig, angenommen zu werden. Man muss hervorragende Noten, ausgezeichnete Prüfungsergebnisse und mehrere Empfehlungsschreiben haben. Gute Beziehungen sind ebenfalls von Vorteil. Gen hat einen Platz bekommen, weil Maman jemanden in der Verwaltung kannte, ich bekam einen wegen Gen und Hattie bekam einen meinetwegen. So eine Cliquenwirtschaft ist das hier.

Außerdem ist es teuer. Man muss aus einer reichen Familie kommen, um aufgenommen zu werden.

Als mein Vater gerade mal neunzehn Jahre alt war, baute er ein Overdrivepedal für einen Gitarristen namens Cherry Bomb. Es war rot und revolutionär und machte den Sohn eines Farmers aus Nebraska zu einem wohlhabenden Mann. Das Ding gehört zu den meistkopierten Pedalen überhaupt, aber Musiker zahlen immer noch Höchstpreise für das Original. Der Firmenname ist Martintone, und obwohl er noch heute an solchen Pedalen herumbastelt, arbeitet er seither hauptsächlich als Studiotechniker.

»Eine letzte Sache möchte ich noch bekanntgeben.« Die Stimme unserer Schulleiterin ist ebenso fest wie ihr schneeweißer Dutt. Sie ist Amerikanerin, könnte aber locker auch als Französin durchgehen.

Kurt betrachtet eine Karte auf seinem Handy. »Ich habe eine bessere Route zum Baumhaus gefunden.«

»Was? Nach so langer Zeit?« Ich suche den Hof mit den Augen nach Josh ab. Entweder hat er verschlafen oder er schwänzt schon wieder. Ich habe mir genau überlegt, was ich heute anziehe, da ich ihn zum ersten Mal seit Monaten ganz sicher sehen werde. Mein Stil ist eher feminin und heute trage ich ein Kleid mit winzigen Tupfen drauf. Es hat einen tiefen, runden Ausschnitt und einen kurzen Saum. Beides lässt mich größer wirken, aber ich habe zusätzlich ein Paar trendige Pariser High Heels angezogen, damit ich nicht zu unschuldig oder gewöhnlich aussehe. Ich kann mir nicht vorstellen, dass sich Josh in jemand Gewöhnliches verknallen würde.

Nicht dass er sich jemals in mich verknallen würde.

Aber ich will mir meine Chance nicht verderben.

Auch wenn ich keine habe.

Aber für den Fall, dass doch.

Auch wenn es nicht so ist.

»... aber er soll es euch mit seinen eigenen Worten erklären«, beendet die Direktorin einen Satz, dessen Anfang ich nicht mitbekommen habe. Sie rückt zur Seite und ein kleiner Mann mit rasiertem Kopf tritt vor. Es ist Nate, unser Wohnheimleiter. Er ist jetzt im dritten Jahr hier. Nate ist auch Amerikaner, aber er ist jung, macht gerade seinen Doktor und ist dafür bekannt, recht locker mit den Regeln umzugehen, dabei aber streng genug zu sein, um uns im Griff zu haben. Er ist die Art Mensch, die irgendwie jeder mag.

»Hey, Leute.« Nate tritt von einem Fuß auf den anderen, als fühlte er sich in seiner Haut nicht ganz wohl. »Das Kollegium hat davon Kenntnis erlangt ...« Er sieht kurz zur Direktorin hinüber und fängt noch mal von vorn an. »*Ich* habe davon Kenntnis erlangt, dass die Situation im Wohnheim Lambert letztes Jahr ein wenig außer Kontrolle geraten ist. Natürlich rede ich von der Gepflogenheit, dass sich Schüler des jeweils anderen Geschlechts in euren Zimmern aufhalten. Wie ihr wisst, herrscht bei uns die strenge Regel ...«

Die Schüler kichern.

»... die strenge Regel, dass sich Männlein und Weiblein nur bei geöffneten Türen gegenseitig besuchen dürfen.«

»Isla.« Kurt wirkt verärgert. »Du guckst ja gar nicht auf mein Handy.«

Ich schüttle den Kopf und stupse ihn an, damit er nach vorn sieht. Das verheißt nichts Gutes.

»Dieses Jahr wird Einiges anders laufen bei den oberen Jahrgängen. Um euch an die Regeln zu erinnern …« Nate streicht sich über den Kopf und wartet, dass das Getuschel aufhört. »Erstens: Wenn sich ein Besucher des anderen Geschlechts in eurem Zimmer aufhält, muss die Tür offen stehen. Zweitens: Besucher des anderen Geschlechts müssen bei Einbruch der Dunkelheit aus euren Zimmern verschwunden sein. Die entsprechenden Zeiten an Werktagen und an Wochenenden stehen in eurem offiziellen Schulhandbuch. Und das bedeutet drittens: Niemand *übernachtet* bei euch. Haben wir uns verstanden? Das Missachten dieser Regeln hat weitreichende Konsequenzen. Nachsitzen. Vorübergehender Ausschluss. Verweisung von der Schule.«

»Was denn, willst du etwa ohne Ankündigung die Zimmer kontrollieren?«, brüllt ein Junge aus dem Abschlussjahrgang namens Mike.

»Ja«, antwortet Nate.

»Das ist verfassungswidrig!«, brüllt Mikes Kumpel Dave.

»Na, dann ist es ja gut, dass wir in Frankreich sind.« Nate stellt sich wieder in die Reihen des versammelten Kollegiums und steckt sich die Hände in die Taschen. Man sieht ihm an, dass ihn diese neue Unannehmlichkeit in seinem Leben nervt. Die Menge zerstreut sich ebenso plötzlich, wie Nates Ankündigung über sie hereingebrochen ist, und alle machen sich schimpfend auf den Weg zur ersten Unterrichtsstunde.

»Vielleicht gilt das nicht für uns«, sage ich, um mich selbst zu überzeugen. »Nate weiß doch, dass wir bloß Freunde sind. Und sollte es nicht Ausnahmen für Freunde geben, die überhaupt nicht körperlich am anderen interessiert sind?«

Kurt presst die Lippen zusammen. »Von Ausnahmen hat er nichts gesagt.«

Da wir in unterschiedlichen Jahrgängen sind, sehen wir uns während der Schulzeit nur zum Mittagessen. Ich gehe also allein zum Englischkurs und setze mich auf meinen üblichen Platz neben den Bleiglasfenstern. Das Klassenzimmer sieht aus wie immer – dunkle Holzausstattung, leere Whiteboards, Stühle, die an den Tischen befestigt sind –, vermittelt aber immer noch den Eindruck sommerlicher Leere.

Wo ist Josh?

Professeur Cole erscheint wie immer exakt beim Läuten der Schulglocke. Die *professeurs* in den Fächern bleiben in jedem Jahr gleich. Für eine Lehrerin ist Professeur Cole laut, freundlich und umgänglich. »*Bonjour à tous.*« Sie stellt schwungvoll ihre Kaffeetasse auf dem Pult ab und blickt sich um. »Gut. Keine neuen Gesichter, nicht nötig, mich vorzustellen. Ah, *pardon.*« Sie hält inne. »Ein leerer Tisch. Wer fehlt denn da?«

Die Tür öffnet sich knarrend und liefert ihr die Antwort.

»Monsieur Wasserstein. Natürlich gehört der leere Tisch Ihnen.« Aber sie zwinkert ihm zu, als er hinter den letzten freien Tisch an der Tür schlüpft.

Josh sieht müde aus, aber … selbst das steht ihm gut. Er trägt ein dunkelblaues T-Shirt mit einem Aufdruck, den ich nicht erkenne, mit Sicherheit irgendwas Obskures aus der Welt der Indie Comics. Es passt ihm gut – ein bisschen eng vielleicht –, und als er nach einem Exemplar des Unterrichtsplans greift, rutscht sein Ärmel hoch und das Tattoo auf seinem rechten Oberarm kommt zum Vorschein.

Ich *liebe* dieses Tattoo.

Es ist ein Totenkopf mit gekreuzten Knochen, aber er ist irgendwie skurril und schlicht und klar. Offensichtlich hat er ihn selbst entworfen. Er hat ihn sich in unserem zweiten Jahr machen lassen, obwohl Minderjährige in Frankreich dafür die Zustimmung der Eltern brauchen. Die er hundertprozentig nicht hatte. Und ich schäme mich, das zuzugeben, aber das macht es irgendwie noch sexyer. Das Herz pocht mir fieberhaft in den Ohren. Ich sehe mich flüchtig um, aber die anderen Mädchen scheinen ganz entspannt zu sein. Warum hat er auf sie nicht die gleiche Wirkung wie auf mich? Sehen sie ihn denn nicht?

Professeur Cole bittet uns, die Tische in einen Kreis zu schieben. Sie ist die einzige Lehrerin hier, die uns zwingt, uns im Unterricht gegenseitig anzusehen. Ich setze mich wieder und – plötzlich – steht Joshs Tisch meinem genau gegenüber.

Schnell senke ich den Kopf. Meine Haare verdecken mein Gesicht. Niemals werde ich mit ihm über die Nacht in New York sprechen können.

Nach ungefähr der Hälfte der Stunde stellt der Typ neben ihm eine Frage. Die Versuchung ist zu groß, also nutze ich die Gelegenheit und linse verstohlen zu ihm hinüber. Sofort sieht Josh auf. Unsere Blicke begegnen sich und meine Wangen färben sich dunkelrot. Den Rest der Stunde wende ich den Blick ab, aber seine Nähe wird immer intensiver. Ich spüre förmlich, wie sie sich an mich drückt.

Obwohl wir bisher den gleichen Stundenplan haben – Englisch, Mathe, Politik –, gelingt es mir, ihm für den Rest des Morgens aus dem Weg zu gehen. Was dadurch vereinfacht wird, dass er sehr geschickt jeweils nach Ende eines Kurses verschwindet und zum nächsten zu spät kommt. Auch wenn der nächste Kurs genau gegenüber auf der anderen Seite des Flurs stattfindet. Als die Glocke zum Mittagessen läutet, bin ich froh, dass Kurt wieder bei mir ist. Wir benutzen die Hintertreppe, wo weniger los ist. Das ist der »richtige Weg«.

»Hast du mit ihm gesprochen?«, will er wissen.

Mein Seufzen ist lang und unglücklich. »Nein.«

»Ja, das sieht dir ähnlich.«

Kurt fängt an, etwas über eine Highschool-Anfängerin in seinem Computerprogrammierkurs zu erzählen, die groß und gut drauf ist und bereits mehrere Internetsprachen beherrscht – genau sein Typ –, aber ich höre nur halb zu. Ich weiß, dass das blöd ist. Ich weiß, dass es wichtigere Dinge gibt, an die man am ersten Tag im neuen Schuljahr denken sollte, unter anderem das, was der beste Freund gerade sagt. Aber ich mag Josh so sehr, dass ich mich ganz elend fühle.

Er ist noch nicht in der Mensa aufgetaucht und wird es vermutlich auch nicht mehr, denn ich habe vorhin gesehen, wie er sich in entgegengesetzter Richtung durch die Menge schlängelte. Seine Freunde haben letztes Jahr ihren Abschluss gemacht. Alle. Wäre ich mutig genug, würde ich ihn einladen, sich an unseren Tisch zu setzen, aber seine Freunde waren viel cooler als wir.

Außerdem ist Josh unnahbar. Unantastbar. Wir sind es nicht.

Wie um das zu beweisen, rammt Mike Reynard – der Typ aus dem Abschlussjahr, der während Nates Rede als Erster losgebrüllt hat – Kurt sein Tablett in den Rücken. Der Inhalt einer ganzen Schale Zwiebelsuppe ergießt sich über die Rückseite seines Kapuzenpullis.

Mike setzt ein angewidertes Gesicht auf. »Pass doch auf, du Idiot.«

Kurt starrt vor Schreck einfach geradeaus. Eine mit geschmolzenem Käse bedeckte Baguettescheibe fällt von seinem Rücken auf den Boden. Eine matschige Zwiebel fliegt lautlos hinterher.

Meine Wangen röten sich. »Blödmann.«

»Sorry, ich hab dich nicht verstanden«, sagt Mike. Natürlich hat er das. Er will sich bloß über meine leise Stimme lustig machen.

Ich spreche lauter, damit er mich hören kann. »Ich hab gesagt, du bist ein Arschloch.«

Er grinst und entblößt dabei seine unnatürlich spitzen, kieferorthopädisch behandelten Zähne. »Und? Was willst du dagegen tun, Schätzchen?«

Ich umfasse den Kompass am Ende meiner Halskette. Nichts. Nichts werde ich tun und das weiß er. Kurt steckt die Hände in die Taschen seines Kapuzenpullis, die zu zittern beginnen. Ich weiß, dass ihm die Hände flattern. Er gibt einen leisen Ton von sich. Ich hake mich bei ihm ein und führe ihn weg, ohne unsere Essenstabletts. Und tue so, als würde ich Mikes und Daves Grimassen nicht sehen und ihr albernes Gelächter nicht hören.

Draußen im stillen Flur rast Kurt zur Herrentoilette. Ich setze mich auf eine Bank und lausche dem Ticken einer vergoldeten Uhr. Zähle die birnenförmigen Kristalle an den Kronleuchtern. Klopfe mit den Fersen auf dem Marmorboden. Unsere Schule ist so vornehm und prunkvoll wie nur irgendwas in Paris, aber ich wünschte, es liefen nicht so viele hinterhältige, arrogante Arschlöcher darin herum. Ich weiß, ich bin genauso privilegiert wie sie, aber … es fühlt sich anders an, wenn man am unteren Ende der sozialen Gemeinschaft lebt.

Kurt kommt zurück. Seinen Kapuzenpulli hält er zusammengeknüllt in den Händen. Er ist nass vom vielen Reiben.

»Alles in Ordnung?«, erkundige ich mich.

Er ist ganz ruhig, doch sein Stirnrunzeln verrät seine Aufregung. »Jetzt kann ich ihn erst wieder anziehen, wenn er gewaschen ist.«

»Keine Sorge.« Ich helfe ihm, den Pulli in seinen Rucksack zu stopfen. »Machen wir gleich nach der Schule.«

Die Essensschlange hat sich aufgelöst. »Isch 'abe mir schon gedacht, dass ihr zurückkommt.« Der stets gut gelaunte, dickbäuchige Küchenchef holt unsere Tabletts hinter der Theke hervor und schiebt sie zu uns herüber. »Lauchkuchen für Mademoiselle, *un croque-monsieur* für Monsieur.«

Ich bin ihm dankbar für seine nette Geste. »*Merci*, Monsieur Boutin.«

»Der Junge taugt nichts.« Er meint Mike. »Macht eusch seinetwegen keine Gedanken.«

Seine Anteilnahme ist mir peinlich und beruhigt mich zugleich. Er zieht unsere Essenskarten durch und dann setzen Kurt und ich uns an unseren üblichen Tisch in der hinteren Ecke. Ich sehe mich flüchtig um. Wie ich mir schon gedacht habe, ist Josh nicht da, was sicher ganz gut ist. Aber Hattie ist auch nicht da. Was weniger gut ist.

Heute Morgen habe ich gesehen, wie sie *un millefeuille* gegessen hat, und – obwohl ich es ihr nicht verübeln kann, den Tag mit einem Dessert beginnen zu wollen – ich habe versucht, sie davon abzuhalten. Ich dachte, die Blätterteigschnitte könnte vielleicht mit geriebenen Mandeln bestreut sein – Hattie reagiert allergisch auf Nüsse. Aber meine Schwester tut grundsätzlich das Gegenteil von dem, was man von ihr will, auch wenn es völlig idiotisch und möglicherweise sogar lebensbedrohlich ist. Offiziell dürfen wir unsere Handys in der Schule nicht benutzen, deshalb schreibe ich ihr eine heimliche SMS: LEBST DU NOCH?

Keine Antwort.

Und der Tag wird noch schlimmer. In Physik stellt Professeur Wakefield die Paare für die Laborarbeit nach Alphabet zusammen. Ich bekomme Emily Middlestone als Partner. Sie stöhnt auf, als sie es hört, weil sie beliebt ist und ich bin es nicht. Sophie Vernet darf mit Josh zusammenarbeiten.

Ich hasse Sophie Vernet.

Eigentlich habe ich nie einen Gedanken an Sophie Vernet verschwendet und sie scheint ganz nett zu sein, aber genau darin liegt das Problem.

Meine letzten beiden Kurse sind Wahlfächer. Ich würde gern behaupten, dass ich Kunstgeschichte zu meinem eigenen Nutzen belege – und nicht deshalb, damit ich rein theoretisch mehr Gesprächsthemen mit Josh habe –, aber das wäre gelogen. Außerdem habe ich Computerwissenschaft, weil sich das in meinem Studienbuch besser macht als La Vie, den Kurs, den ich liebend gern genommen hätte. La Vie bedeutet »Das Leben« und soll uns lebenspraktische Fähigkeiten vermitteln, ist aber besser bekannt als der einzige Schnarchkurs der Schule. Ich habe keinerlei Zweifel, dass Josh genau dort zu finden ist.

Professeur Fontaine, die Lehrerin für Computerwissenschaft, bleibt an meinem Tisch stehen, als sie die allererste Hausaufgabe austeilt. Sie hat ein spitzes Kinn und eine riesige Stirn, weshalb sie wie ein Dreieck aussieht. »Ich habe heute Morgen deine Schwester getroffen.«

Ich wusste nicht mal, dass Professeur Fontaine mich überhaupt kennt. Diese Schule ist echt zu klein. Ich bemühe mich, entspannt zu klingen. »Ach, ja?« Falls es sich bei der fraglichen Schwester um Hattie handelt, folgt auf diese Aussage meistens etwas Unangenehmes.

»Sie war im Krankenzimmer. Ziemlich krank.«

Hattie! Ich hab es dir doch gesagt.

Professeur Fontaine versichert mir, dass meine Schwester nicht im Sterben liegt, lässt mich aber nicht selbst nach ihr sehen. Als die Glocke zum Schulende läutet, simse ich Kurt ein schnelles »Sehen uns später«, eile zum Verwaltungsflügel, dränge durch die Holztür mit den extravaganten Schnitzereien und …

Mir bleibt das Herz stehen.

Josh hängt auf der Couch im Wartezimmer. Er hat die Beine so lang und tief ausgestreckt, dass sie unter dem Couchtisch verschwinden. Seine Arme sind verschränkt, aber als er mich sieht, zieht er die Augenbrauen hoch – vielleicht unfreiwillig, da er ansonsten mit solch offensichtlichem Verdruss dasitzt.

Als Reaktion darauf laufe ich wieder einmal dunkelrot an. Warum kann ich kein normales Gesicht haben? Die Gene sind so ungerecht. Schnell gehe ich zur Theke und frage die Frau am Empfang auf Französisch nach Hattie. Sie winkt mich zur Couch hinüber, ohne aufzublicken. An ihrem Handgelenk klingelt leise ein Armband mit einem Anhänger, auf dem ein Monogramm zu sehen ist.

Ich kann mich nicht rühren. Mein Magen hat sich verknotet.

»Warte da drüben«, sagt sie, als hätte ich ihre Geste nicht verstanden. Wieder winkt sie und wieder klingelt es.

Bewegt euch, Füße. Los. Bewegt euch!

Schließlich sieht sie mich an und wirkt dabei eher verärgert als besorgt. Meine Füße lösen sich vom Boden, und wie eine Aufziehpuppe setze ich einen vor den anderen, bis ich am anderen Ende der Couch sitze. Der schmalen Couch. Eigentlich ist es nur ein Zweisitzer.

Josh fläzt sich nicht mehr, sondern hat sich aufgesetzt, während ich ihm den Rücken zugewandt habe. Jetzt stützt er die Ellbogen auf die Knie und beugt sich vor. Den Blick richtet er starr geradeaus auf das Ölgemälde einer Johanna von Orléans mit Heiligenschein.

In dieser Situation ist es wohl kaum noch möglich, ihm aus dem Weg zu gehen oder so zu tun, als wäre er gar nicht da.

Ich suche nach einem guten Anfang – etwas Grundlegendem –, aber meine Kehle bleibt belegt und verschlossen. Sein Schweigen bestätigt meine Befürchtungen. Dass mein Auftreten im Kismet eine ziemliche Katastrophe war, dass er mir nur aus Mitleid geholfen hat und überhaupt, dass er von sich aus nie mit mir in Kontakt treten würde und mich niemals wieder …

Josh räuspert sich.

Das scheint mir ein gutes Zeichen zu sein. *Gut.* »Hattest du einen guten ersten Tag?«, erkundige ich mich.

Ein merkwürdiger Ausdruck huscht über sein Gesicht. War das eine blöde Frage? Klinge ich dadurch wie seine Mutter? Hattie wirft mir ständig vor, ich würde wie Maman klingen.

»Hatte schon bessere.« Er deutet mit dem Kopf auf die Bürotür der Schulleiterin.

»Oh.« Erst jetzt kapiere ich es. »Ach so. Tut mir leid. Ich bin wegen der Krankenschwester hier, deshalb dachte ich …«

»Ist schon okay.« Und er sagt es so, als wäre es das.

Warum er wohl herbestellt wurde? Weil er ihre Ansprache zum neuen Schuljahr geschwänzt hat? Weil er zu spät zum Unterricht erschienen ist? Es kommt mir ziemlich hart vor, ihn an unserem allerersten Tag für solche Dinge zu bestrafen. Und, super, jetzt haben wir die letzten zwanzig Sekunden geschwiegen.

Sag's ihm. Sag's ihm. Nun sag es ihm schon!

»Hör mal«, platze ich heraus. »Das im Juni ist mir echt peinlich. Ich hatte einen Haufen Medikamente intus und weiß nicht mehr viel von diesem Abend, aber ich bin ziemlich sicher, dass du mein Essen bezahlt hast, also würde ich dir das Geld gern zurückgeben. Und es tut mir leid. Dass ich so komisch drauf war. Und danke, dass du mich nach Hause gebracht hast. Und dass du für mich bezahlt hast.«

Er wartet, bis ich fertig bin. »Ist schon okay«, sagt er wieder.

Und ich komme mir blöd vor.

Aber Josh runzelt die Stirn, als käme er sich ebenfalls blöd vor. Er kratzt sich am Kopf und schafft es dabei irgendwie, sich das kurz geschnittene Haar zu zerzausen. »Ich meine … mach dir deswegen keine Gedanken. Es gibt nichts, was dir peinlich sein müsste. Und du brauchst mir kein Geld zu geben, es war nicht teuer.«

Das ist der richtige Moment. Hier und jetzt. Der Moment, um ihm eine Hand auf den Arm zu legen, sich zu ihm hinüberzubeugen und zu sagen, dass ich ihn dann wenigstens auch zum Essen einladen könne. Stattdessen denke ich es nur.

»Alles okay mit dir?«, fragt Josh. Und dann ändert sich sein Gesichtsausdruck wieder.

Es wird mir erst einen Augenblick später klar, aber er hat jetzt zum dritten Mal *okay* gesagt. Seine Verlegenheit gibt mir einen Zuversichtsschub. »Was meinst du?«, frage ich zurück.

»Du wolltest doch zur Krankenschwester.«

»Ach so, nein, nicht meinetwegen. Ich will nach meiner Schwester sehen. Sie ist krank.«

Er sieht verwirrt aus. »Geneviève?«

Ich bin platt. Er erinnert sich an Gen und sogar noch daran, dass wir verwandt sind. Er weiß etwas über mich. Ich schüttle den Kopf. »Meine kleine Schwester, Hattie. Sie hat heute ihren ersten Tag.«

Er verzieht das Gesicht. »Das passt besser.«

Ich kann förmlich sehen, wie sich Josh das Gehirn zermartert. Dieser Rollenwechsel ist schon faszinierend. Aus irgendeinem Grund mache ich ihn nervös.

»Wie geht's denn deinen Zähnen?«, erkundigt er sich. »Alles geheilt?«

Ich grinse, allerdings eher, um sein Unbehagen zu verringern als mein eigenes. »Keine Probleme mehr.«

»Gut. Freut mich zu hören.«

Ich kann seinem Blick nicht standhalten und schaue auf den Teppich. *Das Skizzenbuch*. Da ist es. Lugt aus seiner Tasche. Es ist schwarz, es hat den blauen Aufkleber vorne drauf und es ist definitiv dasselbe. Ich sollte ihn fragen, ob ich die Zeichnung sehen darf. Ich sollte einfach … den Mund aufmachen und fragen. Eine einzige Frage. Eine einzige bescheuerte Frage.

»Du kannst jetzt zu deiner Schwester«, sagt die Frau hinter der Theke.

Ich zucke zusammen. »*Merci.*« Hastig stehe ich auf und nehme meine Tasche. »Viel Glück«, wünsche ich Josh und bin schon wieder nervös. Nur weil er es ist, mit dem ich spreche. Bevor er antworten kann, stolpere ich auch schon den Flur entlang. Die Tür vom Krankenzimmer steht offen und Hattie sieht mir von einem Krankenbett mit Papierunterlage aus entgegen. Sie steckt sich gerade das kurze, zu einem Bob geschnittene Haar hinter die Ohren, als bereitete sie sich auf einen Kampf vor.

Ich stecke mir das lange, wellige Haar hinter meine. »Wie geht es dir?«

»Was willst du hier?« Es klingt wie ein Vorwurf.

»Ich wollte mich vergewissern, dass mit dir alles okay ist. Kannst du vernünftig atmen?«

»Nein, ich liege im Sterben und habe nur noch eine Viertelstunde zu leben. Ich will ein Pony.«

Die Krankenschwester tritt aus einem Nebenzimmer ein. Sie ist genauso klein wie ich, aber stämmiger und rundlicher. »Isla! Es ist nett, dich zu sehen, Liebes. Deine Schwester hat uns einen ganz schönen Schrecken eingejagt. Aber wir haben ihr Adrenalin gespritzt und sie hat sich den ganzen Tag ausgeruht. Die Schwellung in der Kehle ist zurückgegangen und jetzt atmet sie wieder ganz normal.«

»Ich sagte doch, dass es mir gut geht«, sagt Hattie.

Am liebsten würde ich schreien. Ruhig frage ich: »Wissen unsere Eltern Bescheid?«

»Schon vergessen? Sie sind gerade auf dem Rückflug nach New York.«

Ich beiße die Zähne aufeinander. »Rufst du sie nachher an?«

»Warum sollte ich? Das machst du doch schon.«

Die Krankenschwester geht dazwischen. »Die Schule ruft eure Eltern heute Abend an.« Sie guckt beunruhigt von einer zur anderen und fragt sich sicher, wie drei sich so ähnlich sehende Schwestern so unterschiedlich sein können. Wir alle haben blasse, helle Haut und leuchtend rotes Haar, aber Gen ist ehrgeizig, Hattie ist aufsässig und ich bin … die Stille. Die nie Probleme macht.

»Darf sie auf ihr Zimmer zurück?«, frage ich.

Hattie kocht. »Meine Güte, Isla.«

»Was denn?«

»Hör verdammt noch mal auf, dich wie eine *Mama* zu benehmen!«

Ihr Lieblingsvorwurf hallt durchs Zimmer und trifft mich mit unerwarteter Wucht. Ich blinzle die Tränen weg und wende mich an die Krankenschwester. »Tut … tut mir leid.«

»Ist schon gut.« Aber sie macht dabei ein argwöhnisches Gesicht. »Hattie, ich bin fast mit dem Papierkram fertig. Du kannst gleich gehen.«

Damit entlässt sie mich gleich mit. Ich eile mit eingezogenem Kopf auf den Ausgang zu, direkt an Josh im Wartezimmer vorbei. Sicher hat er alles mitgehört. Als ich gerade durch die Tür stürme, sagt er laut und deutlich: »Deine Schwester ist eine ganz schöne Zicke, was?«

Ich bleibe stehen.

Meine Liebe zu ihm vervierfacht sich.

Ich drehe mich zu ihm um und er zieht eine Grimasse. »Das hätte ich nicht sagen sollen.«

»Nein!«, sage ich zu schnell. »Ich meine, ja, das ist sie. Danke«, füge ich obendrein noch hinzu.

Josh grinst. Das Grinsen ist breit und erleichtert und lässt zwei selten gesehene Grübchen erkennen. In diesen Grübchen könnte ich den Rest meines Lebens verbringen. »Willst du, äh …«, beginnt er. Aber wahrscheinlich hat er sich vorher gar keine Frage überlegt.

Ich stelle den Kopf schräg.

Die Bürotür der Schulleiterin öffnet sich und Josh und ich zucken zusammen. Unsere Direktorin beugt sich heraus. »Monsieur Wasserstein. Sind tatsächlich schon drei Monate vergangen? Es ist, als wären Sie gar nicht weg gewesen.« Aber ihre Stimme klingt lustig, fast amüsiert. »Treten Sie ein.«

Joshs Gesicht nimmt den üblichen leeren Ausdruck an. Langsam steht er auf und hievt sich die Schultasche über die Schulter. Bevor er im Büro der Schulleiterin verschwindet, wirft er mir noch einen letzten Blick zu, den ich nicht deuten kann. Die Schulleiterin folgt seinem Blick mit den Augen und entdeckt mich am Ausgang.

»Isla.« Sie ist überrascht. »Geht es deiner Schwester besser?«

Ich nicke.

»Gut. Gut«, wiederholt sie.

Sie hält inne und sucht mein Gesicht nach etwas ab, aber ich weiß nicht, wonach. Hoffentlich geht mit Josh alles gut. Ich blicke kurz zu ihrer Bürotür hinüber. Als ich die Direktorin wieder ansehe, legt sie die Stirn in Falten, als hätte sie gerade Ärger gefunden.

Kapitel fünf

Die nächsten paar Tage sind verstörend.

Josh nimmt mich *wahr*.

Wann immer er einen Raum betritt, strömt eine unverkennbare Menge chaotischer Energie mit herein. Sie lässt die Luft zwischen uns erzittern. Sie flirrt und summt. Und jedes Mal, wenn wir aufgeben – wenn sich unsere Blicke in einem Anfall von Mut treffen –, erschüttert eine Druckwelle meinen ganzen Körper. Meine Nerven liegen blank. Ich bin aufgewühlt. Aufgelöst.

Und dann … bricht die Übertragung ab. Sein Signal verebbt.

Ich verstehe nicht, was passiert.

In Mathe und Physik sind wir durch die alphabetische Reihenfolge voneinander getrennt. In Englisch sitzen wir dort fest, wo wir am ersten Tag waren, an gegenüberliegenden Seiten des Kreises. Nur unser Politiklehrer hat bis heute, Donnerstag, damit gewartet, seinen Sitzplan auszuteilen. Josh kam zu spät, stellte fest, dass der Plan gerade herumgereicht wurde, und setzte sich neben mich. Einfach so.

Er hat immer noch keinen Ton gesagt.

Professeur Hansen geht vorn im Klassenzimmer auf und ab und doziert mit wilden Gesten über die Unabhängigkeitserklärung der Vereinigten Staaten von Amerika und die französische *Déclaration des droits de l'homme et du citoyen*. Josh und ich sitzen ganz hinten. Er öffnet seine Tasche und ich erhasche einen Blick auf sein Skizzenbuch. Doch er holt nur einen billigen Collegeblock hervor. Früher habe ich ihm häufig dabei zugesehen, wie er kunstvolle Zeichnungen anfertigte, die mit unserem jeweiligen Unterrichtsplan zu tun hatten. Aber heute malt er etwas Abstraktes. Dichte Muster und Anhäufungen und Windungen und …

Ich gebe einen leisen – und unfreiwilligen – Laut von mir, als ich erkenne, was er da malt.

Sein Kopf schießt nach oben.

Instinktiv möchte ich so tun, als wäre mir der Laut aus einem anderen Grund entfahren, doch ich kämpfe dagegen an. »Ziemlich eingebildet, findest du nicht?«, flüstere ich und bin ganz happy, dass mir ein so guter Kommentar eingefallen ist.

Er sieht mich mit großen Augen an. Dann lächelt er und schreibt in Druckbuchstaben ERTAPPT! unter seine Skizze eines knorrigen, stacheligen Joshua Tree. Ich breche in prustendes Gelächter aus, das ich jedoch schnell in ein Husten umwandle. Professeur Hansen wirft einen Blick in meine Richtung, schenkt mir aber weiter keine Beachtung. Puh.

Josh blättert um und malt unseren Lehrer, eine winzige Version mit wehendem Haar und einem schelmischen, wahnsinnigen Funkeln. Der Platz um ihn herum wird nach und nach mit den Köpfen unserer Klassenkameraden ausgefüllt. Mit Mike und seinem dämlichen Freund Dave; meiner versnobten Laborpartnerin Emily und … Sanjita Davi. Die früher einmal meine Freundin war. Und die jetzt Emilys Freundin ist.

Sanjita bekommt von Josh eine eigene Seite. Er malt sie in einer Ritterrüstung ohne Handschuhe. Die Rüstung ist genauso blitzblank wie ihre entblößten Fingernägel. Aber Sanjita guckt nach unten und wendet sich ab, als hätte sie Angst, dass man durch den Stahl erkennen könnte, was darunterliegt.

Es lässt mich schaudern. Josh neigt das Bild in meine Richtung, um zu sehen, ob ich es gut finde.

»Wow«, flüstere ich. »Ja.«

Professeur Hansen hört es zwar nicht, aber Sanjita dreht sich auf ihrem Platz um und funkelt mich böse an. Vor Überraschung nimmt ihr Mund eine kreisrunde Form an. Nur wenige Menschen wissen, in wen ich verknallt bin, aber sie gehört dazu. Aus den Augenwinkeln sehe ich, wie Josh unauffällig die Seite umblättert. Ich halte Sanjitas Blick stand. Sie gibt auf, Kampf verloren. Ich greife zum Trost nach meiner Halskette.

Kurz darauf streckt Josh seinen schlanken Arm über den

schmalen Gang zwischen unseren Plätzen aus. Er krümmt einen Finger. Ich halte ihm den Kompass an der langen, antiken Kette hin, und als er sich vorbeugt, um ihn festzuhalten, streift seine Hand aus Versehen meine. Oder … doch nicht aus Versehen? Er legt sich den Kompass vorsichtig auf die Handfläche, betrachtet ihn, den Kopf nur wenige Zentimeter von meinem entfernt, und … Zitrusduft. Orangen, vielleicht auch Mandarinen.

»Ähem.«

Wir zucken zusammen und Josh lässt die Kette fallen. Sie schwingt an meine Brust zurück und landet dort mit einem hörbaren dumpfen Geräusch. Professeur Hansen hat uns von hinten überrascht. Die anderen Schüler haben natürlich gesehen, dass er sich angeschlichen hat, und lachen. Es ist immer witzig, wenn er jemanden ertappt, der gerade nicht aufpasst. Vor allem, wenn man selbst derjenige ist. Er klopft zum Spaß an Joshs Rückenlehne. »So faszinierend Mademoiselle Martins Halskette auch sein mag, ich kann Ihnen versichern, dass die Philosophie Rousseaus sehr viel wahrscheinlicher im Test nächste Woche drankommen wird.«

»Ja, Sir.« Josh macht ein reumütiges Gesicht, wirkt aber gefasst.

»Und du.« Professeur Hansen haut mit der Faust auf meinen Tisch und ruft dadurch noch mehr Gelächter hervor. »Du kriegst doch was Besseres hin als dieses Gesindel.« Er deutet auf Josh.

Ich sinke so tief wie möglich in meinen Stuhl. Sie warten auf eine Antwort von mir. Der ganze Kurs wartet.

»Ich weiß«, sagt Josh trocken. »Sie hat einen furchtbar schlechten Einfluss auf mich.«

Darüber muss sogar der *professeur* lachen. Zufrieden schiebt er die Brille auf seiner Nase hoch und fährt mit dem Unterricht fort. Den Rest der Stunde passe ich messerscharf auf. Als es läutet, reicht Josh mir ein Blatt des Collegeblocks. Darauf hat er meinen Kompass perfekt wiedergegeben, sogar die Filigranarbeit auf der Nadel. Darunter hat er geschrieben: WARUM TRÄGT SIE IHN JEDEN TAG?

Es berührt mich zutiefst.

Ich lege es unter den Deckel meines Schulbuches und versuche, ganz cool zu wirken und das tolle Gefühl, etwas zu besitzen, das er gemalt hat, nicht zu beachten. Und das absolute Wunder, dass er es überhaupt bemerkt hat. Ich bewege mich zur Tür des Klassenzimmers und lächle über meine Schulter hinweg. Hoffentlich sieht das kokett aus. »Natürlich trage ich ihn, damit ich mich nicht verlaufe.«

»Passiert das oft?«, fragt er.

An der Tür ist Stau. Josh ist genau hinter mir, und als ich den Kopf zu ihm umdrehe, um ihm zu antworten, grinst er mich schief an – eindeutig in Flirtlaune – und ich habe meinen Namen, wo ich herkomme und sogar meinen Platz im Universum vergessen.

»Ich bin hier drüben«, sagt Kurt.

Nicht nur starre ich Josh immer noch an, sondern ich bin auch noch im Flur falsch abgebogen. Natürlich laufe ich wegen meiner Blödheit gleich rot an. Ich senke den Kopf und drehe um.

Erstaunlicherweise kommt Josh mir nach.

»Wir gehen in die Mensa«, sagt Kurt zu ihm. »Du bist nie da. Wo isst du eigentlich?« Es klingt wie ein Verhör.

Joshs Grinsen wird schwächer. »Ähm, in meinem Zimmer. Meistens. Nicht immer.«

»Dafür kriegst du Nachsitzen aufgebrummt. Wir dürfen das Schulgelände während der Unterrichtszeit nicht verlassen.«

Joshs Grinsen verschwindet ganz.

»Du solltest irgendwann mal mitkommen.« Ich sage das ganz schnell, weil mir Kurt peinlich ist. Er ist so steif. Und unbeholfen. Aber natürlich schäme ich mich sofort für diese verräterischen Gedanken. »Oder jetzt sofort. Oder wann auch immer.«

Als ob ich weniger unbeholfen bin.

Mein bester Freund macht ein finsteres Gesicht. Nicht, dass er Josh nicht mag. Aber diese Einladung würde eine Veränderung unserer Routine bedeuten und Kurt ist ein Gewohnheitstier.

Leider bemerkt Josh seinen Gesichtsausdruck. Er verschränkt die Arme – seine ganze Körperhaltung drückt Unbehagen aus – und wendet sich wieder an mich. »Ja, vielleicht. Irgendwann mal.«

Mein Blut gefriert.

Sébastien.

Das war mein erster, letzter und einziger Freund, den ich je hatte. Er geht auf eine Schule ganz in der Nähe. Wir waren im letzten Winter zusammen, und ich habe ihn für einen anständigen Kerl gehalten, bis ich ihn Kurt vorgestellt habe. Sébastien fühlte sich in Kurts Gegenwart nicht wohl. Das machte Sébastien aggressiv, was wiederum Kurts nervöse Angewohnheiten verstärkte, was wiederum Sébastien grausam werden ließ. Was mich dazu brachte, mit Sébastien Schluss zu machen.

Josh weiß, dass Kurt High-Functioning Autismus hat. Alle hier wissen das. Wenn ein Fremder Kurts Verhalten als Unhöflichkeit missversteht und nicht angemessen darauf reagiert, kann ich das normalerweise verzeihen. Aber wenn jemand, der ihn kennt, nicht einmal versucht, ihn zu verstehen?

Nein. Das kann ich nicht verzeihen.

Mein Herz ist schwer wie Blei. »Tja, also … Danke für die Zeichnung.«

Kurt zieht die Kapuze seines Pullovers runter – den wir an dem Tag, als das mit der Suppe passiert ist, gleich abends gewaschen haben, sodass er wieder sauber ist – und sein strohblondes Haar steht in alle Richtungen ab. »Hast du etwa endlich dein Porträt gesehen? Das von letztem Sommer?«

Ich werfe Josh einen flüchtigen Blick zu und er macht einen Schritt nach hinten. »Nein«, sage ich zu Kurt. »Es ist eine Zeichnung, die er hier im Unterricht gemacht hat. Gerade eben.«

Josh reibt sich seitlich den Hals. »Ich sollte mal los.«

»Aber ich will deine Zeichnung sehen.« Kurt dreht sich zu Josh um. Sie sind beide hochgewachsen, etwa gleich groß, aber Kurt hat breitere Schultern und einen eindringlicheren Blick. »Hast du sie dabei?«

»N-Nein«, antwortet Josh. »Nein, tut mir leid. Hab ich nicht.«

»Ist schon gut. Vielleicht ein andermal.« Ich presse die Lippen zusammen.

Josh verschränkt wieder die Arme und spannt die Muskeln an. »Ich hab das Skizzenbuch einfach nicht hier. In Frankreich. Das ist alles. Sonst würde ich sie euch zeigen.« Und dann stürmt er davon. Wir blicken ihm nach, bis er nicht mehr zu sehen ist.

»War das nicht seltsam?«, fragt Kurt. »Ich finde, das war seltsam.«

»Ja. Das war seltsam.«

Aber das war es nicht. Es war ein Augenblick der Wahrheit, der in einer Lüge verborgen liegt. Ich habe Joshs Skizzenbuch vor weniger als einer Stunde gesehen. Er wollte einfach weg von uns. Oder eher, er wollte weg von Kurt. Meine Brust ist wie zusammengeschnürt. Es kommt plötzlich und ist schmerzhaft, aber ich halte die Tränen zurück. Ich will sie jetzt nicht erklären müssen.

Nach dem Mittagessen setze ich die Gewohnheit fort, Josh nicht anzusehen. Jetzt fällt es mir leichter.

Andererseits auch wieder nicht.

Ich glaube, er mag mich. Keine Ahnung, wie das möglich ist, aber ich weiß jetzt, dass es nicht mehr wichtig ist. Es *darf* nicht mehr wichtig sein. In Physik spüre ich sein Starren – einen Faden so fein und dünn wie ein Spinnennetz, der sanft an meinem Hinterkopf zieht. Ich stelle mir vor, wie ich ihn mit einer scharfen Schere durchtrenne. Ich weiß nicht, ob er nach der Stunde versuchen wird, mit mir zu sprechen, und was ich in dem Fall tun soll. Als es läutet, nehme ich Reißaus.

Am nächsten Tag ist er nicht in der Schule. Keine Ahnung, warum.

Am Wochenende bekomme ich Josh nicht zu Gesicht. Ich nehme seine Zeichnung aus meinem Politikbuch und lege sie vorsichtig in meine oberste Schreibtischschublade. Ich öffne die Schublade. Schließe sie. Öffne sie. Schließe sie. Öffne sie, berühre die Zeichnung und verehre sie.

Knalle die Schublade zu und habe das Gefühl, Kurt zu hintergehen.

Öffne sie wieder.

Am Montag ist Josh wieder da. In Englisch spüre ich, wie

er mir mehrmals Blicke zuwirft. Als ich endlich aufsehe und quer durch den Kreis schaue, lächelt er mich unglaublich sanft an.

Ich schmelze dahin.

Der Rest des Tages ist voll von solchen winzigen Momenten. Noch ein warmes Lächeln hier, ein freundliches Winken dort. Irgendetwas hat sich verändert … Aber was? Am Dienstag fragt er mich, ob ich den neuen Joann Sfar schon gelesen habe. Habe ich nicht, aber ich staune, dass er sich an unser einseitiges Gespräch im ersten Highschooljahr erinnert. Und dann ist er wieder weg.

Mittwoch.

Donnerstag.

Freitag.

Wo steckt er bloß?

Kapitel sechs

Ein alter Mann mit einem kaputten Klavier spielt »*La Vie en rose*« auf der Straße vor meinem Fenster. Er transportiert das Ding quer durch diesen Stadtteil, von einem Ende zum anderen, aber ich habe noch nie gesehen, wie er es bewegt. Es ist noch früh am Freitagabend und die klimpernde, unterbrochene Musik bildet einen bizarren Gegensatz zu dem rauen, packenden Bericht über das Verschollensein auf dem Meer, den ich gerade lese.

Es klopft zweimal an meiner Tür.

»Tritt einfach dagegen!«, rufe ich vom Bett aus. »Ich hab sie noch nicht reparieren lassen.«

Ich blättere die Buchseite um und die Tür schwingt langsam auf, ohne Treten. Ich blicke kurz auf. Dann noch mal und ich rapple mich umständlich auf. »Entschuldigung, ich dachte, du wärst …«

»Kurt«, ergänzt Josh.

»Ja.«

Wir sehen uns an.

Meine Güte, wie attraktiv er ist. Er sieht aus wie frisch geduscht und seine Kleidung scheint noch sorgfältiger zusammengestellt zu sein als sonst. Hinter seinem lässigen amerikanischen Stil entdecke ich immer noch seinen künstlerischen Blick. Seine T-Shirts und Jeans passen, er trägt die richtigen Farben, die richtigen Schuhe, den richtigen Gürtel. Es ist fast unmerklich. Aber er zieht nie nur einfach so irgendwas an.

»Woher wusstest du, dass das hier mein Zimmer ist?«, frage ich schließlich.

»Ich hab dich letztens hier reingehen sehen, als ich auf den Aufzug gewartet habe. Das ist mir aufgefallen, weil … ich hier vorher gewohnt habe.« Josh blickt sich um und lässt alles auf sich wirken. Muss ein seltsames Gefühl sein.

Auf jeden Fall ist es das für mich.

Außer der Steppdecke mit der Karte von Manhattan liegen noch haufenweise weiche Kissen und kuschelige andere Decken auf meinem Bett. Irgendwie habe ich es geschafft, in dem kleinen Raum ein dünnes antikes Bücherregal unterzubringen, das vor allerlei Abenteuerbüchern überquillt – Romanen, Sachbüchern, Comics. Ich habe eine kurvige Glaslampe, durchscheinende Spitzengardinen und an den Wänden keine Poster, sondern Tücher und Schmuck. Mein Schrank ist proppenvoll mit Klamotten und auf die Kommode der Schule habe ich eine zweite Kommode gestellt. Wellnessprodukte säumen die Ecken meines winzigen Waschbeckens und ebenso winzigen Dusche. Auf meinem Schreibtisch gibt es spezielle Winkel für die Hausaufgaben, und meine Kulis, Bleistifte und Textmarker stehen wie Blumensträuße in farblich passenden Vasen.

»Das wusste ich«, gebe ich zu. »Dass das hier dein Zimmer war.«

Josh zieht seine dunklen Augenbrauen hoch. »Warum hast du denn nichts gesagt?«

Ich kann nur mit den Schultern zucken, aber er nickt, als würde er es verstehen. Und ich glaube, das tut er auch. Er steckt die Hände in die Taschen und steht nervös und unsicher da.

»Du bist ja immer noch im Flur.« Ich schüttle den Kopf. »Komm rein.«

Er tritt ein und die Tür fällt hinter ihm zu.

»Vorsicht!« Ich schnappe mir ein Schulbuch und schiebe es unter die Tür, damit sie offen bleibt. »Nate zieht ziemlich strikt die neuen Regeln durch.«

Sofort komme ich mir wie ein Trottel vor.

Aber Josh macht ein verwirrtes Gesicht und mir wird klar, dass er mich nicht verstanden hat, weil er Nates Rede verpasst hat. Ich erkläre es ihm. »Und ich will keinen Ärger haben«, füge ich hinzu. »Dann lässt er vielleicht Kurt nicht mehr hier sein, einmal hat er uns schon erwischt.« Das war bei einer Zimmerkontrolle am zweiten Schultag. Wir sind mit einer Verwarnung davongekommen, aber seitdem haben wir die meisten Nachmittage im Baumhaus, unserer geheimen Zuflucht auf der anderen Seite des Flusses, verbracht.

Josh reibt sich den Nacken. »Ja. Klar.«

Er will gehen.

Panik wallt in mir auf. Ich weiß nicht, warum er hier ist, aber ich weiß, dass es mir das Herz bricht, wenn er geht. Ich deute auf den Schreibtischstuhl. Er setzt sich drauf. Ich kann mein erleichtertes Aufatmen kaum unterdrücken. Ich setze mich ihm gegenüber auf die Bettkante und streiche meinen zerknitterten Rock glatt. Dann schaue ich auf meine korallenrot lackierten Zehennägel.

»In deinen Händen ist es hübscher«, sagt er schließlich. »Das Zimmer. Meins wird immer unordentlich.«

Ich stecke mir eine lose Haarsträhne hinters Ohr, blicke nach unten und lasse sie wieder nach vorn fallen. »Danke.« Ich zwinge mich, ihm in die Augen zu sehen. Haselnussbraun. Mein Magen macht Purzelbäume. »Meine Mutter ist Schaufensterdekorateurin. Sie sagt immer, dass auch kleine Räume schön sein können.«

»Kleinere als diese hier gibt's wohl kaum.«

»Kennst du diese verrückten Kaufhaus-Urlaubsdekos, vor denen die Leute sogar Schlange stehen? Die macht sie für Bergdorf Goodman.«

»Die sind schon ziemlich toll.« Er beugt sich beeindruckt vor. »Deine Mom ist Französin, oder?«

Mein Herz macht einen Satz wie jedes Mal, wenn er sich

an irgendetwas über mich erinnert. »Ja. Sie hat zuerst hier gearbeitet, ist dann wegen eines besseren Praktikums rübergezogen, hat meinen Vater kennengelernt und … ist dageblieben.«

Josh lächelt. »Gefällt mir.«

»Wie haben sich deine Eltern kennengelernt?«

»Beim Jurastudium. Yale. Langweilige Geschichte.«

»Für sie ist sie sicher nicht langweilig.«

Er lacht, aber mein eigenes Lächeln erstirbt. »Wo warst du diese Woche?«, frage ich. »Warst du krank?«

»Nein, mir geht's bestens.« Er lehnt sich zurück und ich kann seinen Gesichtsausdruck nicht deuten. »Sukkot.«

Suk… Was? »Wie bitte?«

»Das jüdische Fest?«

Sofort laufe ich vor Demütigung rot an. Meine Güte.

»Ich hab bis nächsten Donnerstag keine Schule«, erklärt er.

Ich suche nach etwas Intelligentem, was ich sagen könnte, etwas, das ich in meiner Zeit in New York aufgeschnappt habe, aber mein Kopf ist völlig leer. Sukkot. Das ist doch kein Fest, an dem die Leute sich freinehmen, oder? Das kann nicht sein. Während sich meine Stirn furcht, hellt sich sein Blick auf. Seine Augen sehen fast … hoffnungsvoll aus. Er schüttelt den Kopf, als hätte ich die Frage laut gestellt. »Nö. Die meisten amerikanischen Juden nehmen sich nicht frei. Und selbst wenn, würden sie nur die ersten zwei Tage nehmen.«

»Aber du nimmst eine ganze Woche?«

»Ich hatte sogar letzten Freitag frei, obwohl Jom Kippur erst bei Sonnenuntergang angefangen hat. Genauso am Tag vor Sukkot.«

»Aber … warum?«

Er beugt sich vor. »Weil du die Erste bist, die das infrage stellt.«

Ich bin nicht sicher, was mich mehr verblüfft – sein Betrug oder so herausgehoben worden zu sein. Ich lache, aber selbst für meine Ohren klingt es skeptisch. »Wie viele Tage willst du dir denn insgesamt freinehmen?«

Josh grinst. »Alle.«

»Und du glaubst, dass du damit durchkommst?«

»Letztes Jahr hat es geklappt. Da ich hier der einzige Schüler jüdischen Glaubens bin, stellt der Lehrkörper meine religiösen Bräuche nur äußerst ungern infrage.«

Ich lache, aber diesmal ist es echt. »Du kommst in die Hölle.«

»Dann ist es ja gut, dass ich nicht an die Hölle glaube.«

»Genau. Das ganze jüdische Programm.«

»Eher das atheistische Programm.« Josh bemerkt meine Überraschung und fügt eine kleine Fußnote hinzu. »Erzähl's bloß nicht der Presse. Mein Vater kann es sich nicht leisten, die jüdischen Wähler zu verlieren.« Aber er verdreht die Augen dabei.

»Dann ist dein Vater auch kein praktizierender Jude?«

»Doch, schon. Meine Mutter auch, in dem Sinne, dass sie beide zweimal im Jahr zur Synagoge gehen. Aber Politik und Medien, da kann man nicht vorsichtig genug sein.« Sein Tonfall klingt, als würde er etwas zitieren, das man ihm mindestens tausendmal gesagt hat.

Ich zögere. Und dann beschließe ich, das Thema noch etwas zu vertiefen. »Dein Dad will dieses Jahr wiedergewählt werden. Das muss komisch sein.«

»Ist es eigentlich nicht. Bei uns zu Hause ist so gut wie immer Wahlkampf. Das geht einem nur auf die Nerven, sonst nichts.«

Diese Reaktion habe ich erwartet. Ich habe immer schon angenommen, dass der dunkle Schatten, den er mit sich herumträgt – der sich Regeln widersetzt und das System manipuliert, der sogar in die Haut seines Armes eintätowiert ist – irgendetwas mit seinen Eltern zu tun hat. Aber ich hüte mich davor, ihn auszufragen. Durch Kurt habe ich sowohl Übung als auch Geduld darin, jemanden dazu zu bekommen, dass er sich öffnet. Deshalb beherrsche ich Themawechsel auch sehr gut.

»Eigentlich hast du mir immer noch nicht verraten, warum du überhaupt hier bist«, ziehe ich ihn auf. »Warst du zufällig in der Nähe? Wolltest ein bisschen damit prahlen, wie man eine Woche schulfrei bekommt?«

»Oh. Ähm, nein.« Josh gibt so was wie ein Lachen von sich und sieht kurz aus meinem Fenster. »Ich hab mir gedacht, du hättest vielleicht Lust, auszugehen.«

Ach du.

Schande.

»Ich wollte gerade zum Album«, fährt er fort und meint damit einen Comicladen ganz in der Nähe. »Da wir letztens über den neuen Sfar gesprochen haben, dachte ich, falls du Zeit hast, willst du vielleicht mitkommen.«

… oh.

Mein Herz hämmert wie ein zugedröhnter Schlagzeuger. Tu das einer Dame nicht an, Josh. Ich umklammere immer noch das Buch über den Schiffbruch, lege es jetzt aber weg, um mir die schwitzigen Handflächen abzuwischen. »Klar. In zwei Stunden bin ich mit Kurt zum Abendessen verabredet. Aber vorher, klar.«

Als ich Kurt erwähne, zuckt Josh leicht zusammen. Worauf *ich* leicht zusammenzucke. Aber dann, als hätte er nur auf die Gelegenheit gewartet, beugt er sich vor und schnappt sich mein Buch. Liest den Rückendeckel. Hält es hoch und zieht dabei eine Augenbraue nach oben.

»Ich mag Abenteuergeschichten. Vor allem wenn es irgendeine Katastrophe darin gibt.«

Die Augenbraue bleibt oben.

Ich lache. »Also ich lese auch die mit Happy End.«

Josh deutet auf das Regal. »Du liest ganz schön viel.«

»Das ist sicherer, als echte Abenteuer zu erleben.«

Jetzt ist er es, der lacht. »Möglich.«

Typisch ich, dem langjährigen Objekt meiner Begierde ausgerechnet zu gestehen, wie feige ich bin. Beschämt springe ich auf. »Apropos Abenteuer.«

Josh sieht zu, wie ich ein Paar Plateausandalen unter dem Bett hervorziehe. Ich blicke auf, um ihn anzulächeln, und ertappe ihn dabei, wie er blitzschnell von meinem Ausschnitt zur Decke hinaufschaut. Dann schließt er die Augen, als würde er sich über sich selbst ärgern. Mein Puls wird schneller, aber ich tue so, als hätte ich es nicht mitbekommen. Stattdessen schlüpfe ich in meine Schuhe. »Fertig?«

Er nickt, ohne mich anzusehen. Ich schnappe mir meine Handtasche und wir gehen zur Tür. Josh zieht das Schulbuch unter der Tür weg, schiebt es über den Fußboden und schließt die Tür hinter uns.

Sie springt wieder auf.

Er zieht sie kräftig zu.

Sie springt wieder auf.

Ich schließe sie mit Gewalt und ziehe gleichzeitig am Griff. Wir warten ab. Sie bleibt zu.

»Sorry. Blöde Tür.«

»Ähm, eigentlich …« Er hat die Hände wieder in den Hosentaschen vergraben. Seine Schultern sind praktisch bis zu den Ohren hochgezogen, während wir zum Ausgang gehen. »Eigentlich sollte ich mich entschuldigen. Es ist meine Schuld, dass deine Tür kaputt ist.«

»Ach?« Ich bin nicht sicher, warum, aber irgendwie freut mich das. »Was hast du denn gemacht?«

Er sieht kurz zu mir rüber. »Vielleicht hab ich mal dagegengetreten.«

»Mit Absicht?«

»Ja.«

»Warst du wütend?«

»Nein.« Er verzieht das Gesicht. »Der Grund war ziemlich blöd.«

»Ach komm. Jetzt musst du ihn mir auch verraten.«

Josh stöhnt auf, nimmt's aber mit Humor. »Na gut. Ich hab das Schloss letzten Winter kaputt getreten, damit meine Exfreundin – also damalige Freundin – kommen und gehen kann, wann sie will. Und bevor du fragst, ja, zuerst hab ich versucht, einen Zweitschlüssel machen zu lassen.«

Darüber muss ich einfach lachen. »Das ist ja … echt raffiniert. Kurt und ich tauschen unsere einfach. Manchmal vergesse ich, meinen zurückzuholen, und dann komme ich in mein eigenes Zimmer nicht rein. Oder zumindest war das früher so. Komischerweise ist es in diesem Jahr noch nicht passiert.«

Er gibt einen spöttischen Laut von sich und hält mir die Ausgangstür auf.

»Oh, du benutzt die Hand«, stelle ich fest. »Das ist ja eine ganz neue Herangehensweise.«

Wie aufs Stichwort zuckt er zurück und betrachtet seine rechte Hand. Aber der Schmerz ist nicht gespielt. Mein Lächeln verschwindet. »Alles in Ordnung?«

»Es ist nichts.« Aber anscheinend gucke ich so dumm aus der Wäsche, dass er lachen muss. »Wirklich, mir geht's gut. Ich hab bloß in letzter Zeit mehr gezeichnet als sonst …«

»Weil du so viel frei hattest?«

»Genau.« Er grinst. »Nur eine kleine Sehnenscheidenentzündung.«

»Sehnenscheidenentzündung? Ich dachte, das kriegt man erst, wenn man alt ist.«

Josh wirft einen Blick über seine Schulter. »Kannst du etwas für dich behalten?« Er senkt die Stimme. »Du darfst es niemandem verraten, versprochen?«

»Okay …«

»In Wirklichkeit bin ich siebenundachtzig Jahre alt. Ich habe furchtbare Hände, aber meine Haut ist super.«

Ich breche in Gelächter aus. »Du solltest dich von Wissenschaftlern untersuchen lassen.«

»Was meinst du, warum ich in Frankreich bin? Weil es hier die weltbesten dermatologischen Universitäten gibt, deshalb.«

Er verzieht dabei keine Miene, sodass ich noch mehr lachen muss. Er wirft mir einen zufriedenen Blick zu und lächelt dann in sich hinein. Wir überqueren die schmale Straße. Aus irgendeinem Grund sind unsere Schritte trotz unseres Größenunterschieds synchron. Sein ganzer Körper ist schlank und schön. Am liebsten würde ich seine langen, großartigen Finger mit meinen verflechten. Und meine Nase an seinen langen, großartigen Hals schmiegen.

Josh ist auffallend auf das Kopfsteinpflaster konzentriert.

Irgendetwas passiert zwischen uns. Ist es Freundschaft? Es fühlt sich nicht wie Freundschaft an, aber möglicherweise projiziere ich meine eigenen Sehnsüchte. Und nach dem, was letzte Woche war, schäme ich mich, überhaupt so über ihn nachzudenken. Denn ich denke nicht nach. Ich *hoffe*. Angeblich sind Menschen nicht fähig, sich zu ändern, aber ... das habe ich noch nie geglaubt. Vielleicht könnte Josh lernen, Kurt zu mögen. Vielleicht habe ich sein Verhalten falsch gedeutet. Es hätte alle möglichen Gründe geben können, warum er so schnell von Kurt wegwollte. Vielleicht.

»Erzähl mir mal, woran du gerade arbeitest«, sage ich.

»O Mann.« Er reibt sich den Nacken. Das scheint bei ihm die häufigste Geste zu sein, wenn er sich unbehaglich fühlt. »Es ist immer irgendwie peinlich, jemand Neuem davon zu erzählen.«

»Was ist es denn? Ich verspreche dir, dass ich nicht lache.«

»Das sagst du jetzt.« Er schneidet eine Grimasse und blickt konsequent auf das Durcheinander aus Fahrrädern und Motorrollern, die am Straßenrand abgestellt sind. »Ich arbeite an einer Graphic Novel über mein Leben hier an der Schule. Eine grafische Autobiografie, könnte man sagen. Es gibt keine Bezeichnung dafür, die es weniger egoistisch klingen lässt. Leider.«

Dann stimmt es also. »Und was für einen Umfang hat sie?«

»Hm, ungefähr dreihundert Seiten. Bis jetzt.«

Die Kinnlade fällt mir runter.

»Ich mag mich wirklich sehr.«

»Du brauchst es nicht ins Lächerliche zu ziehen.« Ich schüttle den Kopf. »Das ist unglaublich. Eins ist sicher, so was habe ich noch nie hingekriegt.«

»Na ja, ich bin noch nicht fertig. Ein Schuljahr fehlt noch.«

Vor uns erscheint die riesige weiße Kuppel des Panthéons, strahlend wie ein Leuchtfeuer. Wir wohnen im Viertel Rive Gauche am unteren Ende des Quartier Latin, am Rand einer Wohngegend. Es ist sehr friedlich hier, aber da es noch mehrere andere Schulen in der Nähe gibt, nicht besonders ruhig am Tag. Aber in der Dämmerung ist es wundervoll. Manchmal vergesse ich, wie glücklich ich mich schätzen kann, hier leben zu dürfen.

»Hattest du immer schon diese Begeisterung fürs Malen? Ich meine, viele Kinder malen gern, aber irgendwie kriegen wir dann beigebracht, damit aufzuhören.« Ich blicke zu ihm auf. »Du hast nie aufgehört, stimmt's?«

»Nie.« Endlich erwidert er meinen Blick, aber sein Gesichtsausdruck wirkt verschmitzt. Er deutet auf meine Halskette. »Erzähl mir die wahre Geschichte.«

Ich bleibe stehen. »Versuch diesmal, ihn umzudrehen.«

»Hm?«

Ich grinse und halte ihm den Kompass an der Kette hin. Er nimmt ihn, neigt ihn ins Licht und liest die Gravur auf der Rückseite – zuerst still und dann laut. Seine Stimme ist tief und klar, aber leise. »Isla. Mögest du immer den richtigen Weg finden. In Liebe, Kurt.«

»Es ist das einzige emotionale Geschenk, das er mir jemals gemacht hat. Wahrscheinlich hat ihm seine Mom geholfen, aber das ist egal. Das ist sein Ding – Karten, Richtungen und die beste Route irgendwohin. Aber mir gefällt, dass es doppeldeutig ist.«

Josh gibt mir den Kompass zurück. »Er ist wirklich schön.«

Er wirkt nachdenklich, als wir die Rue Saint-Jacques hinaufwandern. Vielleicht denkt er noch mal über Kurt nach. Es muss doch einen Weg geben, das Thema anzugehen. Ich werde einen Weg finden. Eine französische Sirene heult mit ihrem uuu-WII uuu-WII vorbei, aber sie betont unser erneutes Schweigen nur. Ich bin erleichtert, als wir in eine belebte Gegend mit kleinen Geschäften vorstoßen.

Der Album-Laden gehört zu einer Kette, aber diese spezielle Filiale gliedert sich in zwei Läden, die sich an einer verkehrsreichen Kreuzung gegenüberliegen. In dem einen werden amerikanische Superhelden-Importe und Figuren verkauft. Im anderen gibt es frankobelgische Bücher namens *Les BD, Les bandes dessinées*. Französische Comics haben meistens eine bessere Aufmachung als ihre amerikanischen Pendants. Sie sind Hardcover, größer, auf Hochglanzpapier gedruckt. Sie haben ein breiteres Geschichtenspektrum und werden deshalb auch in weiten Kreisen gelesen. Comicläden gibt es hier an jeder Ecke und es ist nicht ungewöhnlich, dort irgendwelche Geschäftsmänner und -frauen zu finden, die in teurer Haute Couture in den Gängen stöbern.

Ohne dass wir darüber sprechen müssen, gehen wir in den Laden mit *les BD*. Der wunderbare Duft frisch gedruckten Texts schlägt uns entgegen und ein relativ junger Typ mit einem gepflegten Bart steht hinter dem Ladentisch und begrüßt uns mit einem freundlichen *Salut*. Ich nicke ihm als Antwort zu.

»Isla.«

Es erschreckt mich, Josh meinen Namen sagen zu hören. Ich drehe mich zu ihm und er hält ein Buch vom Rand des ersten Ausstellungstisches hoch. Natürlich den neuen Sfar. Ich nehme das Buch, und es öffnet sich mit dem herrlichen Knacken eines harten Buchrückens, der zum ersten Mal getestet wird. Begeistert stelle ich fest, dass es sich um einen seiner fantastischen Titel handelt – die Seiten sind voll von Wäldern, Ungeheuern, Schwertern, Königtum und Liebe. Abenteuer.

»Ja?«, fragt Josh.

Ich strahle. »Ja.«

Er sieht glücklich aus, dann traurig, und dann wendet er sich ab, damit ich sein Gesicht nicht sehen kann. Es beunruhigt mich. Ich würde gern wissen, was los ist, aber seine Körpersprache verbietet es mir, zu fragen. Doch dann dreht er sich plötzlich wieder zu mir um – als hätte er sich etwas zu einem Gespräch überlegt, von dem ich nicht mal wusste, dass wir es führen – und platzt heraus: »Liest dein Liebster gern Comics?«

Einen Moment lang glaube ich, dass er einen Witz gemacht hat.

Das Wort ist ein *Witz*. Aber er macht ein ernstes Gesicht und sieht aus, als erwartete er eine ernste Antwort, und das haut mich echt um.

Ich muss schlucken. »Wie bitte?«

»Entschuldige.« Er blickt finster auf den Tisch mit den Neuerscheinungen. »Es sollte nicht so schroff klingen.«

Das Herz pocht mir in der Brust, aber ich spreche ganz langsam. »Kurt. Ist nicht. Mein Liebster.«

Josh erstarrt. Mehrere Sekunden vergehen. Sein Blick ist fest auf eine Neuausgabe von *Tim und Struppi* gerichtet. »Nicht?«

»Nein.« Ich halte inne. »Nein.«

»Aber ... ihr seid immer zusammen. Ihr steht euch so nah.«

»Wir stehen uns nah, ja. Nah wie beste Freunde. Nah wie Bruder und Schwester. Nicht wie ein Pärchen.«

»Aber ... deine Kette. Ihr tauscht eure Schlüssel ...«

»Weil wir befreundet sind. Und viel Zeit zusammen verbringen.«

Seine Ohren sind dunkelrot angelaufen. »Dann ... wart ihr nie ein Paar?«

»Nein! Ich kenne ihn schon, seit wir Windeln anhatten.« Mir schwirrt der Kopf. »Ich kann nicht glauben, dass du dachtest, dass wir zusammen sind. Wie lange denn schon?«

»Ähm – die ganze Zeit.«

Eine neue, furchtbare Panik steigt in mir auf. »Die ganze Zeit in diesem Jahr oder die ganze Zeit, seit Kurt neu an die Schule gekommen ist?«

Josh scheint einen Kloß im Hals zu haben. »Seit er neu an die Schule gekommen ist.«

»Halten uns alle für ein Pärchen?« Unsere Mitschüler reißen Witze darüber, aber ich hätte nie gedacht, dass sie es ernst meinen könnten.

»Keine Ahnung.« Josh schüttelt energisch den Kopf, sagt dann aber: »Wahrscheinlich schon.«

»Lieber Himmel.« Ich kriege keine Luft.

Er lacht seltsam auf. Es klingt fast hysterisch, hört aber ebenso abrupt auf, wie es angefangen hat. »Und bist du mit jemandem zusammen? Jemand anderem?«

»Nein. Mit niemandem seit dem letzten Jahr.«

»Cool.« Seine Finger tippen schnell gegen den *Tim und Struppi*-Stapel.

Ich bemühe mich, meine Stimme ruhig klingen zu lassen. »Und du? Bist du mit jemandem zusammen?«

»Nein. Nicht seit letztem Jahr.«

Ich könnte vor Freude heulen. Er hat mich gemocht, dachte aber, er dürfte mich nicht mögen. An diesen Gedanken muss ich mich erst mal gewöhnen. Ich habe zwar geahnt, dass er mich anziehend findet. Aber die ganze Wahrheit dieser Situation ist einfach unglaublich. Wie kann es sein, dass mein Schwarm – in den ich seit drei Jahren verknallt bin – in mich verknallt ist? So was passiert im wahren Leben nicht.

Josh ist ebenso verdattert. Er sucht nach etwas, das er sagen könnte, als sein Blick auf den Sfar fällt. »Unten gibt's noch mehr davon. Sollen wir runtergehen?«

»Nein.« Ich drücke das Buch mit beiden Armen an mich. »Das hier ist genau, was ich wollte.«

Kapitel sieben

Ich umklammere noch immer das Buch, das jetzt in einer blauen Album-Tüte steckt, als wir auf die Seine zuschlendern. Wir haben noch eine Stunde Zeit, bis ich mit Kurt zum Sushi im Marais verabredet bin. Inzwischen ist es richtig dunkel geworden und auf den Straßen ist viel los. Ich habe das Gefühl, zu schweben. Werfe verstohlene Blicke, lächle, erröte. Wir beide. Meine Stimme hat mich verlassen. Josh hält sich mit der linken Hand den rechten Ellbogen, ein Anker, um ihn an einem Ort zu halten.

Wie macht man in so einer Situation weiter? Schade, dass die Entdeckung gegenseitiger Bewunderung nicht automatisch zu wildem Herumknutschen führt. Könnte ich doch bloß sagen: »Hör mal. Ich mag dich und du magst mich, lass uns doch einen einsamen Park suchen und uns gegenseitig berühren.«

Wir steuern um eine Gruppe Touristen herum, die in Behältern mit winzigen Notre-Dames wühlen. Josh schluckt. »Nur um das klarzustellen«, sagt er, »ich wollte Kurt nicht seine Freundin stehlen, als ich dich gefragt habe, ob du mit mir zum Laden kommst. Ich wollte … na ja … mit dir befreundet sein. Du sollst mich nicht für einen Fiesling halten.«

Ich lächle zu ihm auf. »Ich halte dich nicht für einen Fiesling.«

Aber Josh blickt auf einen verschnörkelten Eisenbalkon, einen gemeißelten Steinbogen, ein riesiges Plakat für die Olympischen Winterspiele in Chambéry. Auf alles außer auf mich. »Mir ist bloß letztes Wochenende klar geworden, dass ich auch dann Zeit mit dir verbringen möchte, wenn du, na ja, vergeben bist.«

Und zuerst wollte er *mehr* als nur mit mir befreundet sein. Mir zieht sich vor Freude der Magen zusammen. »Letztes Wochenende?«

»Jom Kippur?« Josh wirft mir einen Blick zu, um zu sehen, ob ich seinem Gedankengang folgen kann. Kann ich nicht, deshalb bin ich froh, als er ihn mir erklärt, ohne dass ich darum bitten muss. Er scheint erleichtert zu sein, dass wir ein neues Thema haben. »Also, die Zeit zwischen Rosch ha-Schana – das war am Tag vor unserem ersten Schultag …«

»Ist das der jüdische Neujahrstag?«

Er nickt. »Ja. Also die Zeit zwischen Rosch ha-Schana und Jom Kippur ist zum Nachdenken gedacht. Man soll über seine Fehler nachdenken, um Vergebung bitten, Entschlüsse fassen. So in der Richtung. Und an Jom Kippur ist diese Frist im Prinzip zu Ende.«

Wir gehen kurz auseinander, um einen Herrn mit einem Basset durchzulassen, und als wir wieder nebeneinander gehen, hat sich der Abstand zwischen uns halbiert. »Okay. Moment. Du hast über dein Leben nachgedacht und … den Entschluss gefasst, mit mir befreundet zu sein? Obwohl du kein praktizierender Jude mehr bist?«

Josh grinst mich schelmisch an. »Ist das Voraussetzung für eine Freundschaft mit dir?«

Ich schieße ihm einen missbilligenden Blick zu.

Er lacht, zuckt dann aber wehmütig die Schultern. »Ich weiß auch nicht. Diese Jahreszeit hat etwas … Poetisches. Nicht dass ich jetzt durch die Religion alles für mich auf die Reihe gekriegt habe, aber ich finde es trotzdem okay, sich bestimmte Dinge vorzunehmen. Zu meinen eigenen Bedingungen.«

»Klar ist das okay. Meine Familie ist katholisch, beide Seiten, aber sie gehen nie zur Kirche. Ich weiß nicht mal, ob meine Eltern an Gott glauben. Trotzdem stellen wir einen Weihnachtsbaum auf und er vermittelt uns ein Gefühl des Friedens. Traditionen können doch ganz schön sein.«

»Glaubst du an Gott?«, fragt er.

Aus irgendeinem Grund überrascht mich seine Direktheit nicht. Die echte Notre-Dame ragt vor uns auf, gigantisch und Ehrfurcht gebietend, und ihr Spiegelbild schimmert im dunklen Fluss darunter. Ich betrachte sie eine Weile, bevor ich antworte. »Ich weiß nicht, woran ich glaube. Wahrscheinlich bin ich eine Weihnachtsbaum-Agnostikerin.«

Er grinst. »Gefällt mir.«

»Und du bist ein Jom-Kippur-Atheist.«

»Genau.«

Ich hatte noch nie so ein Gespräch, in dem ein so heikles Thema mit solcher Leichtigkeit besprochen wurde. Wir überqueren eine Brücke zur Kathedrale. Sie liegt auf der Île de la Cité, der größeren der beiden Inseln, die das Zentrum von Paris umfassen.

»Ich hab eine Frage«, sagt Josh. »Aber ich bin nicht ganz sicher, wie ich sie stellen soll.«

Ich wünschte, ich könnte ihn scherzhaft anstupsen. »Ich bin sicher, du kriegst das hin.«

Es entsteht eine quälende Pause, während er nach der richtigen Formulierung sucht. »Kurt hat ... Autismus?«

Innerlich zucke ich zusammen. Aber ich gehe gnädig mit ihm um, so wie er gnädig mit meiner eigenen Unwissenheit umgegangen ist. »Ja. Früher haben die Experten es als Asperger-Syndrom bezeichnet, jetzt nennen sie es High-Functioning Autismus. Ist aber das Gleiche. Aber es ist kein Problem, es ist keine Krankheit, die man heilen müsste. Sein Gehirn arbeitet nur ein bisschen anders als unsere. Das ist alles.«

Josh deutet auf eine Bank im kleinen Park der Kathedrale, und ich antworte, indem ich auf sie zugehe. Wir setzen uns etwa einen halben Meter voneinander entfernt hin.

»Und wie arbeitet sein Gehirn?«

»Also.« Ich hole tief Luft. »Er ist wahnsinnig rational und nimmt alles wörtlich. Das bedeutet, Sarkasmus oder Metaphern sind nicht gerade seine Stärke.«

Josh nickt. »Was noch?«

»Es fällt ihm schwer, Gesichtsausdrücke zu deuten. Er hat zwar schon viel daran gearbeitet, deshalb klappt es schon besser als früher. Aber er muss immer noch dran denken, jemandem in die Augen zu sehen und zu lächeln. Ich meine, natürlich lächelt er auch so, aber das tut er nur, wenn er es auch so meint. Im Gegensatz zu uns anderen.« Ich gerate ins Schwafeln, weil mich erneut die Tatsache umhaut, dass ich neben Joshua Wasserstein auf einer Bank sitze – sogar einer, die außerhalb des Schulgeländes steht.

»Dann ist er also ehrlich.«

»Selbst wenn man das lieber nicht möchte.« Ich lache, doch mein Lachen verwandelt sich sofort in Sorge. Josh soll keinen falschen Eindruck bekommen. »Aber er ist nicht mit Absicht unhöflich. Wenn er feststellt, dass er die Gefühle von jemandem verletzt hat, ist er am Boden zerstört.«

»Das ist irgendwie französisch, weißt du? Nicht das mit dem Gefühle-Verletzen. Sondern das mit dem nur dann lächeln, wenn man es aufrichtig meint. Amerikaner lächeln ständig ohne besonderen Grund.«

»Du nicht.« Die Worte sind heraus, bevor ich sie aufhalten kann.

Josh ist verblüfft. Er braucht einen Augenblick, um sich zu

sammeln. »Ja, ich hab schon gehört, dass ich Schwierigkeiten habe ... mein Missfallen zu verbergen.«

»Ich weiß.« Ich zögere. »Das mag ich an dir.«

Seine Augenbrauen schießen nach oben.

»Wirklich?«

Ich blicke auf die Holzlatten der Bank. Irgendwie hat sich der halbe Meter zwischen uns auf einen Viertelmeter verkürzt. »Es bedeutet, wenn du lächelst, weiß ich, dass es nicht aufgesetzt ist. Du lächelst nicht einfach, damit ich« – ich schüttle den Kopf und meine Haare fliegen – »oder sonst wer sich besser fühlt. Wenn man blöde Sachen sagt. Und nicht aufhören kann zu reden.«

Sein Mund verzieht sich langsam zu einem Grinsen.

»Ja.« Ich lache. »Genau so.«

»Was noch?«

Ich neige den Kopf zur Seite. »Was meinst du, was noch?«

»Was muss ich noch über Kurt wissen?«

Diese Formulierung klingt, als würden wir künftig mehr Zeit miteinander verbringen. Wieder zieht sich mir vor Freude der Magen zusammen. »Sonst gibt es nicht viel zu wissen. Er ist kein Karten zählender Savant oder ein Mathematikgenie oder so was. Versteh mich bloß nicht falsch. Er ist brillant. Aber diese Klischees sind das Schlimmste. Obwohl er immer gleiche Abläufe liebt.«

Josh lächelt wieder. »Lass mich raten. Sushi?«

»Gleicher Tag, gleiche Zeit, gleiches Restaurant.« Kurt

und ich treffen uns immer nach seiner wöchentlichen Therapiesitzung, aber das muss Josh ja nicht wissen.

»Gleiches Essen?«

»Garnelen-Nigiri und Miso-Suppe. Aber ich nehme immer das Tagesgericht, was immer das ist. Ich bitte die Bedienung, mich zu überraschen.«

Die Glocken von Notre-Dame erschallen in den Türmen. Wir zucken zusammen und halten uns lachend die Ohren zu. Die Glocken sind unheimlich laut – eine Kakophonie von krachenden, sich überlappenden Glockenschlägen. Aus dieser Nähe kann man nicht mal ein Muster darin erkennen. Sie läuten und läuten und läuten, und wir sind völlig machtlos und können nicht mehr vor Lachen, bis der Lärm endlich nachlässt.

Der Abstand zwischen uns hat sich in Nichts aufgelöst.

Seine Jeans streift meine nackten Beine. Ich bin mir meiner Bewegungen zu bewusst, meiner Nerven, einfach allem. Alle fünf Sinne sind überlastet. Ich deute ruckartig mit dem Kopf auf die Kathedrale. »Das war mein Signal.«

»Hast du was dagegen, wenn ich dich auf dem Weg begleite?« Joshs Frage klingt ängstlich, als wäre er außer Atem. »Ich muss einen Pinsel kaufen. Bei Graphigro.« Das ist ein Laden für Kunstbedarf, der ein paar Blocks vom Restaurant entfernt liegt. Ich habe keinen Schimmer, ob Josh wirklich einen neuen Pinsel braucht oder ob das eine Ausrede ist, um noch ein paar Minuten mehr mit mir zu verbringen. Aber mir ist beides recht.

Der ganze Abend war unwirklich. Wir überqueren eine weitere Brücke, die Pont d'Arcole, zur Rive Droite. Ein Metall- und Uringeruch weht von der Seine herauf, aber selbst das registriere ich kaum. Wir befinden uns in einer Zwei-Personen-Seifenblase. Alle Geräusche, die ich hören sollte – rasende Autos, eilende Fußgänger, lärmende Baustellen –, sind gedämpft. Stattdessen höre ich mein Herz gegen die Rippen schlagen. Joshs gleichmäßige Schritte auf dem Gehweg. Das gelegentliche Rascheln seiner Hosenbeine, die sich streifen.

Frag mich, ob ich mit dir ausgehe. Ich wiederhole es innerlich wie ein Mantra. *Frag mich, ob ich mit dir ausgehe. Frag mich, ob ich mit dir ausgehe.*

»Was machst du dieses Wochenende?«, platzt es aus mir heraus, leider nicht so beiläufig, wie ich gehofft habe. »Ich meine, du musst doch nicht nachsitzen, oder?«

Na bitte, so wird es noch schlimmer.

Aber Josh wirft mir ein Lächeln zu. »Die Direktorin hat mich zu sich bestellt, weil sie sichergehen wollte, dass wir dieses Jahr ›einen guten Start hinkriegen‹. Aber sie hat mich nicht zum Nachsitzen verdonnert. Noch nicht.«

Ich habe keine Ahnung, was ich darauf antworten soll.

»Ich fahre nach München«, sagt er dann.

Ich bleibe wie angewurzelt stehen. Es ist gegen die Schulregeln, ohne Erlaubnis die Stadt zu verlassen, geschweige denn das Land. Jemand läuft von hinten in mich hinein. Ich mache einen Satz nach vorn und Josh streckt die Hand aus, um mich aufzufangen, aber ich stehe schon wieder fest auf den Beinen. Einen Moment lang hält er die Hand unschlüssig in der Luft. Dann steckt er sie wieder in die Tasche.

Schade, dass ich nicht hingefallen bin.

»München, aha. Dieses Wochenende?«

Josh sieht mich prüfend an und vergewissert sich, dass mit mir wirklich alles in Ordnung ist. »Ja. Oktoberfest.«

Ich verziehe skeptisch das Gesicht. »Im September?«

»Ja, der Großteil des Festes ist im September. Irreführend, ich weiß.« Er grinst und es kommen kurz seine verlockenden Grübchen zum Vorschein. Ich schmelze dahin. »Ich möchte vor dem Schulabschluss so viele Länder wie möglich sehen. Und in Deutschland war ich noch nie.«

»Und da fährst du allein hin?« Ich bin beeindruckt. Vielleicht sogar ehrfürchtig.

»Ja. Mein Zug geht morgen früh.«

Auf der anderen Straßenseite taucht Kurt auf. Er sieht auf seinem Handy nach und will mir sicher gerade eine SMS schreiben, weil ich eine ganze Minute zu spät komme. Ich rufe seinen Namen. Er zieht seine Kapuze runter, streicht sich das Haar aus den Augen und ist verblüfft, mich mit Josh zu sehen.

Ich scharre mit den Füßen am Bordstein. »Okay. Hier muss ich aussteigen.«

Josh tritt auch einmal gegen den Bordstein. »Vielleicht kann ich euch mal zum Essen begleiten?«

Lieber Himmel. »Ich bin echt ein Volltrottel.«

Er lacht schallend auf.

»Entschuldigung. Tut mir leid! Möchtest du mit uns essen?«

Er lacht noch immer. »Ich wollte dich bloß aufziehen.«

»Bitte.« Ich greife nach meinem Kompass. »Iss mit uns.«

»Ist schon okay. Ich muss wirklich noch einen Pinsel besorgen, bevor ich morgen wegfahre. Außerdem …« Er wirft einen Blick auf Kurt. »… will ich euch nicht stören.«

»Du würdest uns nicht stören.«

Aber Josh geht bereits rückwärts die Nebenstraße hinunter. Er hat mir immer noch das Gesicht zugewandt. »Wir sehen uns in ein paar Tagen!«, ruft er. »Genießt euren rohen Fisch.«

»Genieß dein Schnitzel!«

Ich muss darüber lachen, wie unlogisch unser letzter Austausch eigentlich ist, als mir Kurt plötzlich über die Schulter blickt. Er legt die Stirn in Falten. »Warum war er hier? Wie ist das passiert?«

Josh dreht sich um. Ich betrachte bewundernd seine Rückseite, die von den Straßenlaternen beleuchtet wird, von einer nach der anderen. Seine Gestalt wird kleiner. Er kommt an eine Straßenbiegung und wirft einen Blick über seine Schulter. Eine Hand geht hoch und winkt. Ich winke zurück und er verschwindet.

»Ich weiß nicht.« Ich bin verwirrt. »Ich war allein in meinem Zimmer. Und dann war er plötzlich da.«

Es ist Sonntag – kurz vor Mitternacht – und ich habe es mir mit Joann Sfar im Bett gemütlich gemacht, als es an meiner Tür zweimal klopft. Es ist so leise, dass ich gar nicht sicher bin, ob ich es wirklich gehört habe. Meine Gedanken rasen zu Josh, aber ich verwerfe es als unwahrscheinlich. Kurt? Nein, er würde mir eine Nachricht schreiben. Vielleicht war es nebenan. Oder jemand spielt mir einen Streich. Ich wäre nicht die Erste.

Ich warte darauf, dass jemand etwas sagt.

Nichts.

Ich vertiefe mich argwöhnisch in mein Buch, als ich es erneut höre. Klopf-klopf. Ziemlich weit unten. In der Hand halte ich immer noch das gebundene Buch, das vielleicht eine brauchbare Waffe abgäbe, klettere aus dem Bett und schleiche auf Zehenspitzen vorwärts. »Hallo?«, flüstere ich.

»Ich bin's«, sagt die andere Seite. »Josh.«

Er fügt seinen Namen hinzu, weil ihm noch nicht klar ist, dass ich seine Stimme überall und unter allen Umständen erkennen würde. Genau das habe ich mir schon mal ausgemalt: Mitternacht. Er. Hier. Mein Herz klopft schneller. Ich schüttle mein Haar aus, das vom Liegen auf dem Kopfkissen ganz schlaff ist, und hole tief Luft, um mich zu beruhigen. Es klappt nicht. Ich drehe lautlos den Türknauf, aber meine Hand zittert.

»Hi«, sagt er. Sein Gesicht ist ganz nah an meinem, als

hätte er die Wange oder vielleicht das Ohr an das Holz gedrückt.

»Hi«, antworte ich.

Josh lehnt am Türrahmen. Er steht ein paar Zentimeter tiefer als ich, sodass unsere Augen fast auf gleicher Höhe sind. Wir mustern uns schweigend. Aus dieser Nähe sieht er anders aus. Er sieht real aus. Vollständig irgendwie. Ich werfe einen Blick in den Flur. Er ist dunkel und verlassen. Das ist definitiv so, wie ich es mir ausgemalt habe … bis er einen Bierkrug hochhält.

Ich runzle die Stirn, doch kurz darauf macht es Klick. »Du warst da! Du bist tatsächlich hingefahren!«

Josh hebt den Krug wie zum Prosten. »Ja.«

Ich grinse. »Und wie war es?«

»Überfüllt. Laut.« Er klingt erschöpft. »Ein Rummelplatz voller grölender Proleten und betrunkener Eltern, die vor ihren eigenen missratenen Kindern davonlaufen. Mike und Dave hätten da gut reingepasst.«

»Oje. So schlimm?«

»Ich denke, ich kann mit Gewissheit sagen, dass ich mir nächstes Wochenende ein anderes Reiseziel aussuchen werde.«

»Ein Verlust für Deutschland.«

Sein Mundwinkel hebt sich zu einem Lächeln. Er hält mir den Bierkrug hin, und ich stecke mir das Buch unter den Arm, um ihn entgegenzunehmen. Der Krug ist aus herkömmlichem Ton, schwer und kitschig und hat gemeißelte Verzierungen und einen spitzen Zinndeckel.

Ich muss lachen. »Der ist echt scheußlich.«

»Waren sie alle. Die in den Bierzelten waren noch schlimmer, aus einfachem Glas mit diesem hässlichen Oktoberfestlogo. Auf diesem hier ist immerhin ein Schwertkampf. Siehst du die winzigen Ritter vor dem bayerischen Schloss? Es war der *abenteuerlichste*, den ich gefunden habe.«

Und da wird mir klar … dass das hier ein Geschenk ist. Josh hat ihn extra für mich ausgesucht. Auf einmal finde ich den Krug schön. Ich drücke ihn an mich. »Danke.«

Er deutet mit dem Kopf auf das Buch. »Wie ist es?«

»Gut. Ich leih es dir, wenn du willst.«

Josh blickt auf seine Turnschuhe hinunter, dann wieder nach oben, dann wieder hinunter. »Du weißt, dass ich dich mag, oder?«

Mein Herz pocht so laut, dass er wahrscheinlich die Schwingungen spüren kann. Aber – ausnahmsweise – kommen mir ganz leicht die richtigen Worte über die Lippen. »Dann bleib doch nächstes Wochenende hier. Und geh mit mir aus.«

Kapitel acht

Josh ist am nächsten Tag nicht in der Schule. Er hat noch drei Tage frei wegen eines Feiertags, den er überhaupt nicht begeht. Nur zu gern würde ich mir auch so etwas erlauben, aber allein die Vorstellung, vielleicht einen wichtigen Kurs zu verpassen oder eine Hausaufgabe zu spät abzugeben, versetzt mich in Panik. Aber mir ist klar, dass Josh etwas anderes wichtiger ist – seine Kunst. Deshalb bin ich verblüfft, als ich am Dienstag zur ersten Stunde erscheine und er an seinem Tisch herumlümmelt – ganze fünf Minuten vor dem Läuten.

Ein Adrenalinstoß verjagt meine letzte morgendliche Müdigkeit. »Was machst du denn hier?« Ich drücke ein Schulbuch an meine Brust und glühe vor Freude.

»H-Hi.« Er setzt sich gerader hin. »Tja. Komische Geschichte.«

Ich schaue ihn fragend an.

»Vielleicht ist die Direktorin misstrauisch geworden, weil ich so *lange* frei haben wollte. Vielleicht hat sie meine Eltern angerufen. Vielleicht haben meine Eltern bestätigt, dass wir Sukkot nicht feiern.«

Ich lasse die Schultern hängen. »Vielleicht hast sie dir einen Haufen Nachsitzen aufgebrummt?«

Josh zuckt die Achseln, aber es ist ein bejahendes Zucken.

»Mist. Das tut mir leid.«

Er faltet die Hände auf dem Tisch. »Eigentlich ...« Josh spricht leiser und beugt sich zu mir herüber. »... ist das Ganze gar nicht so schlimm, also nicht nur.«

Ich rümpfe die Nase. »Nicht?«

Er sieht mich an. Er sieht mich noch intensiver an.

»Oh.« Ich senke in verlegener Freude den Blick. »Ähm. Wie viel Nachsitzen hast du denn bekommen?«

Josh lehnt sich bequem auf dem Stuhl zurück. »Nur drei Wochen, aber ...«

Ich blicke abrupt auf.

»Einschließlich samstags.« Wieder ein Achselzucken. »Macht nichts, ich kann die Zeit zum Arbeiten nutzen. Aber es ist auch meine letzte Verwarnung. Hat nicht lange gedauert«, fügt er hinzu.

Mir bleibt das Herz stehen – einen ganzen Schlag lang. »Letzte Verwarnung? Bevor du von der Schule fliegst?«

»Ja, aber mal im Ernst. Das ist halb so wild.« Anscheinend sieht er mir meine Panik aber an, denn er setzt sich blitzschnell wieder gerade hin. »Sagen wir mal so: Das ist nicht meine erste ›letzte Verwarnung‹.«

Ich warte. Ich verstehe überhaupt nicht, wie er so gelassen bleiben kann.

»Letztes Jahr«, erklärt er. »Da hatte ich eine letzte Verwarnung im Winter und eine im Frühjahr. Also bin ich irgendwie auf zwei gekommen. Das ist jetzt Nummer drei.«

»Trotzdem ... Sei lieber vorsichtig.« Das klingt so bescheuert. »Ich meine, die Blätter haben noch nicht mal angefangen, sich zu verfärben, und das möchtest du doch nicht verpassen. Obwohl das in New York tatsächlich noch schöner ist ...«

»Ich *bin* vorsichtig«, sagt er besonnen und lächelt.

Ich spiele mit einer meiner Locken.

Emily Middlestone lehnt sich aus zwei Tischen Entfernung herüber. Sie trägt eine Designerbrille, die mit Sicherheit nicht echt ist. »Also das wäre schon ziemlich blöd, wenn man sich im letzten Jahr vor dem Abschluss von der Schule werfen lässt.«

Josh verzieht keine Miene. »Stimmt, Emily. Das wäre echt blöd.«

Professeur Cole stürmt in die Klasse und bleibt abrupt stehen. »Bin ich zu spät?«, fragt sie Josh.

Er schüttelt einmal den Kopf. »Nö.«

»Na. Wie schön, dass du doch noch gelernt hast, die Uhr zu lesen.« Aber sie lächelt dabei verschmitzt. Sie geht zum Pult und ich zu meinem Platz.

Genau gegenüber von Josh.

Im Lauf der Woche werden die Blicke, die wir uns zuwerfen, weniger verstohlen, aber es herrscht immer noch eine Scheu zwischen uns, ein Widerwille, zu lange hinzusehen oder sich zu lange zu unterhalten. Unsere Beziehung muss sich erst noch festigen. Eine Vorahnung – von was auch immer – liegt in der Luft. Abends brauche ich manchmal Stunden, um einzuschlafen. Ich stelle den Bierkrug auf den Minikühlschrank neben meinem Bett, damit ich ihn vom Kopfkissen aus sehen kann. Den Beweis, dass auch er an mich denkt.

Er kommt nicht in mein Zimmer. Sein Nachsitzen am Nachmittag geht bis zum Abendessen und er isst immer noch nicht in der Mensa. Nach dem Abendessen sind Besuche beim anderen Geschlecht nicht mehr erlaubt. Josh hält sich jetzt mit dem Regelbrechen zurück und will offensichtlich auch dafür kein Risiko mehr eingehen. Also setze ich meinen üblichen Zeitplan aus Hausaufgaben und Lernen fort und bemühe mich, das Nachdenken sein zu lassen. Kurt wirft mir in letzter Zeit böse Blicke zu.

Vor Beginn des Politikkurses am Donnerstag kaut Josh auf einem Stift herum und zieht ihn plötzlich aus dem Mund. »Also. Samstag. Um achtzehn Uhr ist mein Nachsitzen vorbei. Danach hätte ich Zeit, wann immer du willst …«

Die Schmetterlinge in meinem Bauch kriechen aus ihren Kokons. »Ach ja?«

Er zeigt mit dem Stift auf mich. »Du weißt schon, dass du

diejenige bist, die sagen muss, wohin wir gehen, weil du mit mir ausgehen wolltest, oder?«

Kehle. Trocken.

Trockene Kehle.

All die Trockenheit in meiner Kehle.

Josh steckt sich den Stift wieder zwischen die Zähne und nimmt ihn sofort wieder heraus. »Was immer du aussuchst.« Er grinst. »Ich werde Ja sagen. Du kriegst auf jeden Fall ein Ja. Falls dir das hilft.«

Als Antwort laufe ich erneut dunkelrot an.

Den Rest meiner Schulwoche bin ich kurz vorm Durchdrehen – diese Situation verlangt mir einen ganz neuen Respekt vor den Typen ab. Die meisten Dates, die ich mit Sébastien hatte, hat er geplant und organisiert. Bei diesem Job steht man ganz schön unter Druck. Kurt erinnert mich, dass am Samstag Nuit Blanche sein wird, weiße Nacht. Eine Nacht, in der es nicht dunkel wird. Jedes Jahr am ersten Samstag im Oktober haben alle Museen und Galerien bis zum Morgengrauen kostenlos geöffnet. Die Tradition begann in Sankt Petersburg, ist hierhergewandert und breitet sich seitdem rund um die Welt aus. Aber selbst ich, die an Pariser Dekadenz gewöhnt ist, finde, dass es für ein die ganze Nacht andauerndes Fest keine bessere Stadt gibt als Paris.

Ich bin nicht die Einzige, die auf die Uhr sieht. Um Punkt *vingt et une heures* – als die Ziffern auf meinem Handy von

20:59 auf 21:00 umspringen – höre ich ein Geräusch, das ich sofort wiedererkenne: zweimal ein leises Klopfen unten an der Tür. Meine Nervenenden zucken. Gestern habe ich Josh gesagt, wann er kommen soll, aber nicht, wo wir hingehen. Vor allem, weil ich es bis dahin noch nicht entschieden hatte.

Drei Jahre ängstliches Verlangen strömen durch meinen Körper. Was, wenn ich mich irre? Was, wenn das hier nicht das ist, was ich immer wollte?

Was, wenn doch?

Ich öffne die Tür.

Josh ist beängstigend sexy. Es ist der erste kühle Herbstabend und er hat einen aparten Wollmantel an. Der Kragen ist auf diese selbstbewusste, aber nachlässige Art hochgeschlagen, die nur Künstler abziehen können. Ich habe ihn schon öfter in diesem Mantel gesehen, diesem wunderschönen Ausgeh-Mantel, aber dies ist das erste Mal, dass er ihn für mich trägt.

»Dusiehsttollaus.«

Nur purzeln diese Worte aus seinem Mund und nicht aus meinem.

Ich habe ein todschickes Kleid an und meine Haare liegen in hübschen, ordentlichen Wellen. Meine Lippen sind rot angemalt. Maman hat mir mal geraten, die auffälligste Farbe dort zu platzieren, wo die Leute hingucken sollen. Ich beiße mir auf die Unterlippe. »Danke. Du aber auch.«

Josh steckt nervös die Hände in die Taschen und zieht die Schultern nach oben.

Mein Atem ist flach. Als würde ich nicht genug Sauerstoff bekommen. »Ich dachte mir, wir gehen ins Centre Pompidou. Da gibt es eine Ausstellung von so einem abgefahrenen Fotografen aus Finnland. Angeblich soll er total verrückt sein und ich fand, das könnte ganz interessant sein. Aber vielleicht ist das auch doof, wenn du willst, können wir auch was anderes machen …«

»Nein.«

Das Blut steigt mir in die Wangen. »Nein?«

»Ich meine, wir sollten da hingehen. Klingt cool.«

»Oh.« Ich schlucke den riesigen Kloß runter, der in meinem Hals saß. »Okay. Schön.«

Längeres Schweigen. Josh macht einen übertriebenen Schritt zur Seite. »Leider musst du dafür wohl dein Zimmer verlassen.«

Ich lache auf und es klingt, als hätte ich Helium eingeatmet. »Stimmt. Ist eine Weile her, dass ich so was hatte. Ein Date. Hab ganz vergessen, wie das geht.« Ich schließe die Tür hinter mir und könnte im Erdboden versinken. Kaum haben wir zwei Schritte durch den Flur gemacht, springt meine Tür wie ein Schachtelteufel wieder auf.

Josh knallt sie mit einer gezielten Bewegung zu. »O Mann. Es ist echt zu blöd, dass irgend so ein Trottel dein Schloss ruiniert hat.«

Diesmal muss ich wirklich lachen und es klingt aufrichtig und normal. Und dann sagt mein Date das Beste, was man in dieser Situation sagen kann: »Ist schon okay. Ich hatte auch schon länger keins mehr.«

Mein Lächeln wird dreimal so breit.

Josh grinst. »Gib mir einfach deine Hand.«

»W-Was?«

»Deine Hand«, wiederholt er. »Gib sie mir.«

Ich strecke meine zitternde rechte Hand aus. Und – in einem Augenblick, der sich anfühlt, als würden sich hundert Träume gleichzeitig erfüllen – Joshua Wasserstein verflechtet seine Finger mit meinen. Ein heftiger Energieschwall schießt mir direkt in die Adern. Direkt ins Herz.

»Na also«, sagt er. »Darauf warte ich schon lange.«

Nicht annähernd so lange wie ich.

Kapitel neun

Das Centre Pompidou ist das Museum für moderne Kunst, ein riesiger Gebäudekasten, der aussieht, als wäre er auf links gedreht worden. Seine innere Struktur ist nach außen gekehrt und farblich gekennzeichnet: Wasserrohre grün, Klimaanlage blau, Elektrik gelb, Beförderung rot. Die knalligen Farben passen überhaupt nicht zur vornehmen grauen Eleganz der restlichen Stadt. Aus irgendeinem Grund mag ich sie deshalb aber umso mehr.

Es hätte mir nichts ausgemacht, zu Fuß hierherzugehen – mein Sushi-Restaurant ist gleich um die Ecke, ganz zu schweigen vom Baumhaus –, aber Josh hat nur einen einzigen Blick auf meine Absätze geworfen und mich zum nächsten Taxistand geführt. Tatsächlich trage ich meine höchsten Schuhe. Josh ist trotzdem noch mindestens fünfzehn Zentimeter größer als ich, aber ich weiß, ich kann seine Lippen erreichen, falls er mich zu küssen versucht. Hoffentlich versucht er es.

Die Eingangshalle des Museums besteht aus silbernem

Metall und blendendem Neon. Als wir am Auskunftsschalter vorbeigehen, nimmt Josh wieder meine Hand. Unsere Handteller sind verschwitzt. Es ist himmlisch. Wir fahren mit den überfüllten Rolltreppen neben einer Wand aus Stahl und Glas ganz weit nach oben. Die glitzernden Straßen von Paris erstrecken sich bis zum Horizont. Wir unterhalten uns über die funkelnden Kleinigkeiten, die wir sehen – Menschen, Autos und Kathedralen, sogar den Eiffelturm –, aber es ist nicht so, dass wir uns nichts Wichtiges zu sagen hätten. Eigentlich hätten wir uns jede Menge zu sagen.

Aber wie fängt man damit an?

Wir wechseln zwischen der vierten und der fünften Etage die Rolltreppen und ich stehe jetzt mit dem Gesicht zu Josh auf der Stufe über ihm. Unsere Augen sind auf gleicher Höhe. Wir lachen, ich weiß nicht mal genau, warum, und er hält mich jetzt an beiden Händen, und – plötzlich – beugt er sich zu mir herüber.

Das ist der Moment.

Josh zögert. Er überlegt es sich anders und lehnt sich wieder zurück. Ich beuge mich vor, um ihm zu signalisieren, der Zeitpunkt ist genau richtig, ich bin bereit, lass es uns tun. Sein Lächeln kehrt zurück, wir schließen die Augen, seine Nase stößt an meine und … *piep!*

Wir zucken zusammen. Seine Hosentasche piepst erneut.

»Sorry«, sagt er nervös. »Tut mir leid.« Er löst die Hände von meinen und zieht sein Handy hervor, um den Ton auszustellen. Als er das Display anmacht, bricht er unerwartet in Gelächter aus.

In mir pulsiert alles. »Was ist denn?«

»Er hat einen Job.« Josh schüttelt den Kopf. »Er hat tatsächlich einen Job.« Er hält das Handy mit dem Display in meine Richtung und ich sehe den Schnappschuss eines grinsenden Typen mit Wuschelhaaren und Polyesterweste. Er macht das Victory-Zeichen, den zum V erhobenen Zeige- und Mittelfinger. Es ist Joshs bester Freund, Étienne St. Clair.

Ich lächle trotz unseres verhinderten Kusses. »Wo studiert St. Clair jetzt eigentlich?« Aus mir unbekannten Gründen wird Joshs Freund von allen Leuten bei seinem Nachnamen genannt.

»Kalifornien. Berkeley. Er hat gesagt, er würde einen Job in einem Kino bekommen, aber ich hab ihm nicht geglaubt.« Josh schüttelt wieder den Kopf, als wir die letzte Rolltreppe betreten. »Der hat in seinem ganzen Leben noch nicht gearbeitet.«

»Du denn?« Das haben nämlich nicht viele auf unserer Schule.

Josh macht ein finsteres Gesicht. Er schämt sich für seine Antwort und sein Geständnis umfasst nur ein Wort. »Nein.«

»Ich auch nicht.« Wir beide tragen die Schuld der Privilegierten.

Josh wirft noch einen Blick auf sein Handy. Ich beuge mich zu ihm hinüber und betrachte das Foto eingehender. »Uff.

Das ist ja eine hässliche Arbeitskleidung. Wem steht schon eine kastanienbraune Polyesterweste?«

Josh grinst.

Wir sind am Ende der Rolltreppe angekommen. Josh tippt eine schnelle Antwort ein, stellt das Handy auf lautlos und steckt es in die Tasche zurück. Ob er St. Clair wohl von unserer Verabredung erzählt hat? Ob ich wohl berichtenswert bin?

Wir gehen auf die Galerien zu, aber die Menschenmenge im Restaurant auf der obersten Etage macht uns stutzig. Die Tische sind herausgeräumt worden und Scharen von superschlanken Models mit weißen Kraushaarperücken, weißem Lippenstift und puppenhaften weißen Rougekreisen balancieren Tabletts mit Sektgläsern durch die Menge. Josh dreht sich zu mir um und sieht mich herausfordernd an. »Sollen wir?«

»Klar, warum nicht«, antworte ich mit einem ebensolchen Zwinkern. »Ich finde schon.«

Wir schlüpfen hinein, und Josh schnappt sich zwei Sektflöten, als das erste Tablett vorbeihuscht. Wir sind hier mit Abstand die jüngsten Gäste. Das muss eine Privatparty sein. Der Lärm aus aufgeregten Stimmen und ausgefallener, kaleidoskopartiger Musik macht den Raum ungewöhnlich laut für Paris. »Das ist ja wie Silvester hier drinnen«, brülle ich.

Josh bückt sich und brüllt zurück. »Aber nicht das echte. Nur das falsche, tolle, das man immer in Filmen sieht. In

Wirklichkeit sitze ich an Silvester immer allein in meinem Zimmer und sehe fern.«

»Stimmt genau!«

Josh reicht mir ein Glas und deutet mit dem Kopf auf eine der riesigen dekorativen Aluminiumschalen. Wir stellen uns darunter. Hier ist der Lärm etwas gedämpfter und ich erhebe mein Glas. »Auf das neue Jahr? Unser neues Schuljahr?«

Er legt sich theatralisch die Hand aufs Herz. »Tut mir leid. Aber auf den Ort kann ich einfach keinen Toast ausbringen.«

Ich muss lachen. »Na gut, wie wär's dann mit ... Comics? Oder Joann Sfar?«

»Hiermit« – Josh erhebt sein Glas mit gespielter Gewichtigkeit – »bringe ich einen Toast auf neue Anfänge aus.«

»Auf neue Anfänge.«

»*Und* auf Joann Sfar.«

Ich muss wieder lachen. »Auf Joann Sfar.« Wir stoßen an und er sieht mir nach französischem Brauch dabei fest in die Augen. Mein Lächeln wandelt sich zu einem breiten Grinsen. »Ha! Ich wusste es.«

»Was wusstest du?«

»Du hast mir in die Augen gesehen. Du tust immer so, als wüsstest du nicht, wie die Dinge hier laufen, dabei weißt du es ganz genau. Ich wusste es! Du bist ein viel zu guter Beobachter.« Ich nippe triumphierend an meinem Glas. Der sprudelnde Sekt kitzelt an der Zungenspitze und mein Grinsen wird so riesig, dass Josh zu lachen anfängt.

Danke, Frankreich, dass Jugendliche hier Alkohol trinken dürfen.

Na ja, achtzehnjährige Jugendliche. Und das sind wir ja fast.

Josh schmunzelt. »Vielleicht habe ich dich ja auch nur angesehen, weil ich dich ansehen wollte.«

»Ich wette, du sprichst auch viel besser Französisch, als du zugibst. In der Schule benutzt du es nie, aber bestimmt sprichst du es fließend. Man kann sich noch so dumm stellen, irgendwann verrät man sich doch mit dem, was man tut. In solch kleinen Momenten wie diesem.«

Anscheinend verschluckt er sich an den Sprudelbläschen. Er hustet und prustet. »Sich dumm stellen?«

»Stimmt doch, oder? Du sprichst es fließend.«

Josh schüttelt den Kopf. »Nicht jeder wächst in einem zweisprachigen Haushalt auf.«

»Aber ich wette, du kannst es trotzdem ziemlich gut.«

»Vielleicht. Vielleicht auch nicht.« Zum Glück hellt sich seine Miene wieder auf.

»Und warum tust du so, als wüsstest du bestimmte Dinge nicht?« Meine Finger spielen mit dem Stiel des Sektglases. »Oder als wäre dir alles egal?«

»Mir *ist* alles egal. Fast alles«, verbessert er sich.

»Aber warum stellst du dich dumm?«

Er trinkt noch einen ziemlich großen Schluck Sekt. »Also fürs erste Treffen stellst du ganz schön schwierige Fragen.«

Eine peinliche Röte überzieht mein Gesicht und meinen Hals. »Entschuldigung.«

»Ist schon okay. Ich mag Mädchen, die mich herausfordern.«

»Ich wollte dich nicht heraus–«

»Tust du auch nicht.«

Ich ziehe eine Augenbraue hoch und er lacht.

»Wirklich«, sagt er. »Ich mag Mädchen, die was im Kopf haben.«

Ich erröte noch mehr. Ob er wohl weiß, dass ich die Jahrgangsbeste bin? Ich rede nie darüber, weil ich nicht möchte, dass die Leute mich danach beurteilen. Aber es stimmt, seine Exfreundin war auch klug. Rashmi war letztes Jahr die Zweitbeste des Abschlussjahrgangs.

Josh sagt noch etwas, aber der Lärmpegel im Restaurant steigt seit einer Weile und hat das Maximum erreicht. Ich schüttle den Kopf. Josh versucht es noch einmal, aber ich verstehe ihn immer noch nicht, also nimmt er meine Hand. Wir leeren unsere Gläser und quetschen uns durch die Menge. Josh knallt die Gläser auf ein vorbeikommendes Tablett, führt mich an einem letzten Pulk von Partygästen vorbei und wir gelangen keuchend und lachend auf den Flur.

»Uff«, sagt Josh. »Das wäre geschafft.«

Ich deute in die Richtung der Galerien. Wir durchschlendern sie Hand in Hand. Aber die Luft hier ist kalt und erinnert mich fast an eine Leichenhalle. Die spärlich eingerichteten Zimmer werden immer seltsamer. Miniaturskulpturen von alltäglichen Gegenständen, die man sich in der Hocke anschauen muss. Ein Kurzfilm über ein Fastfoodlokal, das absichtlich mit Wasser überflutet wird. Eine Sammlung von Marionetten, die Buntstifte in den Hintern gesteckt bekommen haben.

»Das sieht aus, als …«

»Als wäre es unbequem?«, beendet Josh meinen Satz.

»Ich wollte sagen, als wären das ziemlich bunte Zäpfchen.«

Er bricht in schallendes Gelächter aus und eine ältere Frau mit einem toten Fuchs um die Schultern funkelt uns böse an. Der Fuchs ist in einem erschreckenden Lilaton gefärbt worden. Josh flüstert mir ins Ohr: »Deshalb hat er eine so knallige Farbe. Dem steckt auch ein Buntstift im Hintern.«

Ich verberge mein Gekicher, aber ohne Erfolg. Die Frau sieht uns erneut böse an und wir eilen in den nächsten Raum. »Ach herrje. Das Ganze hier ist … nicht das, was ich mir erhofft hatte.«

»Ach was.« Aber er lacht dabei weiter.

Ich schüttle den Kopf. »Ich wollte ja was Abgefahrenes, aber das hier ist mir irgendwie *zu* abgefahren.«

»Macht doch nichts. Hauptsache, ich bin mit dir zusammen. Dann ist es ganz egal, wo wir sind.«

Mein Herz schmilzt dahin. »Geht mir genauso.«

Josh drückt meine Hand. »Komm.« Er zieht mich beim Gehen näher zu sich und wir stoßen aneinander. Es fasziniert mich, wie fest er ist. Wie real. Muskeln und Haut und Knochen. »Wir haben deinen finnischen Künstler noch gar nicht gesehen. Vielleicht ist er da drüben?«

Er ist versteckt in einer hinteren Ecke des Museums. Die Wände sind mit einer Collage aus Hunderten, vielleicht sogar Tausenden körniger, ungerahmter Fotografien beklebt. Wir sehen uns das Bild einer zerknüllten Mini-Chipstüte genauer an. Der Künstler hat vor dem Fotografieren eine Notiz auf einen Zettel gekritzelt und als eine Art Etikett neben den Gegenstand gelegt. Die Notiz ist auf Finnisch, aber es steht auch ein Datum drauf.

»Aha«, sagen wir beide gleichzeitig.

Josh zeigt auf ein weiteres Foto. Einen leeren Sitzplatz im Bus, ebenfalls beschriftet. »Heißt das, er katalogisiert seinen Alltag?«

Ich suche nach einem Schild auf Französisch, entdecke es neben der Tür und gehe hinüber, um es zu lesen. »Das sind nicht seine Sachen. Sie gehören einer Frau.«

Josh pfeift leise. »Kein Wunder, dass das hier wie das Schlafzimmer eines Stalkers aussieht.« Er beugt sich vor. »Ach du Scheiße. Guck dir das hier an. Ja, ich glaube, das ist tatsächlich Scheiße.«

Ich renne zu ihm zurück. »Wie ist er denn an ihre Scheiße gekommen?«

»Vielleicht ist er nach ihr auf eine öffentliche Toilette gegangen? Wahrscheinlich wollte er ein Bild vom Klo machen und hatte Glück. Vielleicht ging die Spülung nicht.«

Ich muss laut prusten.

»Also ich warte ja schon ewig darauf, dass *du* mir was hinterlässt, aber du suchst dir immer die funktionierenden Toiletten aus.«

Ich stöhne mit gespieltem Entsetzen und stupse ihn an. Er schubst mich lachend zurück, und ich kreische auf, als die Dame mit dem lila Fuchs hereinkommt. Sie wirft uns giftige Blicke zu. Wir richten uns auf, können das Gekicher aber kaum zurückhalten, als wir versuchen, uns auf das Bild einer weggeworfenen Coladose zu konzentrieren. »Die Herzdame dieses Typen ist ein ziemlicher Schmutzfink, findest du nicht?«

Ich bedecke meinen Mund wieder mit den Händen.

»Ein richtiger Messie.«

»Aufhören«, zische ich. Meine Augen beginnen zu tränen. »Meine Güte, guck dir mal das hier an! Wie ist er bloß an ihre abgeschnittenen Zehennägel gekommen?«

»Wenn du mein Mädchen wärst«, flüstert er, »würde ich auch gruselige Bilder von deinem Müll machen, sobald ich wüsste, dass du nicht hinsiehst.«

»Wenn du *mein* Mädchen wärst«, flüstere ich zurück, »würde ich die gruseligen Bilder in einem ausländischen Museum ausstellen, damit du nicht weißt, dass ich gruselige Bilder mache.«

Josh lacht schallend auf und die Frau wirbelt herum und stampft tatsächlich mit dem Fuß auf. Wie eine Comicfigur.

Das gibt uns den Rest. Wir können nicht mehr und wiehern vor Lachen, als wir den Raum verlassen und auf die Rolltreppe zurennen.

»Wenn du mein Mädchen wärst«, sage ich und kriege kaum Luft, »würde ich dir die Haut abziehen, sie lila färben und dich wie einen Schal auf vornehmen Versammlungen tragen!«

Josh bleibt stehen und krümmt sich vor Lachen. »Oh, Mist.« Er wischt sich eine Träne aus dem Auge. Zwei Museumswächter stürmen um die Ecke. »Lauf, lauf, lauf, lauf!«

Wir rasen durch den Flur und die Wächter nehmen unsere Verfolgung auf. Als wir auf die Rolltreppe springen, geben sie komischerweise auf. Nach ungefähr zehn Metern. Sie schnalzen mit der Zunge und wir verschwinden aus ihrem Blickfeld. »So viel zum Thema Sicherheit.« Josh tut so, als wäre er bestürzt. »Vielleicht sollten wir ein Gemälde stehlen.«

Ich lache. Er steht auf der Stufe unter mir und beobachtet mich. Strahlend. Es knistert so intensiv zwischen uns, dass man es fast sehen kann. Er nimmt meine Hand, dreht sie um und untersucht sie. Sie ist so viel winziger als seine. »Wenn du mein Mädchen wärst«, sagt er mit fragendem Unterton, »würde ich dich von der vornehmen Versammlung entführen und dich an einen weniger pompösen Ort bringen.«

Ich lege meinen Daumen auf einen Tintenfleck an seinem Zeigefinger. »Und wenn du meins wärst, würde ich dir verraten, dass ich einen guten Ort ein Stück weit die Straße rauf kenne.«

Er hebt den Kopf und zieht die Augenbrauen hoch.

Ich lächle.

»Wenn du mein Mädchen wärst«, erwidert er, doch in diesem Moment gibt es einen Knall auf dem Hof und ich verpasse die Pointe. Ein krachendes Feuerwerk ergießt sich in Rosa, Grün, Blau, Weiß, Grün, Rosa, Orange. Die Museumsbesucher auf den Rolltreppen nach oben brechen in rasenden Beifall aus, während wir weiter nach unten fahren. »Wenn du mein Mädchen wärst«, wiederholt Josh und drückt seine Nase an mein Ohr. Ich drehe den Kopf, und die Lichter, der Lärm und die Leute verschwinden. Der Abstand zwischen uns verschwindet.

Unser Kuss ist alles andere als zaghaft.

Seine Lippen pressen sich fest auf meine und meine pressen fest zurück. Unsere Münder öffnen sich. Unsere Zungen begegnen sich. Wir sind hungrig, fast wie im Taumel. Obwohl ich die Augen geschlossen habe, blitzt seine Gestalt vor mir auf, erleuchtet vom Spektakel dort draußen. Hell, dunkel, hell, dunkel. Er schmeckt nach Sekt. Er schmeckt nach Begierde. Er schmeckt nach der Erfüllung meines sehnlichsten Verlangens.

Kapitel zehn

Unsere Münder kleben immer noch aneinander, als Josh auf seiner Stufe das Erdgeschoss erreicht. Eine Reihe von Dingen ereignet sich in schneller Abfolge: Während meine Stufe noch nach unten wandert und er wieder größer wird als ich, schlägt sein Kinn gegen meine Nase, die sich nach oben bewegt. Ich verliere das Gleichgewicht, stolpere vorwärts und werfe uns beide auf den glatten Betonboden des Museums.

»O Mann.« Josh blickt zu mir auf und sieht mich erschrocken an. »O Mann!«

Blut strömt mir aus der Nase.

»Ist sie gebrochen? Hab ich dir die Nase gebrochen?«

Ich berühre sie und zucke zusammen, schüttle aber den Kopf, um zu sagen, dass es nicht schlimm ist. Dann zupfe ich mein Kleid wieder über meine unanständig entblößten Oberschenkel. »Alles gut.« *Allef gut.*

Josh hilft mir auf und führt mich von der Rolltreppe weg. Er klopft sich hektisch den Mantel ab und sucht irgendwas, findet es aber nicht. Ein mitfühlender Beobachter zieht ein stilvolles Einstecktuch mit Blumenmuster hervor und reicht es mir.

»Merci«, sage ich zu dem eleganten Herrn. *Mbär-fii*. Ich halte es mir ein paar Sekunden lang an die Nase, und als ich es wieder herunternehme, sieht es aus, als hätte es ein Verbrechen gegeben.

»Nein, nein.« Josh sagt immer wieder das Gleiche vor sich hin. »Es tut mir leid. Es tut mir so leid.«

»Ist schon okay.« Hoffentlich kann er meine Stimme verstehen. »Nur eine blutige Nase.« Ich halte dem Mann unsicher sein Einstecktuch hin, doch er wedelt heftig mit der Hand. *Schon in Ordnung, behalte es ruhig*. Ich nicke ihm noch einmal zum Dank zu, während Josh mich zur nächsten Damentoilette bringt. »Mir geht's wirklich gut«, versichere ich ihm. Trotzdem fasst er sich entsetzt an die Stirn, als ich durch die Tür verschwinde.

Schadensbegutachtung. Das Blut läuft noch immer, mein Kinn ist rot gefärbt wie eine Tomate und morgen werde ich einen fiesen blauen Fleck haben. Ist mein Kleid wenigstens noch sauber? Eine Frau mit makelloser ebenholzfarbener Haut und unwiderstehlichen Wangenknochen kommt aus einer Kabine. Sie gibt einen erschrockenen Laut von sich. »Was ist denn passiert?«, fragt sie auf Französisch. Und schon zieht sie eine ganze Packung Taschentücher aus der Handtasche und drückt mir die Tücher in die Hand.

»Das passiert mir ständig«, sage ich. »Das ist so peinlich.«

Nur der erste Teil ist gelogen.

Ich halte ein Tuch hoch, drücke vorsichtig den Nasenrücken zusammen und warte, dass es aufhört zu bluten. Und warte. Und warte. Ich dränge die Frau zu gehen, weil es seltsam ist, von einer Fremden so lange angestarrt zu werden, selbst wenn es eine wohlmeinende Fremde ist. Endlich geht sie. Sofort höre ich, wie Josh sie in panischem, aber sprachlich fehlerfreiem Französisch fragt, ob mit mir alles in Ordnung sei.

Aha! Wusste ich's doch.

Als es endlich zu bluten aufhört, komme ich mit einem breiten Lächeln aus der Damentoilette. Josh ringt die Hände. »Es tut mir so leid, Isla. Bist du sicher, dass sie nicht gebrochen ist?«

Ich grinse noch breiter. »Absolut sicher.«

Sein Unbehagen lässt nach, aber nur kurz, dann runzelt er verwirrt die Stirn.

»*Un nouveau record*«, sage ich. »*Combien de temps ça t'a pris? Une heure?*« Ein neuer Rekord. Wie lange hat das gedauert? Eine Stunde?

Josh kneift die Augen zusammen. Er begreift, dass ich ihn dabei ertappt habe, wie er fließend Französisch spricht, obwohl er mir oben zu verstehen gegeben hat, dass er es nicht beherrscht. »*Au moins quatre-vingt-dix minutes*«, gibt er widerwillig zu. Mindestens neunzig Minuten. So wenig Zeit habe ich gebraucht, um die Wahrheit zu erfahren.

Ich sehe ihn an. Ich sehe ihn noch fester an.

Schließlich schüttelt er den Kopf und lacht. Ich lächle – liebenswürdig diesmal –, damit er weiß, dass sein Geheimnis bei mir gut aufgehoben ist. Josh reibt sich den Nacken. »Wahrscheinlich hast du jetzt keine Lust mehr, mir deinen anderen Ort zu zeigen? Den weniger pompösen, wo wir unser Date fortsetzen können?«

»Ich weiß nicht recht«, necke ich ihn. »Das ist ein geheimer Ort. Kann ich dir vertrauen?«

»Ich kann sehr gut Geheimnisse für mich behalten.«

Ich stupse ihn sacht an. »Das weiß ich doch.«

Draußen ist die Luft böig und frisch, was mein Gefühl, verwegen zu sein, noch verstärkt. Ich weiß nicht, ob ich Kurt erzählen kann, was ich vorhabe, oder ob ich hiermit irgendeinen Freundschaftskodex verletze. Könnte sein. Aber es ist mir egal.

Wir strahlen förmlich vor Freude, das Prickeln des Abends ist zurückgekehrt, als wir die nächsten vier Blocks hinaufeilen. Ich biege links in die Rue Chapon ab und führe Josh zu einem Haus mit abblätternder weißer Farbe und roten Fensterläden aus Holz. Am Tastenfeld bleibe ich stehen. Josh wirkt überrascht, vielleicht sogar schockiert. »Sag jetzt nicht, du hast eine Wohnung.«

Ich tippe den Code ein und die Tür summt. Ich lächle Josh verschmitzt an. »Tritt ein.«

»Ich dachte, wir gehen in eine Bar oder einen Club oder so was. Jetzt bin ich aber neugierig, Martin.«

Ich rümpfe die Nase.

Josh verzieht das Gesicht. »Hast recht. Mit einem männlichen Vornamen als Nachnamen funktioniert das eigentlich nicht, stimmt's?«

Ich betrete lächelnd die Treppe und er folgt mir leise. Nach mehreren Stockwerken wirft er mir einen fragenden Blick zu. »Bis ganz oben«, sage ich. Wir steigen die Wendeltreppe bis zum obersten Absatz hinauf. Josh sieht zur lilafarbenen Tür mit der Fußmatte im Leopardenmuster hinüber. Erwartungsvoll. Nervös. »Nicht die.« Ich lenke ihn um eine verborgene Ecke herum und auf eine zweite, kleinere Tür zu. »Die hier ist es.«

Er zieht am Knauf und stellt fest, dass sie verschlossen ist. Ich fische den Hausschlüssel ganz unten aus meiner Handtasche. Er ist schwer und aus Eisen. »Weißt du«, sagt Josh, »wenn du nicht so winzig und süß wärst und nicht so wahnsinnig unschuldig aussähest, würde ich jetzt davonlaufen. Das hier kommt mir vor wie die Kulisse für einen Folterporno.«

»Traue niemals einem Mädchen, nur weil es unschuldig aussieht.« Ich schwenke den Schlüssel vor ihm hin und her, aber mein Herz klopft schneller. Er hat gesagt, ich sei süß.

Ich drehe den Schlüssel herum, das Schloss macht ein dumpfes Geräusch und die Tür öffnet sich knarrend.

Josh späht in die Dunkelheit. »Aha. Noch mehr Treppen. War klar.«

»Nur noch eine. Versprochen.«

Er folgt mir hinein, und ich bedeute ihm, die Tür zu schließen. Wir sind von pechschwarzer Finsternis umgeben. »Warte hier«, flüstere ich.

»Holst du deine Axt?«

»Handschellen.«

»Ausgefallen. Aber okay, probier ich mal aus.«

Ich steige lachend die letzte Treppe hinauf. Sie ist schmal, uneben und steil, deshalb bin ich sehr vorsichtig. Dann hebe ich einen Arm über den Kopf, bis meine Finger die Klapptür finden. Noch einmal den Schlüssel herumdrehen, ein kräftiger Stoß mit dem Handballen und sie fliegt auf. Der Treppenschacht erhellt sich. Ich blicke nach unten. Josh sieht zu mir herauf, versunken in Sternenschein und Staunen.

Er betritt die Dachterrasse in stummer Ergebenheit. Ich schließe die Klapptür und wir stehen inmitten einer funkelnden, flimmernden Großstadtlandschaft.

»Von hier aus kann man alles sehen«, stellt er fest. Zum ersten Mal höre ich Ehrfurcht in seiner Stimme. Die Windungen des Flusses, die bröckelnden Kathedralen, die ausgebreiteten Paläste und alles, ja, alles ist von hier oben zu sehen. Die Aussicht ist sogar noch besser als die im Pompidou. In der Stadt der Liebe pulsiert das Leben und die Veranstaltungen der Nuit Blanche sind in vollem Gang.

»Willkommen im Baumhaus.« Ich strahle vor Freude und Stolz. »Ich hatte noch nie ein echtes, aber das hier ist ein ganz guter Ersatz. Man muss sich nur noch den Baum dazu vorstellen.«

»Ich glaub's nicht. Das hier gehört dir?«

»Meiner Tante. Tante Juliette wohnt in dem Apartment mit der lila Tür. Als kleines Mädchen hab ich immer hier oben gespielt und in meinem zweiten Jahr an der Highschool hat sie mir dann den Schlüssel gegeben. Kurt und ich brauchten einen … Zufluchtsort.«

Josh lässt die Umgebung auf sich wirken, sieht sich jedes Detail genau an und verarbeitet es. Die Terrasse ist quadratisch, gemütlich und mit einer Vielzahl abgenutzter Gegenstände vollgestellt: einer Holzleiter, zwei nicht zusammenpassenden Korbstühlen, einem moosbewachsenem Terrakottatopf mit einem winzigen Rosenstrauch darin, aufgestapelten runden Steinen, einem gesprungenem Spiegel mit Goldrahmen, einer Sammlung hellgrüner Sodaflaschen, einem Überseekoffer mit kaputtem Schloss und dem Kopf eines weißen Karussellpferdes. Drumherum ist eine niedrige Betonmauer.

»Das sind alles Sachen, die wir gefunden haben«, erkläre

ich Josh. »Wir sammeln sie auf der Straße. Wir haben die Regel, dass nichts von unserem *décor«* – dieses Wort sage ich halb scherzhaft, halb im Ernst – »gekauft werden darf.«

Josh hockt sich hin und berührt vorsichtig die Mähne des Pferdes. »Solche Sachen lassen die Leute auf der Straße liegen?«

»Vor ihren Häusern. Sie stellen sie für die Müllabfuhr raus.«

»Was ist hiermit?« Er zeigt auf eine angeschlagene Porzellanschale, die bis zum Rand mit frischem Wasser gefüllt ist.

»Die ist für Jacque. Das ist der streunende Kater, der sich manchmal bei uns herumtreibt.«

Josh schüttelt den Kopf. »Das ist … ja, das ist unglaublich. Bestimmt bringst du alle deine Liebhaber her.«

Er sagt es im Scherz, aber als er wieder aufsteht, spüre ich eine echte Frage dahinter. »Es gab nur einen. Und nein, er hat keine Einladung bekommen.« Ich beuge mich vor, um eine dicke, bunt karierte Decke aus dem Überseekoffer zu ziehen. »Okay. Ich hab gelogen.«

»Du hast ihn *doch* hier hergebracht.«

Ich halte die Decke hoch und lache. »Nein. Die hier hab ich gekauft. Ich hab sie nicht auf der Straße gefunden.«

Josh atmet kaum hörbar, aber eindeutig erleichtert auf. Darüber muss ich lächeln. Ich lege die Decke auf den Boden. Wir setzen uns einander gegenüber im Schneidersitz hin.

»Erzähl mir von ihm«, bittet er. »Verrate mir, auf wen ich eifersüchtig sein muss.«

»Okay. Er heißt Jacque, ist nicht besonders groß und hat ganz entzückende Pfötchen.«

»Komm schon.«

»Der Typ ist unwichtig. Es ist nicht so, dass ich zwei Jahre mit ihm zusammen war«, füge ich spitz hinzu.

»Erinner mich bloß nicht daran.« Dann stupst er nach einem kurzen Moment mein Knie an. »Erzähl weiter.«

Ich seufze. »Er heißt Sébastien. Er ist Franzose. Seine Schule ist zehn Minuten von unserer entfernt. Und meine Tante hat das eingefädelt.«

»Ach du Schreck.« Josh verzieht das Gesicht. »Die Tante, die unten wohnt?«

»Genau die. Tante Juliette ist mit seiner Mutter befreundet. Letzten Winter haben sie uns beide zum Brunch eingeladen, ohne uns zu sagen, dass der andere auch kommen würde. Es war demütigend. Aber komischerweise ... hat es sofort gefunkt. Ein paar Monate lang waren wir still und heimlich zusammen.«

»Still und heimlich?«

»Wir wollten unseren neugierigen Verwandten nicht verraten, dass ihr Plan funktioniert hatte.« Ich halte inne und grinse vielsagend. »Also haben wir das auch nicht.«

»Wusste überhaupt jemand davon?«

»Klar. Kurt wusste davon und Sébastiens Freunde auch.«

»Und … was ist dann passiert?«

Ich senke den Blick. »Es stellte sich heraus, dass er kein netter Kerl war. Er mochte Kurt nicht besonders.«

»Das tut mir leid.« Josh verzieht wieder das Gesicht. »Wie ernst war es denn? Davor?«

»Du meinst, ob wir Sex hatten?«

Er ist verblüfft über meine Offenheit und zieht beschämt den Kopf ein.

»Hatten wir«, sage ich.

Er versucht seine Überraschung zu verbergen. Schon wieder. Wahrscheinlich denken alle in der Schule, dass ich noch Jungfrau bin – falls sie nicht denken, dass ich mit meinem besten Kumpel ins Bett gehe.

»*So* ernst war es aber auch wieder nicht«, erkläre ich. »Ich meine, wenn man als Halb-Französin aufwächst, ist Sex kein so großes Tabu. Klar, man muss aufpassen und verhüten und so, aber er ist nicht dieses typisch amerikanische, sittenstrenge Maß aller Dinge. Verstehst du? Allerdings war Sébastien der Einzige. Du sollst nicht den falschen Ein–«

»Nein.« Er schüttelt rasch den Kopf. »Verstehe.«

Langes Schweigen. »Wie sieht es bei dir aus?«

»Genauso. Nur die eine.«

Der Wind nimmt zu und ich reibe mir die nackten Arme. »Aber du hast sie geliebt.«

»Das dachte ich zumindest.« Josh blickt auf die Stadt hinaus. »Dann erkannte ich, dass ich sie nicht liebe, und sie erkannte, dass sie mich nicht liebt. Trotzdem sind wir zusammengeblieben, weil … Keine Ahnung, warum. Vielleicht weil wir dachten, wir sollten verliebt sein. Zumindest dachte ich das. Ich wollte verliebt sein.« Er sieht wieder zu mir. »Warst du jemals verliebt?«

»Nein.« *Ja. In dich.*

Auf der Straße unter uns fährt ein Motorrad vorbei. Wir lauschen, bis das knatternde Dröhnen verebbt. Josh wirft mir einen flüchtigen Blick zu und stutzt dann. »Du zitterst ja.«

»Oh, das macht nichts. Ich mag Kälte.«

Aber er ist schon auf die Knie gegangen und zieht seinen Mantel aus. Er schwingt ihn hoch und dann über meine Schultern und sein Gewicht verblüfft mich auf mehr als eine Weise. Mein Körper schmilzt vor Verlangen dahin. Der Mantel riecht nach Zitrusfrüchten und nach Tinte und nach *ihm*.

»Ich hab dich am nächsten Abend gesehen«, sagt er.

»Was?« Ich reiße die Augen auf. »An welchem Abend?«

»Letzten Sommer. Ich bin am nächsten Abend um Mitternacht wieder zum Kismet gegangen und hab dich dort gesehen. Es war zwar nur eine vage Vermutung, aber … ich hatte so eine Ahnung, dass du vielleicht da bist. Und das warst du dann auch.«

Ich kenne diese Ahnung. Ich hatte genau die gleiche. »Warum hab ich dich dann nicht gesehen?«

»Ich bin nicht reingegangen. Ich hab dich durchs Fenster gesehen, und du …«

»Ich war mit Kurt da«, beende ich den Satz.

»Also bin ich weitergegangen. Ich kam mir so blöd vor. Wenn ich es doch nur gewusst hätte. Ich wünschte, ich hätte es gewusst. Du warst so witzig und hast mit mir geflirtet und …«

»*Geflirtet?*«

»Ja.« Er grinst. »Ich hab dir irgendwie angemerkt, dass du mich magst.«

»O Mann.« Wie peinlich.

»Nein! Es war süß. Glaub mir, es war super-super-süß.«

»Klar, vielen Dank auch. Ich könnte im Erdboden versinken.«

»Nein. Ich meine es ernst. Ich habe dich immer schon gemocht, dachte aber immer, du magst mich nicht. Du wolltest nie mit mir reden. Deshalb hatte ich dich abgehakt, kam dann mit Rashmi zusammen und das war's dann. Erst letzten Sommer wurde mir klar, dass du einfach nur schüchtern bist.«

Moment, Moment. »Du hast mich immer schon gemocht?«

»Ein superintelligentes, scharfes Mädel, das auch noch Comics liest? Soll das ein Witz sein? Klar hatte ich dich auf dem Schirm.«

Scharf. Das ist mal ein Aufstieg. Noch nie hat mich jemand als »scharf« bezeichnet. Süß? Ja. Reizend? Ja, oft, und solche

Leute könnte ich an die Wand klatschen. Ich wusste nicht mal, dass klein gewachsene Mädchen überhaupt scharf sein können. Ich dachte, ich wäre für alle Zeiten auf den Elfen-Zwerge-Kinder-Status festgelegt.

»Tja, blutige Nasen sind natürlich super-scharf.« Ich kuschle mich tiefer in seinen Mantel.

Josh vergräbt stöhnend den Kopf in den Händen. »Ich kann gar nicht glauben, dass ich das getan habe.«

»Wohl eher die Naturgesetze.«

»Und mein Kinn.«

Ich muss lachen. »Aber bis auf den Schluss war es doch toll, oder? Sogar ein richtiges Feuerwerk hatten wir. Das war doch die Art von Kuss, die immer am Ende eines Films vor dem Abspann kommt, glücklich bis an ihr Lebensende und so weiter.«

»Leider nicht mein Verdienst.«

»Na ja … Spricht nichts dagegen, wenn du es noch mal versuchst.«

Er hebt den Kopf. »Mit dem Feuerwerk?«

»Mit einem zweiten ersten Kuss.«

»Ich glaube, das heißt nur noch zweiter Kuss.«

Ich stupse sein Knie mit meinem an. »Willst du mich wirklich dazu zwingen, dich noch mal darum zu bitten?«

»Ähm. Nein.« Schnell beugt er sich vor.

»Es sei denn, du willst nicht.« Ich lege eine Hand auf seine Brust. »Bist du sicher, dass du es willst?«

Er lächelt. »Du verdirbst gerade unseren zweiten ersten Kuss.«

»Ich wollte nur … sichergehen«, sage ich.

»Ich *bin* sicher.« Aber ein paar Zentimeter von mir entfernt zögert er. »Moment. Bist *du* denn sicher?«

»Klar.«

»Okay. Dann sind wir ja beide sicher.« Josh lächelt wieder. Er nimmt mein Gesicht in beide Hände. Seine Finger fühlen sich kalt an, aber unter ihnen wird mir warm. Wir sehen uns einen Moment lang an. Sein Lächeln verschwindet und dann beugt er sich ganz langsam herüber und küsst mich.

Es ist ein sanfter Kuss mit leicht geöffneten Lippen. Weich.

Josh zieht das Gesicht ein paar Zentimeter zurück. Er betrachtet meine Stirn. Meine Wangen. Mein Kinn, meine Ohren, meine Nase, meine Lippen.

»Was machst du da?«, frage ich.

»Ich wollte wissen, wie du von Nahem aussiehst.«

»Oh.« Es kommt heraus wie ein Hauch.

»Du hast Sommersprossen auf den Augenlidern«, stellt er fest.

Ich schließe die Augen und er küsst sie – ein zarter Kuss auf jedes Lid. Seine Nase wandert seitlich an meiner herunter und sein Mund bleibt über meinem stehen. Ich schlinge die Arme um seinen Hals. Unsere Lippen begegnen sich wieder und sind jetzt fordernder. Erforschender. Wir küssen uns, bis man es nicht mehr Küssen nennen kann, es ist jetzt eindeutig Knutschen, und seine Hände schieben sich unter den Mantel und um meine Taille.

Wir sinken auf die Decke.

Unsere Finger sind in den Haaren des anderen, ich spüre Joshs Atem in der Halsgrube und wünschte, die Welt würde uns hier und jetzt komplett verschlucken. Und da kommt mir ein Gedanke: Das hier, genau das hier, nennt man sich verlieben.

Kapitel elf

Wir küssen uns auf der Treppe, auf den Straßen der Rive Droite, auf der Brücke über die Seine, auf den Straßen der Rive Gauche. Wir küssen uns, bis unsere Münder ganz wund und unsere Lippen taub sind. Es ist so intensiv, dass ich erst ein paar Blocks vom Wohnheim entfernt merke, dass ich Blasen an den Füßen habe. Auf den Stufen der Saint-Étienne-du-Mont, einer Kirche gegenüber vom Panthéon, ziehe ich meine hochhackigen Schuhe aus und stöhne vor Erleichterung gequält auf.

»Blasen und eine blutige Nase.« Josh setzt sich neben mich. »Das ist ja gut gelaufen.«

Ich grinse und küsse ihn noch einmal.

»Diese Schuhe sind echt krass«, sagt er.

Ich wackle mit meinen roten Füßen. »Vielleicht waren sie ein bisschen zu heftig.«

»Dein Schuhwerk scheint generell abartig hoch zu sein. Wir wissen alle, dass du klein bist, das ist dir schon klar, oder? Das ist nicht gerade ein großes Geheimnis.«

»Pst.«

»Mir gefällt, dass du so winzig bist. Mir gefällt, dass ich dich in meiner Hosentasche herumtragen könnte.«

Ich stupse seinen Arm mit meiner Schulter an. »Ich hab ›Pst‹ gesagt.«

»Und falls wir mal zusammen verreisen, kannst du auf meinem Schoß sitzen, um das Flugticket zu sparen.«

Ich stupse ihn fester an und er lacht. Er versucht mich ebenfalls zu schubsen, aber ich bin schneller und er fällt auf die Stufen. Jetzt lacht er noch doller. Ich auch. »Geschieht dir ganz recht«, sage ich.

»Und jetzt verbüße ich meine Strafe.« Josh springt zu Boden und hält mir seinen Hintern hin. »Steig auf.«

»Was?«

»Du kannst in den Schuhen nicht laufen und die Straßen sind voller Scherben.«

»Moment mal. Willst du mich etwa huckepack nehmen?«

Er stöhnt mit gespieltem Ärger auf. »Steigst du jetzt endlich mal auf?«

»Dass ich klein bin, bedeutet noch lange nicht, dass ich nichts wiege.«

»Dass ich dürr bin, bedeutet noch lange nicht, dass ich kein kleines Mädchen tragen kann. Wie groß bist du, eins fünfundfünfzig?«

»Ja.« Ich bin überrascht, dass er genau richtig geraten hat. »Und du?«

»Eins fünfundachtzig. Also.«

»Spinner.«

Er grinst mich über die Schulter hinweg an. »Steig auf.«

Ich stehe auf, Schuhe in der Hand. »Na schön. Wenn du unbedingt willst.«

Josh geht in die Hocke und ich klettere auf seinen Rücken. Es ist, als würde ich versuchen, auf ein Vollblutpferd zu steigen. Er läuft so, dass ich nach oben rutsche, oberhalb seiner Taille, und ich schmiege mich an ihn. Ich schlinge die Arme um seine Schultern. Seine Hände liegen über meinem Kleid und halten mich im unteren Bereich der Oberschenkel.

»Aha, verstehe. Das Ganze war nur ein schlauer Trick.«

Er läuft in die Richtung unseres Wohnheims. »Trick?«

»Um gleich beim allerersten Date unter mein Kleid zu kommen.«

Sofort fühlt sich sein Nacken wärmer an. »War es nicht, versprochen.«

»Mm-hm.«

Sein Nacken wird noch heißer. Ich atme seinen Duft tief ein und bin außer mir vor Glück. In der Ferne feiert Paris noch immer, aber in unserer Gegend ist es still – Joshs Schritte sind die einzigen Geräusche. »Du kennst doch meinen Freund St. Clair?«, fragt er nach ein paar Minuten. »Er ist vielleicht zehn Zentimeter größer als du. Und seine Freundin Anna ist größer als er.«

»Kurt mag nur große Mädchen. Vielleicht bilde ich mir

deshalb ein, dass alle Typen lieber eine Freundin haben, die auf der eigenen Mundhöhe ist.« Es fühlt sich komisch an, diesen Gedanken jemandem anzuvertrauen.

»Dazu würde ich gern anmerken, dass wir kein Problem damit hatten, unsere Münder zu erreichen.« Er klingt, als würde er das mit einem Lächeln sagen. Ich lächle an seinem Nacken zurück.

Die nächsten paar Blocks geht Josh schweigend weiter. Leider ist es nicht gerade bequem, so zu sitzen, und nach seinem schweren Atem zu urteilen auch nicht gerade bequem, mich zu tragen. Trotzdem trägt er mich weiter huckepack den ganzen Weg bis zu unserem Wohnheim, durch die Eingangshalle und bis vor meine Tür. Das Absteigen ist schwierig, und wir beide haben mindestens leichte Schmerzen, aber das ist egal. Unsere Lippen finden wieder zueinander. Er ist außer Atem, drückt mich aber gegen meine Tür, bis sie aufspringt. Wir fallen in mein Zimmer.

Kurt sieht uns von meinem Bett aus überrascht an. »Du solltest wirklich mal die Tür reparieren lassen.«

Sonntag ist der einzige Tag, an dem Josh nicht nachsitzen muss, und er simst mir gleich, als ich aufwache. Wie gut, dass wir noch daran gedacht haben, unsere Nummern auszutauschen. Ich drücke mein Handy an mich und drehe mich im Bett herum.

»Pass auf«, murmelt Kurt.

»Er schreibt ›Guten Morgen‹.«

»Es ist Nachmittag. Schreib ihm, dass er sich irrt.«

Ich simse Josh »Guten Morgen« zurück und schlage ihm vor zu fragen, ob er nächsten Samstag auch frei haben kann. Immerhin ist es sein Sabbat. Und einen zwinkernden Smiley. Er schickt mir eine lange Reihe von Ausrufezeichen zurück, gefolgt von einem WARUM IST MIR DAS NICHT EINGEFALLEN??

Ich umarme Kurt. »Er mag mich. Er maaaaaag mich.«

»Sag bloß.« Trotzdem erwidert er meine Umarmung. »Das hab ich vermisst.«

»Ich auch.«

Gestern Abend haben wir gegen die Regel verstoßen. Nate ist wegen der Nuit Blanche ausgegangen, daher hat Kurt beschlossen hierzubleiben. Was hervorragend gepasst hat, denn so konnte ich mir jedes Detail von jeder Sekunde meines Dates noch einmal vergegenwärtigen. Bis ich gesagt bekommen habe, ich solle den Mund halten.

Er sieht mich erstaunt an. »Deine halbe Nase ist lila.«

Ich krabble aus dem Bett und stürze zum Spiegel. Mist. Ich tippe vorsichtig meine Nase an, zucke zusammen, weil sie so empfindlich ist, und seufze. »Immerhin ein Beweis, dass das gestern wirklich alles passiert ist, oder?«

Aber Kurt denkt schon wieder an heute. »Ich muss einen Geschichtsaufsatz bis morgen fertig haben und du musst für den Mathetest lernen. Willst du lieber hier arbeiten oder in meinem Zimmer?« Dann grinst er. Sein Zimmer ist widerlich und ich weigere mich, dort länger als nötig zu sein. Sauberkeit – in seinem Zimmer, in seiner Schultasche, in seinem Äußeren – steht nie auf Kurts Tagesordnung.

Ich gehe näher an mein Spiegelbild heran. »Ich weiß nicht. Josh und ich haben nichts ausgemacht, aber ich gehe davon aus, dass wir uns heute sehen.«

Kurt klettert aus meinem Bett und zieht seinen Kapuzenpulli an. »Das ist blöd.«

»*Du* bist blöd.«

»Ich wollte gerade Frühstück besorgen. Ich bin so wenig blöd, dass du gar nicht damit klarkommst.« Damit knallt er die Tür hinter sich zu. Ich warte darauf, dass sie wieder aufspringt, aber ausnahmsweise passiert das nicht. Er tritt sie auf. Wir lachen.

»Zehn Minuten«, sagt er.

Sonntags essen wir immer frische Baguettes von der *boulangerie* zwei Straßen weiter. Ich hole ein Nutellaglas, ein Messer und zwei uralte jadegrüne Tassen aus der dafür vorgesehenen Schublade und schalte den Wasserkocher ein. Ein gehäufter Löffel Instantkaffeemischung – Kurts bevorzugte ungenießbare amerikanische Marke – kommt in jede Tasse. Dann kehre ich zum Spiegel zurück. Meine Nase ähnelt einer kleinen Aubergine. Selbst mit einer dicken Schicht Abdeckcreme wird der Beweis für unser Date mindestens eine Woche lang bleiben.

Kurt kommt zurück, als der Wasserkocher fertig ist. Der Ablauf unseres Frühstücks folgt einem strikten Schema. Kurt gießt gerade das Wasser in unsere Tassen, als es zweimal unten an der Tür klopft. Das Geräusch elektrisiert mich sofort. Ein Kick, der stärker ist als der von Koffein. Aber Kurt sieht mich verwirrt an, als wollte er sagen: Ich bin doch schon hier?

»Ich könnte ja einfach so reinkommen«, sagt Josh fröhlich. »Mach ich aber nicht, das wäre ja unhöflich. Außerdem ziehst du dich vielleicht gerade an und das wäre …«

»Sie ist angezogen«, unterbricht ihn Kurt. »Komm rein.«

Ich reiße die Tür auf, bevor Josh einen falschen Eindruck bekommt.

»Hey«, sagt er. Es entsteht ein unbehagliches Schweigen. »Dann klemmst du also nichts mehr unter die Tür, damit sie offen bleibt?«

Ich schlage mir im wahrsten Sinne des Wortes gegen die Stirn. »Wir haben es vergessen! Ich kann nicht glauben, dass wir es vergessen haben.«

Kurt schiebt mit dem Fuß mein Physikbuch herüber und ich stecke es unter die Tür. »Nate ist gestern Abend ausgegangen«, erklärt er, »deshalb bin ich hiergeblieben.«

Josh kommt ins Zimmer, aber mit verschränkten Armen. Unsicher. »Du hast hier geschlafen?«

»Ja«, antwortet Kurt.

Ich lächle zerknirscht. »Es soll nicht wie ein Klischee klingen, aber es ist wirklich nicht das, wonach es aussieht.«

Josh nimmt die Arme herunter. »Nein, ich weiß.« Er schüttelt den Kopf und will sie wieder verschränken, hält sich aber gerade noch zurück und steckt sie stattdessen in die Hosentaschen. »Ich hätte anrufen sollen. Ich dachte, du hättest vielleicht Lust auf Frühstück. Mittagessen. Wie immer man es nennen will. Ich komme später …«

»Nein!«, sage ich. »Bleib doch hier. Wir haben Baguette und scheußlichen Kaffee. Ja? Bitte, bitte?«

»Klingt echt verlockend.«

Mein Lächeln wird sanfter. »Komm schon. Iss mit.«

Endlich erwidert er mein Lächeln. »Na gut. Aber nur weil du mir leid tust. Anscheinend hat dir irgendein übler Rowdy gestern Abend eine reingehauen.«

»Es ist schon erstaunlich, was ein einziges Kinn anrichten kann.«

Kurt mustert uns vom Bett aus, als wäre er auf zwei wilde Tiere in ihrer natürlichen Umgebung gestoßen.

Josh macht ein langes Gesicht. »Entschuldigung. Tut es weh?«

»Hör auf, dich zu entschuldigen.« Mit breitem Grinsen fülle ich einen Löffel Pulverkaffee in den Oktoberfestkrug. »Ich habe nur zwei Tassen, sorry.«

Josh setzt sich auf meinen Schreibtischstuhl. »Hör *du* auf, dich zu entschuldigen.«

Ich gieße heißes Wasser hinzu und reiche Josh den Krug. Er grinst. Ich nehme neben Kurt Platz und halte Josh die Hälfte meines Baguettes hin. Er winkt ab, aber ich bestehe darauf. Er nimmt es an. Wir nähern uns dem Gebiet der peinlichen Stille.

Ich bin erleichtert, als sich Josh an Kurt wendet. »Weißt du, eines wollte ich immer schon mal wissen. Ich hab mal deinen Namen auf einer Liste im Büro der Direktorin gelesen. Deinen *vollen* Namen.«

Kurt seufzt. Schwer. »Ich wurde in der Woche geboren, als Kurt Cobain starb. Meine Eltern waren mit ihm befreundet, deshalb haben sie mich ihm zu Ehren nach ihm benannt.«

Josh erstarrt mit Nutella-beschmiertem Messer in der Hand. »Sie waren mit ihm *befreundet*?«

»Mein Vater ist Scott Bacon. Er war der Leadgitarrist bei Dreck.«

»Die Grungeband aus den frühen Neunzigern«, erkläre ich. »Sie hatten diesen einen Hit, ›No one saw me‹.«

»Ja.« Josh schüttelt den Kopf. »Die kenne ich.«

»Der Song hat ihn reich und berühmt gemacht, was meine Mutter attraktiv fand. Sie war ein Model hier in Paris«, sagt Kurt nüchtern.

Josh erstarrt wieder.

Ich vergesse immer, wie überrascht die Leute sind, wenn sie von Kurts Eltern erfahren. Man meint immer, er müsste aus einer Familie von Neurochirurgen oder Raumfahrtingenieuren stammen. Aber ein verräterisches Indiz ist, dass er – unter seinen ungekämmten Haaren und seiner unordentlichen Kleidung – ziemlich gut aussieht. Fremde halten ihn oft für einen Sportler, weil er hochgewachsen und durchtrainiert ist. Dabei ist er nur so gut in Form, weil er die öffentlichen Verkehrsmittel hasst und überallhin zu Fuß geht. Vielleicht ist sein Aussehen ein weiterer Grund, warum Josh dachte, dass wir zusammen sind.

»Aber so ist ihre Beziehung nicht«, erkläre ich weiter. »Kurts Mom hat ihr eigenes Geld verdient. Sie haben aus Liebe geheiratet und sind immer noch zusammen.«

Josh beißt ein riesiges Stück Brot ab und redet, bevor er es schluckt. »Ich kann gar nicht glauben, dass sie Kurt Cobain kannten. Das ist ja so cool.«

Früher habe ich Josh ständig in der Mensa beobachtet und er war immer schon schlampig beim Essen. Seltsamerweise freut es mich, diese schlechte Angewohnheit jetzt von Nahem zu erleben. Vielleicht weil sie mich an den Josh erinnert, den seine Freunde kannten – den entspannten, gelösten, vertrauten Josh. Oder vielleicht auch weil sie mich an Kurt erinnert, und Kurt ist ungefährlich.

»Nein«, widerspricht Kurt. »Das ist völlig daneben. Ich wurde nach einem Typen benannt, der sich umgebracht hat. Außerdem halten mich die Leute immer für einen riesigen Nirvana-Fan, was total unlogisch ist, weil ich mir ja nicht selbst den Namen gegeben habe.«

»Magst du Nirvana denn gar nicht?«, erkundigt sich Josh.

»Nein. Wenn du willst, können wir Namen tauschen.«

»Kurt Cobain Wasserstein.« Josh sagt es ganz langsam und lacht. »Nein. Klingt nicht so gut.«

»Kurt *Donald* Cobain Wasserstein. Du darfst seinen zweiten Vornamen nicht vergessen. Ich darf es auch nicht.«

»Dann wärst du … Joshua Elvis Aron Presley Bacon.«

Kurt zuckt zusammen. »Im Ernst? Das sind deine weiteren Vornamen?«

Josh verzieht keine Miene, was mich losprusten lässt.

»Meint er das ernst, Isla?«, fragt Kurt noch einmal, aber meinen Gesichtsausdruck deutet er richtig. »Oh«, sagt er enttäuscht. »Verstehe. Du hast mich bloß reingelegt …«

Doch dann geschieht etwas Wunderbares. Kurt setzt sich wieder auf und grinst. »Vielleicht solltest du lieber Bono heißen. Wegen The Joshua Tree.«

»Nevermind«, antwortet Josh.

Kurt bricht in schallendes Gelächter aus, während sich Josh den Bauch hält. Ich könnte platzen vor Glück. Josh schüttelt den Kopf. »Das lasse ich nur durchgehen, weil ich einen guten Eindruck auf deine Freundin hier machen will, okay? Mein richtiger zweiter Vorname ist David.«

Kurt denkt einen Moment lang darüber nach. »Gebongt. Den nehme ich.«

Josh trinkt seinen ersten Schluck Kaffee. »Lieber Himmel. Das hast du anscheinend wirklich ernst gemeint, Isla. Der schmeckt echt scheußlich.«

»Wie nennen wir dann Isla?«, fragt Kurt.

Josh stellt den Krug ab und mustert mich. Er sieht mir tief in die Augen und ich denke, *David. Joshs zweiter Vorname ist David*. Dank einiger schlafloser Nächte, die ich mit Wikipedia verbracht habe, weiß ich, dass das auch der zweite Vorname seines Vaters ist.

»Isla ist ein guter Name«, meint er schließlich. »Der richtige Name.«

Kurt ist unbeeindruckt. »Isla wurde auch nach etwas benannt, weißt du.«

»Wag es ja nicht«, sage ich.

Josh rutscht an die Stuhlkante. Seine Augen leuchten. »Leg los.«

»Prince. Edward. Island«, sagt Kurt.

Langes Schweigen. Ich seufze. »Ja, meine Eltern haben etwas Furchtbares getan und meine Schwestern und mich nach den Orten benannt, wo wir gezeugt worden sind.«

Weiteres Schweigen.

»Ach, Quatsch«, sagt Josh.

»Leider nein. Gènevieve wurde nach dem Schutzheiligen von Paris benannt. ›Hattie‹ ist kurz für Manhattan und dann gibt es eben noch Prince Edward Island. Da waren meine Eltern in Urlaub. Versteh mich nicht falsch, ich bin heilfroh, dass ich nicht Prince oder Edward heiße. Aber Inselreisen? Gehen gar nicht mehr für mich.«

Das Lachen der beiden Jungs wird unterbrochen, als die Tür zum Treppenhaus mit einem lauten, metallischen Scheppern auffliegt. Eine Schar Mädchen linst zu uns herein, als sie an meiner offenen Tür vorbeigehen. Mehr als eine Augenbraue schießt in die Höhe. Ich höre, wie im Flur und dann in der Eingangshalle mein Name gemurmelt wird, begleitet von einem Lachen, das nicht unbedingt freundlich klingt.

»Wisst ihr«, sagt Josh und wirft mir dabei einen flüchtigen Blick zu, »ich hab fast vergessen, wie nervig dieses Zimmer ist. Diese Treppen sind mir wahnsinnig auf den Keks gegangen.«

»Ich mag das Fenster nicht«, sagt Kurt.

»Im Ernst. Dieses Gefängnisgitter. Der Straßenlärm. Erinnerst du dich an die Opernsängerin, die immer da draußen gesungen hat?«

»Was hast du eigentlich heute so vor?«, frage ich und verdränge die Mädchen aus meinen Gedanken.

Meine Frage trifft Josh unvorbereitet. »Ähm, arbeiten. Zeichnen. Allein. In meinem Zimmer. Im obersten Stock.«

»Aha. Cool!« Ich bemühe mich, fröhlich zu klingen. Wie naiv von mir anzunehmen, dass wir zusammen etwas machen würden. Natürlich ist er beschäftigt. »Wir arbeiten hier unten. Hausaufgaben. Wie üblich.«

Aber Josh scheint … verwirrt. Enttäuscht.

Ich brauche einen Moment. Dann erst begreife ich, dass er mir gerade verraten hat, wo sein Zimmer ist und dass er allein dort sein wird. Und *ich* habe ihm geantwortet, dass ich mit Kurt hier sein werde. Mit dem Typ, der die letzte Nacht in meinem Bett verbracht hat.

»Es sei denn, du möchtest, dass wir uns sehen.« Die Worte purzeln so aus mir heraus. »Dann komme ich rauf. In dein Zimmer. Wenn du willst.«

Joshs ganzer Körper hellt sich auf. »Klar.« Er wirft Kurt einen Blick zu. »Du bist natürlich auch eingeladen.«

»Das meinst du doch nicht im Ernst.« Kurt trinkt den letzten Schluck Kaffee. »Und ich würde sowieso passen. Ich habe keine Lust, euch beiden beim Betatschen zuzusehen.«

Kapitel zwölf

Der sechste Stock ist kein normales Stockwerk. Klar, es gibt hier den gleichen merkwürdigen Gegensatz aus Kristalllampen und Leuchtstoffröhren, altmodischen Tapeten und Industrieteppichen wie in den übrigen Etagen, aber die Franzosen nennen diese Zimmer *les chambres de bonne*. Die Dienstmädchen der Aristokratie wohnten früher hier oben. Die Decken sind niedriger und es gibt weniger Zimmer. Es ist außerdem sehr still hier. Keine Stimmen, keine Musik. Unheimlich.

Ich komme an einer Tür vorbei, die mit Dutzenden von Bildern einer einzigen Boygroup beklebt ist, dann an einer weiteren mit einem kleinen Whiteboard, auf dem eine gekritzelte Telefonnummer steht, und einer mit einem großen Whiteboard, das mit den Worten DAVE HAT WINZIGE EIER! verziert ist.

Die Tür von Zimmer 604 ist einfach nur kahl.

In den vergangenen Jahren hat Josh immer alberne Zeichnungen von sich selbst in diversen Kostümen aufgehängt –

Cowboy, Pirat, Clown, Roboter, Bär. Die leere Tür ist ein weiterer Hinweis darauf, wie unglücklich Josh zurzeit an unserer Schule ist, und es zerreißt mir das Herz.

Ich streiche die Vorderseite meines Kleides glatt. Unser Frühstück ist schon eine Stunde her, aber ich brauchte unbedingt eine Dusche. Außerdem ein ordentliches Make-up, mit dem man blaue Flecken überdecken kann. Ich hole tief Luft und ahme Joshs Erkennungsklopfen nach.

Er öffnet die Tür mit einem hintergründigen Lächeln.

Ich erwidere es zaghaft.

Er macht einen Schritt zur Seite und ich trete ein. Ich rechne damit, dass er die Tür hinter mir schließt, weil er, na ja, eben Josh ist, aber er steckt ein Buch über Architektur in Paris unter die offene Tür. Diese Geste des Respekts rührt mich … obwohl ich im Moment nichts gegen ein wenig Privatsphäre hätte.

»Tut mir leid, es ist ziemlich unordentlich hier.« Er steckt die Hände in die Taschen. »Aber das Bett habe ich leer geräumt und das Bettzeug ist sauber.«

Meine Augenbrauen schießen praktisch bis an den Haaransatz.

»Damit man sich draufsetzen kann.« Seine Empörung ist nur gespielt, aber sein Gesicht läuft dunkelrot an. »Nette Schuhe übrigens.«

Ich trage heute flache Schuhe. »Netter Ablenkungsversuch übrigens.«

»Nett dich zu sehen übrigens.«

»Nette Parade übrigens.«

Josh grinst, als ich meine mit Hausaufgaben vollgestopfte Tasche zu Boden fallen lasse. Theoretisch habe ich vor zu lernen und er zu zeichnen. Und in Wirklichkeit? Hoffe ich, dass wir rumknutschen.

Sein Schlafzimmer ist spektakulär. Das kleine Zimmer kommt einem noch kleiner vor, weil alles voller Kunstwerke ist. Trotzdem fühlt es sich nicht vollgestopft an, sondern wie ein Kokon. Seine Zeichnungen liegen auf dem Schreibtisch – der nicht mal unser Standard-Schreibtisch, sondern eine Art Zeichentisch ist –, auf der Kommode, auf dem Kühlschrank. Und sie bedecken nahezu jeden Zentimeter der Decke und Wände.

»Es ist, als wäre ich in deinem Kopf.« Und dann bereue ich es, das gesagt zu haben. Ist irgendwie gruselig.

Aber Josh scheint sich zu entspannen. »Das haben meine Freunde auch immer gesagt.«

Ich sehe mir seine Arbeiten genauer an. Die Bilder sind mit schwarzer Tinte gemalt, und ich erkenne darauf Orte, die überall in der Stadt verteilt sind: die Fensterrose und Türmchen von la Sainte-Chapelle, der Irrgarten in le Jardin des Plantes, eine Wand aus menschlichen Totenköpfen und Knochen in des Catacombes, ein Käfigvogel auf le Marché aux Fleurs, die prachtvolle Fassade von le Palais Garnier – der berühmten Oper des Phantoms.

Und Gesichter. Unzählige Gesichter.

St. Clair, dessen Freundin Anna, St. Clairs Exfreundin Ellie, St. Clairs und Joshs gemeinsame Freundin Meredith, und natürlich … Rashmi. Mein Blick fällt auf eine Zeichnung an Joshs Fenster. Rashmi räkelt sich auf einem Sofa unten in der Eingangshalle – den Kopf auf einer Armlehne, die Füße auf der anderen – und liest einen Roman. Ihr langes Haar liegt in üppigen schwarzen Wellen über der Rückseite der Armlehne.

»Wow«, sage ich leise. »Rashmi sieht echt hübsch aus.«

Josh schluckt. »Das hab ich schon vor langer Zeit gemacht. Hast du das hier gesehen?« Er deutet auf ein witziges Bild von St. Clair, der Anna mit einem fremden Arm in den Rücken piekst, aber ich bin jetzt abgelenkt und verwirrt. Sie ist überall um mich herum. Rashmi allein. Rashmi mit Freunden.

Rashmi mit Josh.

»Sie ist eine Freundin, Isla. Oder besser, sie war es. Ich hab seit Monaten nicht mehr mit ihr gesprochen.«

»Nein, schon gut, ich weiß.« Und ich schüttle den Kopf, denn ich weiß es tatsächlich. Keine Ahnung, warum mich das hier so überrascht. Ich setze mich auf sein Bett und lächle ihn an, um zu zeigen, dass alles okay ist. Sie gehört zu seinen Freunden, die er offensichtlich sehr vermisst, deshalb ist es gut, dass er diese Zeichnungen hier hat. Klar. Wenn ich ihn überzeugen kann, dann vielleicht auch mich selbst.

Josh sieht mich lange durchdringend an. Ich schaue auf seine Tagesdecke – blau-weiß kariert, sehr männlich – und versuche mir vorzustellen, wie Isla aus der Vergangenheit in Ohnmacht gefallen wäre, wenn sie Isla in der Gegenwart hätte sehen können. »Ich möchte dir was zeigen«, sagt Josh schließlich, »aber du musst mir versprechen, dass du es als Kompliment ansiehst. Keine Wertung.«

Ich neige fragend den Kopf zur Seite.

»Ich meine es ernst. Du musst es mir versprechen.«

»Warum denn? Ist es so schlecht?«

»Nein, ich hab nur … nicht vorgehabt, es dir zu zeigen. Zumindest *noch* nicht.«

»Jetzt werde ich aber unruhig.« Und das meine ich nur halb im Scherz. »Gestehst du mir jetzt gleich, dass du die ganze Zeit meine weggeworfenen Jogurtbecher fotografiert hast?«

»Ich hab gelogen«, sagt Josh.

Meine Sorge wächst, als er eine Schublade aufzieht, ein abgenutztes Skizzenbuch herausnimmt und mir in die Hände legt. Ich drehe es um. WILLKOMMEN, sagt der blaue Aufkleber. »Das hab ich letzten Juni benutzt«, erklärt Josh. »Ich hab es nicht in New York gelassen. Wie man sieht.«

»Das wolltest du mir zeigen?« Meine Erleichterung ist groß. »Ja, ich weiß. Ich hab es in deiner Tasche gesehen.«

Er wird blass. »Ach?«

»Ist schon okay. Ich verstehe das. Ich meine, die Zeichnung ist wahrscheinlich nicht gerade schmeichelhaft, oder? An dem Abend war ich nicht ganz bei mir. Ich kann schon verstehen, dass du sie mir nicht zeigen wolltest.«

»Ähm, nein.« Er druckst herum. »Das ist es nicht. Nicht annähernd. Überhaupt nicht.«

Meine Neugier hat sich soeben ins Unermessliche gesteigert.

Josh setzt sich neben mich. Er seufzt. Ich schlage das Buch auf und es öffnet sich sofort auf der richtigen Seite. Als wäre es oft an dieser Stelle geöffnet. Sehr oft.

Ich starre auf die Seite. *Seiten*. Da sind *zwei* Zeichnungen von mir. Auf der ersten stütze ich den Ellbogen auf dem Tisch im Kismet auf. Mein Kopf ruht in meiner Hand und meine Haare umrahmen lose mein Gesicht. Die Augen sind geschlossen und ich habe einen verträumten Gesichtsausdruck. Auf der zweiten liegt mein Kopf auf meinen Armen, die ich als Kissen benutze. Meine Haare sind in weiten Wellen auf dem Tisch ausgebreitet. Meine Lippen sind ganz leicht geöffnet.

Die Bilder sind … sexy. Seine Pinselstriche bestehen nur aus Kurven.

Josh streckt die Hand aus und blättert um.

Da ist noch eine dritte Zeichnung.

Dieses Motiv hat er aus dem Gedächtnis gemalt. Ich stehe im Regen. Meine Haare sind nass. Mein Sommerkleid ist pitschnass. Noch mehr Kurven – meine – sind zu sehen. Eine riesige Gartenrose schwebt wie ein Heiligenschein über meinem Kopf und ich blicke geradeaus auf den Betrachter. Den Künstler.

Mein Herzschlag pocht mir in den Ohren. Ich blicke auf und sehe Josh mit großen Augen an.

»Kurt wollte es sehen«, sagt er, »als ich noch davon ausgegangen bin, dass ihr zusammen seid. Ich dachte, er verprügelt mich.«

»Mein Kleid klebt ziemlich an mir.«

Josh stöhnt auf. »Jetzt hältst du mich sicher für einen Perversling.«

Ich grinse. »Nur wenn die restlichen Zeichnungen im Buch auch so sind.« Ich stupse ihn an der Schulter an und durchblättere das Buch. Zuerst ist mir nicht klar, was ich tue, aber … ich suche tatsächlich nach weiteren Zeichnungen dieser Art. Ich finde viele Frauen aller Altersstufen – auch hübsche –, stelle aber bald fest, dass die Zeichnungen von mir einzigartig sind. Die anderen sehen nicht so aus.

Jetzt stupst Josh meine Schulter an. »Geht's dir jetzt besser? Oder falle ich noch in die gleiche Kategorie wie dieser finnische Fotograf?«

»Nein.« Ich grinse noch immer, als ich das Buch weglege. »Ganz bestimmt nicht. Eindeutig nicht.«

»Gut.« Seine Stimme klingt jetzt tiefer, ruhiger.

Ich sehe ihn an. Er erwidert meinen Blick. Er fährt mir mit den Fingern durchs Haar und nimmt zärtlich meinen

Kopf in die Hände. Ich schließe die Augen. Ich lasse die Hände an seinem Nacken hinaufgleiten und noch weiter nach oben, die Fingernägel an seiner Kopfhaut. Unsere Münder zögern, nur ein Murmeln voneinander entfernt. Unser Atem ist schnell und warm. Er öffnet meine Lippen mit seinen.

Und dann fallen wir wie hungrige Tiere übereinander her.

Ich klettere auf seinen Schoß, brauche die Nähe und drücke meine Hüften an seine. Der Rock meines Kleides wandert nach oben. Ich bin ausgehungert, kann es kaum abwarten. Ein unartikulierter Laut entweicht seinen Lippen. Unsere Küsse werden hektisch, sein Mund ist forsch und seine Hände entschlossen und …

»Ähem.«

Wir beide fahren erschreckt hoch. Nate steht in der Tür. Ich krabble unbeholfen von Josh herunter, er schnappt sich das Skizzenbuch, hechtet auf seinen Schreibtischstuhl und platziert das Buch strategisch geschickt auf seinem Schoß. Jeder Zentimeter meiner Haut glüht.

»Ich wünsche euch einen schönen Tag«, sagt Nate matt. Dann stapft er davon.

Ich stöhne auf. »Ich weiß nicht, für wen die neuen Regeln beschissener sind, für ihn oder für uns.«

Josh schlägt die Stirn gegen den Schreibtisch. »Eindeutig für uns.« Bevor ich etwas antworten kann, klingelt sein Handy. Er hebt den Kopf und späht aufs Display. Dann flucht er leise. »Da muss ich rangehen, sonst ruft sie immer wieder an.« Er nimmt das Handy. »Hallo, Mom.«

Denk bloß nicht an das Skizzenbuch. Denk nicht daran, was es verdeckt.

»Yep. Alles okay.« Pause. »Ich mache Hausaufgaben.« Pause. »Nein.« Pause. »Nein, mach ich nicht.« Pause. »Ja. Ich weiß.« Josh verdreht die Augen und wirft das Skizzenbuch aufs Bett zurück – eine doppelte Botschaft, dass erstens die Stimmung im Eimer ist und ich mir zweitens alles ansehen darf, was darin ist. »Nein. Ich weiß.« Das Gespräch geht noch etwa fünf Minuten so weiter, bis er sie unterbricht. »O Mann, Feueralarmübung. Muss los. Tschüs.« Er legt auf. Dann schleudert er das Handy quer über den Tisch und stützt den Kopf in die Hände.

Ich lasse ihm einen Moment Zeit, bevor ich frage. »Feueralarmübung?«

Josh hebt den Kopf. »Normalerweise fallen mir bessere Ausreden ein.« Er streckt ein Bein aus und tippt mit seinem Fuß gegen meinen. »Kann mich nur schwer konzentrieren, wenn du da sitzt.«

Ich tippe zurück. »Ich nehme an, du hast kein besonders gutes Verhältnis zu deinen Eltern?«

»Nein, hab ich nicht.«

Wie oft sie wohl miteinander sprechen? Ich rede mit meinen nur einmal in der Woche, aber dafür dauern unsere Telefonate immer mindestens eine Stunde. »Bist du deshalb hier? In Frankreich? Ich muss zugeben, ich fand es immer irgendwie seltsam, dass ein Senator sein Kind auf eine Schule im Ausland schickt.«

»Paris war nicht gerade ihre erste Wahl.« Und dann bekommt er diesen komischen Gesichtsausdruck, als wäre er erstaunt über seine eigenen Worte.

»Was meinst du damit?«

»Ich … Ich hab das noch nie jemandem anvertraut.«

Ich runzle die Stirn.

Josh starrt auf seine Hände und massiert seinen linken Daumen in den rechten Handteller. »Meine Freunde wussten, dass ich nicht gut mit meinen Eltern klarkomme, deshalb … sind sie immer irgendwie davon ausgegangen, dass sie mich hierhergeschickt haben, weil ich schwierig bin. Oder so was in der Art. Und ich habe das nie richtiggestellt. Vermutlich wollte ich, dass sie das glauben, weil … es nicht so peinlich ist wie die Wahrheit.« Er blickt wieder auf und sieht mir fest in die Augen. »Ich habe mir das hier ausgesucht. Ich bin selbst schuld, dass ich hier festsitze.«

Ich sehe ihn erstaunt an und warte darauf, dass er es mir erklärt.

»Als meine Eltern anfingen, sich nach privaten Highschools in New York und Washington umzusehen, redete ich ihnen ein, dass es für meine Ausbildung besser sei, wenn sie mich ins Ausland schicken. Ich war unreif und dumm und

Paris klang romantisch und künstlerisch und all das. Aber als ich dann hier war, erkannte ich ... es ist bloß eine Stadt. Verstehst du? Klar, sie ist schön und kultiviert und alles, was das Klischee so behauptet. Und trotzdem hatte ich immer das Gefühl, hier Zeit totzuschlagen, bis mein richtiges Leben beginnen kann.«

Zeit totschlagen. Ich gehe nicht davon aus, dass er mich auch dazuzählt, aber seine Worte sind trotzdem verletzend. Ich versuche es mir nicht anmerken zu lassen. »Wo wärst du denn gern? In New York? Washington?«

»Nein. Mit Sicherheit nicht. Ich gehe nächstes Jahr nach Vermont.«

Ich runzle wieder die Stirn. »Vermont? Was gibt es denn in Vermont?«

»Das Center for Cartoon Studies.« Josh wird munter, als er meine Verwirrung bemerkt. Er rutscht auf seinem Stuhl näher. »Es ist das Einzige in dieser Richtung – es konzentriert sich vollkommen auf Sequential Art. Und es hat wahnsinnig gute Dozenten. Die besten Cartoonisten kommen dorthin, um Gastvorträge zu halten.«

»Cartoonisten? Wie der Typ, der *Calvin und Hobbes* zeichnet?«

Er schüttelt den Kopf. »Nein. Jeder, der Sequential Art zeichnet, ist ein Cartoonist. Superheldenzeug, Comicromane, Comicsachbücher. Das Wort bezieht sich nicht nur auf Leute, die Comicstrips zeichnen.«

»Aha.« Jetzt komme ich mir dumm vor. »Wie groß ist die Einrichtung denn?«

»Eher klein. Ungefähr halb so groß wie die SOAP.« Er nimmt einen Bleistift und bewegt ihn mit zwei Fingern hin und her. »Was steht bei dir als Nächstes an?«

Und damit ist es passiert. Einfach so. Er hat einen wunden Punkt getroffen. »Ich … Ich weiß nicht.«

Er hört auf mit dem Stift zu wackeln.

Ich hätte mit der Frage rechnen müssen, aber sie überrumpelt mich. Beschämt stelle ich fest, dass ich Mühe habe, die Tränen zurückzuhalten. »Ich bewerbe mich um einen Platz an der Sorbonne und an der Columbia, aber ich weiß nicht, wo ich hinmöchte. Ich weiß nicht, wo ich hingehöre.«

Josh setzt sich wieder neben mich aufs Bett. »Hey. Das ist doch okay. Du hast noch ganz viel Zeit, um dich zu entscheiden.«

»Nein, hab ich nicht. Und weißt du, was das Schlimmste ist? Ich hoffe quasi, dass mich eine von beiden ablehnt, damit ich mich nicht selbst entscheiden muss.«

Er zieht die Augenbrauen nach oben. Eine Weile sagt er nichts und macht etwas mit sich im Kopf aus. »Ich hab die Tabellen im Büro der Direktorin gesehen.« Er wählt seine Worte sorgfältig aus. »Du bist die beste Schülerin unseres Jahrgangs. Beide Unis werden dich nehmen.«

Er weiß es also. Ich kratze an meinem pfirsichfarbenen Nagellack. Schnippe ihn Stück für Stück hinunter.

»Was möchtest du denn studieren?«

Mir wird immer unwohler. »Nichts.«

»Nichts?«

»Ich meine … ich weiß es nicht. Ich weiß nicht, was ich machen will oder wer ich sein will oder wo ich leben möchte. Es ist, als hätten alle außer mir schon ihre ganze Zukunft geplant.«

Josh macht ein langes Gesicht. »Du weißt, dass das nicht stimmt.«

»Vielleicht an anderen Schulen nicht, aber hier schon. Alle haben Pläne. Du hast Pläne.«

»Na schön. Welche Stadt gefällt dir besser?«

Ich ziehe an meinem Kompass. »Sie sind beide ein Zuhause für mich. Als ich noch klein war, habe ich mit der Familie die Sommer hier verbracht und den Rest des Jahres drüben. Jetzt ist es umgekehrt. Ich habe beide Staatsbürgerschaften, ich spreche beide Sprachen fließend und in beiden Städten lässt es sich gut aushalten.«

»Aushalten.«

Irgendetwas an seiner Betonung stört mich. »Was ist?«, frage ich.

»Es ist bloß … Willst du nicht mal was Neues ausprobieren? Was ist mit den ganzen Abenteuergeschichten, unter denen dein Bücherregal ächzt?«

Ich weiß es nicht. *Ich weiß es nicht*. Klar, ich lese gern über Abenteuer, aber nur in einem sicheren Zuhause. Aber was ist schon »Zuhause« abgesehen von einem kuscheligen Bett? Und wo ist es?

Josh merkt mir an, dass ich aufgewühlt bin, und versucht mich aufzuheitern. »Weißt du, wo du hingehen solltest? Nach Dartmouth.«

»Klar. Ich weiß ja nicht mal, wo das ist.«

»In New Hamphire, an der Grenze zu Vermont. Und das Center for Cartoon Studies liegt rein zufällig auf der anderen Seite. Und ich habe gehört, dass Dartmouth ein super Lehrangebot im Fach Nichts hat. Das beste Nichts-Angebot auf der Welt. Hab ich gehört.«

Schließlich muss ich lächeln. Er zieht mich nur auf, aber es ist trotzdem schön zu wissen, dass er nichts dagegen hätte, wenn ich bei ihm in der Nähe wohnen würde. Oder zumindest, dass er mich genug mag, um darüber Witze zu reißen. Ich deute mit dem Kopf auf seinen Zeichentisch. »Zeig mir mal deine richtige Arbeit. Was du hier den ganzen Tag so machst.«

Josh ist überrascht und freut sich, mir seinen Arbeitsplatz vorzuführen: Dutzende von Pinseln, Füllern, Bleistiften, Tuschen, Ölfarben, Wasserfarben, Schreibfedern, Radiergummis, Referenzfotos, einen Fön zum schnelleren Trocknen der Tinte, mehrere verschieden große Blöcke seines – wie er sagt – weniger wertvollen Papiers und eine klobige Schachtel, in der er sein bestes aufbewahrt. Wie ich hat er ein schmales Bücherregal in sein Zimmer gezwängt. Nur ist seines vollgestopft mit gebundenen Skizzenbüchern, Kunstbüchern, Nachschlagewerken und anscheinend allen erdenklichen Comic-Memoiren, die jemals geschrieben wurden – Jeffrey Brown, Craig Thompson, Alison Bechdel, James Kochalka, Lucy Knisley und jeder Menge anderen, von denen ich noch nie gehört habe.

Mir fällt auf, dass keinerlei Arbeit zu sehen ist, die irgendetwas mit Schule zu tun hat. Der Tragegurt seiner Tasche guckt unter dem Bett hervor, also hat Josh den Rest wahrscheinlich auch daruntergeschoben. Unter seiner Kommode – unter die ich eine zweite gestellt habe, um mehr Platz für Klamotten zu haben – steht ein großer Aktenschrank aus Metall mit breiten, flachen Schubladen. Seine eigenen Comic-Memoiren hat er auf diese Schubladen aufgeteilt, denn die Etiketten darauf lauten: IJ ERSTES JAHR, IJ ZWEITES JAHR und IJ DRITTES JAHR.

»Gibt es keine Schublade für das vierte Jahr?«, frage ich.

»Noch nicht.« Josh tippt sich mit dem Finger an die Schläfe. »Ich bin noch mit dem Storyboard von letztem Sommer beschäftigt.« Er zeigt mir, woran er gerade arbeitet: kleine, mit blauem Buntstift gemalte Skizzen von sich selbst, wie er in Washington genervt versucht auszublenden, dass sein Vater gerade eine Anti-Werbung gegen Terry Robb aufnimmt. Terry ist sein Gegner bei der bevorstehenden Wahl. »Es ist leichter, so anzufangen. Dann mache ich später keine größeren Fehler.«

»Was halten denn deine Eltern davon, dass du über das hier schreibst? Über euer Privatleben?«

Er zuckt mit den Schultern. »Sie wissen nicht, dass ich über unser Privatleben schreibe.«

Ich frage mich, ob das stimmt. »Was bedeutet ›IJ‹?«

»*Internatsjunge*. Das ist der Titel.«

Ich werfe einen Blick auf die oberste Schublade mit seinem dritten Jahr und sehe ihn dann fragend an. Er nickt. Ich ziehe sie auf und finde darin einen Stapel dickerer Blätter mit Illustrationen, die bereits komplett mit Tinte eingefärbt sind. Das oberste Blatt zeigt Joshs Freunde mit Baretten auf ihrer Abschlussfeier, lächelnd, die Arme umeinander geschlungen. Josh steht ein Stück von ihnen entfernt, klein und distanziert. Ich hebe es vorsichtig an, um auf das nächste Blatt zu linsen. Es ist eine Seite mit mehreren Feldern, auf denen Josh in einer Stadt herumläuft, die unverkennbar Venedig sein soll.

Der gezeichnete Josh kommt mir bekannt vor. Es ist der Josh, den ich früher mit albernen Kostümen an seiner Tür gesehen habe. Ein akkurates, wenn auch übertriebenes Porträt seines wahren Ichs. Seine Nase ist markanter, seine Gestalt dünner. Trotzdem ist er schön. Er sieht traurig und wütend und zart und einsam aus. Ich lege die oberste Seite wieder ab und schließe die Schublade. Sein Werk ist so persönlich. Ich habe das Gefühl, dass ich es nicht verdient habe, es mir anzusehen. Noch nicht.

»Hoffentlich kann ich es irgendwann mal lesen.«

Ich weiß, er würde es mich auch hier und jetzt lesen lassen, aber er sieht erleichtert aus, dass ich mich dagegen entschieden habe. »Das wirst du.«

Den Rest des Tages verbringen wir in kameradschaftlicher Stille – Josh mit seinen Skizzen, ich mit meinen Schulbüchern. Als die Sonne unterzugehen beginnt, schaltet er seine Schreibtischlampe ein und sucht nach etwas Essbarem. Sein Kühlschrank ist vollgepackt mit Fertigprodukten.

»Aha!« Josh zerrt irgendetwas hinter dem Orangensaft heraus.

Ich verschließe meinen Textmarker mit der Kappe. »Du weißt schon noch, wo unsere Mensa ist, oder?«

»Und du weißt schon noch, dass ich deinen Wasserkocher gesehen habe? Der gegen die Schulregeln verstößt?«

»Als ob du keinen hast.«

»Sogar zwei.« Er grinst. »Und eine Kochplatte.«

»In der Mensa gibt es Essen. Frisch zubereitetes Essen. Von richtigen Küchenchefs! Wenn sie nicht sonntags zum Abendessen geschlossen wäre, würde ich es dir jetzt sofort beweisen.«

Josh hält einen Plastikbecher hoch. »Crème brûlée?«

Ich grinse. »Bitte verdirb mir nicht meinen Lieblingsnachtisch.«

»Das ist dein Lieblingsnachtisch?« Er hält beim Deckel-Abziehen inne. »Meiner auch.«

Erfreut über diese winzige Entdeckung schlägt mein Herz höher, als spräche das noch zusätzlich für uns. Aber ich erwähne es nicht, sondern seufze nur. »Crème brûlée mit Lavendel. Crème brûlée mit Ingwer. Crème brûlée mit Espresso.«

»Ich hab mal eine mit Rosmarin gegessen. Fantastisch.«

Ich kralle beide Hände in seine Steppdecke. »Nein.«

Josh verschlingt sein Dessert in zwei Bissen. Dann wirft er den leeren Becher in den Mülleimer und springt auf. »Ich bring dich sofort hin. Komm schon!«

Ich lache. »Tut mir leid. Sonntagabend ist Pizzaabend.«

Er lässt die Schultern hängen. »Mist.«

»Komm doch mit.«

Josh lässt sich neben mich aufs Bett fallen. »Das ist … ehrlich gesagt ziemlich merkwürdig. Ich hab mit meinen Freunden früher auch am Sonntagabend Pizza gegessen.«

»Ich weiß. Ich hab euch immer in unserem Restaurant gesehen.«

»Wirklich? Pizza Pellino?«

Ich nicke. Das war kein Zufall.

»Hey.« Josh wird verlegen. »Wegen Kurt. Und deinem Bett.« Er hüpft zweimal, um mir zu zeigen, wie er auf diesen Themenwechsel gekommen ist.

»Ja. Er schläft darin.«

Ich habe seine Frage korrekt identifiziert und ihm die falsche Antwort gegeben. Er versucht so zu tun, als spielte es keine Rolle, aber sein Gesichtsausdruck ähnelt wahrscheinlich meinem, als ich gemerkt habe, dass ich von Bildern seiner Exfreundin umgeben bin. »Wir schlafen schon unser ganzes Leben im selben Bett«, erkläre ich. »Das hat nichts mit Sex zu tun. Ich schwöre.«

»Das wäre bei mir bestimmt anders, wenn ich neben dir läge.« Aber bevor ich diese aufregende, perfekte Antwort genießen kann, ist ihm eine noch beunruhigendere Frage eingefallen. »Bist du jemals morgens aufgewacht und hast … du weißt schon was gesehen?«

»Wenn ich darauf antworten soll, musst du es schon aussprechen.«

»Mach ich nicht.«

Ich zögere. »Na schön. Ja.«

Josh stutzt.

»Aber das hat ja nichts mit mir zu tun. Außerdem schlafen wir ja nicht nackt oder so. Ich meine, wir sind ja schon ewig befreundet, also haben wir auch schon bestimmte Sachen gesehen, aber …«

»Hat er dich nackt gesehen?«, platzt er heraus. Dann bemerkt er meinen Gesichtsausdruck und bereut die Frage sofort. »Entschuldigung. Das geht mich nichts an.«

Ich öffne gerade den Mund, um ihm zuzustimmen, als mir eine verblüffende Erkenntnis in den Sinn kommt. Die Lage hat sich geändert. Oder vielleicht ist sie gerade dabei, sich zu ändern. »Nein«, entgegne ich. »Das geht dich was an. Wenn du es möchtest.«

»Und ob.«

Ich schlucke. »Ich möchte es auch.«

Er runzelt die Stirn.

»Heißt das … Heißt das, du möchtest mein Freund sein?« Meine Frage klingt sowohl unreif als auch bedeutsam. Aber Josh lässt sich nichts anmerken.

»Ja«, sagt er. »Das möchte ich.«

Kapitel dreizehn

Josh ist mein Freund.

Josh ist mein *Freund*.

Es ist ein Wunder, dass wir nach nur einem Wochenende ein Pärchen sind – in echt und nicht nur in meinen Träumen. Jeden Morgen kommt Josh vor Kurt an meine Tür, damit wir vor dem Frühstück ein paar Minuten für uns haben. Dann begleitet er uns in die Mensa. Vielleicht brauchte er nur etwas Gewissheit, dass er nicht an einem leeren Tisch sitzen würde. Eine seltsame Erkenntnis für mich, dass sich Josh – der gleichgültige, gefasste Josh – auch über solche Dinge Gedanken macht.

Vielleicht erklärt es sogar die Gleichgültigkeit.

Wir sind unzertrennlich, bis unser Stundenplan in der fünften Stunde nicht mehr dem des anderen gleicht. Nach der Schule treffen wir uns aber sofort wieder und ich begleite ihn zum Nachsitzen. Kurt mag der Experte für weniger benutzte Straßen sein, aber Josh ist der für längst vergessene Räume. Den ganzen Tag lang zieht er mich an irgendwelche engen, verborgenen und vernachlässigten Orte, und wir küssen uns im Dunkeln, bis die Warnglocken läuten.

Während er nachsitzt, mache ich Hausaufgaben, und wenn er fertig ist, gehen wir zu dritt zum Abendessen in die Mensa. Danach trennen wir beiden uns von Kurt. Wir verlassen das Schulgelände, um eine Ungestörtheit zu genießen, die in unserem Wohnheim nicht mehr möglich ist. Das bedeutet, dass ich normalerweise zweimal am Tag im Baumhaus bin – einmal mit Kurt am Nachmittag und einmal am Abend mit Josh. Wir verbringen die Nächte knutschend, sanft und innig, und fummeln dabei genießerisch an weniger unschuldigen Dingen herum.

Als Josh mit Rashmi zusammen war, waren sie berüchtigt für ihre Liebesbekundungen in der Öffentlichkeit. Für mich eine einzige Qual. Ich war neidisch und angewidert zugleich. Mit mir hält er sich zurück. Er nimmt meine Hand und raubt mir Küsse, spart sich den Großteil seiner Zuneigung aber dafür auf, wenn wir allein sind. Ich glaube, er weiß, dass ich nicht gern Aufmerksamkeit auf mich lenke. Und vielleicht ist ihm seine eigene Privatsphäre jetzt auch mehr wert.

Trotzdem ist unsere Beziehung unseren Mitschülern nicht entgangen. Aber ich freue mich. Obwohl ich so schüchtern bin, möchte ich Josh am liebsten der ganzen Schule vorführen. Ich möchte rufen: *Seht her! Seht euch diesen perfekten Jungen an, der meine Hand halten möchte.*

Am Freitag erwischt uns Hattie im Flur. »Du bist also der

Typ, der meiner Schwester eins auf die Nase gegeben hat. Entweder hast du die besten Absichten oder die schlimmsten. Welche sind es?«

»Ich freue mich auch, dich kennenzulernen«, antwortet Josh.

»Von mir aus. Isla, ich brauche sechsundvierzig Euro.«

»Wofür?« Ich fasse mir unsicher an die Nase.

»Ich will einen Wieselschädel kaufen und ihn einem Mädchen aufs Kissen legen.«

Ich versuche nicht zu seufzen. Es gelingt mir nicht.

»Sie ist meine Freundin«, fügt Hattie hinzu.

»Nein«, sage ich.

»Super. Danke, *Maman*.«

Wir sehen zu, wie sie davonstolziert. »Hat sie das ernst gemeint?«, fragt Josh.

»Das weiß man bei ihr nie.«

Er schüttelt verwirrt den Kopf. »Deine ältere Schwester ist aber nicht so, oder? Wir hatten in meinem ersten Schuljahr hier Werken und Gestalten zusammen. Sie kam mir immer ziemlich cool –«

»Das ist sie auch.«

»Ja. Sie machte immer den Eindruck, als ... hätte sie den Bogen raus. Als hätte sie die Motivation und das Selbstbewusstsein, um alles zu schaffen, egal, was.«

Ich muss grinsen. »Ja, das ist Gen. Letzten Sommer hat sie sich die Haare abrasiert und sich als bi geoutet. Meine Eltern lieben ihre neue Freundin. Aber wegen der Haare ist meine Mutter stinksauer.«

Josh lacht.

Als ich ihn an diesem Nachmittag zum Nachsitzen bringe, stoße ich mit einer weiteren eigensinnigen Kraft zusammen. Die Direktorin hält mich auf. »Ich würde mir ja Sorgen machen«, sagt sie, »aber Monsieur Wasserstein ist seit Neuestem erstaunlich pünktlich. Du musst der Grund dafür sein.«

Ich bin nicht sicher, was ich darauf antworten soll.

Die Direktorin blickt durch ihre Brille, die auf ihrer Nasenspitze sitzt, auf mich herab. »Du bist ein kluges Mädchen. Pass gut auf.« Damit schreitet sie davon.

Ihr Ton gefällt mir nicht. Oder ihre Annahme, dass meine Hormone meiner Intelligenz in die Quere kommen könnten. Hat sie Angst, dass Joshs Einstellung auf mich abfärbt? Dass ich aufhöre, mich für meine Bildung zu interessieren? Dann soll sie ihre Sorge nehmen und sie sich in den Allerwertesten stecken. Als ich ein paar Stunden später meine Zimmertür öffne, ist Josh allerdings ebenfalls ungewohnt mürrisch.

»Das ist nach hinten losgegangen«, sagt er. »Weißt du noch, die Idee mit dem Nachsitzen am Sabbat? Ich habe die Direktorin danach gefragt und sie hat sich damit gleich an meine Eltern gewandt.«

Ich zucke zusammen.

»Ja. Und obwohl der Grund diesmal – theoretisch – gerechtfertigt ist, haben sich meine Eltern ihrer Meinung angeschlossen, dass ich unverschämt bin. Und jetzt habe ich zwei zusätzliche Wochen Nachsitzen.«

Ich bin entsetzt. »Zwei Wochen? Das bedeutet …«

»Bis Ende Oktober.«

»Das ist doch Wahnsinn! Was zum Teufel hat die Direktorin für ein Problem?«

Er schleudert seine Schuhe weg und lässt sich neben mich aufs Bett fallen. »So viel zum aktuellen Versuch, mich dazu zu bringen, dass ich diese Schule ernst nehme.«

»Das tut mir leid. Das mit dem Sabbat war schließlich meine Idee. Meine blöde, blöde …«

»Hey.« Josh stützt sich auf die Ellbogen. »Nur weil ich nicht als Erster draufgekommen bin.«

Vom Flur dringt Lärm zu uns herein. »Seht mal, wer auf Iz-las Bett sitzt«, sagt Mike. »Komm, zeig uns mal was, Süße! Gib uns eine kleine Vorschau.«

Emily gackert höhnisch. »Ist Kurt eifersüchtig?«

Dave streicht sich das wirre Haar aus den Augen. »Quatsch. Die bereiten sich auf einen Dreier vor.«

Am liebsten würde ich ihnen allen eine reinhauen. Aber Josh hält Mikes Blick stand. »Sie heißt Ei-la. Aber das kann man sich wahrscheinlich schlecht merken, wenn das Gehirn kleiner ist als der Penis. Und der ist ja sowieso schon ziemlich klein, wenn man Gerüchten Glauben schenken darf.«

»Ach, leck mich, Wasserstein.«

»Gut gekontert.«

Die Tür zum Treppenhaus fliegt scheppernd auf und Sanjita erscheint hinter ihnen. Ihr Blick ist fest auf irgendetwas in der Eingangshalle gerichtet. Eine unnatürliche Haltung, die mir verrät, dass sie bereits weiß, dass das hier mein Zimmer ist. »Komm schon, Mike.« Sie zieht an seinem Arm. »Ich hab Hunger.«

Er ist immer noch aufgeplustert wie eine wütende Babyeule. Er deutet mit dem Finger auf Josh. »Dich krieg ich noch.«

Sie stolzieren davon und Josh guckt extrem verärgert in Richtung Tür. »Hat es jemals eine leerere Drohung gegeben?«

»Was haben die heute bloß alle?«

»Keine Ahnung. Aber ich hasse sie. Ich hasse alle auf der Welt außer dir.«

»Und Kurt.«

»Und Kurt«, räumt er ein. »Wo steckt er eigentlich?«

»Heute ist Sushi-Abend, schon vergessen?«

Er sinkt auf meine Kissen. »Ach so, ja.«

Wir haben vorher darüber gesprochen und ausgemacht, dass Kurt und ich unsere Freitagabende behalten und Josh und mir die Samstagabende gehören. Aber irgendwie bin ich auch enttäuscht. Von festen Terminen, Regeln, Menschen.

Sobald sein Sabbat-Nachsitzen vorüber ist, steht er wieder vor meiner Tür. »Ich möchte dich noch mal zeichnen«, sagt er. »Vor dem Abendessen. Solange es noch hell ist.«

Ein Hochgefühl fließt durch mein Blut, als mich Josh eilig auf die Arena von Lutetia zuführt, ein von den Römern längst verlassenes Amphitheater. Es war einmal riesig und überfüllt und wurde für Gladiatorenkämpfe genutzt. Jetzt ist es ziemlich klein und leer und sieht aus wie ein Park. Es liegt nur wenige Blocks von unserer Schule entfernt, wird aber vollkommen von den umliegenden Wohnhäusern verdeckt. So oft ich auch hingehe, ich bin jedes Mal überrascht, dass dort eine komplette römische Arena verborgen liegt.

Meistens ist es im Park eher still. Heute bringt ein Vater seinem kleinen Sohn in der weiten, staubigen Mitte bei, wie man einen Ball dribbelt. Josh und ich steigen die Treppen zu den ursprünglichen Steinnischen über dem Spielfeld hinauf. In jeder Nische steht eine moderne Bank und wir wählen diejenige mit der besten Aussicht aus. Josh lehnt einen Skizzenblock an seine Knie – einen mit dicken, herausreißbaren Blättern – und beginnt sofort mit seinem Lieblings-Pinselstift (einem Stift mit Kappe und Pinselspitze) zu zeichnen. Er arbeitet auf die gleiche Art wie immer, den Daumen unter den Zeigefinger gesteckt. Ich liebe es, seine Hand zu beobachten.

»Was soll ich machen?«, frage ich. »Wie soll ich mich hinsetzen?«

»Wie du willst. Versuch nur, dich nicht allzu viel zu bewegen«, fügt er lächelnd hinzu.

Nichts gibt einem mehr das Gefühl, alle Körperteile am

falschen Fleck zu haben, als wenn man von einem attraktiven Vertreter des anderen Geschlechts offen angestarrt wird. Ich suche nach einer Ablenkung. »Was hat es eigentlich mit deinem Aufkleber auf sich?«

Josh dreht den Block um, als wäre etwas darauf erschienen.

»Mit dem auf deinem Skizzenbuch. Dem amerikanischen WILLKOMMEN-Aufkleber.«

»Ach so.« Er schnaubt verächtlich. »Nichts Besonderes. Mein Dad hatte einen riesigen Stapel davon in seinem Büro und ich hab mir einfach einen genommen. Zu dem Zeitpunkt haben gerade eine Menge Arschlöcher auf dem Capitol Hill über mexikanische Einwanderer abgezogen, deshalb habe ich das Wort draufgeschrieben, über das sie meiner Meinung nach hätten sprechen sollen. Aber die Idee stammt nicht von mir. Ich habe schon mal so was Ähnliches gesehen, einen australischen Aufkleber.«

»Weißt du, was ich an dir mag?«, frage ich ein paar Minuten später.

»Meine geilen Bewegungen auf der Tanzfläche.«

»Du hast dir so sorgfältig diese gelangweilte Fassade aufgebaut, aber in solchen Momenten verrätst du dich. In den Momenten, auf die es wirklich ankommt.«

»Das ist keine Fassade«, entgegnet er. »Mir ist nichts wirklich wichtig. Nur du.«

»Stimmt nicht. Du hast ein sentimentales Herz, Joshua Wasserstein. Ich kann es sehen.«

Er lächelt in sich hinein und zeichnet weiter. Ich spüre eine angenehm duftende Windbö und das erste Herbstlaub regnet auf uns herab. Eine scharfe Kälte liegt in der Luft. Ich sehe zu, wie der winzige Junge in der Arena zwischen die Beine seines Vaters saust, und lausche dem leisen Kiesknirschen, als ein älteres Pärchen den Weg hinter uns entlangspaziert. Die Sonne sinkt am Horizont. Eine neue Stille ist da, und ich merke, dass Josh aufgehört hat zu arbeiten.

Er sieht mich durchdringend an. Gebannt.

»Was ist?« Ich traue mich nicht, mich zu bewegen. »Stimmt was nicht?«

»Ich habe noch nie gesehen, wie die Sonne direkt durch dein Haar scheint.«

»Oh.« Ich blicke auf den leuchtenden Vorhang hinunter. »Es sieht nie gleich aus, oder? Innen ist es kastanienbraun, außen eher rot.«

»Nein.« Josh streckt die Hand aus und berührt sanft eine der Wellen. »Rot ist nicht das richtige Wort. Es ist kein Braun oder Orange oder Kupfer oder Bronze. Es ist Feuer. Es ist, als wäre man von den Flammen eines brennenden Gebäudes fasziniert. Ich kann nicht wegsehen.«

In letzter Zeit werde ich in seiner Gegenwart seltener rot, aber jetzt fühlen sich meine Wangen warm an.

»Und das«, sagt er, als ich auf meinen Schoß hinunterblicke. »Dieses rosige Rot auf deinen Wangen. Und dein Parfum, das nach Rosen duftet. Das macht mich verrückt.«

Ich hebe überrascht den Kopf. »Das hast du bemerkt? Ich benutze nicht viel davon.«

»Vertrau mir. Es ist genau die richtige Menge.«

»Du riechst nach Mandarinen«, sage ich, ohne nachzudenken.

»Satsuma.« Er hält inne. »Du hast eine gute Nase.«

»Deine ist besser. Zumindest die Form.«

»Meine Nase ist riesig.« Er lacht und sein Kehlkopf hüpft dabei. »Deine sieht aus wie die von einem Kaninchen. Kann also gar nicht sein.«

Ich lache mit. »Sie ist nicht riesig. Aber interessant.«

»Interessant, soso.« Er zieht neckisch eine Augenbraue nach oben.

Ich grinse. »Ja.«

Josh grinst zurück. Er streicht mir mit tintenbeschmierten Fingern durchs Haar und beugt sich zu meinen Lippen herüber. Doch dann hält er inne und riecht an meinem Hals. Ein Schauder durchrieselt mich. Er küsst ganz langsam und zärtlich meinen Hals und ich schließe die Augen.

Dort könnte er mich ewig küssen. Doch dann lehnt er sich träge zurück, lässt die Finger aus meinen Haaren herausgleiten und lächelt mich wieder an. »Rosen«, stellt er fest.

Mein Kopf und mein Herz sind hin und weg. »Danke. Und danke, dass du so was Nettes über meine Haare gesagt hast«, füge ich hinzu. »Nicht alle sind so nett.«

»Wer würde denn nichts Nettes darüber sagen?«

»Ha-ha«, antworte ich.

Aber er scheint aufrichtig verwirrt zu sein.

»Willst du das wirklich wissen?« Ich hole tief Luft. »Na schön. Als ich noch klein war, hat mich jede Großmutter auf der Straße angequatscht, dass ich aussehe wie eine von ihren Enkeltöchtern. ›Ihr Haar ist *genau wie deins*‹, sagten sie immer. ›Nur dass ihres noch orangener ist‹ oder ›Ihres ist noch bräunlicher‹. Es war total furchtbar, vor allem für jemanden, der so schüchtern ist wie ich. Hattie war immer die Einzige, die eine patzige Antwort gegeben hat. ›Dann ist es ja doch nicht wie meins, oder?‹, hat sie immer gesagt.«

Josh lacht.

»Und wenn man als Rothaarige in die Pubertät kommt, muss man sich lauter unanständige Kommentare von irgendwelchen Männern anhören. Kein Monat vergeht, ohne dass mir jemand sagt, dass ich gut im Bett sein muss, weil alle Rothaarigen sexsüchtig sind. Oder dass ich eine Schlampe sein muss, weil alle Rothaarigen so temperamentvoll sind. Oder dass sie nur mit Rothaarigen zusammen sein wollen. Oder dass sie auf keinen Fall mit einer Rothaarigen zusammen sein wollen, weil die alle hässlich sind.«

Josh ist verdutzt. »Solche Sachen sagen sie zu dir? Fremde Leute?«

»Mindestens ein Dutzend Männer haben mich gefragt, ob ›mein Teppich die gleiche Farbe wie meine Vorhänge hat‹. In Großbritannien wird man als Rotschopf besonders gern beleidigt – danke, England! –, und in manchen Kulturen glaubt man, wir würden vom Pech verfolgt. Und was die Franzosen über Rothaarige sagen, weißt du, oder? Wir würden stinken.«

»Nach Rosen?«

»Und dann noch der übliche Mist, den man gratis dazubekommt. Sonnenbrand, Sommersprossen …«

»Ich liebe Sommersprossen.« Josh tippt mit dem Zeigefinger auf seinen Skizzenblock. »Ich hab vor, die hier bei mir aufzuhängen, weißt du.«

Tatsächlich?

Tatsächlich. Am nächsten Tag erscheint mein Gesicht an allen Stellen in seinem Zimmer, wo man am meisten hinsieht: über dem Schreibtisch, neben dem Bett, auf dem Kühlschrank. Zeichnungen mit Blättern im Haar und vor Verzückung geschlossenen Augen. Zeichnungen mit anmutig entblößten Schlüsselbeinen und sittsam angezogenen Beinen. Zeichnungen mit einem starren, ebenso direkten wie verwundbaren Blick.

Ich komme mir vor wie seine Muse. Vielleicht bin ich das auch.

»Es ist immer noch so unwirklich«, sage ich eines Nachmittags im Baumhaus zu Kurt, »das Objekt zu sein, auf das seine Augen gerichtet sind.«

»Das Objekt?«, wiederholt Kurt.

»Ich meine nicht ›Objekt‹ im Sinne von ›Objekt‹.«

»Es ist falsch, Menschen als Objekte zu betrachten.«

»Du hast recht. Ich habe das falsche Wort benutzt.« Es ist einfacher nachzugeben, als ihm die verwirrende und beunruhigende Wahrheit zu erklären. Wenn es Josh ist, der mich als das betrachtet … habe ich nichts dagegen.

Kurt streichelt gerade Jacque. Er krault ihn unter dem Kinn, seiner Lieblingsstelle, und der grau getigerte Kater schnurrt genüsslich. »Wo hast du den denn gefunden?« Kurt deutet mit dem Kopf auf einen herzförmigen Stein.

»Ach, den. Ähm, in der Nähe der Arena von Lutetia.«

»Also hat ihn dein Freund gefunden.«

»Wir haben ihn zusammen gefunden.«

»Und auch zusammen hierhergebracht?«

Ich zögere. Dann nicke ich.

Jacque springt auf seinen Schoß, aber Kurt schubst ihn hinunter. »Ich hab zu arbeiten.« Er zerrt sein Chemiebuch heraus, und eine Karte, die jemand mit Kugelschreiber vom unterirdischen Paris gemalt hat, fliegt aus seiner Tasche und trifft mich am Arm.

Ich gebe sie Kurt zurück. »Tut mir leid, dass ich es dir nicht erzählt habe. Wir kommen manchmal abends her.«

»Mm«, murmelt Kurt.

Wir arbeiten, bis es Zeit ist zum Abendessen. Als ich ihn aber am nächsten Tag frage, ob er im Baumhaus lernen möchte, lehnt er ab.

Am folgenden Sonntag im Baumhaus überrascht mich Josh mit drei Pinseln und einem großen Plastikbecher billiger dunkelgrüner Temperafarbe. »Die Pinsel gehören mir, aber die Farbe ist ein Fundstück. Und umsonst.«

»Wo hast du sie denn gefunden?«

Er macht ein verschmitztes Gesicht. »Im Kunstraum.«

»Schwindler.« Trotzdem erwidere ich sein Lächeln. »Was wirst du malen?«

»Das gefällt mir. Nicht was *willst* du malen, sondern was *wirst* du malen.«

»Ich vertraue dir, falls du das meinst.« Ich hole die karierte Decke aus dem Überseekoffer. »Nicht dass ich das sollte. Kunstdieb.«

»Farbdieb, bitte. Die Kunst wird meine eigene sein.« Er hilft mir dabei, die Decke hinzulegen und ein zweites Mal zu falten, damit auf der Dachterrasse mehr Platz ist als sonst. »Ich brauche den Platz zum Arbeiten.«

Ich zucke zufrieden mit den Schultern. Es ist sonnig, wahrscheinlich einer der letzten warmen Tage im Jahr, und ich bin bereits dick mit Sonnencreme eingeschmiert. Ich ziehe meine Keilsandalen aus und wackle mit den Zehen in der Luft.

Josh betrachtet die Betonwand. »Wo gehen wir eigentlich hin, wenn das Wetter umschlägt?«

»Ich halte es hier bis Mitte November aus. Und ein paar Wintertage sind gar nicht so schlimm, weißt du? Aber normalerweise verkriechen Kurt und ich uns im Wohnheim, manchmal in der Bibliothek.«

Josh sieht kurz zu mir herüber. Sein Blick ist so sexy, dass mein Herz einen Sprung macht. »Aber wo gehen *wir* hin?«

»Überallhin«, antworte ich. »Wir gehen überall zusammen hin.«

»Ich möchte dir meine Lieblingsporträts zeigen. Das Selbstporträt von Van Gogh im Musée d'Orsay. Und dieses Gemälde von Van Dyck im Louvre, das ich immer schon geliebt habe. *Le Roi à la chasse*. Ich weiß nicht mal mehr, warum ich es so toll finde. Vielleicht könntest du es mir verraten.«

Ich schließe die Augen, um den Sonnenschein auf den Lidern zu spüren. »Ich würde gern mit dir in das Restaurant in der Moschee gehen. Da bestellen wir Pfefferminztee und Desserts mit Honig.«

»Wir fahren mit dem Riesenrad an der Place de la Concorde.«

»Und dann spazieren wir durch den Tuileriengarten und trinken *vin chaud*, damit uns nicht kalt wird.«

»Wir gehen auf den Flohmarkt im Montmartre«, fährt Josh fort. »Und suchen dort nach rostigen Fahrrädern und zerbrochenen Spiegeln.«

»Wir fahren mit der *métro* zu allen Endhaltestellen, nur um zu sehen, was am Ende jeder Strecke ist.«

»Das«, sagt Josh zu der Wand, »sind *perfekte* Tage.« Ich öffne die Augen. Er taucht einen kleinen Pinsel in die Farbe und hält ihn in der Hand.

Und dann … wird er lebendig.

Schnell begreife ich, was er vorhat. Er malt ein Wandbild auf die Innenseite der Terrassenwand. Zuerst eine Skizze, einen Umriss, dann bewegt er sich in einem vollständigen Kreis um das Innere herum. Schon jetzt kann man erkennen, was das Bild sein wird.

Ich lächle und lasse ihn in Ruhe arbeiten.

Josh wechselt zu einem größeren Pinsel und kühneren Strichen. Üppige grüne Blätter und dicke grüne Äste erscheinen auf der abblätternden weißen Farbe der Mauer. Ich vertiefe mich in ein Buch über die Suche nach einer alten verlorenen Stadt am Amazonas und blicke zwischendurch immer wieder flüchtig auf, um den Baum wachsen zu sehen. Doch als er noch einen Kreis um das Bild beschreibt, tauchen plötzlich unerwartete Formen zwischen den Blättern auf. Josh malt eine Nachahmung der uns umgebenden Skyline – präzise, aber mit seiner üblichen skurrilen Note: manche Häuser runder, manche eckiger.

Jacque kommt zu Besuch. Er reibt sich schnurrend an Joshs Bein.

Als Josh ihm keine Beachtung schenkt – was ein Novum ist, denn Josh vergöttert Jacque –, macht der Kater ein beleidigtes Gesicht und schlendert zu mir herüber. Ich gebe ihm Entenmagenstückchen von dem Salat, den ich zum Mittagessen hatte, und darf ihn ein paar Minuten lang streicheln, bis er wieder über die Dächer verschwindet.

Die Sonne knallt herunter. Josh zieht sein Shirt aus. Er ist so in seine Arbeit versunken, dass er ganz vergessen hat, dass ich auch hier bin. Er selbst ist auch ein Kunstwerk. Sein Rücken und seine Arme sind kräftig, mehr als seine schmale Gestalt vermuten ließe. Auf dem rechten Schulterblatt hat er ein kleines Muttermal und am unteren Rücken eine verblasste Narbe. Der Totenkopf mit den gekreuzten Knochen auf seinem Arm passt vor dem Hintergrund aus ähnlichen Pinselstrichen noch besser zu ihm.

Und … seine Hüften. Sie sind kantig und schauen oben aus seiner Jeans heraus und ich muss immer wieder unwillkürlich hinsehen. Auf die Stelle oberhalb des Hosenbundes.

Lieber Himmel.

Josh holt einen zweiten Farbbecher aus seiner Umhängetasche. Als er das Bild zum vierten Mal umkreist, erscheint eine weitere unerwartete Schicht hinter Paris. Hoch aufragende Wolkenkratzer. Hängebrücken. Löwenstatuen. Er malt ein flämisches Haus mit Kletterrosen und Ziegeldach, dann ein typisches braunes Sandsteinhaus mit Efeu in den Blumenkästen und einer amerikanischen Flagge. Was sicher *sein* Haus darstellen soll.

Ich habe mich geirrt. Josh hat nicht einfach meine Dachterrasse in ein echtes Baumhaus verwandelt. Er hat sie in ein

Baumhaus mit Ausblick auf die Welt verwandelt. *Unsere* Welt. Paris und New York.

Er umkreist das Ganze ein letztes Mal und verteilt hier und dort ein paar Vögel auf den Ästen. Manche sehen beinahe echt aus. Andere sind so bizarr, dass sie sicher nur in seiner Fantasie existieren. Für das komplette Wandbild braucht er weniger als sechs Stunden.

Als Josh aus seiner Trance erwacht, ist er benommen und berauscht von seiner Kunst. Er sieht mich verständnislos an. Aus irgendeinem unerfindlichen Grund breche ich in Tränen aus. Er sieht mich immer noch ausdruckslos an und ich schluchze weiter – peinliche dicke Tränen. Josh neigt den Kopf zur Seite. Sieht mich weiter an. Dann lässt er sich auf die Decke fallen. Seine Augen sind irr vor Angst.

»Es ist … *wunderschön*«, sage ich.

Jeder einzelne Muskel in seinem Körper entspannt sich. Josh lacht so heftig, dass er nach hinten umfällt. Mit den farbbeschmierten Händen hält er sich an der Decke fest und sein Körper bebt vor unbändigem Gelächter.

»Das ist nicht witzig.« Ich tupfe mir mit der Decke das Gesicht ab.

Er krümmt sich noch mehr.

»Die Decke muss ich sowieso waschen.« Ich deute auf seine Farbflecken.

Allmählich hört Josh auf zu lachen. Er blickt lächelnd zu mir auf – ein beseligendes, göttliches Lächeln – und streckt seine langen Arme aus. Ich kuschle mich hinein, trotz der grünen Farbe überall. Er drückt mich fest an sich. Mein Ohr liegt an seiner nackten Brust und sein Herz schlägt tausendmal in der Minute. Ich streiche mit den Händen an seinem Körper hinunter. Er schließt die Augen. Ich küsse seine Haut, seine Farbe und seinen Schweiß. Er hebt mein Gesicht zu seinem an und küsst mir die Tränen weg. »Danke«, sagt er. »Das war die beste Reaktion, die ich je von jemandem bekommen habe. Für alles.«

Kapitel vierzehn

Mein Herz reagiert auf seine Neuigkeiten, indem es zerspringt. In einen Haufen empfindlicher Glasscherben. »Du fliegst nach Hause? Warum hast du mir nicht erzählt, dass das vielleicht passiert?«

Genau eine Woche ist es her, dass Josh das Baumhaus in ein echtes Baumhaus verwandelt hat. Aber heute Abend ist es zu kalt, um draußen auf der Dachterrasse zu sitzen, deshalb sitzen wir gemütlich aneinandergelehnt auf meinem Bett. Immerhin sieht er auch unglücklich aus. »Keine Ahnung«, sagt er und wirft sein Handy beiseite. »Wahrscheinlich hab ich gehofft, dass sie mich vielleicht … irgendwie vergessen.«

»Deine Eltern vergessen dich doch nicht.«

»Du würdest staunen, wie viele Minuten wir seit dem Schulanfang miteinander gesprochen haben. Vielleicht zwanzig? Und die meisten davon gerade eben.«

Ich seufze. »Alles Gute zum Geburtstag.«

Joshs Eltern haben sich ausgerechnet den heutigen Tag ausgesucht, um ihm mitzuteilen, dass er für die ganze Wahlwoche nach Hause fliegen wird. Er wird eine ergreifende Alltagsgeschichte für die Medien: der Achtzehnjährige, der zum ersten Mal seinen Vater wählen darf. Seine Eltern wollen Filmaufnahmen im Wahllokal, ein lobhudelndes Interview nach der Stimmabgabe, das ganze Schmierentheater. »Das ist so billig«, sagt er. »Sie holen mich in ihre billige Welt und lassen mich billig vor ihren Kameras posieren.«

»Deinen Vater zu wählen ist nicht billig.«

»Aber alles andere.«

»Stimmt.« Das Schlimmste daran ist der Zeitpunkt. Er reist genau dann ab, wenn er nicht mehr nachzusitzen braucht und wir endlich ganz viel Zeit füreinander hätten. »Na ja«, sage ich. »Immerhin gibt es Kuchen.«

Er runzelt hoffnungsvoll die Stirn. »Kuchen?«

Ich lasse mich lächelnd vom Bett gleiten.

»Du hast schon so viel getan«, protestiert er, obwohl ich ihm anmerke, dass es ihm ganz recht ist. »Die Crème brûlée. Die Geschenke.«

Ich lache. »Nur eins davon war ein echtes.«

»Ich mag sie beide.«

Nach dem Mittagessen habe ich ihm einen schlecht, da eigenhändig gebastelten Pappmascheefuchs mit angeklebten lila Buntstiften im Hintern überreicht. Danach habe ich ihm sein eigentliches Geschenk gegeben, Original-Grafiken von einem seiner Lieblings-Cartoonisten. Ich habe sie gleich in der Woche, nachdem wir zusammengekommen sind, aus

Amerika herschicken lassen, da Josh nebenbei erwähnt hatte, dass er am 24. Oktober Geburtstag hat. Ich habe mir schon Sorgen gemacht, dass es vielleicht zu viel für unsere noch frische Beziehung ist, aber er schien sich über beides aufrichtig zu freuen.

Mein Geburtstag ist erste Ende Juni. Ich darf also erst bei der nächsten Wahl meine Stimme abgeben.

Ich gehe zum Minikühlschrank, um den Kuchen herauszuholen, doch auf einmal … hält mich etwas davon ab. Die Stille. Ich werfe einen Blick in den Flur. Ausnahmsweise ist niemand da. Nates Tür ist zu. Kein Mensch zu sehen. Eine Welle des Leichtsinns überrollt mich. Oder vielleicht ist es auch Verzweiflung, die bevorstehende Trennung, die in meinem ganzen Körper pocht. Meine Hand schwebt über dem Türgriff. Und dann handle ich.

Ich schließe die Tür.

Josh schluckt. Wir haben in letzter Zeit so darauf geachtet, dass wir alle Regeln befolgen. »Bist du sicher?«

»Absolut sicher.«

»Mein Geburtstag sieht schon viel besser aus.«

Ich knipse die Deckenlampe aus.

»Und viel dunkler«, fügt er hinzu.

Ich taste mich zum Schreibtisch, schalte eine Lampe ein und hole etwas Kleines, Rundes aus dem Kühlschrank – eine prachtvolle Mousse-au-Chocolat- und Haselnuss-Torte. Ich zünde den perfekten Kerzenring um den Rand an und singe leise »*Joyeux anniversaire*«. Es hat die gleiche Melodie wie sein englisches Pendant. Josh grinst, weil er mich noch nie singen gehört hat.

»Sinnlich«, meint er.

Ich sehe ihm an, dass es ihm gefällt. Es macht mich zwar verlegen, aber freut mich auch. Josh schließt die Augen und pustet alle achtzehn Kerzen mit einem Atemzug aus.

»Hast du dir was gewünscht?«

Josh deutet mit dem Kopf zur Tür. »Ja.«

Ich schlage mit unseren Gabeln nach ihm. Er packt sie und zieht mich daran zu sich hinunter. Lachend stürzen wir uns auf die Torte, aber schon bald ist mir schwindelig vom Zucker. Ich lasse mich nach hinten aufs Bett fallen. Josh isst noch ein paar Minuten weiter, schiebt dann die Kuchenplatte weg und sinkt neben mich. Er gibt einen zufriedenen Laut von sich. Ich schiebe meine Finger zwischen die seiner rechten Hand und sehe ihn im Lampenschein zusammenzucken.

Sofort lasse ich los. »Sehnenscheidenentzündung?«

»Alles okay.«

Ich sehe ihn skeptisch an.

»Na gut«, gibt er zu. »Es ist gerade ziemlich schlimm.«

Wir betrachten seine Hand. Sie zuckt.

»O-oh«, sage ich traurig. »*Mon petit chou*.«

Josh hebt überrascht den Kopf. Es ist das erste Mal, dass ich ihm einen Kosenamen gebe. *Mein kleiner Kohlkopf*. Das ist, als würde man jemanden »mein kleiner Liebling« nennen.

Sein Gesicht wird ganz sanft, aber er blickt nach unten und zur Seite. »Du machst mich immer noch nervös, weißt du.«

»Wirklich?«

»In deiner Nähe komme ich mir vor wie ein … tollpatschiger Riese. Du bist wie ein makelloses Porzellanpüppchen. Zierlich und süß und hübsch.«

Ich lächle. »Ich werd nicht gleich zerbrechen.«

Josh erwidert das Lächeln. »Nicht?«

»Nein. Und du auch nicht.« Ich nehme wieder seine Hand und massiere ihm sanft die Finger. Die Sehnen sind so verspannt, dass sie sich wie Seile unter der Haut anfühlen. Er verzieht das Gesicht. Ich höre auf, aber sein Gesichtsausdruck wird schwach. Flehend. Ich drücke fester und er schließt die Augen. Noch fester. Er stöhnt. Ich reibe ganz langsam jeden Finger von oben nach unten, einen nach dem anderen. Die Muskeln werden lockerer, entspannen sich aber nicht. Sie sind zu überlastet.

»Ich sollte das öfter machen. Deine arme Hand braucht Hilfe.«

Josh öffnet ein Auge. »Mir geht's gut.«

»Soll das ein Witz sein? Wenn das so weitergeht, bist du mit zwanzig gelähmt.« Ich massiere ihn weiter. »Warst du damit beim Arzt?«

Er zieht die Hand weg. »Es ist schon besser.«

»Entschuldigung.« Die Zurückweisung kränkt mich.

Aber Josh grinst mich verschmitzt an. »Das meinte ich

nicht.« Er beugt sich vor, greift in seine Tasche auf dem Fußboden und holt … seinen Pinselstift heraus.

»Ach so.« Ich lasse die Schultern hängen. »Du willst zeichnen.«

»Ja. Dich.«

Das heitert mich auf. Ich halte ihm ein Skizzenbuch hin, aber er nimmt es nicht.

»Nein«, sagt er. »Ich will *auf* dir zeichnen.«

Die Luft knistert förmlich. Ich schlucke. Josh bemerkt die Bewegung und küsst mich auf die Kehle. Ich schließe die Augen. Er überzieht meinen Hals und meine Kinnlinie mit sanften Küssen. Meine Lippen. Ich antworte mit einem tieferen, härteren Kuss, ausgehungert nach seinem Geschmack. Eine Hand gleitet über meine nackten Beine und berührt die Stelle, wo mein Rock auf meine Oberschenkel trifft. Die andere Hand zupft am Saum meines Pullovers. Eine Frage.

Wir öffnen die Augen. Seine Pupillen sind dunkel und geweitet.

Ich blicke ihm fest in die Augen, während ich meinen Pullover ausziehe. Darunter trage ich ein Seidenunterhemd. Ich will es schon ausziehen, aber Josh legt mir eine Hand auf den Arm, damit ich aufhöre.

»Ich möchte hier anfangen«, sagt er.

Er zieht mich auf die Füße. Mit zur Seite geneigtem Kopf studiert er seine Leinwand – meine milchig weiße Haut.

Ich werde nicht rot. Er kommt näher. Die Pinselspitze berührt zuerst meine Schulter. Seine Striche sind lang und vorsichtig, zart und schnell. Ich schließe die Augen. Die Tinte streicht sanft über meine Haut. Der Pinsel kitzelt mich am Dekolleté, am Hals, an den Armen, an den Händen. An den Füßen, den Waden und den Kniekehlen. Den Oberschenkeln.

Mir stockt der Atem.

»So«, flüstert Josh.

Ich öffne die Augen vor einem bodenlangen Spiegel. Ich bin mit Gartenrosen, sich drehenden Kompassen, fallenden Blättern, einsamen Inseln, Joshua Trees und verschlungenen geometrischen Mustern bedeckt. Es ist wunderschön. Ich bin wunderschön. Ich drehe mich staunend zu Josh um. Er hält mir den Stift hin.

»Du bist dran«, sagt er.

Mir zieht sich der Magen zusammen. »Du weißt doch, dass ich nicht malen kann.«

»Stimmt nicht. Jeder kann malen.«

Ich zeige kopfschüttelnd auf meinen Körper. »Nicht so.«

Josh zieht sein Shirt aus. Lieber Himmel. Er sieht so toll aus, dass ich heulen könnte.

»Ich weiß nicht, wo ich anfangen soll«, sage ich.

Er schließt meine Hand um den Stift und küsst mich auf den einen Mundwinkel, dann auf den anderen. »Dabei helfe ich dir.« Zusammen malen wir ein schlichtes Herz über sein richtiges Herz. Ich lache, sodass er auch lachen muss. »Siehst du?«, sagt er. »Es ist ganz einfach.«

Also … male ich.

Meine Linien sind nicht so selbstbewusst und meine Motive nicht so gut zu erkennen. Ich beschließe, bei Kreisen und Wirbeln zu bleiben. Josh sieht mir bei der Arbeit zu. Ich bedecke seine Brust, seinen Hals, seinen Nacken, seine Arme, seine Finger. Seinen Bauch.

»So«, sage ich. »Jetzt ist keine freie Haut mehr übrig.«

Er schaut lange in den Spiegel. Ich setze mich auf die Bettkante. Schließlich dreht er sich zu mir um. »Danke.«

Aus irgendeinem Grund werde ich *jetzt* rot. »Gefällt es dir?«

»Ich liebe es.«

Seine Worte bleiben in der Luft hängen. Sie beginnt zu zittern. Meint er damit …?

Josh setzt sich neben mich. Er legt seine Stirn an meine. Dann schließt er die Augen und sagt: »Isla Martin. Ich bin verliebt in dich.«

Mein Universum explodiert.

»Ich liebe dich auch, Josh. Ich liebe dich *so sehr*.«

Unsere Körper drücken sich aneinander und die Tinte auf seiner Brust hinterlässt einen spiegelverkehrten Abdruck auf meinem Unterhemd. Sein Herz über meinem. Ich falle nach hinten und ziehe ihn mit hinunter. Er versucht auszuweichen, um zu verbergen, welche Reaktion das bei ihm auslöst, aber ich drücke mich nur umso fester an ihn. Wir küssen uns leidenschaftlich. Zusammen ziehen wir mein Unterhemd aus. Die Tinte verschmiert. Sie verteilt sich von seiner Brust auf meine, dann durch Handabdrücke auf unseren Körpern und durch beschmierte Glieder auf meiner Decke. Ich öffne seine Gürtelschnalle und mache den Reißverschluss seiner Jeans auf. Wir rollen in die Torte und die schwarze Tinte vermischt sich mit Haselnussglasur und Mousse au Chocolat und …

Das Neonlicht blendet mich. »Du solltest echt mal die Tür …«

»Meine Güte, Kurt!«, rufe ich.

Josh verdeckt meinen Körper mit seinem. »Mach die verdammte Tür zu!«

Aber Kurt ist wie erstarrt.

»Tür zu!«, brüllen wir beide.

Jetzt gehorcht er. Wir hören, wie die Treppenhaustür neben meiner Zimmertür auffliegt und Kurt mit trappelnden Schritten nach oben rennt. Mein Herz springt gegen meinen Brustkorb. Ich werfe Josh sein Shirt zu. »Das hat Nate mit Sicherheit gehört.«

Josh zieht es eilig an. »Mist. Mist, Mist, Mist.«

»Tut mir leid. Er hat es nicht so gemeint. Kurt.«

Mein Freund küsst mich, schnell wie ein Pfeil, und dann ist er auch schon weg. Noch ein Scheppern der Treppenhaustür und Nates Tür öffnet sich, als die Treppenhaustür gerade wieder zufliegt. Vielleicht hat Nate Josh nicht gesehen. Vielleicht hat er nicht gemerkt, dass das Gebrüll aus meinem Zimmer kam. Vielleicht.

Es klopft laut an meiner Tür.

»Hnnngh?«, antworte ich möglichst überzeugend, als hätte ich gerade geschlafen.

»Das war jetzt das zweite Mal, Isla«, sagt Nate draußen im Flur. »Wenn das noch einmal vorkommt, muss ich es der Direktorin melden und sie wird euch beide vorübergehend von der Schule verweisen.« Er wartet. »Sag einfach nur ›verstanden‹, Isla.«

»Verstanden.« Ich bringe es kaum heraus. Ich könnte im Erdboden versinken. Das Mädchen aus dem Jahrgang unter mir, die ihr Zimmer nebenan hat, dreht sich im Bett herum. Hoffentlich schläft sie noch.

»Was hast du gesagt?«, ruft Nate.

»VERSTANDEN.«

»Danke. Gute Nacht.« Nate trabt davon, seine Tür schließt sich geräuschvoll und die Welt ist wieder still. Ich atme auf. Ich zittere. Und dann muss ich weinen, aber nicht weil ich Angst habe oder mich so erniedrigt fühle. Sondern weil gerade der wunderbarste Augenblick in meinem ganzen Leben passiert ist.

Josh liebt mich.

Ich zeichne die Tinte auf meinem Körper nach. Joshs großartige Bilder sind mit klebrigen Schokoladenstreifen verschmiert. Widerwillig drehe ich die Dusche auf. Als ich hineinsteige, bildet der Dampf bereits Schwaden. Das heiße Wasser trifft auf meine Haut und lila-schwarze Tinte fließt von meinem Körper hinab.

Sie berührt alles.

Er ist überall.

Kapitel fünfzehn

Josh erscheint über meiner Schulter. »Ich dachte, wir wären uns einig, dass du nach Dartmouth gehst.«

Es ist der nächste Abend und sein Nachsitzen muss gerade zu Ende sein. Ich arbeite an einem Aufsatz für die Columbia University, also schreibe ich meinen Satz fertig, blicke zu Josh auf und lächle ihn von meinem Schreibtischstuhl aus an. »Sagst du mir noch mal, wo das liegt?«

»Sieben Komma neun Kilometer vom Center for Cartoon Studies entfernt. Ungefähr. Ich bin nicht ganz sicher. Müsste ich nachsehen.«

»Sie hat die Anmeldung schon ausgefüllt«, verrät Kurt und verdirbt damit meine Überraschung.

Josh erstarrt. Dann sinkt er auf die Knie. »Meint er das ernst? Meinst du es ernst?«

Ich hole die versteckten Bewerbungsunterlagen aus Dartmouth hervor. »Wir meinen es ernst.«

Josh wirft die Columbia-Unterlagen zu Boden. »Die brauchst du nicht mehr, echt nicht.«

Ich hebe sie lachend wieder auf. »Doch.«

»Nein.«

»Das sind anspruchsvolle Unis.« Mit ernstem Gesicht deute ich auf die Mappen auf meinem Schreibtisch, die ich mit LA SORBONNE, COLUMBIA und DARTMOUTH beschriftet habe. »Du weißt genau, dass ich mich bei allen dreien bewerben muss.«

»Und du wirst bei allen dreien einen Platz bekommen. Aber du nimmst den in Dartmouth. Und dann besorgen wir uns ein Atelier am Fluss – eins, das noch größer ist als dieser Raum hier – und einen Kater, der aussieht wie Jacque, aber wir nennen ihn Jack. Und irgendeine Schrottkarre, eine, die nicht mal eine Klimaanlage hat. Dafür ein super Radio, und jedes Wochenende fahren wir woandershin.«

»Das würde mir gefallen«, sage ich.

»Mir auch.«

Kurt schüttelt entrüstet den Kopf. Er sitzt auf meinem Bett. »Ich begreife trotzdem nicht, wie du nach all den Jahren einfach so deine Pläne ändern kannst.«

Ich drehe mich auf meinem Stuhl zu ihm herum und sehe ihn fest an. »Meine Pläne waren nie besonders ausgereift.«

Aber es ist zu spät. Josh sieht enttäuscht aus. »Tut mir leid«, sagt er. »Ich würde das doch nicht von dir verlangen, wenn du es nicht selbst willst.«

Darüber muss ich wieder lachen. »Doch, würdest du.«

Seine Miene wird noch finsterer. »Nein, würde ich nicht.«

»Ich *will* es ja. Du weißt doch, dass ich keine Ahnung habe, was ich mit meinem Leben anfangen soll. Also kann ich ruhig das tun … was ich dort tun werde. Was immer es ist.«

Kurt stöhnt wie vor körperlichem Schmerz. »Deine Eltern werden sauer sein.«

»Falls ich überhaupt angenommen werde« – ich sehe dabei immer noch Josh an –, »werden sie damit einverstanden sein.«

»Nein, werden sie nicht.« Kurt schlingt frustriert die Arme um sich selbst. »Sie werden sich Sorgen machen, dass du für irgendeinen Typen dein Leben wegwirfst.«

Jetzt hat er meine volle Aufmerksamkeit. »Hey. Sag bitte so was nicht.«

»Du bist nicht mal einen Monat mit ihm zusammen.«

»Wir würden nicht mal an derselben Uni studieren. Außerdem hat noch keiner von uns einen Platz bekommen, also hör jetzt auf, ja?«

Kurt funkelt mich an. »Ich versuche nur meine Hausaufgaben fertig zu machen. *Du* hast ihn hierhergebracht.«

»Eigentlich hab ich mich selbst hergebracht. Und ich bin immer noch da.« Josh zeigt auf sich selbst. »Hallo.«

»Das hier ist *mein* Zimmer«, sage ich zu Kurt.

»Dann darf ich nichts mehr dazu sagen?«, fragt er.

»Nein!«, antworte ich.

»Ich gehe jetzt«, sagt Josh.

»Nein«, antworte ich, während Kurt sagt: »Gut.«

Ich stehe auf, um Josh zu folgen, aber er hindert mich daran. »Du solltest bleiben«, sagt er leise. Ich will protestieren, aber er unterbricht mich. »Ich will nicht derjenige sein, der eure Beziehung verkorkst. Das müsst ihr zwei schon selber klären.« Er gibt mir einen Kuss auf die Wange und geht.

Ich blicke Kurt böse an. »Und? Willst du darüber reden?«

»Worüber?«, fragt er unwirsch zurück.

Ich senke die Stimme, da die Tür immer noch offen steht. »Über gestern Abend?«

»Als du mich angeschrien hast?«

»Als du reingekommen bist und etwas vorgefunden hast, das du nicht erwartet hast.«

Kurt knallt sein Schulbuch so fest zu, dass ich zusammenzucke. »Du bist der einzige Mensch, der niemals so mit mir reden sollte. Als ob ich das nicht verstehe. Seit drei Jahren willst du mit ihm ins Bett gehen. Warum solltest du es jetzt nicht tun, wo du endlich mit ihm zusammen bist? Ich bin nicht der Idiot, für den du mich hältst.«

Das sitzt. »Dafür halte ich dich doch nicht. Und das weißt du auch.«

»Doch, tust du.«

Es ist etwas Wahres dran. Das beschämt mich.

»Hör zu. Ich will nicht euer Anstandswauwau sein, und ich will dich auch nicht davon abhalten, mit ihm Zeit zu verbringen. Es wäre nur schön zu wissen, ob ich dir noch irgendetwas wert bin.«

Ich sinke neben ihm aufs Bett. »Es tut mir leid.«

»Sag nicht, dass es dir leid tut. Sag, dass wir noch Freunde sind.«

»Ich bin immer noch deine *beste* Freundin.« Ich lehne mich an seine Schulter und seufze. »Womit kann ich das wiedergutmachen?«

»Als Allererstes könntest du das Türschloss reparieren lassen. Ich will deine Brüste nicht noch mal sehen.«

»O Gott, Kurt.«

Er lacht schallend. »Sie sind größer als das letzte Mal, als ich sie gesehen habe.«

Ich schubse ihn weg. »Möchtest du, dass ich aus meinem eigenen Zimmer flüchte? Ich muss nämlich gleich kotzen.«

»Nein.« Seine Miene wird wieder ernst. »Ich möchte nie, dass du gehst.«

»Komm doch mit dieses Wochenende«, sagt Josh. »Ins Ausland.«

Es ist Freitag und wir knutschen zwischen der zweiten und dritten Stunde in einem winzigen Putzraum. Eine lange, spannungsreiche Woche liegt hinter uns. Heute muss Josh zum letzten Mal nachsitzen und es ist unser letztes Wochenende, bevor er wegen der Wahlen nach New York fliegt.

Ich gehe davon aus, dass er scherzt, bis ich seinen Gesichtsausdruck bemerke. »Josh. Wir können nicht einfach so wegfahren.«

»Wieso nicht? Letzten Monat war ich in Deutschland.«

»Ja, aber …« Ein Besen fällt mir in den Rücken und ich stelle ihn zur Seite. »Das war was anderes.«

»Der einzige Unterschied ist, dass es besser wäre, weil du dabei bist.«

Ich würde gern fahren. Ich würde ihn liebend gern begleiten.

Der Besen fällt noch mal auf mich und Josh wirft ihn in die Ecke. »Bleib da stehen«, sagt er zu ihm.

»Ich hasse diesen Raum.«

»Komm schon. Lass uns irgendwo hinfahren, wo wir nicht die Tür offen stehen lassen und uns zwischen Wischmopps verstecken müssen.«

»Ich würde unheimlich gern, wirklich. Aber es ist zu riskant.« Ich halte inne. »Oder nicht?«

»Nein, eigentlich nicht. Wir machen Folgendes: Wir nehmen einen Zug ganz früh am Samstagmorgen, verbringen den Nachmittag und Abend wo auch immer, schlafen in einem Hotel und fahren am Sonntagmorgen mit dem Zug zurück. So sind wir nur eine Nacht lang weg.«

»Und … wie oft hast du das schon gemacht?«

Er zuckt die Achseln. »Letztes Jahr ziemlich oft. Dieses Jahr nur einmal.«

»Und du bist noch nie erwischt worden.«

»Noch nie.« Josh drückt meine Hände. »Nate rechnet doch quasi damit, dass wir an den Wochenenden die ganze Nacht ausgehen. Er tickt nicht gleich aus, wenn wir nicht auf unseren Zimmern sind. Es gibt bei diesem Trick nur zwei Regeln: Erstens, wir beschränken uns auf nur eine Nacht auswärts. In einer Nacht kann alles Mögliche passieren, da findet man leicht eine Ausrede. Zweitens, wir weihen die Leute, mit denen wir in regelmäßigem Kontakt stehen, in unseren Plan ein, damit sie nicht herumlaufen und nach uns fragen.«

»Also … Kurt.« Das macht mir Sorgen. Er würde unser Geheimnis für sich behalten, aber er wäre auch enttäuscht über mein unbesonnenes Verhalten.

»Er ist der Einzige, der unsere Abwesenheit bemerken würde.«

Ich beiße mir auf die Unterlippe.

»Wo möchtest du hin?«, will Josh wissen. »Sag mir einen Ort, wo du noch nie warst.«

»Barcelona.« Ich staune selbst, wie schnell ich antworte.

Josh ist weniger überrascht. »Warum?«

»Gaudí.«

»Der Architekt?« Natürlich kennt mein Freund Antoni Gaudí. Er war ein Vertreter des Modernisme, der von allen möglichen Künstlern verehrt wurde.

»Ich habe sein Werk mal in einer alten *National-Geographic-*

Ausgabe entdeckt. Es hatte etwas Magisches. So etwas habe ich noch nie gesehen, zumindest nicht im wahren Leben. Aber vielleicht ist das auch blöd, zu touristisch …«

»Nein. Barcelona ist perfekt. Es wäre auch mein erstes Mal.« Josh hält inne. Mit diesem letzten Satz hat er aus Versehen das eigentliche Thema unter der Oberfläche dieser Unterhaltung angesprochen. »Es wäre *unser* erstes Mal.«

Und auf einmal reden wir über etwas ganz anderes. Etwas, wonach wir uns beide sehnen.

Der Gedanke, dass Josh nach Amerika zurückkehrt, ist unerträglich. Ich weiß, es ist nur für eine Woche, aber wann immer ich mir vorstelle, wie sein Flugzeug am JFK aufsetzt, fühle ich mich … nicht nur schlecht, sondern falsch. Als wäre unsere bevorstehende Trennung etwas viel Schlimmeres. Ich möchte mit ihm allein sein. Kein Nachsitzen, keine Wahlen. Kein Kurt, kein Nate. Nur wir beide, zusammen, auf all die Arten, die zwei verliebte Menschen zusammen sein können.

Die Schulglocke läutet. Unsere Zeit im Putzraum ist vorüber.

»Lass es uns tun«, beschließe ich. »Lass uns fahren.«

Unser Zug rast bereits durch die Landschaft, als über Frankreich der Morgen graut. Der Waggon ist fast leer und wir haben uns zwei Sitze an einem Tisch ausgesucht. Josh den am Fenster, weil er das Licht zum Zeichnen braucht. Er malt mit dem Bleistift kleine Skizzen in ein neues Skizzenbuch, während ich etwas über einen kannibalistischen Flugzeugabsturz in den Anden lese. Einer seiner Schuhe reibt sich sanft an meinem. Ich reibe zurück. Ich fand immer schon, die besten Beziehungen sind in der Ruhe ebenso glücklich und zufrieden wie in der Betriebsamkeit, aber vor Josh hatte ich eine solche bisher nur mit Kurt.

Während die Sonne heller wird, werden meine Augen schwerer. Ich lehne mich an Joshs Schulter, spüre aber, dass seine Hand aufhört sich zu bewegen. »Oh, Entschuldigung.« Ich setze mich wieder auf, damit er weiterzeichnen kann.

Aber Josh zieht seinen dunkelblauen Kapuzenpulli aus, legt ihn sich auf den Schoß und meinen Kopf auf das provisorische Kissen. Ich atme tief ein und nehme seinen tröstenden Geruch wahr. Ich habe solches Glück. Ich habe solches, solches Glück. Ich spüre, dass sich sein Arm wieder bewegt, während ich in einen halb wachen Schlummer sinke. In ein Träumchen. Ein Bild von einem Bett und zwei Körpern, seiner beschützend um meinen geschlungen. Irgendwann bin ich richtig eingeschlafen, denn bald streicht er mir die Haare aus dem Gesicht.

»Wir müssen umsteigen«, flüstert er.

Wir sind in Figueres, Spanien. Katalonien. Es ist der Geburtsort von Salvador Dalí und liegt direkt hinter der Grenze zu Frankreich. Ich rappel mich auf und setze mich hin, während unser Zug in den Bahnhof einfährt. Josh schnappt sich sein Skizzenbuch und klappt den Tisch nach oben. Beim Aufstehen stöhnt er. Seine Beine sind platt gedrückt und steif.

»Du hättest mich wecken sollen. Du hast ja Stunden so gesessen.«

Er zieht sich seinen Pulli über. »Aber du hast den Schlaf gebraucht.«

Wir haben nur wenig Gepäck dabei – jeder einen Rucksack, in den jetzt jeder sein Buch verstaut. Der Zug bleibt stehen, wir springen raus und ich fröstele im unerwartet starken Wind. Die strahlende Dämmerung hat sich in einen düsteren Morgen verwandelt. Der Himmel wird noch dunkler, als unser Anschlusszug auf Barcelona zurattert. In Frankreich war es auf dem Land grün und grau, in Spanien ist es auf dem Land grün und goldfarben. Aber die bedrohlichen Wolken dämpfen die Wärme.

»Du hast nicht zufällig einen Schirm mitgenommen?«, frage ich.

»Ich besitze nicht mal einen.«

»Ach, stimmt ja. Deine Haut ist ja wasserabweisend.«

Josh lacht belustigt auf. »Du gefällst mir.«

Ich grinse auf meinen Schoß hinab. Nach einem Monat Geknutsche hat er immer noch diese Wirkung auf mich. Was macht es da schon aus, ob es regnet oder nicht?

Zwei Stunden später verlassen wir den Bahnhof Barcelona-

Sants. Die Umgebung ist städtisch und irgendwie … schmuddelig. Wir kommen an einer Gruppe von Skateboardern vorbei, und das Poltern eines Bretts, das auf dem Asphalt aufschlägt, bekommt als Echo ein viel lauteres Poltern aus dem Himmel. Es fängt an zu schütten. Die Skateboarder flitzen über die Straße davon und wir folgen ihnen – instinktiv – in das nächste Café.

»Gott sei Dank.« Beim Anblick des Mittagessens wird Josh schwach. »Da haben wir ja genau den richtigen Unterschlupf gefunden.«

Unsere nassen Schuhe quietschen auf dem orange-rot gefliesten Boden. Hinter der Glastheke liegen schmale Baguettes, die mit gewürztem Schweinefleisch, verschiedenen buttrigen Käsesorten und dicken Kartoffelscheiben gefüllt sind. Ich bestelle drei verschiedene *bocadillos – chorizo, un jamón serrano y queso manchego, y una tortilla de patatas* – und wir teilen sie uns an einer Theke mit Blick auf die überfüllten Autos.

Josh reißt sich ein riesiges Stück vom *chorizo*-Sandwich ab. »Weißt du, was toll ist? Wir mussten noch nie darüber sprechen, aber wenn's ums Essen geht, haben wir die gleiche Philosophie.«

»Abwechslung?«

»Und wie.« Er zeigt anklagend mit dem Finger auf mich. »Soso, du sprichst also Spanisch.«

»Spanisch, *sí*. Katalanisch, *no*.« Katalanisch ist Amtssprache in Barcelona, obwohl hier beides gesprochen wird. »Einen Französischkurs konnte ich ja schlecht belegen, das wäre Mogeln gewesen.«

»Noch mehr Sprachen, von denen ich wissen sollte?«

»Nur Mandarin. Ach, und ein bisschen Russisch.«

Josh hält beim Beißen inne.

Ich grinse. »War nur ein Scherz.«

»Vielleicht wäre das später mal was für dich. Du könntest Dolmetscherin werden.«

Ich rümpfe die Nase.

»Sandwichkünstlerin? Professionelle Skateboarderin? Zugführerin?«

Ich lache. »Such weiter.«

Unser spontanes Mittagessen ist köstlich, denn spanisches Schweinefleisch schmeckt einfach unglaublich. Wie Fisch in Japan oder Rindfleisch in Argentinien. Oder alles Mögliche in Frankreich. Obwohl ich zugegebenermaßen voreingenommen bin. Ich studiere die Karte, die Kurt extra für uns gestern Abend angefertigt hat. Als er merkte, dass ich ihm die perfekte Ausrede geliefert habe, um Kartograf zu spielen, war er nicht mehr so enttäuscht von mir. »Sollen wir mit dem Taxi zu La Pedrera fahren?«, frage ich. Das ist die erste Sehenswürdigkeit, die Kurt eingetragen hat. »Oder sollen wir uns lieber zuerst im Hotel anmelden?«

Josh streicht eine meiner nassen Haarlocken weg. »Das erinnert mich an letzten Juni.«

Ich hebe den Kopf und stelle fest, dass Josh in Erinnerungen versunken ist. Er wickelt die Locke um seinen tintenbeschmierten Zeigefinger und benutzt sie, um mich zu einem tiefen Kuss an sich zu ziehen.

Das Hotel.

Eindeutig das Hotel.

Kapitel sechzehn

Das Hotel, das Josh online gebucht hat, ist fantastisch. Es gibt dort mit Mosaiken verzierte Säulen, einen plätschernden Springbrunnen im Hof und Dutzende kakteenartige Pflanzen, die aus Töpfen an den Wänden herunterbaumeln.

Leider ist es noch zu früh, um im Hotel einzuchecken.

Die Spannung in unserem Taxi ist drückend. Greifbar. Ich habe keine Ahnung, wie wir das aushalten sollen, aber uns bleibt keine andere Wahl, als zuerst die Stadt zu erkunden.

Wir fahren auf das Herz von Barcelona zu. Rot-gelb gestreifte Flaggen – manche mit blauem Dreieck und Unabhängigkeitsstern, manche ohne – hängen überall von den Balkonen der Wohnungen, durchnässt vom Regen. Das Erscheinungsbild der Stadt ist ausgesprochen westeuropäisch, aber auch voller farbenfroher Bauwerke und steiler Hügel. Palmen und Laubbäume. Lila Weinreben und roter Blumen.

»Fast wie ein Pariser San Francisco«, stellt Josh fest.

Entweder er versucht einfach, ein anderes Thema als das

offensichtliche anzusprechen, oder er denkt an seine Freunde in Kalifornien. Wahrscheinlich ist es das Beste, das Thema zu wechseln. »Apropos, wie geht es denn St. Clair und Anna so?«, erkundige ich mich.

»Gut.« Er setzt sich gerader hin. »Sie wohnen schon so ziemlich zusammen.«

»Wow. Jetzt schon? Glaubst du, das hält?«

Josh runzelt die Stirn. »Ja, klar.« Dann bemerkt er meinen Gesichtsausdruck. »Sorry. Manchmal vergesse ich, dass du sie eigentlich gar nicht kennst.«

Ich vergesse es nicht.

Sie beobachten mich und starren mich an, wann immer ich in seinem Zimmer bin. Die überreichlich vorhandenen Zeichnungen verleihen seinen Freunden eine konstante, unausgesprochene Präsenz. Wenn ich sie doch nur besser kennen würde. Sie sollen wissen, dass es mich gibt, dass ich jetzt auch zu Joshs Leben gehöre.

»St. Clair und Anna sind so ein Paar, das wie füreinander geschaffen ist«, sagt er. »Sie haben sich sofort super verstanden und es hat auch gleich gefunkt. Von dem Moment an, als sie sich kennenlernten, war St. Clair von ihr besessen. Er wollte über nichts anderes mehr sprechen. Und das ist im Prinzip immer noch so.«

»Ich mag Anna. Ich meine, ich mag St. Clair auch – er war immer nett zu mir –, aber ihn kenne ich nicht so gut. Nicht dass Anna und ich mal was zusammen gemacht hätten.« Keine Ahnung, warum ich ihm das alles erzähle. Vielleicht damit ich mich nicht so losgelöst von diesem Teil seines Lebens fühle. »Aber sie hatte ihr Zimmer auf meinem Flur. Und in der ersten Schulwoche hat sie Amanda Spitterton-Watts meinetwegen abgekanzelt.«

Josh grinst. »Sie hat ihr sogar mal eins auf die Nase gegeben. Letzten Frühling.«

»Ich weiß. Das war seltsam.« Ich lache. »Aber auch beeindruckend.«

Amanda war die Emily Middlestone aus dem letzten Jahr – das beliebteste, gemeinste Mädchen der Schule. Ich war dabei, als Anna ihr unerwartet einen Schlag verpasst hat, und dank meiner Aussage wurde sie nicht zeitweise von der Schule verwiesen. Ich hatte das Gefühl, dass ich ihr das schuldig war. Nicht nur weil sie in der Vergangenheit für mich eingetreten ist, sondern weil … sie wusste, dass ich in Josh verknallt bin. Sie hat mich mal dabei ertappt, wie ich meine Zeichnungen von Joshs Tattoo fallen gelassen habe. Ich war ganz sicher, dass sie es ihm erzählt, aber das hat sie nicht. Er hat mich nie mit einem schrägen Seitenblick angesehen, der ausdrückt: »Ich weiß, dass du auf mich stehst.«

Jedenfalls war ich ihr sehr dankbar dafür.

Unser Taxifahrer hält auf dem Passeig de Gràcia, einer großen Hauptverkehrsstraße, auf der über jedem Laden ein teurer Name prangt. Dolce & Gabbana. Salvatore Ferragamo.

Yves Saint Laurent. Doch inmitten dieses Luxus erstrahlt ein echtes Juwel: Casa Milà, auch bekannt als La Pedrera.

Wir rennen unter eine Markise und blinzeln durch den Regen, über eine Kreuzung hinweg auf seine merkwürdige Steinfassade. Vor mehr als einem Jahrhundert beauftragte ein wohlhabender Mann namens Milà den Architekten Gaudí mit dem Entwurf des Gebäudes. Die grandiose Konstruktion besteht vollkommen aus Wellen und Kurven. In der gesamten Gestaltung gibt es nicht eine einzige gerade Linie. Hier wohnten sowohl Milàs Familie als auch mehrere Mieter, aber die meisten Einheimischen betrachteten das Haus als Schandfleck – genau wie die damalige Generation von Parisern ihren neu erbauten Eiffelturm verachtete.

Welche Meinung hätte ich wohl damals dazu gehabt? Gern hätte ich mich zu den Leuten gezählt, die begriffen haben, dass es etwas Besonderes ist. Dass die Einzigartigkeit einer Sache – oder einer Person – genau das ist, was sie so herausragend macht.

»Schönes Dach«, findet Josh. »Aber dein Baumhaus ist besser.«

Ich stupse ihn an, meine eigene einzigartige, herausragende Person, und er stupst zurück. Die Dachterrasse von La Pedrera ist berühmt. Sie ist mit eigenartigen unförmigen Schornsteinen bedeckt. Manche davon sehen aus wie riesige Softeis-Kegel, andere wie Soldaten mit mittelalterlichen Helmen. Touristen steigen auf Escher-artigen Treppen hinauf und hinab, immer um die Schornsteine herum, und stoßen dabei mit ihren Regenschirmen zusammen. Sie erinnern an Boote, die auf dem Meer umhertreiben.

»Es ist wie ein Ozean.« Joshs Stimme ist voller Bewunderung. »Der wellige Kalkstein, die Eisengeländer.« Und die Balkone sehen aus wie verschlungene Tentakeln und Seetang. Obwohl das Wetter wahrscheinlich zu dem Gesamteindruck beiträgt. Unser Blick wandert zur Menschenschlange, die ungeschützt im Regen darauf wartet, hineinzugelangen.

»Das sind ganz schön viele«, stelle ich fest.

»Und das bei dem Regen.«

Ich sehe Josh flüchtig an und zucke zaghaft mit den Schultern. »Nächster Halt?«

Er grinst mich erleichtert an. »Ich will keine einzige Minute dieses Tages verschwenden.«

Geht mir genauso, denke ich und betrachte seine Grübchen.

Kurts Karte führt uns die Straße entlang zu einem weiteren von Gaudí entworfenen Haus. Wir bleiben ganz nah an den Häuserfronten, um dem Regen auszuweichen, aber es hilft nichts. Wir werden völlig durchnässt. »Jetzt bist du dran«, sagt Josh. »Erzähl mir von deinen Freunden. Sanjita. Was war da los?«

»Dann … erinnerst du dich also.«

»Ich erinnere mich nur, dass du in unserem ersten Jahr an

der Schule mit ihr befreundet warst. Ist das auseinandergegangen, weil sie beliebt sein wollte? Ich hab Rashmi mal danach gefragt, aber sie hat gesagt, ihre Schwester will nicht über dich reden.«

Der Stich in mein Herz ist heftig und unerwartet. »Du hast deine *Exfreundin* nach meiner Freundschaft mit ihrer Schwester gefragt?«

»Ähm, nein. Nicht erst jetzt. Als wir noch zusammen waren.«

»Ach so.« Trotzdem bin ich verwirrt.

Josh führt mich unter ein neongrünes Kreuz, den überdachten Eingang einer *farmacìa*. »Isla. Das würde ich dir doch nie antun. Seit die Schule wieder angefangen hat, habe ich genau einmal mit ihr zu tun gehabt. Sie hat mir vor ungefähr drei Wochen eine SMS geschickt und wollte wissen, wie es mir geht. Ich habe ihr geschrieben, mir geht es super, weil ich mit dir zusammen bin. Sie hat uns alles Gute gewünscht. Sie ist mit irgendeinem Typen an der Brown University zusammen.«

Ich wünschte, diese Neuigkeiten wären nicht so willkommen, wie sie sind. Ich versuche, nicht an Rashmi zu denken. Ich versuche, mir sie und Josh nicht letztes Jahr zusammen in meinem Zimmer vorzustellen. Ich versuche mir nicht vorzustellen, dass sie wahrscheinlich Sex in meinem Bett hatten. Und vielleicht auch in meiner Dusche. Oder auch auf meinem Fußboden.

Ich versuche es wirklich.

Josh deutet mein Schweigen so, dass er die Sache weiter erklären muss. »Ich habe mal einen Sommer etwas Zeit mit ihrer Familie verbracht. Sanjita hat irgendein Theater gemacht, und ich habe ihr angemerkt, dass sie etwas bedrückt. Deshalb habe ich Rashmi nach euch gefragt. Was ist denn passiert?«

Ich habe die Geschichte noch niemandem erzählt. Ich brauche einen Augenblick, um all meinen Mut zusammenzunehmen. »Sie ist die einzige Freundin, die ich außer meinen Schwestern je hatte. Als ich neu an unserer Schule war … wusste ich nicht mal, wie man überhaupt Freunde findet.«

Josh nimmt meine Hände aus meinen Manteltaschen und zieht mich näher an sich heran.

»Also Kurt und ich waren Freunde, bevor wir überhaupt wussten, was das Wort bedeutet. Deshalb kam es mir wie ein Wunder vor, dass Sanjita mit mir Zeit verbringen wollte. Wir hatten viel Spaß. Wir konnten über Jungs reden, sie interessierte sich für Mode und sie zeigte Gefühle. Sie war das genaue Gegenteil von Kurt. Deshalb hätte ich wissen müssen, was passieren würde, wenn er im Jahr darauf zu uns kommen würde. Aber das habe ich nicht. Ich dachte, meine Freunde müssten automatisch auch Freunde werden, allein durch … Keine Ahnung. Meine göttliche egoistische Zauberkraft.«

Josh verzieht das Gesicht. »Das tut mir leid.«

»Er kam also nach Paris und er war ihr peinlich. Ich merkte ihr an, dass ihr am liebsten gewesen wäre, ich hätte ihm den Laufpass gegeben, während er mich die ganze Zeit fragte, warum sie ihn nicht mochte, und ich ... Ich saß zwischen den beiden fest.«

»Wie bei Sébastien.«

»Schlimmer noch, weil das hier zuerst kam. Ich habe nicht damit gerechnet.« Mir versagt die Stimme. »Sie ... Sie hat mich gezwungen, mich zwischen ihr und Kurt zu entscheiden. *Sie hat es tatsächlich so gesagt*. Dass Kurt uns im Wege stände.«

Josh drückt meine Hände. »Kurt würde niemals von dir verlangen, dass du dich für einen entscheidest.«

»Ich weiß.« Tränen kullern mir über die Wangen. »Deshalb habe ich mich auch für ihn entschieden.«

Josh sucht nach etwas, womit er meine Tränen trocknen kann, aber wir sind sowieso schon so nass, dass es zwecklos ist. Wir lachen, als er versucht, sie mit der Ärmelinnenseite seines Kapuzenpullis zu trocknen.

»Tut mir leid, dass das passiert ist«, sagt er. »Dass sie dir wehgetan hat.«

Ich gucke auf meine Stiefel und zucke die Achseln.

»Ich weiß nicht, ob du dich dann besser fühlst, aber Sanjita ging es bestimmt ein ganzes Jahr lang schlecht, nachdem ihr zwei nicht mehr befreundet wart. Obwohl sich ihre Ambitionen des gesellschaftlichen Aufstiegs erfüllt haben und sie sich mit Emily angefreundet hat. Ich glaube, dass sie immer noch bereut, was sie getan hat.«

»Da bin ich mir ganz sicher. Ich kann es ihr ansehen, wann immer ich sie treffe.«

»Bereust du irgendwas?«

»Nur dass ich aufgehört habe, mir neue Freunde zu suchen. Bei ihr und Sébastien? Nichts.« Ich schlenkere einmal mit unseren umfassten Händen. »Aber vor Kurzem hat mir jemand gezeigt, dass sich nicht alle Menschen so als Richter aufspielen.«

Josh schüttelt den Kopf. »Ich weiß nicht, ich kann ziemlich richtend sein.«

»Ja, aber … es scheint so, als stündest du auf der richtigen Seite des Gesetzes.«

Er lächelt.

Ich pieke ihn in die Brust. »Willst du was Cooles sehen?«

»Tu ich doch gerade.«

»Blödsinn.« Ich lache. »Dreh dich um.«

Wir stehen auf der gegenüberliegenden Straßenseite von Casa Batlló, einem weiteren Meisterwerk von Gaudí. Die Fassade ist mit einem Mosaik aus Keramikscherben – aquamarin und kobaltblau, rostbraun und golden – in groben, hautähnlichen Mustern bedeckt. Auch dieses Haus besitzt ein spektakuläres Dach, einen tierisch aussehenden Bogen aus Metallziegeln, der wie der Rücken eines riesigen Drachen gekrümmt ist. Mir gefällt dieses Gebäude noch besser als das andere.

Josh macht vor Sprachlosigkeit große Augen.

»Siehst du dieses Türmchen mit dem Kreuz?« Ich zeige auf das Dach. »Manche Leute glauben, das soll die Lanze des heiligen Georg sein, der gerade den Drachen erlegt hat.«

»Architektur. Vielleicht ist das deine Zukunft.«

»Das ist eher Kunst als Architektur.«

»Kommt aufs Selbe raus«, entgegnet Josh.

Ich denke darüber nach, aber wenn mein Interesse wirklich so groß wäre, würde ich gern im Innern des Hauses herumstöbern. Ich würde jeden Winkel aus nächster Nähe betrachten wollen. »Nee«, sage ich schließlich. »Mir gefällt nur die Geschichte. Und wie es aussieht.«

Josh legt einen Arm um mich. »Jede Kunst braucht ihre Kenner.«

Ich kuschle mich glücklich an seine nasse Seite.

»Was kommt als Nächstes?«, fragt er und blickt kurz auf die Uhr auf seinem Handy.

Ich sehe ihn fragend an.

Er schüttelt den Kopf, und wir versuchen, nicht enttäuscht zu sein. Es ist immer noch zu früh, um ins Hotel zu fahren.

Als Nächstes kommt die Sagrada Família. Mit der Karte gelangen wir ohne Probleme zur nächsten U-Bahn-Station. Die *métro* ist eine *metro* ohne Akzent, aber davon abgesehen unterscheidet sie sich nicht von ihren Artgenossen in Paris. Als wir den Bahnhof verlassen, nieselt es nur noch. Und dann sehen wir sie. Casa Batlló ist vielleicht ein Drache, aber Sagrada Família?

Ist dann ein Ungeheuer.

Ich möchte mich ducken. Ich möchte weinen. Ich möchte meine Seele vor dem Teufel retten. Gaudí begann seine Arbeit an dieser Kirche im ausgehenden neunzehnten Jahrhundert, aber sie wird noch mindestens ein Jahrzehnt unvollendet sein. Sie ist doppelt so hoch wie die höchsten Kathedralen Frankreichs. Und sie sieht aus wie ein Schloss aus einem Märchenland – nasser Sand, der durch Finger tropft, scharf und weich zugleich. Überall sind helle Baustellenlichter, und Arbeiter basteln in gefährlich hohen Kränen um die mächtigen Turmspitzen herum.

Wir umkreisen das gesamte Bauwerk und halten uns wegen des Regens die Hände über die Augen, während wir gen Himmel auf die bildlichen Darstellungen blicken, die überall in die Fassade eingemeißelt sind. So viel passiert allerorten, dass sich der Gesamtstil einer Kategorisierung widersetzt. Einige der Turmspitzen sind mit regenbogenfarbenen Traubenbüscheln bedeckt, während die nüchterne, geschundene Westseite den Blick auf einen ausgemergelten Jesus an einem Eisenkreuz lenkt. Steinerne Frauen klagen neben einem Haufen von Totenschädeln zu seinen Füßen. Auf der Ostseite hingegen gibt es Leben in Hülle und Fülle – Menschen,

Engel, Tiere und Weizen –, gekrönt von einem bedeckten grünen Baum, der mit weißen Tauben bedeckt ist.

»Sie ist schön«, stellt Josh fest. »Wahnsinn, sie ist echt schön.«

Mir fällt etwas ein. Ich renne davon. »Merk dir den Gedanken.«

»Wo willst du hin?«, ruft er mir nach.

»Bin sofort zurück! Rühr dich nicht vom Fleck!« Ich rase über die Straße und noch zwei Blocks weiter, bis ich einen Gemischtwarenladen finde, der am Eingang eine Auswahl an Regenschirmen stehen hat. Ich schnappe mir den erstbesten – einen durchsichtigen Kinderschirm –, bezahle ihn und renne damit zu Josh zurück.

Josh ist verwirrt und verstimmt. »Findest du nicht, dass es dafür jetzt ein bisschen spät ist?«

Ich halte den Schirm über seinen Kopf, wühle in seinem Rucksack und werfe ihm das T-Shirt für morgen zu. »Trockne dir die Hände ab.« Er gehorcht. Ich nehme ihm das Shirt wieder ab und gebe ihm dafür sein Skizzenbuch und seinen Stift. »Du musst sie zeichnen. Wann wirst du noch mal die Gelegenheit dazu haben?«

»Isla, ich …«

Ich mache den Reißverschluss des Rucksacks zu, trete zur Seite und halte das winzige Schutzdach über Josh.

Er sieht zu, wie mir der Regen übers Gesicht strömt. »Danke«, sagt er leise.

Ich strahle ihn an. Er gibt mir einen Kuss auf die Wange, beugt sich über seine Blätter, um sie noch mehr zu schützen, und zieht die Kappe seines Stifts mit den Zähnen ab. Er zeichnet schnell, und ich muss ihn drängen, langsamer zu werden. Der Regen macht mir nichts aus. Josh konzentriert sich auf den taubenbedeckten Baum. »Uns bleiben vielleicht noch zwei Stunden bis zum Sonnenuntergang«, sagt er nach fast zwanzig Minuten Schweigen. »Wie geht es dir? Ist dir kalt?«

»Ein bisschen, aber es geht schon. Wir haben nur noch ein weiteres Ziel auf unserer Karte.«

»Kriegen wir einen Preis, wenn wir alle abhaken?«

»Den großen Preis.«

Er zieht eine Augenbraue hoch und steckt die Kappe auf den Stift. »Dann sollten wir das letzte Ziel in Angriff nehmen.«

Wir bewundern zusammen seine Zeichnung. Sie gefällt mir besser als das Original. Ich sehe nur die Schönheit, nicht die dazugehörige Angst. Alles, was Josh anfasst, ist in meinen Augen schön.

Er steckt das Skizzenbuch ein, während ich nach der Karte suche. »O nein!« Ich werfe einen Blick in Richtung des Gemischtwarenladens. »Ich muss sie verloren haben, als ich gerannt bin.«

»Weißt du noch den Namen?« Er nimmt den Schirm und hält ihn mir über den Kopf. »Nicht vom Laden. Von unserem letzten Ziel?«

»Ja, natürlich.«

Josh lächelt. Er knöpft meinen Mantel auf, legt die Finger an mein Schlüsselbein und fischt meine Halskette unter meinem Kleid heraus.

Es ist unglaublich sexy.

Er hält den Kompass hoch. »Dann finden wir auch den ›richtigen Weg‹.«

Kapitel siebzehn

Wir fahren mit der Metro nach Norden und gelangen in eine Gegend, die leerer und schmutziger ist. Niemand verlässt mit uns den Bahnhof und es gibt keine Hinweisschilder, auf denen unser letztes Ziel angegeben ist.

»Sind wir hier richtig?«, frage ich.

Josh kratzt sich am Kopf. »Ich glaube schon. Versuchen wir es da oben.«

Er zeigt die Straßen hinauf, an deren Ende es weniger öde wirkt. Wir wandern die Straße entlang und teilen uns den Schirm, so gut es geht. Der Sprühregen hat sich in einen feinen Nebel verwandelt. Durch Risse im Bürgersteig sprießt Unkraut hervor. Alles macht einen verlassenen Eindruck. Schließlich stoßen wir auf einen langen Hügel mit mehreren Gruppen von Treppen und Rolltreppen. Rolltreppen! Ich habe noch nie welche draußen wie hier gesehen, eingeklemmt zwischen Wohnhäusern und Souvenirläden. Aber trotz dieser vielversprechenden Anzeichen … ist die Straße wie ausgestorben.

Als wir mit den wackeligen Rolltreppen hochfahren, löst sich der Nebel mehr und mehr auf. Oben auf dem Hügel verdunstet er in einen klaren Himmel. Sonnenschein.

Wir neigen die Köpfe nach hinten und blicken staunend nach oben.

Auf der anderen Straßenseite ist ein zweiter, kleinerer Hügel. »Anscheinend ist es da oben«, vermute ich.

Mit einem plötzlichen Energieschub wirft mich Josh über seine Schulter und rennt über die Straße. Ich kreische vor Lachen und er johlt ausgelassen. Ich klopfe ihm mit den Fäusten auf den Rücken, aber er setzt mich erst ab, als wir durch das Tor und auf der Kuppe sind. Dort wirft er triumphierend die Arme hoch. »Gewonnen!« Und dann knickt er ein wie ein kaputtes Scharnier. »Ich bin erledigt.«

Ich grinse. »Geschieht dir recht.«

Josh hebt den Kopf. »Ach ja?« Doch dann merkt er, wie sich mein Gesichtsausdruck ändert, als ich entdecke, was hinter ihm liegt. Er dreht sich um. Sein ganzer Körper richtet sich vor Staunen auf.

Wir stehen nicht bloß auf dem Gipfel des letzten Hügels. Sondern auf dem Gipfel von Barcelona.

Die ungleichmäßige Silhouette der Stadt erstreckt sich bis in jeden Winkel des Horizonts, deutliche Rechtecke in Braun, Grau, Gelb und Rot. Über allem ragen die Turmspitzen und Baukräne von Sagrada Família empor, aber direkt unter uns schlängelt sich ein scheinbar endloser Weg durch eine mediterrane grüne Landschaft.

Der Parc Güell.

In der Ferne erkennen wir die Türmchen und Skulpturen, die Gaudí für diesen Park entworfen hat – und die dazugehörigen Menschenmengen –, aber hier oben gibt es nur Bäume und gelassene Ruhe. Die Luft ist so frisch und sauber, dass meine Lunge überrascht ist. Zum ersten Mal seit Monaten wird die Welt still. Das letzte Mal muss vor Paris, vor New York gewesen sein … Eigentlich kann ich mich gar nicht mehr erinnern, wann ich zuletzt ein solch überwältigendes Gefühl der Ruhe hatte.

»Anscheinend sind wir über den Hintereingang gekommen«, stelle ich fest.

»Wir sollten öfter die Karte verlieren.«

Wir spazieren schweigend Hand in Hand den Hauptweg entlang. Ich bin voller Ehrfurcht. Erst nach mehreren Minuten sehen wir jemand anders. Es ist ein junger Verkäufer mit einer Decke auf dem Boden. Er versucht, zwei Japanerinnen Federohrringe aufzuschwatzen. Josh deutet mit dem Kopf auf einen schmalen Nebenweg, der zwischen den Bäumen entlangführt, und wir biegen ab.

Beim Gehen drücke ich mir das Regenwasser aus den Haaren und Josh reibt sich kräftig über den Kopf. Tropfen fliegen in alle Richtungen. »Hey«, beschwere ich mich. »Pass auf, wohin du zielst.«

Josh hält den Kopf in meine Richtung und reibt noch fester.

»Du bist so ein Junge.«

»Aber du liebst mich.«

Ich lächle. »Stimmt.«

Die Luft riecht nach Bergen und Kiefern. Hier stehen so viele Bäume. Zypressen und Olivenbäume und Palmen und unbekannte Bäume mit dicken roten Beeren.

Josh streckt eine Hand aus, damit ich stehen bleibe.

Und dann höre ich es. Hinter ein paar schützenden Büschen hat ein Pärchen Sex. Ich bin erschrocken und erfreut zugleich. Josh lacht leise auf. Wir gehen weiter, um sie nicht zu stören. Sehr wahrscheinlich sind sie in unserem Alter. Die meisten europäischen Teenager haben kein eigenes Auto und wohnen während des Studiums bei den Eltern. Deshalb sind Parks ein wenig berüchtigt für heimliche Liebesspiele.

Josh zeigt auf einen einsamen Bereich abseits des Weges. Auf einmal ist er ganz nervös.

Aber ich selbst wollte es auch gerade vorschlagen.

Es hat nicht lang gedauert, den Gedanken an das fremde Pärchen auf uns zu übertragen. Wir schleichen durch die Blätter. Ich stelle mich auf die Zehenspitzen, unsere Lippen begegnen sich und wir sinken zu Boden. Unsere Herzen pochen wie verrückt aneinander. Josh knöpft meinen Mantel auf und seine Hände wandern um meinen Rücken und unter mein Kleid. Ich ärgere mich, dass ich eine Strumpfhose anhabe. Aber so schnell unser Geknutsche begonnen hat, so schnell zieht sich Josh keuchend zurück. »Vergiss es. Ich kann das nicht. Wenn wir noch einen Schritt weitergehen, wird das Aufhören umso schmerzlicher sein. Und das ist es jetzt schon.«

»Tut mir leid.« Ich strecke die Hand nach ihm aus, aber er dreht sich weg.

»Nein, ist schon gut … Lass mir nur einen Moment Zeit.«

Das andere Pärchen taucht zwischen den Blättern auf dem Weg in der Nähe auf. Sie spüren unsere Anwesenheit und kichern – genau der Grund, weshalb wir lieber bis zu unserem Hotelzimmer warten. Ich hänge meinen Mantel zum Trocknen über einen dicken Ast. Dann mache ich den Reißverschluss meiner Stiefel auf und ziehe die nasse Strumpfhose aus.

Josh bedeckt sein Gesicht mit den Händen. »Du bringst mich um den Verstand.«

Ich lächle ihn an und wringe meinen Kleidersaum aus.

Er stöhnt. »Wie unfair. Mädchen sind so gemein.«

Ich lache. »Gib mir deinen Pulli. Ich hänge ihn auf.«

Gehorsam zieht er ihn aus. Sein T-Shirt rutscht mit nach oben und mein Blick richtet sich auf seinen Unterleib, bis er es zurechtzupft. Meinem Freund ist nicht klar, dass er mich ebenfalls um den Verstand bringt. Ich hänge seinen Kapuzenpulli auf und lege mich neben Josh. Wir schauen in den Himmel. Sein Kopf ruht auf seinem Rucksack und meiner auf seiner Brust. Der Wind rauscht und wirbelt den Duft von Kiefern um unseren vorübergehenden Lagerplatz.

»Deine Augen erinnern mich an Kiefern«, sagt Josh.

»Ich hab mir immer gewünscht, sie hätten ein strahlenderes Grün. Sie sind so stumpf.«

»Sag das nicht.« Er küsst mich auf den Kopf. »Habe ich dir schon von der Hütte erzählt?«

»Nö.« Ich lausche seinem Herzschlag.

»Wir hatten so eine Hütte in der Provinz, die wir immer im Herbst gemietet haben, meine Familie und ich – unbehauene Wände, Steinkamin, Betten mit Patchworkdecken. Was alles so dazugehört. Wenn wir dort waren, vergaß mein Vater, sich Sorgen um die Politik zu machen, und meine Mutter vergaß, sich Sorgen um meinen Vater zu machen. Wir sind wandern gegangen und haben Äpfel in einem verlassenen Obstgarten gepflückt. Es waren immer so viele, dass wir sie in den Bach geworfen haben, nur um zuzusehen, wie sie flussabwärts treiben. Abends haben wir dann Brettspiele gespielt ...«

»Welche?«

»Mein Lieblingsspiel war eins, bei dem man gemalte Bilder erraten muss.«

Ich schmiege mich an ihn. »War klar.«

»Meine Mutter mochte am liebsten Cluedo und mein Vater Risiko. Und meine Eltern kochten einfache, traditionelle Gerichte wie Schmorbraten mit Kartoffelbrei und Bratäpfeln ...«

»Aus dem Obstgarten?«

»Genau. Und während meine Eltern kochten, habe ich mich mit riesigen Papierstapeln auf den Läufer vor den Kamin gelegt und gemalt. Dann habe ich aufgeschaut und meine Eltern standen vor so einem kreisrunden Fenster in der Küche. Und von meinem Platz am Fußboden aus konnte ich durch dieses Fenster nichts anderes sehen als – Kiefern. Deshalb mag ich Kiefern«, schließt er. »Sehr gern.«

Ich umfasse seinen Daumen mit meiner Hand und drücke ihn.

»Was ist mit dir? Wo warst du am glücklichsten?«

Darüber muss ich einen Moment nachdenken. »Hm, wir waren mal in Disney World …«

»Hattest du Mausohren? Bitte sag, dass du die Mausohren mit aufgesticktem Namen darunter hattest.«

Ich pieke ihn. »Nein.«

»Ich stelle mir dich trotzdem mit den Mausohren vor. Erzähl weiter.«

Ich pieke ihn fester. »Gen war zehn, ich sieben und Hattie vier. Gen sah hinreißend aus. Sie hatte so richtig tolle Korkenzieherlocken, weißt du? Außerdem durfte sie immer alles bestimmen. Und Hattie war … eben Hattie. Also bekamen die beiden die ganze Aufmerksamkeit, wie immer. Aber dann überraschten mich meine Eltern mit dem Disney-Prinzessinnenfrühstück. Nur für mich. Belle und Schneewittchen und Cinderella waren da, und Jasmin hat gesagt, dass mein

Kleid hübsch sei und dass *ich* hübsch sei und es war fantastisch. Meine Eltern … wussten Bescheid. Sie wussten, dass ich diejenige war, die es brauchte.«

»Das«, sagt Josh, »ist meine neue Lieblingsgeschichte.«

»Natürlich sollte das Ganze geheim bleiben. Aber sobald ich meine Schwestern sah, sagte ich so was wie ›Prinzessin Jasmin findet mich hübscher als dich!‹ Was nicht mal stimmte, aber mir kam es so vor. Mom hätte mich umbringen können, und Hattie hat ein Mordstheater gemacht, das den Rest der Reise angehalten hat, aber das war es wert. Der beste Tag meines Lebens.«

»Du *bist* hübscher als deine Schwestern. Viel hübscher.«

»Das ist … das Romantischste, das du je zu mir gesagt hast.«

Er lacht wieder. »Stimmt aber.«

Ein unsichtbarer Vogel trällert und ein anderer trällert zurück. »Weißt du«, sage ich, »ich kann mich nicht erinnern, wann ich das letzte Mal an einem Ort war, an dem ich keinen Verkehrslärm gehört habe.«

»Aha, eigentlich bist du ein Naturmädel. Du hast bloß nie die Gelegenheit dazu.«

»Und du ein Naturbursche?«

»Klar. Wenn du mich nach Neuengland begleitest, können wir lernen, wie man all diese Outdoor-Sachen macht, von denen du in deinen Büchern liest. Auf Entdeckung gehen, zelten, klettern, Rafting, in die Sterne gucken, Feuer machen …«

»Feuer machen?« Ich grinse.

»Genau. Das ist wichtig in der Wildnis.«

Die Sonne sinkt hinter die Baumgrenze und Josh wird plötzlich von hinten von einem irren goldenen Licht angestrahlt. Er sieht perfekt aus, obwohl er durchnässt, verschwitzt und schmutzig ist. Ich rapple mich auf, um seine Lippen zu erreichen. Wir küssen uns stürmisch, bis ich es nicht mehr aushalte.

»Lass uns gehen«, schlage ich vor. Es kommt ganz heiser heraus.

Josh erstarrt.

Dann springt er hastig auf, um seinen Kapuzenpulli und den Rucksack zu holen, und stolpert dabei fast über seine eigenen Beine. Ich schnappe mir meine Sachen, Josh nimmt mich an die Hand und wir rennen auf den schmalen Weg zurück. Wir lachen vor Glück. Wir laufen, laufen, laufen immer weiter hinunter, und je weiter wir kommen, desto voller wird der Park. Wir rasen durch einen Bereich, der wie eine Höhle aussieht – genau richtig zum Knutschen, sogar ein typisch spanischer Gitarrenspieler ist da, aber Knutschen reicht uns jetzt nicht mehr. Wir laufen an Gaudí-Skulpturen, Gaudí-Gebäuden und Gaudís berühmtem Eidechsenbrunnen vorbei, würdigen sie aber kaum eines Blickes, als wir vorbeiflitzen. Wir haben nur Augen füreinander.

Vor dem Park schnappen wir uns das erstbeste Taxi. Wir sind außer Atem. Josh reicht dem Fahrer die Adresse unseres

Hotels, und unsere Zungen, Glieder und Hände berühren, suchen, betasten sich, während die Straßen von Barcelona an uns vorbeihuschen. Wir zahlen unserem armen Fahrer viel zu viel, hauptsächlich wegen unseres schlechten Gewissens, und taumeln wieder auf die Straße.

Bei der Anmeldung küsst Josh meinen Hals. Unsere Umgebung ist verschwommen. Der Hotelangestellte, die Treppe, der Flur. Wir knallen unsere Zimmertür zu und werfen unsere Rucksäcke zu Boden. Wir haben die ganze Nacht Zeit, können aber keine Sekunde mehr warten.

Wir küssen uns ungestüm. Drängend. Ich streife meinen Mantel ab, während sich Josh aus seinem Pulli herausschält. Ich ziehe ihm das T-Shirt aus, während wir aufs Bett fallen. Seine Brust klopft an meiner. Ich rolle mich zur Seite, klettere auf ihn und stelle fest, dass er genauso bereit ist wie ich. Er hebt mein Kleid an, zieht es mir über die Hüften und dann über den Kopf. Ich halte atemlos inne. »Hast du …?«

»Im Rucksack.«

Ich lehne mich nach hinten und strecke die Hände nach dem Rucksack am Boden aus, bekomme ihn zu fassen und ziehe ihn näher heran. Sie stecken in der vorderen Tasche. Ich nehme eins, und Josh hilft mir, mich wieder aufzurichten. Er betrachtet unverhohlen meine zueinander passende hellrosa Unterwäsche. Josh hat schon alles von mir gesehen, aber nie alles auf einmal.

Ich hake meinen BH auf. Er zieht ihn mir aus.

Er küsst meine Brüste, meinen Bauch, die Linie über meiner Unterhose. Und dann die Linie darunter, als mein letztes noch übrig gebliebenes Kleidungsstück über meine Hüften gleitet. Ich öffne seinen Gürtel, den Reißverschluss seiner Jeans und ziehe sie zusammen mit den Boxershorts herunter. Sein Atem ist flach und schnell. Ich lasse mich vorsichtig herunter und wir stöhnen auf. Wir schlingen die Arme umeinander und bewegen uns zusammen, beobachten uns, fragen mit den Augen nach. *Ist das so okay? Wie ist es damit? Oder damit?*

Es wird intensiver. Schneller.

Ich will ihn noch näher. Ich will ihn, will ihn, will ihn. Seine Augen schließen sich, meine ebenfalls, und wir beenden es, wie wir es angefangen haben. Zusammen.

Kapitel achtzehn

Joshs Magen knurrt an meinem Ohr. Im Zimmer ist es dunkel. Ich mache mich von ihm los und beuge mich zur Digitaluhr aus dem Hotel hinüber. Es ist fast zwei Uhr morgens. Josh hat gemerkt, dass ich mich bewegt habe. »*Tapas*«, murmelt er. »Wir hatten keine *tapas*.«

»Ich glaube, wir haben das Abendessen verpasst.«

»Schon okay.« Er drückt mich an seine Brust. »Ich bin sowieso zu müde zum Aufstehen.«

»Dann müssen wir wohl noch mal zurückkommen.«

»*Tapas* und *cerveza*. Und dann lieben wir uns auf dem Altar der Sagrada Família.«

Ich rücke ein Stück weg, er zieht mich wieder an sich, ich rücke wieder weg. »Bin sofort wieder da«, sage ich. »Muss ins Bad.«

Nach dem Pinkeln gehe ich wieder ins Zimmer, um meine Zahnbürste und Zahnpasta zu holen. Josh folgt mir und wir putzen uns die Zähne. Wir müssen uns die ganze Zeit angrinsen. Ich kann gar nicht glauben, dass Erwachsene das jeden

Tag tun dürfen. Und ich spreche nicht mal vom Sex, obwohl der natürlich toll ist, sondern von Dingen wie diesen hier. Sich gemeinsam an einem Waschbecken die Zähne zu putzen. Wissen Erwachsene eigentlich, was für ein Glück sie haben? Oder vergessen sie, dass solche kleinen Momente in Wirklichkeit kleine Wunder sind? Ich will das nie vergessen.

Wir gehen wieder ins Bett und lieben uns auf verschlafene, glückliche, minzig frische Weise. Josh achtet darauf, dass ich zuerst versorgt bin, bevor er neben mir niedersinkt. Der Mond scheint durch das Fenster herein und ich male den Umriss von Joshs Tattoo mit dem Zeigefinger nach.

»Du hast mir noch nie davon erzählt«, stelle ich fest.

»Du hast mich nie danach gefragt.«

»Ich *liebe* es.«

Eigentlich wollte ich das gar nicht so ausplappern. Josh lacht, aber es klingt müde und erleichtert. »Na, da bin ich aber froh.«

»Erzähl mir die Geschichte.«

Er setzt sich bequemer hin, hält mich dabei aber an sich gekuschelt. »Als ich sechzehn war, hat St. Clair einen Künstler in Pigalle überzeugt, dass ich schon achtzehn sei. Das heißt, eigentlich hat er ihn gar nicht überzeugt. Er hat nur so aufdringlich auf ihn eingeredet, dass der Typ einfach aufgegeben hat. Es war definitiv illegal.« Ich muss lachen, als er weitererzählt. »St. Clair kann jeden dazu überreden, irgendwas zu tun. Er ertrinkt geradezu in Charisma. Das ist echt ungerecht gegenüber uns anderen.«

»Och«, sage ich. »Er ist ganz okay.«

Josh zögert. Dann klingt seine Stimme heiterer. »So musst du dich gefühlt haben, als ich dir gesagt habe, dass du toller als deine Schwestern bist.«

Diesmal lache ich lauter. »Ja, wahrscheinlich.«

»Jedenfalls waren wir nur zu zweit, und ich war der Einzige, der eins bekam. Das war ein paar Tage nach meinem Geburtstag ...«

»Genau wie jetzt!«

»Genau wie jetzt. Ich hatte an meinem Geburtstag beschlossen, dass ich ein Tattoo haben will, deshalb entwarf ich dieses aus dem wahnsinnig inspirierten Grund, dass ... ich es damals cool fand.«

»Es *ist* cool.«

»Ich denke, ich kann mich unglaublich glücklich schätzen, dass es mir immer noch gefällt.«

»Ach, komm. Du hast doch Geschmack. Du würdest dir doch nichts Blödes in die Haut ritzen lassen.« Ich halte inne, als mir ein neuer Gedanke kommt. »Möchtest du noch weitere Tätowierungen haben?«

»Ich weiß nicht. Vielleicht lasse ich mir eines Tages eine große Gartenrose auf den anderen Arm machen.«

»Ha-ha.«

»Nein, wirklich.« Und er klingt gekränkt, weil ich ihm

nicht glaube. »Ich möchte noch sehr viel mehr Nächte wie die hier mit dir verbringen, Isla. Ich möchte alle meine Nächte mit dir verbringen.«

Als die Sonne durch die Fenster hereinscheint, ist es der glücklichste Morgen meines Lebens. Wir haben uns in den frühen Morgenstunden anders hingelegt, aber unsere Beine sind noch immer ineinander verschlungen.

Ich betrachte sein wundervolles, vom Schlaf zerzaustes Haar und seine lange, zauberhafte Wirbelsäule. Ich berühre die Haut an seinem Rücken mit einer Fingerspitze. Er dreht sich um und lächelt mich schmachtend an. Zufrieden. Ich husche für einen Kuss an ihn heran. »Mm«, sagt er. »Ist nächstes Wochenende zu früh, um das zu wiederholen? Schweiz. Lass uns in die Schweiz fahren.«

»Nächstes Wochenende bist du in New York.«

Sein Lächeln verschwindet.

»Übernächstes Wochenende«, schlage ich vor.

»Abgemacht.« Er streicht mir das Haar von der nackten Schulter. »Erzähl mal. Wer ist der bessere Bettgenosse, ich oder Kurt?«

»Eindeutig Kurt.«

»Ich wusste es.« Er gibt mir einen Kuss auf die Nase und hüpft aus dem Bett. »Bin gleich wieder da.«

»Gibst du mir mal mein Handy? Ich möchte zur Sicherheit noch mal nach unserer Abfahrtszeit sehen.«

Josh kramt es aus meinem Rucksack, wirft es mir zu, geht ins Bad und schließt die Tür hinter sich. Ich stelle den Klingeltonschalter von ›Aus‹ auf ›Ein‹. Das Display leuchtet auf. Mir bleibt das Herz stehen.

»O nein«, flüstere ich.

Neunundzwanzig neue Nachrichten. Von Kurt. Nate. Hattie. Der Schule. Meinen Eltern.

»Josh? Josh!«

Die Badezimmertür fliegt auf. »Was ist los? Alles in Ordnung?« Dann bemerkt er, wie ich das Handy umklammere, und wird blass.

»O nein«, flüstert er.

Ich fange an zu weinen. Er reißt seinen eigenen Rucksack auf, zerrt sein Handy heraus und schaut fluchend auf das Display. »Kurt. Nate. Meine Mom, ungefähr tausendmal. Mein Dad.«

Jetzt schluchze ich.

Er durchschreitet das Zimmer und fährt sich mit beiden Händen durch die Haare. »Ist schon okay. Es wird alles gut. Ich hab schon öfter Mist gebaut. Es wird alles gut.«

»Wie soll denn alles gut werden? Das landet in meiner Akte!« Meine Zukunft als Studentin scheint sich in Luft aufzulösen. Ich fühle mich einer Ohnmacht nah. In meinem Magen rumort es, und ich habe Angst, mich übergeben zu müssen.

»Nein. Ich übernehme die volle Verantwortung dafür. Du kriegst keine Schwierigkeiten.«

»Wie soll ich denn keine Schwierigkeiten kriegen? Ich bin genauso hier wie du. In *Spanien.*« Ich scrolle durch die Nachrichten und versuche, die zeitliche Abfolge nachzuvollziehen, aber ich kann mich nicht konzentrieren.

Ich höre Kurts Nachricht auf der Mailbox ab. Er ist völlig aufgelöst. *Hattie hat überall nach dir gefragt und Nate hat es mitbekommen. Dann haben sie gemerkt, dass auch Josh nicht da ist, und sind zu mir gekommen. Ich musste ihnen verraten, wo ihr steckt. Tut mir leid, Isla. Aber ich musste es ihnen sagen.*

Ich bin ein Idiot.

Ich bin so ein Idiot.

Wie konnte ich nur Hattie vergessen? Sie ist die Einzige, bei der ich darauf zählen kann, dass sie das Falsche sagt oder tut. Natürlich steckt sie dahinter. Und natürlich war Kurt derjenige, der den Mund nicht halten konnte.

Josh lässt sich neben mich aufs Bett sinken. Er nimmt meine Wangen in beide Hände und berührt meine Stirn mit seiner. »Atme«, sagt er. »Atme. Atme.«

»Ich will nicht atmen!«

»Ist schon okay«, sagt er. »Ich rufe die Schule an. Du rufst deine Eltern an.«

Alle sind wütend auf uns. Maman schreit mich so laut an, dass ich das Handy von meinem Ohr weghalten muss. Josh bekommt etwas von Nate zu hören, und dann zwinge ich ihn, seine Mutter anzurufen. Sie geht nicht ran, deshalb hinterlässt er eine Nachricht. Er weigert sich, seinen Vater anzurufen, aber ich bestehe darauf, und er ruft stattdessen den Sicherheitsberater seines Vaters an.

Und dann will er, dass ich Kurt und Hattie eine SMS schreibe.

Sie sind nicht wütend – sie wollen bloß wissen, ob mit uns alles in Ordnung ist –, aber ich bin nicht besonders gut auf sie zu sprechen. Ich schreibe ihnen, dass es uns gut geht, dass wir zurückkommen, fertig.

Die Zugfahrt nach Paris ist genau das Gegenteil von unserer Hinfahrt nach Barcelona. Die Sonne scheint, aber in unserem Waggon ist es dunkel. Wir halten uns an den Händen und lassen nicht los, trotzdem fühlt sich unser Griff genau *so* an. Als würden wir nach etwas greifen. Als versuchten wir, uns an etwas festzuhalten, das uns entwischt. Keiner von uns spricht das aus, was wir beide befürchten. Ich weine und Josh nimmt mich in den Arm. Es war selbstsüchtig von mir, zuerst an meine eigenen Probleme zu denken. Was ihn erwartet, ist sehr viel schlimmer.

Unsere Befürchtungen und unsere Angst nehmen zu. Wir haben schon fast das Wohnheim erreicht, als es Josh nicht mehr aushält. Er zieht mich in einen privaten Garten. Zwei französische Studenten sitzen auf Klubsesseln, rauchen Nelkenzigaretten und genießen die letzten warmen Sonnenstrahlen des Jahres. Sie sehen nur kurz zu uns herüber.

»Du sollst wissen, dass ich dich liebe«, sagt Josh. »Und ich will mit dir zusammen sein. Egal, was passiert.«

Meine Augen füllen sich erneut mit Tränen. »Sag doch so was nicht.«

»Es könnte passieren.«

»Sag das nicht!«

Seine harte Schale bekommt Risse. »Ich *liebe* dich. Liebst du mich noch?«

»Wie kannst du mich das fragen?« Der Wechsel in seinem Verhalten ist beängstigend. Es ist, als könnte er jeden Moment zerspringen. »Natürlich liebe ich dich. Das hier ändert daran nichts.«

»Aber ich bin daran schuld. Dieses ganze Wochenende war meine Idee.« Er atmet zu schnell und sein Blick wandert wirr umher. Er hat eine Panikattacke.

»Hey. Hey.« Ich schlinge die Arme um ihn und lehne den Kopf an seine Brust. »Ich wollte mit. Es war auch meine Entscheidung.«

Aber er kann sich nur an mir festhalten. Seine Finger umklammern meine Schultern so fest, dass es wehtut.

»Ich liebe dich«, sage ich leise. »Ich habe dich immer schon geliebt.«

Sein Puls wird wieder langsamer. Und noch langsamer. »Was meinst du damit, immer schon?«

Ich mache mich los, damit ich ihm in die Augen blicken kann, und sehe ihn fest an. »Ich meine damit, dass du dir nie

Sorgen machen musst, dass ich dich verlassen könnte, weil ich seit unserem allerersten Jahr an der Schule in dich verliebt bin.«

Mein Geständnis verblüfft ihn.

»Es gibt keine Geschichte dazu«, sage ich. »Ich habe dich eines Tages gesehen und wusste es einfach.«

Josh sieht mich ungläubig an. Er blickt in mich hinein. Dann küsst er mich leidenschaftlicher als jemals zuvor. Es gibt uns die Kraft, uns dem zu stellen, was uns erwartet. Es gibt uns die Kraft, zum Wohnheim zurückzukehren. Und an Nates Tür zu klopfen.

Leider wird sie nicht von Nate geöffnet.

Sondern von Mrs Wasserstein.

Kapitel neunzehn

»Ich musste hierherfliegen und bin trotzdem noch eher da als du. Faszinierend.«

Mrs Wasserstein wirft wütend die Hände hoch. Nate steht angespannt hinter ihr, ein Gefangener in seiner eigenen Wohnung.

Josh ist schockiert.

»Ist dir eigentlich klar, wie ungünstig das gerade ist?«, fährt sie fort. »Eine Woche vor der Wahl nach Europa fliegen zu müssen? Interessiert es dich überhaupt?« Mrs Wasserstein ist zierlich, viel kleiner, als ich dachte, obwohl sie einen ganz anderen Eindruck macht. Ihre Präsenz ist enorm. Sie wirkt genauso stark wie vor der Kamera, in diesem Moment allerdings viel Furcht einflößender. Sie mustert mich von oben bis unten mit haselnussbraunen Augen, die mir erschreckend vertraut sind. »Und du musst Isla sein.«

Mein Name klingt so unwillkommen, wie ich mich fühle. Ich blicke zu Boden. »Hallo.«

Josh stellt sich halb vor mich, um mich zu beschützen. »Tut mir leid. Tut mir wirklich leid, Mom.«

»Das wird es noch.«

Nate mischt sich ein. »Ich bin froh, dass ihr beiden heil zurückgekommen seid. Isla …«

»Wir haben gleich morgen früh einen Termin bei der Direktorin«, unterbricht ihn Mrs Wasserstein.

Mir stockt der Atem. »Wir alle?«

»Nein.« Sie runzelt die Stirn. »Mein Sohn und ich.«

Mein Gesicht brennt vor Scham, dass sie mich zurechtweisen musste.

»Isla«, wendet sich Nate an mich, »dein Termin ist am Dienstag. Du könntest …«

»Vielen Dank für Ihre Hilfe«, fällt ihm Mrs Wasserstein erneut ins Wort. »Mir ist klar, dass mein Sohn Ihnen Ihre Arbeit erschwert. Tut mir leid, dass wir Ihnen solche Unannehmlichkeiten bereiten.«

Ich habe eher den Eindruck, dass *sie* ihm seine Arbeit erschwert, aber Nate reibt sich nur den kahl geschorenen Kopf. »Das ist meine Aufgabe. Und es ist schon in Ordnung, er ist ein guter Junge.«

Man sieht ihr an, dass sie ihm nicht glaubt. Vielleicht würde sie das, wenn sie Mike und Dave kennen würde. Sie nickt ihm brüsk zu und dreht sich dann wieder zu Josh um. »Wir gehen.«

Er schaut sie fragend an. »Wohin?«

»In dein Zimmer. Wir haben Einiges zu besprechen, junger Mann.« Sie hält ihm die Tür auf und nickt erneut, diesmal in meine Richtung. »Isla.«

Mein Brustkorb presst mein Herz zu einem winzigen, schmerzenden Stein zusammen. Als Josh weggeführt wird, drückt er meine Hand mit der gleichen unerträglichen Kraft. Unsere Hände lassen sich erst los, als sie auseinandergezogen werden. Es folgen noch ein paar gequälte Blicke, dann ist er weg. Ich bin starr und still. Nate seufzt.

»Wir stecken ganz schön in Schwierigkeiten, was?«, bringe ich schließlich hervor.

»Bei dir ist es nicht so schlimm.«

»Und bei Josh?«

Nate sieht mich traurig an.

Ein weiterer furchtbarer Gedanke kommt mir in den Sinn. »Kommen meine Eltern auch her? Ist mein Termin deshalb erst am Dienstag?«

»Nein. Dein Termin ist am Dienstag, weil morgen Feiertag ist. Schon vergessen?«

Morgen ist der erste November. Allerheiligen. In Frankreich landesweiter Feiertag, was bedeutet … dass die Direktorin extra an ihrem freien Tag herkommt, um mit Josh zu sprechen.

Ich gehe davon aus, dass Josh und ich uns erst nach seinem Termin bei der Direktorin wiedersehen. Das hält mich jedoch nicht davon ab, einmal pro Minute nachzusehen, ob ich eine neue Nachricht auf dem Handy habe.

Ich hasse meine Schwester. Hasse. Sie.

Wenn Hattie nicht gewesen wäre, säße jetzt ich und nicht seine Mutter in Joshs Zimmer und wir würden unseren Ausflug in die Schweiz planen. Mein Handy piept. Ich stürze mich darauf, aber die Nachricht ist von Kurt: *Laut Zugfahrplan hättet ihr vor 3 Std ankommen sollen.*

Ich antworte: *Sind wir auch.*

Bist du ok?

NEIN.

Kurz darauf klopft er an meine Tür. »Warum drückst du sie nicht einfach auf wie sonst auch?«, brülle ich.

Er kommt herein. »Du klingst wütend.«

»Und ob.«

»Bist du wütend auf mich?«

»Ja.«

Er steckt ein Schulbuch unter meine Tür. »Ich musste es sagen, Isla. Sie haben mich gefragt.«

»Was wollte Hattie überhaupt?«

»Sie wollte sich deinen Föhn ausleihen.«

»Meinen *Föhn*?«

»Ja. Einen … Diffusor? Ist das so ein Ding, das man sich in die Haare hält? Sie wollte versuchen, sich Locken zu machen.«

»Und da konnte sie sich keinen von jemandem aus ihrem eigenen blöden Wohnheim leihen?«

Sein linkes Auge zuckt. »Keine Ahnung.«

Ein Diffusor. Ich kann nicht glauben, dass diese ganze Situation von einem blöden Haardiffusor verursacht worden ist. Ein Pirat und ein Teufel schlendern an meiner offenen Tür vorbei, auf dem Weg zur Eingangshalle, wo Résidence Lamberts alljährliche Halloween-Party stattfindet. Es ist mir unbegreiflich, wie jemand heute in Feierlaune sein kann.

»Warum konntest du nicht ausnahmsweise mal lügen? Mehr hättest du gar nicht tun müssen.«

Kurt zieht seinen Kapuzenpulli hoch. »Sie haben mir eine Frage gestellt. Ich habe geantwortet.«

»Ja, super, vielen Dank. Deinetwegen wird mein Freund jetzt von der Schule geschmissen.«

»Das ist nicht meine Schuld. Ich hab das nicht gemacht, das war er selbst.«

Es ist mir egal, dass er die Wahrheit sagt. Es ist mir egal, dass es unsere Schuld ist. Es wäre trotzdem nicht so weit gekommen, wenn Kurt einfach seinen Mund gehalten hätte. Angeblich ist er mein bester Freund. Ich reiße das Schulbuch unter der Tür raus und halte sie noch weiter auf. »Geh. Weg.«

Er wedelt aufgeregt mit den Händen. »Isla.«

Ich schließe die Augen. »Ich kann mich im Moment nicht mit dir befassen. Geh einfach.«

Er ist immer noch da. Ich spüre die Bewegung seiner Hände. Ich kneife die Augen fest zu, so fest, dass es wehtut, bis ich fühle, wie er an mir vorbeihuscht. Die Tür zum Treppenhaus fliegt scheppernd auf.

»Buh!«, ruft eine männliche Stimme.

Ich öffne mit einem Schlag die Augen. Jemand mit einer *Scream*-Maske steht wenige Zentimeter von meinem Gesicht entfernt. Gelächter hallt durch den Flur, als ich dem Blödmann die Tür vor der Nase zuschlage. Ich lasse mich aufs Bett fallen. Und weine wieder. Vielleicht ist Mrs Wasserstein hier in Paris, um Josh vor dem Rauswurf zu bewahren. Sie ist eine mächtige Frau. Ich wette, selbst die Direktorin hat Angst vor ihr.

Ich jedenfalls habe Angst vor ihr.

Wahrscheinlich gibt sie mir die Schuld an allem. Ich wollte einen guten ersten Eindruck auf Joshs Eltern machen. Vorher war ich unsicher, ob sie mich mögen würden – ob sie finden würden, dass ich außergewöhnlich genug für ihren Sohn bin –, aber jetzt habe ich keine Chance mehr. Ich weiß nicht mal, ob sie vor dem gestrigen Tag überhaupt geahnt haben, dass es mich gibt.

Josh hat mir immer noch keine Nachricht geschrieben. Ich habe Angst, dass seine Mom vielleicht sein Handy überwacht, deshalb simse ich ihm nur noch einmal. Ich halte mich kurz und schreibe etwas wenig Belastendes: *Ich liebe dich*.

Ein paar Minuten später klopft es wie verrückt an meiner Tür. Ich springe vom Bett auf und öffne sie. Aber es ist nur

Hattie. Ihr Anblick erfüllt mich mit unbändiger Wut. Sie trägt ein übergroßes Hawaiihemd, das falsch zugeknöpft ist. Ihre Haare stehen in alle Richtungen ab. Sie hat dunkle Ringe unter den Augen, falsche blaue Flecken und einen hauchdünnen Schnurrbart.

»Was soll das darstellen?«, frage ich so ruhig wie möglich. Was überhaupt nicht ruhig ist.

Sie hält ein Pappschild hoch. Es ist weiß angemalt und es sind schwarze Linien und Maßangaben darauf. »Ich bin ein Fahndungsfoto.«

»Als Übung für deine Zukunft?«

»*Oui.*« Sie bleibt einfach da stehen.

»Was? Was willst du, Hattie?«

»Ich will mich entschuldigen, Mann.«

Ich warte.

Sie wartet.

»War's das schon?«, frage ich. »War das deine Entschuldigung?«

»Ja.«

»Wow. Hoffentlich fühlst du dich jetzt besser. Ich bestimmt. Ich fühle mich viel besser, jetzt wo ich weiß, dass mein Freund vielleicht von der Schule geschmissen wird, nur weil du unbedingt einen Haardiffusor haben wolltest.«

Ihr unbewegter Gesichtsausdruck fällt zusammen. »Ich wusste doch nicht, dass ich euch in Schwierigkeiten bringe. Es tut mir leid. Es tut mir wirklich leid.«

»Mir auch.« Ich knalle die Tür zu.

Sie springt wieder auf. Hattie sieht mich mit überraschter Hoffnung an, bis sie merkt, dass es ein Versehen war. Wir blicken uns gegenseitig finster an und ich schlage die Tür wieder zu. Ich drücke fest dagegen, bis ich das Einrasten unter den Handtellern spüre.

Die Party dauert die ganze Nacht. Josh meldet sich nicht. Ich weiß nicht, wann ich eingeschlafen bin, aber gegen acht Uhr morgens schrecke ich aus dem Schlaf hoch. Eine mächtige Stille liegt über dem Wohnheim. Endlich sind alle im Bett. Ich habe gerade geträumt, dass ich unbedingt einen Zug erwischen muss, aber nicht damit aufhören kann, Make-up aufzulegen. Hilflos trage ich eine zähe Schicht nach der anderen auf und sehe zu, wie die Uhr immer näher an meine Abfahrtszeit herantickt.

Es klopft zweimal unten an meiner Tür.

Ich setze mich abrupt auf. *Das* hat mich geweckt. Er hat vorher schon mal geklopft. Das Geräusch klingt dumpf und Unheil verkündend. Ich taumle aus dem Bett, habe aber Angst, die Tür zu öffnen. Ich presse mein Ohr an das Holz.

»Josh?«, flüstere ich.

Keine Antwort.

Eine neue Angst überkommt mich. Er ist schon weg. Ich höre Geräusche, die gar nicht da sind. Ich reiße die Tür auf, doch er steht da – natürlich steht er da – und ist am Boden zerstört. Er sackt zusammen, ich stürze zu ihm und er sinkt mit einer Art Urschrei in meine Arme. Scheiß auf die Regeln. Scheiß auf diese Schule. Ich schließe die Tür und führe Josh zu meinem Bett. Dort halte ich ihn in den Armen, während er sich selbst mit der Faust ans Bein schlägt.

»Ist schon gut.« Ich muss jetzt stark sein. Einer von uns muss immer stark sein. »Alles wird gut.« Ich nehme seine Faust und umklammere sie mit den Händen. Ich küsse ihn auf den Scheitel.

»Es ist nicht gut.«

»Ist dein Treffen schon vorbei?«

»Ich bin draußen. Sie hat mich endlich rausgeschmissen.«

Mein Zimmer dreht sich. »Und … bis wann musst du weg sein?«

»Das ist mein letzter Tag. Heute.«

Die Welt wird schwarz. Es dröhnt in meinen Ohren. Meine Augen versuchen immer wieder, scharf zu stellen, wie eine Digitalkamera, die es nicht richtig hinbekommt.

»Einer von den Hausmeistern ist mit ihr losgegangen, um Umzugskisten zu holen. Wenn sie wieder da ist, packen wir mein ganzes Zeug ein.«

Scharf stellen. Scharf stellen. Scharf stellen.

Josh zieht seine Hand aus meiner und greift mit allen zehn Fingern nach mir. »Aber wir sehen uns bald. An Thanksgiving. Du kommst doch nach Hause an Thanksgiving, oder?«

Ich nicke wie ein Roboter.

»Danach kommen die Winterferien. Wir verbringen jeden Tag zusammen und an Silvester treffen wir uns zu einem Kuss im Kismet. Um Mitternacht. Okay? Dann kommen die Frühlingsferien und dann ist schon wieder Sommer. Und dann ist es vorbei.«

Ich schlucke. »Was hast du vor? Wo machst du die Highschool zu Ende?«

»Meine Mutter will erst darüber reden, wenn die Wahlen vorbei sind. Meine Eltern sind sauer. Stocksauer. Ich musste gestern Abend mit meinem Vater reden und dann hat mir meine Mutter das Handy weggenommen. Deshalb konnte ich auch nicht anrufen oder dir eine Nachricht schicken. Ich bin achtzehn und meine Eltern haben mir das Handy weggenommen.«

»Ist schon gut. Ist schon gut.« Ich kann nicht aufhören, das zu sagen. »Alles wird gut.«

Es klopft erneut und Nate redet ohne Einleitung los. »Josh, ich habe deine Mutter in dein Zimmer gelassen, damit du ein paar Minuten mit Isla allein sein kannst. Aber du musst jetzt raufgehen.«

Selbst Nate hat Mitleid mit uns.

Meine Lüge war schlimmer, als ich dachte. Nichts – rein gar nichts – ist gut.

Kapitel zwanzig

Die Direktorin sitzt an einem Schreibtisch, der ebenso einschüchternd wie groß ist. Das Mahagoni ist blitzblank und duftet nach Moschus und Reichtum. Zwei Flaggen hängen rechts und links an zwei Masten – eine amerikanische und eine französische. Ein zu vollgestopfter Ledersessel steht hinter dem Tisch, davor zwei winzige Ledersessel. Ich sitze in einem der winzigen Sessel.

»Deine Noten werden schlechter«, sagt die Direktorin.

Ich sehe sie nur an.

»Zwar nicht viel«, fährt sie fort. »Aber es liegt immerhin ein solcher Qualitätsunterschied in deiner Arbeit, dass es mehr als einer deiner *professeurs* mir gegenüber erwähnt hat. Sie sind besorgt. Kommst du darauf, wann sie diese Veränderung bemerkt haben?«

Eigentlich bin ich gar nicht hier. Ich bin noch in Joshs Zimmer. Gestern.

Wir haben sein Leben in Kartons gepackt. Seine Mutter war wütend auf ihn, auf mich und über jeden Telefonanruf.

Und sie bekam viele Telefonanrufe. Nichts hätte ich mir mehr gewünscht, als aus diesem furchtbaren Zimmer zu verschwinden, aber ich wollte nicht unsere letzten Stunden verschwenden.

Josh hat die Zeichnungen von seinen Wänden abgenommen und in eine Schachtel gelegt – ordentlich übereinander. Die Bilder von mir aus der Arena von Lutetia hat er in einen eigenen Schutzumschlag gesteckt. Verglichen mit der Anzahl von Zeichnungen, die er von seinen Freunden hat, gibt es noch nicht allzu viele von mir. Wir sind erst seit einem Monat zusammen.

Wie kann es sein, dass es erst ein Monat ist?

»Vor einem Monat«, sagt die Direktorin. »Da hast du aufgehört, deinen Hausaufgaben die Zeit und Aufmerksamkeit zu widmen, die nötig ist, um deine Stellung als Jahrgangsbeste zu behalten.«

Sie sagt es so, als wäre es mein einziges Ziel, Jahrgangsbeste zu sein, während es in Wirklichkeit einfach so passiert ist. Es gibt nur vierundzwanzig andere Schüler im Abschlussjahrgang – *drei*undzwanzig – und sie alle haben Freunde, mit denen sie Zeit verbringen können, Orte, die sie besuchen, und Dinge, die sie tun können. Ich hatte nie etwas Besseres zu tun, als zu lernen. Nur einen Monat lang … hatte ich etwas Besseres zu tun.

Josh hat den Umschlag in seine Umhängetasche gesteckt. Er ist mit ihm ins Flugzeug gestiegen.

Alles ging so schnell. Innerhalb eines Tages hat sich sein Zimmer von einem chaotischen Reich, das vor Kunst, Essen und Leben überquillt, in ein kahles Etwas verwandelt. Wir hatten nur fünf Minuten, um uns zu verabschieden. Joshs Mutter hat uns in diesem leeren Raum gelassen und ich habe wieder geweint. Josh hat mit seinem Lieblingsstift vier Tintenbuchstaben auf die Rückseiten meiner Finger geschrieben: *L-O-V-E*.

Dann hat er mein Gesicht in beide Hände genommen. »Ich liebe dich«, hat er gesagt. »Ich liebe dich. Ich liebe dich.«

Ich konnte ihn durch meine Tränen kaum erkennen. »Ich liebe dich«, habe ich geantwortet. »Ich liebe dich. Ich liebe dich.«

»Isla«, sagt die Direktorin. »Du wirst noch vielen Jungen auf dieser Reise begegnen. Sie sollten dich nicht davon abhalten dürfen, die Frau zu werden, die du werden sollst.«

Sie irrt sich. Es gibt nur einen einzigen Jungen.

Und wer soll ich ohne ihn schon werden?

Ich blicke auf meine Finger. Die Buchstaben verblassen, aber das Wort brennt mir noch immer auf der Haut.

Neben dem wartenden Wagen seiner Mutter waren die Buchstaben noch dunkel und deutlich. Wir haben uns verzweifelt geküsst. Mrs Wasserstein hat die Hintertür geöffnet und ihn aus dem Innern gerufen. »Wir sind spät dran. Komm jetzt.«

Er hat meine Hände festgehalten. »Thanksgiving.«

Ich habe genickt.

Er hat mich noch einmal geküsst, aber diesmal nur kurz. Dann hat er meine Hände fallen lassen, als würden sie ihm wehtun, als könnte er sie physikalisch nicht länger halten, und ist ins Auto gestürzt. Die Fenster waren dunkel getönt. Ich konnte ihn nicht sehen, habe aber trotzdem das Fenster angeschaut, bis das Auto verschwunden war.

Die Schulleiterin räuspert sich. Mein Blick ist zu ihrem Fenster gewandert.

»Für einen Monat rücksichtsloses Verhalten gebe ich dir einen Monat Nachsitzen an Werktagen. Du wirst mir sicher zustimmen, dass es sich dabei um eine gerechte Strafe handelt. Zusätzlich hast du auf diese Weise reichlich Zeit, um dich ohne jede ... Ablenkung wieder deinen Schulaufgaben zu verschreiben.«

»Josh war keine Ablenkung.«

Die Direktorin mustert mich gründlich. »Nein«, bestätigt sie schließlich. »Was dich betrifft, war das vielleicht das falsche Wort. Obwohl ich meine Bedenken habe, was die andere Richtung betrifft.«

Das ist ein grausamer Seitenhieb. Wie kann sie es wagen anzudeuten, dass Josh mir wichtiger ist als ich ihm? Was weiß sie schon über unsere Beziehung?

Ich stürme aus ihrem Büro und direkt zum Nachsitzen. Obwohl ich in letzter Zeit so oft an dieser Schwelle stand, habe ich sie bisher doch nie überschritten. Dahinter liegt ein ganz normales Klassenzimmer. Nur ein anderer Schüler ist da, einer aus dem zweiten Jahr. Er tippt auf der Tastatur auf seinem Tisch herum und blickt nicht auf. Professeur Fontaine – die Lehrerin für Computerwissenschaft mit dem dreieckigen Kopf – hat Aufsicht. »Such dir einen Platz, egal, welchen«, sagt sie und klingt dabei wie ein Straßenzauberer.

Wie gern wüsste ich, wo Josh immer gesessen hat. Ich versuche mir sein Bild heraufzubeschwören. Eine Gestalt mit runden Schultern und gefurchter Stirn materialisiert sich in der hinteren Ecke. Er zeichnet sein Leben in ordentliche Bleistiftfelder. Ich trete in seinen Schatten, will daran glauben, dass es ihn wirklich gibt, und setze mich an genau den Tisch. Das Fenster neben uns geht auf den Schulhof hinaus, aber für heute sind alle weg. Nur das Kopfsteinpflaster und die Tauben sind noch da.

Ich bin nie dazu gekommen, diese Felder, die von Joshs Leben erzählen, zu lesen.

Was, wenn ich diejenige bin, die es vermasselt hat? Was, wenn ich in Dartmouth nicht mehr angenommen werde? Josh kommt trotzdem an seine Uni. Er braucht nur einen Highschool-Abschluss auf dem zweiten Bildungsweg. Dieses Jahr hat er vielleicht versaut, aber ich vielleicht unsere nächsten vier. Wenn ich nur seine Stimme wieder hören könnte. Er ist heute Morgen in New York angekommen, wo ihm seine Mutter eine einzige Nachricht erlaubt hat: *Vermisse dich schrecklich. Internet ebenfalls konfisziert. Keine Ahnung, wann wir reden können. ICH LIEBE DICH.*

Nach dem Nachsitzen gehe ich direkt ins Baumhaus. Die Abendluft ist eiskalt und mein Mantel ist nicht warm genug. Ich erinnere mich daran, wie mir Josh bei unserem ersten Date genau hier seinen Mantel um die Schultern gelegt hat, und weine zum hundertsten Mal. Ich wickle mich in die Decke ein und lege die Hand auf sein Wandbild. Ich drücke die Handfläche an das Haus mit den Balkonkästen voller Efeu und der amerikanischen Flagge. So fest drücke ich, dass meine Hand wehtut.

Hier, denke ich. *Hier ist er*.

Ich versuche auch hier zu sein.

»Schalt ihn aus.« Kurt platzt in mein Zimmer und zeigt auf meinen Laptop. »Du solltest doch lernen. Du brauchst die Höchstpunktzahl bei deinem Physiktest morgen.«

»Laut dieser Umfrage liegen Joshs Vater und Terry Robb gleichauf. Es ist noch zu eng, um einen Sieger vorherzusagen.«

»Hör auf, dieses Zeug zu lesen. Die Wahl ist erst in fünf Tagen.« Dann runzelt er die Stirn. »Terry Robb. Man sollte keinen Namen haben, der aus zwei Vornamen besteht.«

Inzwischen habe ich endlich offiziell darum gebeten, dass meine Tür repariert wird. Ich bin es leid, keine Privatsphäre zu haben. Unsere Freundschaft ist formal gesehen intakt, aber jedes Gespräch wird von einer unangenehmen Spannung überdeckt. Kurt ist unglücklich, weil ich unglücklich bin. Ihm wäre am liebsten, wenn unser Leben wieder so wird wie früher, als es Josh noch nicht gab. Und ich bin unglücklich wegen Kurt. Ich weiß, er wollte nicht, dass irgendetwas von alldem passiert, aber es ist nun mal passiert. Und er hätte es verhindern können.

Hattie habe ich nicht mehr gesprochen, seit sie als Fahndungsfoto vor mir stand. Von mir aus kann sie gern im echten Gefängnis landen. Stattdessen verfolge ich gebannt die Nachrichten. Ich habe mir ein Programm runtergeladen, das meinem Laptop vorgaukelt, ich wäre in den USA, da zu viele wichtige Liveübertragungen durch internationale Einschränkungen blockiert werden. Mitzubekommen, was Minute für Minute bei den Wahlen passiert, ist für mich der einzige Weg, Josh nah zu sein. Sein Vater muss einfach gewinnen. Und das meine ich nicht nur aus den nahe liegenden Gründen, sondern auch aus Eigennutz, denn ich hoffe, dass sich seine Eltern dann so weit entspannen, dass sie ihm sein Handy zurückgeben.

»Du sollst für Physik lernen«, ermahnt mich Kurt.

»Sei nicht so ein Wichtigtuer.«

»Heulsuse«, entgegnet er.

»Dummschwätzer.«

»Knalltüte.«

Über das letzte Wort scheint er sich besonders zu freuen.

Mein Mund zuckt, aber ich bin immer noch verärgert. Als Krönung dieser fantastischen Woche merke ich, dass ich meine Periode bekomme. Ich klappe meinen Laptop zu. »Na schön. Du hast gewonnen. Aber zuerst gehe ich aufs Klo.«

»Weichei«, höre ich ihn noch sagen, als ich den Flur entlanggehe. Als ich zurückkomme, ist unser Spiel vorbei. »Du hast einen Anruf mit einer 2-1-2-Vorwahl verpasst.«

»Was?« Ich rase zum Handy. Jemand aus Manhattan hat mir etwas auf die Mailbox gesprochen. »Warum bist du nicht rangegangen?«

»Weil es nicht mein Telefon ist.«

»Und wenn es Josh war?«

»Dann hätte auf dem Display ›Josh‹ gestanden und nicht ›unbekannte Nummer‹.«

Ich kann meinen Frustschrei kaum unterdrücken. »Sie haben ihm sein Handy weggenommen! Falls irgendjemand anruft, wenn ich nicht da bin, geh bitte ran. Und falls es Josh ist, sag ihm, dass er warten soll, bis ich hier bin.«

Hallo, Isla. Das Herz wird mir schwer, als ich seine müde Stimme vor einem wilden Durcheinander aus Rufen, Klingeln, Klirren höre. *Heute ist, ähm, Donnerstag. Wahrscheinlich ist es schon Nacht in Paris? Ich rufe vom Schreibtisch eines Wahlhelfers in der Wahlzentrale an. Das ist das erste Mal, dass ich allein in die Nähe eines Telefons komme. Es ist ziemlich übel hier, aber … ich weiß nicht. Das ist mir alles nicht wichtig. Ich vermisse dich. Ich probiere es wieder, sobald ich kann*. Pause. *Hoffentlich bist du okay. Also, mach's gut. Ich liebe dich*.

Ich rufe zurück. Nach zweimal Klingeln geht eine Frau mit näselnder Stimme ran. Ich lege auf.

Ich höre mir die Nachricht auf der Mailbox noch einmal an. Und noch mal. Und noch mal und noch mal und noch mal, und ich weiß nicht, wie oft, bis ich merke, dass Kurt gegangen ist.

Der Schlüsseldienst repariert meine Tür. Ich lasse mein Handy nicht aus den Augen.

Bevor ich duschen gehe, stelle ich den Klingelton so laut, wie es nur geht, und lasse ihn dann so, sogar im Unterricht. Meine Paranoia wächst. Ich muss immer wieder nachsehen – ob eine Nachricht gekommen ist, ob es geladen ist, ob ich es nicht versehentlich auf ›stumm‹ geschaltet habe. Ich wünsche mir so sehr mit Josh zu sprechen, dass ich platzen könnte.

Am Samstag reißt mich ein weiterer 2-1-2-Anruf kurz vor dem Morgengrauen aus dem Schlaf. »Josh?«

»Gott sei Dank«, flüstert er und klingt erschöpft und erleichtert. »Tut mir leid, dass es so früh ist, aber ich konnte nicht schlafen. Ich rufe dich aus der Küche an. Wenn mich meine Eltern erwischen, bin ich tot. Aber ich musste einfach deine Stimme hören.«

Ich umklammere mein Handy fester. »Ich vermisse dich so sehr.«

»Wie kann es sein, dass nicht mal eine Woche rum ist?«

»Es kommt mir vor wie ein Jahr.«

»Wie geht es dir? Wie war's bei der Direktorin? Hat sie dich zeitweise vom Unterricht ausgeschlossen?«

»Nein. Sie hat mir nur Nachsitzen aufgebrummt, weil es mein erstes Vergehen ist. Aber immerhin den ganzen Monat.«

Seine Stimme wird düsterer. »Das tut mir leid.«

»Weißt du, was das Blödeste daran ist? Dass mein Nachsitzen genau dann angefangen hat, als deins zu Ende war.«

Ein kurzes, gequältes Auflachen. »Nachsitzen wäre mir lieber als das hier.«

»Ich weiß.« Ich werde wieder sanfter. »Wie ist es denn so? Wie sind deine Eltern?«

»Sauer. Beschäftigt. Sie schleppen mich überall mit hin, können mich aber kaum ansehen.«

»Sie beruhigen sich schon wieder.«

»Vielleicht.«

Eine Frage lastet schwerer auf mir als jede andere. Ich greife nach meiner Halskette, um mich daran festzuhalten. »Ähm …«

»Ja?«

»Ach, egal.«

»Isla. Spuck's aus.«

»Ich hab mich bloß … Wussten deine Eltern von mir? Ich weiß, ihr habt nicht oft miteinander gesprochen, aber ich hab mich gefragt, ob du mich überhaupt mal erwähnt hast. Bevor das alles hier passiert ist.« Meine Stimme verlässt mich. »Ich fände es furchtbar, wenn das der allererste Eindruck wäre, den deine Mutter von mir bekam.«

Sein langes Schweigen ist Antwort genug. »Ich hatte mir vorgenommen, ihnen vor Thanksgiving von dir zu erzählen«, sagt er schließlich. »Ich wollte nicht, dass sie mich nach dir ausfragen.«

Ich weine lautlos. »Hattest du Angst, sie könnten der Meinung sein, dass ich nicht gut genug für dich bin?«

»Nein. Nein. Ich wollte dich nur ganz für mich haben. Wir beide waren wie in einer Seifenblase, weißt du? Natürlich werden sie dich mögen.«

»Das kann ich mir nur schwer vorstellen.«

»Aber klar. Sie wissen, dass das hier meine Schuld ist. Und wenn die Wahl vorbei ist, erzähle ich ihnen alles von dir. Wie klug und nett du bist und …«

»Wie ehrgeizig ich bin? Dass ich keine Zukunftspläne habe?«

»Isla.«

»Tut mir leid.«

»Nein, mir tut es leid. Ich hätte ihnen von dir erzählen sollen.« Wieder Schweigen. »Wussten deine Eltern von mir?«

»Natürlich.«

Josh atmet geräuschvoll aus.

»Sie haben sich darauf gefreut, dich kennenzulernen.«

»Und jetzt kommt es gar nicht dazu.« Er gibt einen verächtlichen, traurigen Laut von sich. »Du machst dir Sorgen wegen meiner Eltern, aber ich bin von der Schule geflogen.« Auf einmal spricht er leiser. »Hier ist jemand. Ich muss auflegen ich liebe dich tschüs.«

Ich konnte noch nicht mal »Ich liebe dich« antworten.

Nach dem Nachsitzen am Montag entdecke ich ihn im Hintergrund auf ein paar Fotos, die übers Wochenende in einem YMCA in Brooklyn aufgenommen worden sind – eine Wahlkampfaktion auf den letzten Drücker. Er ist groß und gut aussehend und er lächelt. Er sieht *beinahe* wie mein Freund aus. Aber ich merke ihm an, dass das Lächeln, das auf andere sicher überzeugend wirkt, gezwungen ist. Es erzeugt keine Grübchen.

»Diesmal hab ich dich aber nicht geweckt, oder?«, fragt er. Der Anruf kommt mitten in der Nacht. Ich höre lärmende Menschen im Hintergrund, eine allgemeine Unruhe aus Stress und Aufregung. Wieder die Wahlzentrale. Die Wahl beginnt in wenigen Stunden.

»Nein.« Ich umarme mein Kissen und wünschte, es wäre er. »Ich werde langsam müde, lese aber noch.«

»So kenne ich meine Isla. Worum geht's denn heute?«

»Orchideensuche. Wusstest du, dass das eine überraschend gefährliche Beschäftigung ist?«

»Vielleicht ist das dein zukünftiger Beruf.« Ein echtes Lächeln schleicht sich in seine Stimme. »Orchideenjägerin.

Und ich begleite dich auf deinen Expeditionen. Wir können solche Khakihüte mit Moskitonetzen tragen.«

»Wie ist es so bei dir da drüben?«, frage ich.

»Ich würde lieber nach Orchideen suchen.«

»Ich hoffe, dein Vater gewinnt.«

»Das hoffe ich auch. Sonst wird er mindestens ein halbes Jahr lang unausstehlich sein.« Der Möchtegern-Witz geht daneben und Josh seufzt. »Apropos. Rate mal, wer ein Kamerateam zu meinem Wahllokal schickt? Rate mal, wer in den Morgennachrichten sein wird?«

»Rate mal, wer den Livestream auf CNN verfolgen wird, um einen Blick zu erhaschen?«

»Rate mal, wer zu der Zeit im Unterricht sitzen wird?«

»Oh.« Mein Mut sinkt. »Stimmt.«

»Keine Sorge, es wird später auf der Website meines Vaters zu sehen sein. Und jeeeeetzt ist meine Mutter zurück.«

»Ichliebedich!«, sage ich schnell.

»Ich liebe dich auch.« Josh lacht überrascht. »Danke für die Begeisterung.«

»Beim letzten Mal bin ich nicht dazu gekommen, es zu sagen.«

»Ach so. Na dann sagen wir es uns von jetzt an« – ich merke, wie sich sein Lächeln zu einem Grinsen mit Grübchen ausbreitet – »gleich vorneweg.«

Kapitel einundzwanzig

Nach Schulschluss verziehe ich mich in eine Toilettenkabine. Zehn Minuten Zeit bis zum Nachsitzen. Ich reiße den Laptop aus der Tasche. Die Wahl ist noch viel zu sehr am Anfang, als dass es schon Hochrechnungen geben könnte, aber ich scrolle auf der Website des Senators schnell nach unten. *Da ist es.* Das Video.

Josh betritt mit seinen Eltern das Wahllokal. Er sieht geschniegelt aus … geschniegelt und gebügelt. Er trägt einen Anzug, der so gut sitzt, dass er sicher maßgeschneidert ist. Josh winkt lächelnd in die Kameras. Seine Eltern kommen aus ihren Wahlkabinen. »Für wen haben Sie gestimmt?«, ruft jemand und Joshs Vater antwortet: »Ach, ich sollte darin meine Stimme abgeben? Ich dachte, ich würde ein Frühstück zum Mitnehmen bestellen.« Haha, wie witzig.

Die Kamera schwenkt wieder zu Josh. Er betritt eine Kabine, während seine Eltern stolz zusehen. Als er wieder herauskommt, hält ihm eine Reporterin mit riesigen Zähnen ein Mikrofon vor die Nase. »Wie fühlt es sich an, zum ersten Mal für deinen Vater zu stimmen?«

»Unwirklich.« Josh zeigt vor der Kamera ein verblüffendes Maß an Charme. »Es ist ein super Gefühl.«

Das ist sicher nicht gelogen. Und obwohl ich nachvollziehen kann, dass das hier tatsächlich ein bemerkenswerter Augenblick in seinem Leben ist, kommt es mir vor … als würde ich einen Fremden sehen. Ich sehe mir das Video noch mal von vorn an und halte es an, als Josh die Frage der Reporterin beantwortet. Ich berühre sein Bild auf meinem Monitor.

Wenn wir nicht nach Barcelona gefahren wären, wäre er in vierundzwanzig Stunden wieder in Paris.

Ich verdränge diesen Gedanken. Denn wenn wir nicht nach Barcelona gefahren wären, hätten wir auch den Parc Güell nicht gehabt. Oder ein Hotelzimmer im Mondschein.

Nach dem Nachsitzen laufe ich direkt in mein Zimmer. Ich durchsuche das Internet, aber die ersten Ergebnisse sind überall gleich. Es ist ein Kopf-an-Kopf-Rennen.

Kurt taucht auf und schließt zu meiner Überraschung die Tür hinter sich. »*Bœuf bourguignon suivi d'un clafoutis aux poires*. Für dich.« Er stellt ein Plastiktablett aus der Mensa auf meinen Schreibtisch. »Ich wusste nicht, was ich machen sollte, deshalb habe ich das ganze Ding mitgenommen.«

Seine Verlegenheit ist irgendwie rührend. Die noch warme Hauptspeise und das Birnendessert duften berauschend. »Danke.«

Er schiebt die Kapuze nach hinten. »Nate sagt, ich darf mit dir aufbleiben, solange es niemand herausfindet, sonst macht er uns einen Kopf kürzer. Aber ich glaube nicht, dass er das wirklich macht.«

Mein Atem steckt in meiner Brust fest.

»Es tut mir leid, dass ich nicht für dich lügen konnte«, sagt er. »Und es tut mir leid, dass Josh weg ist.«

Ich umarme ihn spontan. Es ist wie früher, auch wenn wir die ganze Nacht die Nachrichten durchkämmen, statt Hausaufgaben zu machen. Kurt haut sich kurz nach Mitternacht aufs Ohr, aber für mich ist das Rennen zu spannend, als dass ich schlafen könnte. In den USA ist es noch früh. Ich lasse leise, mit heruntergeschalteter Lautstärke, eine Liveübertragung laufen. Nacheinander werden alle voraussichtlichen Sieger aus ganz Amerika verkündet. Um zwei Uhr morgens bekomme ich sechs Sekunden Freude geschenkt, als ein Clip aus der Wasserstein-Wahlzentrale gezeigt wird.

Josh steht neben seinen Eltern und ein paar hundert roten, weißen und blauen Luftballons. Die Kamera bewegt sich und die Ballons verdecken sein Gesicht. Dann schaltet der Feed zur Gouverneurswahl in Florida. Eine Stunde später kann ich die Augen kaum noch offen halten, als ich den Nachrichtensprecher mit dem schlechten Toupet sagen höre: »Und beim spannendsten Rennen des Abends kämpft der New Yorker Senator Joseph Wasserstein noch immer darum, sein Mandat zu halten.«

Ich lehne mich näher an den Bildschirm heran. Während die Familie die Hochrechnungen verfolgt, sieht Mrs Wasserstein noch immer frisch und fröhlich aus – ganz die unterstützende Gattin –, obwohl ich vermute, dass ein Maskenbildner ein bisschen nachgebessert hat. Der Senator wirkt etwas mitgenommen, macht aber ein tapferes Gesicht.

Josh sieht erschöpft und genervt aus. Hoffentlich bekommen seine Eltern diese Aufnahmen nicht später noch zu sehen.

Und doch … Das ist *mein* Josh. Nicht der Fremde von heute Mittag. Ein angespannt aussehender Mann, vielleicht der Wahlkampfleiter, flüstert ihm etwas ins Ohr und er stellt sich aufrechter hin. Sicher hat ihm der Mann gesagt, dass er gerade im Fernsehen ist. Die Kamera schwenkt ab.

Die Nachrichten ziehen sich ewig hin. Mein Adrenalinschub flacht wieder ab.

Morgens werde ich vom Wecker aus dem Schlaf gerissen. Kurt ist gegangen und hat die Bettdecke vorher ordentlich um mich festgesteckt. Neben meinem Kopfkissen liegt ein Zettel mit nur einem Wort drauf: GEWONNEN.

Ich habe Joshs Eltern stark unterschätzt. Ich hatte angenommen, dass sie ihrem Sohn nach dem Erfolg des Senators zur Feier des Tages wenigstens einen Telefonanruf erlauben würden. Aber dem ist leider nicht so. Ich hätte Josh so gern gesagt, wie sehr ich mich für seine Familie freue. Ich hätte ihm überhaupt gern irgendwas gesagt. Noch nie habe ich mich so hilflos oder abgeschnitten gefühlt.

Zwei Tage später hat der größte Sender mit Morgennachrichten in New York einen Exklusivbericht mit Senator Wasserstein. Den Link dazu finde ich natürlich auf seiner Website. Das Interview an sich ist das übliche politische Gelaber, aber die Kulisse fasziniert mich.

Es ist Joshs Haus.

Die Kamera folgt seinem Vater vom Ess- ins Wohnzimmer. Alles ist tadellos eingerichtet, wenn auch etwas zu ordentlich. Feine Porzellanteller hängen in Mustern an den Wänden. Extravagante Vasen sind mit zur Jahreszeit passenden Gräsern und Fasanenfedern vollgestopft. Man kann sich kaum vorstellen, dass hier jemand *wohnen* soll. Mrs Wasserstein setzt sich zu ihrem Mann aufs Sofa, das vor einem auffällig zur Schau gestellten, scheinbar nicht hierher passenden Ölbild der Métrostation Saint Michel steht – einer Art-Nouveau-Schönheit, die mit angeketteten Fahrrädern und dumpfen Graffiti überhäuft ist. Ein Junge im Teenageralter lehnt sehnsüchtig an einem der Fahrradständer. Es ist St. Clair. Josh hat das Bild seines Freundes im letzten Schuljahr gemalt. Ich habe es im Kunstatelier trocknen sehen.

Die Interviewerin, eine Frau mit Höckernase und glänzenden, blassen Lippen, fragt wissend danach und Joshs Eltern schwärmen von der vielversprechenden Zukunft ihres Sohnes. Die Antwort irritiert mich. Ich habe immer angenommen, dass der Riss zwischen Josh und seinen Eltern durch seinen Wunsch entstanden ist, eine Künstlerkarriere anzustreben, aber ihr Lob und ihre Unterstützung scheinen aufrichtig zu sein.

»Das hat er von seiner Mutter«, sagt der Senator und strahlt dabei seine Frau an.

»Seinen Kunstsinn, ja«, antwortet sie. »Aber das Talent ist sein eigenes.«

Das Interview blendet zu den Aufnahmen im Wahllokal zurück – Josh, so gut aussehend und charmant –, und als es fortgesetzt wird, hat er sich zu ihnen gesellt. Mein Herz schlägt höher. Er hat wieder dieses merkwürdige geschniegelte Aussehen. Ein unerklärlicher Druck ballt sich in mir zusammen.

Die Interviewerin lächelt, neugierig und unheilvoll. »Angeblich sind nach Ausstrahlung dieses Clips scharenweise junge Damen im Dienstzimmer deines Vaters aufgetaucht und haben sich nach dir erkundigt. Was, glaubst du, passiert jetzt, wo sie wissen, dass du nicht nur nett anzusehen, sondern auch noch ein genialer Künstler bist?«

Was?

Josh lacht höflich. »Keine Ahnung.«

»Erzähl's uns.« Sie beugt sich zu ihm hinüber. »New York brennt darauf, es zu erfahren. Hast du eine Freundin?«

Er hält kurz inne und lacht dann noch mal bescheiden. »Ähm, nein. Im Moment nicht.«

Mir klingen die Ohren. Ich spule mit taumelndem Herzen zurück.

Ähm, nein. Im Moment nicht.

Ein dumpfes Brodeln und Grummeln macht sich in meinem Magen bemerkbar. Ich blinzle. Dann noch einmal. Winzige Sterne verdecken mir die Sicht, als ein Clip vom Wahlabend abgespielt wird. Es ist die Aufnahme, in der Josh so kläglich aussieht, nur dass jetzt die Interviewerin behauptet, er sehe nervös aus, weil er so sehr mit seinem Vater mitfiebert. Und die junge Dame, die sich einen solch mitfühlenden Junggesellen angle, könne sich glücklich schätzen. »Du wirst nicht lang allein sein«, neckt sie ihn, und seine Eltern schmunzeln.

Zurück. *Ähm, nein. Im Moment nicht.*

Du wirst nicht lang allein sein.

Schmunzel schmunzel.

Ich greife nach meinem Handy und schreie vor Wut auf, als mir einfällt, dass ich ihn ja gar nicht anrufen kann. Ich versuche es trotzdem. Kein Erfolg. Ich schreibe ihm eine Nachricht: RUF MICH AN.

Kurt bekommt eine andere Nachricht: 911.

»Was ist los? Was ist passiert?«, fragt er zwei Minuten später. Er ist völlig außer Atem.

Ich deute hektisch auf meinen Laptop. »Sieh dir das an. Sag mir … Sieh's dir einfach nur an!«

Als er den Film zu Ende angesehen hat, runzelt er die Stirn. »Wann habt ihr euch denn getrennt?«

»Haben wir ja nicht!«

»Warum sollte er das dann sagen?«

»Keine Ahnung! Sag du's mir.«

Er zuckt hilflos mit den Schultern. »Da fragst du den Falschen.«

»Nein, es muss einen vernünftigen Grund dafür geben. Sag ihn mir! Sag ihn mir oder ich dreh durch!«

»Hör auf zu brüllen.« Kurt zieht sich die Kapuze über den Kopf. »Wäre es möglich, dass er sich von dir getrennt hat, und du hast es nicht gemerkt? Menschen sind verwirrend. Sie sagen das Eine und meinen das Andere.«

»Ich würde es definitiv mitbekommen, wenn Josh mit mir Schluss machen würde.«

»Vielleicht … Ich weiß nicht. Vielleicht will sein Vater das als neues Mittel nutzen, um seine Beliebtheit zu steigern. Aber er hat die Wahl ja schon gewonnen, deshalb kann ich mir nicht vorstellen …«

»Klar!« Ich schlinge die Arme um ihn. »Klar hat sich sein Vater das ausgedacht.«

Aber Kurt ist nicht überzeugt. Ich verbringe die nächste halbe Stunde damit, das Ganze mit ihm durchzusprechen, aber als er schließlich entnervt geht, glaube ich es selbst nicht. Was, wenn Josh in Panik geraten ist, weil dieses plötzliche allgemeine Interesse an ihm – *warum zum Teufel wusste ich nichts davon?* – seine Neugierde auf andere Mädchen geweckt hat? Und wer sind diese anderen Mädchen überhaupt?

Ich tippe seinen Namen in eine Suchmaschine ein, klicke auf die neuesten Ergebnisse und finde ihn in den Kommentaren diverser Internetseiten, auch der dieses blöden Senders mit den Morgennachrichten. Meine Stimmung sinkt noch weiter in den Keller. Das sind die typischen x-beliebigen, von einem Jungen schwärmenden Stalker-Kommentare, die man immer wieder online findet. Nur dass es diesmal etwas anderes ist. Diesmal geht es um *meinen Freund*.

Um ein Uhr nachts klingelt endlich mein Handy. Meine Hände zittern vor Sorge und Wut.

»Ich liebe dich«, sagt Josh.

Ich bin aus dem Konzept.

»Bist du dran? Isla?«

»Hi«, sage ich zaghaft.

»Ich dachte, wir beginnen jetzt jedes Gespräch mit ›Ich liebe dich‹.«

»Ich … Ich hab das Interview gesehen.«

»Ja.« Er seufzt. »Hab ich mir gedacht. Meine Mom hat mir erzählt, dass du eine Nachricht geschrieben hast. Sie hat gesagt, ich soll dich anrufen und es dir erklären. Ich rufe von ihrem Handy aus an.«

Hoffnung keimt in mir auf, aber meine Stimme verlässt mich. »Warum hast du das gesagt?«

»Tut mir leid.« Seine Stimme klingt gequält. »Ich wollte dich vorwarnen, aber ich konnte es nicht. Ich wollte dich nicht in all das reinziehen.«

»Ich bin die Freundin eines Senatorensohnes. Wer schert sich schon um mich?«

»Du würdest staunen«, antwortet er düster. »Ich dachte auch nicht, dass sich irgendjemand um mich schert.«

»Und stimmt es denn? Kommen die Mädchen wirklich deinetwegen zu euch?«

»Äh, ja, irgendwie schon. Es ist komisch. Ich wünschte, sie würden damit aufhören.«

Irgendetwas aus Glas, vielleicht eine Flasche, zerbricht auf dem Bürgersteig draußen vor meinem Fenster. Ein paar betrunkene Schüler brechen in Gelächter aus. »Warum wolltest du nicht zugeben, dass du vergeben bist? Du brauchst ja nicht unbedingt meinen Namen und meine Sozialversicherungsnummer zu verraten.«

»Ich wollte dich nicht verletzen«, sagt er zerknirscht. »Das ist das Letzte, was ich wollte. Ich habe versucht, dich zu schützen, dich im guten Teil meines Lebens zu behalten.«

»Aber ich will in deinem ganzen Leben sein. Auch in den schlechten Teilen.«

»Bist du sicher? Ich habe nämlich viele schlechte Teile.«

»Die hat jeder.«

»Was sind denn deine?«

»Ich werde eifersüchtig, wenn ich an andere Mädchen denke, die auf meinen Freund stehen.«

»Ich werde eifersüchtig, wenn ich an Sébastien denke.

Und an all die Typen in der Schule, die dich immer noch jeden Tag sehen dürfen.«

Ich pruste verächtlich. »Da brauchst du dir keine Sorgen zu machen. Niemand interessiert sich für mich.«

»Nikhil mag dich.«

Ich bin verblüfft. »Was?«

»Nikhil Devi. Ich habe mal gehört, wie er mit einem seiner Freunde über dich geredet hat.«

Nikhil ist der jüngere, nerdige Bruder von Rashmi und Sanjita. Nicht dass ich das beurteilen könnte. Er ist jetzt im zweiten Jahr. »Das ist ja seltsam. Was hat er denn gesagt?«

Josh lacht kurz auf. »Damit du mich seinetwegen verlassen kannst?«

»Genau.«

»Nikhil mag deinen Hintern.«

»Ich nehme es zurück. Ich will es nicht wissen.«

Er lacht wieder.

»Ich hab dein Lachen vermisst. Ich vermisse dich.« Am liebsten würde ich ins Telefon greifen und seine Hand am anderen Ende berühren. »Noch dreizehn Tage, bis ich zu Hause bin. Wie sollen wir das bloß überleben?«

Josh atmet geräuschvoll ein und es folgt ein längeres, furchtbares Schweigen. »Das … ist die andere Sache, wegen der ich dich anrufen durfte.«

O nein. Bitte nicht.

»Meine Familie ist zum Thanksgiving-Essen im Weißen Haus eingeladen.«

Im … was?

»Isla?«

»Im Weißen Haus?«, wiederhole ich.

»Ja.«

»*Das* Weiße Haus, in dem der Präsident wohnt?«

»Ja.«

»Ha!«, platze ich heraus. »Ha!«

»Es ist verrückt. Ich meine, ein Haufen Familien sind eingeladen, nicht bloß wir. Aber trotzdem.«

»Mein *Freund* ist ins *Weiße Haus* eingeladen worden.«

»Dein Freund – der von der Highschool geflogen ist – ist ins Weiße Haus eingeladen worden.«

Jetzt muss ich wirklich lachen.

»Mein Vater kennt den Präsidenten von früher.«

Ich lache noch heftiger. Und weine zugleich.

»Ach, Isla.« Es kommt mir vor, als würde ich sein Herz durch das Telefon brechen hören. Wann immer er meinen Namen sagt, nimmt er mir einen Teil meiner Seele. Er soll ihn noch einmal sagen. »Du weißt doch hoffentlich, dass ich alles dafür tun würde, nicht zu diesem Essen zu müssen, oder?«

»Wahrscheinlich kann man eine Einladung aus dem Weißen Haus schlecht ablehnen.«

»Unmöglich.«

»Was ist mit den Weihnachtsferien?«

»New York, ich schwöre.«

Ich zupfe an einem losen Faden meiner Kartendecke, einem grünen, der zum Central Park gehört. »Bist du sicher, dass ihr zu Weihnachten nicht noch mal eingeladen werdet?«

»Wir sind Juden.«

Mist. »Ach, Entschuldigung. Weiß ich doch.«

»Ich weiß, dass du das weißt.«

»Ich bin nur so aufgewühlt. Ich fühle mich so weit weg von dir.«

»Ich weiß.« Seine Stimme verhallt im Äther. »Ich mich auch.«

Kapitel zweiundzwanzig

»Du scheinst ziemlich traurig zu sein, dass du zu Hause bist«, stellt Maman mit ihrem leichten Akzent fest. Gerade hat sie sich über Hatties wilde, selbst geschnittene Frisur aufgeregt und jetzt schaltet sie noch einen Gang rauf, um sich über mich aufzuregen.

Das Taxi fährt mit Kurt weiter, die letzten zwei Blocks zu seinem Haus. Dad nimmt meinen Koffer in eine Hand und Hatties in die andere und wir stampfen nach oben auf unseren Treppenabsatz. In unserem Haus duftet es nach Kürbisbrot. Maman hat alles mit Laub, Eicheln und Zierkürbissen geschmückt. Eine Girlande aus Bändern und roten Beeren ist um das Treppengeländer gewickelt und führt bis nach oben. In allen Zimmern leuchten Bienenwachskerzen. Maman liebt Ferien, und sie liebt es, alle drei Töchter zu Hause zu haben.

»Ich bin nicht traurig«, versichere ich ihr und denke an den Flughafen. Josh ist nur zwei Stunden vor unserer Ankunft abgereist. Ein noch frisches, grausames Timing.

»Doch. Und du bist sonst eigentlich nie traurig.«

»Wann kommt Gen nach Hause?«

Maman schüttelt den Kopf, weil ich versuche, vom Thema abzulenken, antwortet aber vergnügt. »Heute am späten Abend, gerade rechtzeitig zum Thanksgiving Day.« Hattie huscht an uns vorbei und knallt ihre Tür hinter sich zu und Mamans Miene verdüstert sich wieder. »*Oh, mon bébés*. Du wirst dir aber nicht dein schönes Haar ruinieren, non?«

»Nein, Maman«, antworte ich.

Sie ist die Einzige in unserer Familie, die keine roten Haare hat – obwohl sie wissenschaftlich gesehen das Gen irgendwie in sich haben muss –, und ist deshalb überbeschützerisch unserem gegenüber. Ihr eigenes Haar hat die Farbe von Kaffeebohnen. Maman und ich sind gleich groß und haben die gleiche Stupsnase. Gen ist klein und zierlich wie wir, während Hattie nach unserem Vater kommt – sie ist groß und schlank und hat scharfe Gesichtszüge. Aber nur Dad hat einen struppigen feuerroten Bart.

»Heute Morgen ist ein Paket für dich gekommen«, sagt er. Mein Vater ist normalerweise ziemlich entspannt, deshalb ist die Art, wie er diese Neuigkeit verkündet, schon sonderbar. Zögernd. Vielleicht sogar eine Spur feindselig. »Ich hab es in dein Zimmer gestellt.«

Ich runzle die Stirn. »Was für ein Paket?«

»Ein Kurier hat es gebracht. Ich glaube, es ist von Joshua.«

Joshua. Ich habe so eine Ahnung, dass er diesen Joshua

nicht mag, aber ich lebe von Kopf bis Fuß auf. »Wirklich? Ich hab nichts erwartet.«

»Es ist ziemlich schwer.«

Ich stürme bereits nach oben.

»Er ist schon noch dein Freund, *oui?*«, fragt Maman, und ich bleibe abrupt stehen. »Wir haben ihn nämlich im Fernsehen gesehen, und er hat gesagt, er hätte keine Freundin. Das gefällt mir nicht, Isla.«

Ich runzle die Stirn. »Er wollte mich schützen. Er wollte nicht, dass die Presse mich drangsaliert.«

Sie zuckt die Schultern, bedächtig und mit dem ganzen Körper. »Es klang, als wäre er auf Frischfleisch aus.«

»Auf Frischfleisch? *Mon Dieu.*« Ich kann nicht glauben, dass sie mich zwingt, ihn zu verteidigen. Ich bin nicht mal fünf Minuten zu Hause.

»Warum hat er das Paket nicht selbst hergebracht?«, will mein Vater wissen. »Er war drei ganze Wochen hier in der Stadt, hält es aber nicht für nötig, sich deinen Eltern vorzustellen? Das ist doch das Mindeste, was er tun könnte, nach dem, was wir seinetwegen durchmachen mussten.«

»Was *ihr* seinetwegen durchmachen musstet?« Ich werfe die Hände in die Luft. »Nein, vergesst es. Ich diskutiere das nicht noch mal. Er hat einen Kurier geschickt, weil er ein Flugzeug erwischen musste. Um zum Weißen Haus zu fliegen. Um beim Festessen des Präsidenten zu sein. Schon vergessen?«

»Es wäre trotzdem die höfliche Art gewesen«, entgegnet mein Vater.

»Warum denn? Damit ihr ihn wegen der Schule nerven könnt?«

»Uns interessiert tatsächlich, welche Zukunftspläne er hat, ja.«

»Weißt du eigentlich, was du da sagst?«

Maman mischt sich wieder ein. »Wir wollen einfach den Jungen kennenlernen, der dir so viel bedeutet.«

»Ihr könnt ihn nächsten Monat kennenlernen.« Dann renne ich wütend den Rest der Treppe hinauf.

»Ach ja?«, ruft mir mein Vater nach. »Werden wir das?«

Trotz allem hatte ich mich darauf gefreut, nach Hause zu kommen. Jetzt bin ich mir nicht mehr so sicher. Ich bin erschöpft wie noch nie. Es hat mich alle Kraft gekostet, meine Noten zu retten – Dartmouth –, und obwohl Kurt und ich miteinander klarkommen, ist es nicht mehr so wie früher. Ich muss so viel nachsitzen, dass wir uns kaum noch sehen. Josh hat es noch ein paarmal geschafft, mich heimlich anzurufen, aber es ist jetzt schwerer, weil seine Mutter nicht mehr so abgelenkt ist wie noch vor der Wahl.

Dass Dad mich wegen Joshs Zukunft nervt, stresst mich besonders, da Josh mir bei unserem letzten Gespräch erzählt hat, seine Mutter wolle, dass er das Schuljahr an einer Privatschule in Washington beende. Als ich ihm vorgeschlagen habe, ersatzweise den GED-Test zu machen, damit er studieren darf, hat er geantwortet: »Warum soll ich meine Zeit verschwenden, wenn sie mich sowieso bloß in eine andere blöde Schule stecken?«

Danach habe ich das Thema gewechselt.

Mein Zimmer riecht unbewohnt und sauber, der typische leere Geruch, den es immer hat, wenn ich aus dem Ausland nach Hause komme. Eine große Kiste steht mitten auf dem Fußboden. Ich kann die Rücksendeadresse nicht erkennen, und es steht kein Absender drauf, aber es ist eindeutig Joshs feine Handschrift. Mein Puls wird schneller. Ich schneide mit einer Schere das Klebeband durch, öffne die beiden Klappen und seufze gequält, aber dankbar auf. Diese Luft riecht nach ihm.

Ganz oben auf liegt ein dunkelblaues T-Shirt, eines seiner Lieblingsteile. Er hat es am ersten Schultag in diesem Jahr getragen. Ich presse die Nase in die Baumwolle. Zitrus, Tinte, Josh. Meine Knie geben nach. Ich drücke es an mich und untersuche den Kisteninhalt darunter. Der Rest meines Körpers gibt nach.

Internatsjunge, mit einer Schnur zusammengebunden.

Unter der Schnur steckt ein Zettel.

Ich liebe dich.

Ich finde es toll, dass er sogar in diesem Brief damit anfängt.

Es tut mir leid, dass ich nicht selbst bei dir sein kann, aber ich hoffe, du nimmst diesen erbärmlichen Ersatz an. Ich habe die ganze Woche dafür gebraucht, die Seiten zu scannen und auszudrucken. Ich habe noch niemandem das ganze Ding gezeigt. Es ist noch nicht fertig, aber das hier ist alles, was ich bis jetzt habe. Hoffentlich magst du mich noch, nachdem du die schlechten Teile gesehen hast.
Dein J.

Tränen des Glücks treten mir in die Augen. Am liebsten würde ich mich sofort mit dem Manuskript ins Bett verziehen, aber ich muss noch warten. Ich will dabei ungestört sein und nicht mittendrin unterbrochen werden. Also lege ich Joshs T-Shirt neben mein Kopfkissen, stelle die Kiste aber in den Schrank. Meine Eltern schnüffeln nicht herum, aber alles, was offen herumsteht, wird als Freiwild betrachtet.

Ich verbringe den Rest des Tages mit ihnen. Als sie sich nach dem Paket erkundigen, antworte ich vage: »Och, das war nur eine Art Carepaket. Ein Brief, ein Shirt.« Doch sobald das Abendessen vorbei ist, behaupte ich, dass ich einen Jetlag habe, und ziehe mich zurück. Ich stelle die Kiste neben mein Bett, knipse eine Lampe an und krieche unter die Decke. Ich würde das T-Shirt anziehen, möchte aber nicht seinen Geruch verlieren. Also kuschle ich lieber damit. Dann binde ich die Schnur auf und nehme die erste Seite vom Stapel.

Wie schon in seinem Wohnheimzimmer ist das Buch in vier Abschnitte unterteilt. Der erste beschreibt das erste Highschooljahr. Josh hat sich selbst als dürren, naiven Jungen gemalt, der mit offenem Mund seine neue Umgebung aufnimmt. Er findet Paris zu gleichen Teilen einschüchternd und beeindruckend, bekommt aber schon nach kurzer Zeit Heimweh. Nicht dass er sein eigentliches Zuhause vermisst – die Flüge zwischen den Städten, die ewigen Wahlkämpfe oder die Eltern, die ihn vernachlässigen. Er vermisst das Leben, in das er als kleiner Junge kurze Einblicke erhalten hat. Die Hütte und die Kiefern. Eine Familie an einem Ort. Er erkennt fast sofort, dass er nicht zwei Leben gegen eines eingetauscht, sondern jetzt drei hat. Und es ist zu spät.

Eine Seite mit einem einzigen Panel: Er steht klein und geduckt in einer Ecke und blickt zu seinem Zuhause auf, während der Rest der Seite – wo das Zuhause eigentlich sein sollte – leer ist. Er vermisst einen Ort, den es gar nicht gibt. Und er weiß, dass Paris diese Leere nicht füllen wird.

Er versucht sie zu füllen, indem er sich in seine Kunst stürzt. Er freundet sich im Kunstkurs mit St. Clair an. St. Clair ist ein Jahr älter, fühlt sich aber von Joshs natürlichem Talent angezogen, während sich Josh von St. Clairs natürlicher Ausstrahlung angezogen fühlt. Nachts liegt Josh wach im Bett und geht Dinge noch mal durch, die sein neuer Freund gesagt oder getan hat, in der Hoffnung, von ihm lernen zu können. Er versucht ihm nachzueifern. Die Seiten sind traurig und süß und voller erniedrigender Wahrheiten.

St. Clair hat eine Bekannte mit buschigen Haaren namens Meredith. Josh freundet sich auch mit ihr an, und die drei erinnern frappierend an Harry, Ron und Hermine. St. Clair ist der Anführer, Josh der Clown und Meredith die Intelligenzbestie. Nur dass Hermine in dieser Version eindeutig in Harry verliebt ist.

Die Szenen mit seinen Freunden sind witzig. Sie kommen mir vor wie ausgedachte Figuren, nicht wie die echten Menschen, die ich in der Schule gesehen habe. Obwohl sie mir diesen immer wiederkehrenden, leicht schmerzenden Stich versetzen. Diesen Teil seines Lebens werde ich nie kennenlernen. Aber in den Szenen, in denen er allein ist, wird er wieder *Josh* und alles ist vergrößert. Ich brüte über diesen Seiten mit einer Intensität, die mir unangenehm ist, vielleicht weil ich ein schlechtes Gewissen habe. Aber je schlimmer die Seiten für mich zu lesen sind, desto schneller blättere ich um. Josh denkt die ganze Zeit an Mädchen. Er sieht ein hübsches, zu großes französisches Mädchen auf der Straße, ich drehe die Seite um und sehe ihn auf der nächsten beim Masturbieren in seinem Zimmer, während er an sie denkt. In den Sommerferien erlebt er seinen ersten Kuss mit einem älteren Mädchen, das in seinem Lieblingscomicladen in Manhattan arbeitet, aber als er das nächste Mal zu ihr geht, gibt sie ihm peinlich berührt einen Korb.

Man muss viel Mumm haben, um solche Sachen zu zeichnen.

Eine andere Qual ist es, sie zu lesen.

Das zweite Highschooljahr beginnt. St. Clair kommt mit einem Mädchen zusammen, das Ellie heißt. Sie ist zwei Jahre älter als Josh, und er hat Mühe, cool genug zu sein, um den Anschluss nicht zu verlieren. Er und Meredith tauschen unfreundliche Worte über Ellie – jeder aus einer anderen Art von Eifersucht heraus –, aber als er sich schließlich mit Ellie abfindet, lernt er dadurch *ihre* beste Freundin kennen.

Rashmi Devi.

Sie ist hübsch und klug und sarkastisch. Und ich hasse sie. Eines Tages flirtet sie mit Josh in ihrem Kunstkurs – *natürlich* kann sie zeichnen, während ich es nicht kann – und er wird von Gedanken an sie verzehrt. Eine Seite nach der anderen von Rashmi als großartiger, leuchtender Hindu-Göttin. Unendlich viele. Er wirbt kläglich und verzweifelt um sie, bis sie sich bereit erklärt, mit ihm auszugehen. Und dann muss ich die schmerzhaften Augenblicke meiner eigenen Vergangenheit noch mal durchleben, als sie sich auf der nächsten Seite in öffentlichen Liebesbekundungen ergehen.

Es wird noch schlimmer. Josh sagt ihr, dass er sie liebt. Sie erwidert es. Er berührt sie. Sie berührt ihn. Und dann verlieren sie ihre Unschuld auf dem Fußboden in ihrem Zimmer neben ihrem Haustier, dem Kaninchen Isis.

Einem Kaninchen.

Josh verliert im wahrsten Sinne des Wortes seine Unschuld vor einem Inbegriff von Sex.

Es folgt noch eine Seite mit nur einem Kasten. Diesmal hat er Rashmi nackt wie die alte ägyptische Göttin Isis gemalt, die – wie sich herausstellt – die Göttin der *Fruchtbarkeit* ist. Sie hält ihr Haustier und ist von weiteren Kaninchen umgeben, und ich habe jetzt schon die Nase voll von den blöden Karnickeln, Fruchtbarkeit und Sex.

Oje. Ich hasse Kaninchen.

Mir ist schlecht und ich bin wütend, aber ich kann jetzt auf keinen Fall aufhören. Das ist purer Masochismus. Es folgt eine merkwürdige, deplatzierte Rückblende darüber, wie Josh seine Tätowierung bekommt. Sie ergibt keinen Sinn. Aber wahrscheinlich war er so erpicht darauf, noch mehr Nacktbilder von seiner Freundin zu malen, dass er sich dachte, die Geschichte seiner eigenen körperlichen Veränderung könnte warten. Oder was auch immer. Ich nehme den nächsten Papierstapel aus der Kiste und merke irgendwann, dass ich sein T-Shirt aus dem Bett geschoben habe. Ich hebe es nicht auf.

Schließlich streiten sich Josh und Rashmi. Und es wird hässlich. Sie ist sauer, weil er die Schule schwänzt, und er schlägt mit voller Kraft zurück. Ich genieße seine Wut. Und fühle mich bestätigt, weil *ich* ihn nie angebrüllt habe, wenn er die Schule geschwänzt hat, um an diesem Buch zu arbeiten. Obwohl ich das vielleicht hätte, wenn ich gewusst hätte, was es beinhaltet. Aber dann ist das Schuljahr zu Ende und er fliegt ins Feriendomizil ihrer Familie nach Delhi.

Er hat mir mal erzählt, er habe in einem Sommer mal »etwas Zeit« mit ihrer Familie verbracht, aber … einen ganzen Monat? In Indien? Kein Wunder, dass er so viel über Sanjita wusste. Aus irgendeinem Grund schmerzt mich die Vorstellung, dass Josh einen ganzen Monat mit Familie Devi verbracht hat, genauso sehr wie das Kaninchen.

Das dritte Highschooljahr beginnt, ohne dass Josh seine Zeit in New York überhaupt erwähnt. Am Anfang waren seine Eltern überall, aber inzwischen sind sie fast vollständig verschwunden. Eine merkwürdige Auslassung.

Die Schule geht los und St. Clair trauert, weil Ellie nicht mehr da ist, obwohl sie ganz in der Nähe studiert. Anna taucht auf. Ich weiß noch, wie ich sie in dieser ersten Schulwoche in der Mensa beobachtet habe und fast geplatzt bin vor Neid, weil sie den Sprung an den Tisch der Clique so mühelos geschafft hat. Ich wollte ihr Glück. Ich wollte ihr Selbstvertrauen.

Und dann ist Josh plötzlich allein.

St. Clair verknallt sich in Anna. Er ist zwischen ihr und Ellie hin- und hergerissen und verbringt so viel Zeit damit, von einer zur anderen zu rennen, dass kaum noch Zeit für Josh bleibt. Und je mehr Zeit Josh allein verbringt, desto mehr wird ihm klar, wie allein er eigentlich ist. Alle seine Freunde werden im nächsten Jahr weg sein. Josh bekommt immer feindseligere Gefühle der Schule gegenüber, was bei Rashmi immer feindseligere Gefühle ihm gegenüber auslöst, was bei Josh wiederum immer feindseligere Gefühle ihr gegenüber auslöst. Außerdem ist sie aufgewühlt, weil Ellie sie als Freundin fallen gelassen hat, und Meredith ist aufgewühlt, weil St. Clair jetzt auf *zwei* Mädchen steht, die beide nicht sie sind, und Anna ist aufgewühlt, weil St. Clair ihr etwas vormacht, und dann erkrankt St. Clairs Mutter an Krebs.

Es ist eine verdammte Seifenoper.

Während das Drama zwischen seinen Freunden größer wird, zieht sich Josh immer mehr von ihnen und in sich selbst zurück. Seine Bilder werden düsterer. Der Schüler mit dem offenen Mund aus dem ersten Jahr ist längst verschwunden, der sexbesessene Schüler aus dem zweiten Jahr ebenfalls und jetzt ist er ein mürrischer Schüler im dritten Jahr. Seine Eltern erscheinen kurz und willkürlich, um ihn mit den Wahlen zu nerven. Er will sich von Rashmi trennen, ist aber zu bedrückt, um die Kraft dafür aufzubringen. Er hört auf zu zeichnen und schwänzt den Unterricht, um zu schlafen. Die Direktorin – die ihn schon hundertmal in ihr Büro bestellt hat – sagt ihm: »Ich habe den Eindruck, du versuchst passiv, mich dazu zu bringen, dich rauszuschmeißen. Deshalb werde ich das nicht tun.«

Ich habe nie über ihre eigentliche Beziehung nachgedacht. Ich bin schockiert, als die Direktorin seine Akte herausholt und ihn informiert, dass er bei den Aufnahmeprüfungen die besten Ergebnisse erzielt hat, die sie seit Jahren gesehen hat. Er ist der klügste Schüler in unserem Jahrgang.

Josh ist der klügste Schüler. Nicht ich.

Zu meiner Schande muss ich gestehen, dass mich das schmerzt. Definitiv. Andererseits … habe ich immer gewusst, dass das stimmt. Ich habe immer schon gewusst, dass er allen etwas vorspielt. Dass er den ganzen Mist durchschaut und nicht dabei mitspielen will. Das ist einer der Gründe, warum ich mich überhaupt so zu ihm hingezogen gefühlt habe.

»Für eine bestimmte Art von Mensch wird die Highschool immer grausam sein«, sagt die Direktorin. »Der beste Rat, den ich dir geben kann, besteht darin, dass du versuchst herauszufinden, was als Nächstes kommt, und darauf hinarbeitest.«

Die folgende Szene zeigt ihn beim Nachsitzen. Ich werde rot, als ich ihn vornübergebeugt in der hinteren Ecke des Klassenzimmers sehe, neben dem Fenster, durch das man auf den Hof mit den Tauben rausgucken kann.

Ich habe tatsächlich an seinem Tisch gesessen. Ich wusste es. Aus irgendeinem Grund wusste ich es.

Josh stürzt sich wieder in die Arbeit. Er will sich darin verlieren … und sich vielleicht darin wiederfinden. Aber als sich St. Clair von Ellie trennt, zementiert St. Clairs neu gefundenes Glück mit Anna nur Joshs qualvolle Einsamkeit. Und als sich Josh und Rashmi schließlich trennen, wissen sie beide, dass es so weit ist, und sind beide bereit dafür. Sie sind erschöpft. Zu müde, um weiter zu kämpfen. Josh fängt damit an, an jedem Wochenende in andere Länder zu reisen – heimlich und allein – und löst sich dadurch von seinen Freunden, bevor sie sich von ihm lösen können.

Und dann kommt der Sommer. Unser Sommer.

Mit klopfendem Herzen nehme ich den letzten Stapel aus der Kiste. Auf der ersten Seite sitzt Josh allein im Kismet. Auf der zweiten bin ich auch da, rufe seinen Namen und wecke ihn aus einem Tagtraum. Die Stimmung hier ist wie in einem Traum. Sie spiegelt wider, wie ich agiert habe und wie er reagiert hat. Ich erschrecke bei allem, was ich sage, aber er malt mich in einem Lichtstrahl.

Es folgt eine Rückblende in unser erstes Jahr und die Pinselstriche werden weicher. Er sieht mich, wie ich Joann Sfar lese. Er versucht mit mir zu reden, aber er ist ein stotternder Idiot. Und dann bin *ich* diejenige, die ihn komisch ansieht.

Die Geschichte kehrt ins Kismet zurück. Josh begreift, dass ich mit ihm flirte, was er zugleich verwirrend und lustig findet. Aber auch schön. Er bringt mich bis zu meiner Tür, eilt dann nach Hause, um mich erneut zu malen – das Bild mit der Gartenrose und dem Heiligenschein –, und schläft dann ein. Am nächsten Abend kehrt er in das Lokal zurück und entdeckt mich dort mit Kurt. Er flucht, schlurft nach Hause, und dann ist er in Washington, wo er einen kläglichen Sommer verbringt und mit Grauen auf sein letztes Highschooljahr wartet.

Die letzten paar Seiten sind wirr, grobe Skizzen seines ersten Schultags. Schwer zu verstehen. Seine Begegnungen mit mir sind schmeichelhaft, aber durch die ungeordneten Panels wirken sie weniger konkret. Als könnten sich die Ideen darin noch ändern.

Und dann ... habe ich keine Seiten mehr. Die Kiste ist leer.

Kapitel dreiundzwanzig

Ich habe zu viele starke Gefühle auf einmal. Eifersucht. Traurigkeit. Wut. Sicher erkenne ich – wenn unsinnigerweise auch nur mit Widerwillen – die Furchtlosigkeit an, die Josh gebraucht hat, um das hier zu erschaffen, aber die negativen Gedanken drängen sich immer wieder an die Oberfläche. Sie geben den positiven einen bitteren Beigeschmack. Ich dachte, ich kenne meinen Freund, aber wie sich herausstellt, kannte ich nur eine unscharfe Momentaufnahme. Jetzt habe ich das Gesamtbild.

Josh hatte … dieses ganze Leben vor mir.

Wie kann mich etwas so Offensichtliches so schockieren?

Und Rashmi. Ich wusste ja, dass sie vorkommen würde, aber wie konnte ich ahnen, dass alles von ihr vorkommen würde? Ich wollte sie nicht sehen. Mit Josh. Auf diese Weise. Es ist unfair, dass ich es gesehen habe, denn ich kann es nie wieder rückgängig machen.

Ich trete meine Bettdecke weg. Ich denke an Kaninchen. Ich denke an zu große französische Mädchen. Ich denke daran, dass Josh auf eine Ausbildung pfeift, die ich ernst nehmen möchte und zu der ich mich willentlich entschieden habe. Das hat mich nie gestört. Warum stört es mich jetzt? Ich werfe mich hin und her, bis ich aus einem unruhigen Schlaf gerissen werde, ohne überhaupt zu wissen, wie ich hineingekommen bin. Jemand ist mit einem Riesensatz auf mein Bett gesprungen und hüpft jetzt darauf herum. Meine seltsam verschwommene Schwester.

»Aufwachen!« Gen hüpft noch fester. »Hattie und ich sind schon angezogen und haben Kaffee getrunken. Die Ballons machen sich nicht über sich selbst lustig.«

Na toll. Genau das brauche ich heute. Eine Parade.

Unser Haus liegt auf der falschen Seite vom Broadway, sodass man Macy's Thanksgiving Day Parade von hier aus weder hören noch sehen kann. Aber man kann in ein paar Gehminuten einen Ort erreichen, von dem man das Spektakel aus nächster Nähe miterleben kann. Meine Schwestern und ich haben es uns zur Regel gemacht, schon früh nach Sonnenaufgang außen um die Parade herumzustreifen.

In meinem Kopf pocht es, weil ich die ganze Nacht geweint habe. »Mir geht's nicht gut.«

»Du musst aufstehen, damit Maman aufhört, mich wegen meiner Haare zu nerven.«

Ihre orangeroten Fusseln sind ungefähr fünf Zentimeter lang. Sie stehen in einer dichten Kugel von ihrem Kopf ab. »Du siehst aus wie ein Welsh Corgi«, sage ich. »Lässt du sie wieder wachsen?« Aber Gen blättert gerade in den Seiten auf meinem Bett. Ich stürze mich zwischen sie und das Manuskript.

»Hat Josh das gemalt?«

Ich greife nach der Seite, die sie noch in Händen hält. »Gib her!«

»Meine Güte, beruhige dich. Ich wollte es mir bloß mal ansehen.« Sie streckt den Arm zur Seite und hält das Blatt so weit von mir weg wie möglich. »Wow. Was ist das denn alles?«

»Bitte.« Ich bin den Tränen nah.

Gen sieht mich erschrocken an. Sie gibt mir langsam das Blatt. »'tschuldigung.«

»Es ist bloß … was Persönliches. Erzähl Hattie nichts davon, okay?«

»Okay.«

»Wirklich. Du weißt doch, wie sie ist.«

»Ja, Schätzchen. Ich erzähle ihr *wirklich* nichts von deiner *wirklich* merkwürdigen Reaktion auf etwas, das ich *wirklich* nicht verstehe.«

Ich drücke mir mein Kissen an die Brust. Sie sieht mich lange durchdringend an. Schließlich steht sie auf und geht zur Tür. »Fünf Minuten.«

»Ich gehe nicht mit. Mir geht's nicht besonders.«

»Du hast keine Wahl.«

Wenn Gen etwas will, kann man sie nicht davon abbringen. Und ich hüte mich davor, es zu versuchen. Also stehe ich auch auf und lege das Manuskript in die Kiste zurück. Ich passe auf, dass ich die Seiten nicht noch mehr zerknittere, als sie jetzt sowieso schon zerknittert sind, mache mir aber nicht die Mühe, sie zu ordnen. Die Kiste stelle ich wieder in den Schrank, ziehe mir ein paar Sachen an und treffe meine Schwestern an der Haustür.

Hattie macht ein finsteres Gesicht. »Was ist denn mit dir los?«

»Lass sie in Ruhe«, sagt Gen.

»Deine Mütze passt nicht zu den Handschuhen«, sagt Hattie zu mir. »Und zu dem Mantel passt sie erst recht nicht. Stirbst du nicht immer gleich, wenn du nicht perfekt aussiehst?«

Ich ziehe mir die Wollmütze noch tiefer über die Augen. Gen hakt sich bei mir ein und führt mich nach draußen, bevor ich es mir anders überlege. Oder Zeit habe, mich umzuziehen. Hattie trottet hinter uns her.

In New York fühlt sich der Herbst so an wie anderswo der Frühling. Wie Erneuerung. Die Einheimischen sind wieder froh, draußen zu sein. In der U-Bahn ist es endlich kühler und die stinkende Schwüle des Sommers ist vorüber. Überall gibt es Feiern und Festivals. Die Luft ist frisch und die dazugehörigen Schals und Stiefel sind eine tröstliche Gegenleistung. Ich versuche, für meine Umgebung aufgeschlossen zu sein. Ich halte nach gelbem, orangefarbenem oder goldenem

Laub Ausschau, meinem eigenen Lieblingsaspekt an dieser Jahreszeit, aber die Äste sind bereits kahl. Ich komme zu spät. Alles ist schon abgestorben.

Gen plaudert über ihr Leben in Massachusetts, während Hattie abwechslungsreiche Kommentare einwirft. Ich höre nicht richtig zu. Wir überqueren die Columbus Avenue und die Straßen füllen sich mit Familien, Tänzern, Cheerleadern und Polizisten. Mehrere Marschkapellen spielen sich ein – man hört brummendes Blech, abgehackte Trommelwirbel und leichte Tonleitern auf Holzblasinstrumenten. Der riesige Ballon von Horton, dem Elefanten, guckt eine Straße vor uns hinter einem Haus hervor und hält eine pinkfarbene Blume im Rüssel.

»Kopf hoch«, sagt Gen zu mir. »Ich hab dich dafür angemeldet, dass du dieses Jahr den ganzen Weg mit denen da mitläufst.« Sie zeigt auf eine Gruppe von Tänzern in blauen Cowboyhosen und albernen fransenbesetzten Westen.

Mindestens ein Dutzend schrecklicher Clowns in zerrissenen Regenbogen-Overalls stürmt in die Drogerie neben uns. »Da drüben«, sage ich. »Die suchen nach dir, Gen. Sie brauchen dich.«

»Hast du diese steppenden Weihnachtsbäume gesehen? Sie wollten wissen, ob du vielleicht zurückkommst und es noch mal mit ihnen versuchst. Du bist doch nicht zu müde, oder? Deine Lamettahose hab ich schließlich schon bezahlt.«

»Wie gut, dass ihr mich nirgendwo angemeldet habt«,

mischt sich Hattie ein. »Es ist nämlich echt der Wahnsinn, gar nichts zu tun.«

Ich werfe ihr einen genervten Blick zu. Als Gen erkennt, dass ich immer noch nicht bereit bin, meine übliche Rolle als Friedenswächterin auszufüllen, schreitet sie ein. Ich versinke in mir selbst. Zurück in das Manuskript. Ich kriege dieses Bild nicht aus dem Kopf: Rashmi bedeckt mit Kaninchen. Hinter einem anderen Haus taucht der Kermit-Ballon auf und ich denke an Kaninchen. Uns wird kalt und wir gehen nach Hause, und ich denke an Kaninchen. Maman ruft uns in die Küche und ich helfe ihr, Croissants zu backen. Kaninchen. Ich helfe ihr, den Tisch zu decken. Kaninchen. Der Truthahn wird tranchiert, die Getränke eingeschenkt, der Toast ausgebracht. Kaninchen, Kaninchen, Kaninchen. Das Geschirr wird abgeräumt, die Kartoffelbrei- und Bratensoße-Reste in den Mülleimer gekratzt. Mein Freund verliert seine Unschuld und wer guckt ihm dabei zu?

Ein Kaninchen.

Meine Familie versammelt sich vor dem Fernseher, um sich einen Wohlfühlfilm anzuschauen. Eine Stunde später denke ich immer noch an Kaninchen, als ich das leise Klingeln meines Handys aus meinem Zimmer höre. Mein Herz springt mir in die Kehle. Ich rase nach oben und gehe gerade noch rechtzeitig ran.

»Ich liebe dich«, begrüßt mich Josh. »Warte kurz.« Ich höre Gelächter und laute Stimmen und dann das zischende

Geräusch einer sich schließenden Schiebetür. »Okay, ich bin jetzt auf einer Terrasse. Oder einem Privatbalkon. Oder sonst was. Eigentlich habe ich keinen Schimmer, wo ich bin.«

»Aber du bist im Weißen Haus?«

»Ja.«

Kaninchen.

»Ich weiß«, sagt er, als ich schweige. »Es ist seltsam. Tut mir leid.«

»Nein, das ist es nicht.« Kaninchen Kaninchen. »Ich bin bloß müde. Ich hatte einen langen Tag.«

»Meine Mom hat mir erlaubt, dich anzurufen. Ich benutze wieder ihr Handy.«

»Und wie ist es so?«

»Hast du mein Paket bekommen?«, übergeht er meine Frage. Ich kann förmlich hören, wie sein Schweiß ins Telefon tropft.

»Hab ich. Ich habe es gestern Abend gelesen. Es war super.«

Ein langes, tiefes Schweigen. »Wow.« Seine Stimme klingt so stumpf wie meine Aussage. »Das hat sich nicht mal für dich selbst überzeugend angehört, oder?«

»Nein. Ich hab bloß ...« Und dann breche ich in Tränen aus und hasse mich selbst dafür.

»Was ist los?« Er klingt panisch. »Was ist denn? Welcher Teil?«

»Nein. Es ist gut.« Ich kann nicht aufhören zu weinen.

»Bitte«, sagt er. »Nicht weinen. Hör mal, ich weiß, ich hab Rashmi nicht gut behandelt, vor allem wenn wir uns gestritten haben, aber ich schwöre, das wird bei dir nicht vorkommen. Es ist so anders mit dir. Bei dir könnte ich nie so sein.« So schnell habe ich ihn noch nie sprechen hören. »Da war ich noch jünger und dümmer …«

»Es ist nicht das Streiten. Es sind …« Mein Weinen verwandelt sich in ein herzzerreißendes Schluchzen. »*Die Kaninchen*.«

»Die Kaninchen?« Aber er ist nur einen Moment lang verwirrt. »Oh. Oh.«

»Warum zeichnest du so was? Und warum zeigst du es mir?«

»Ich … Ich dachte nicht, dass es so eine große Sache ist …«

»Du dachtest nicht, dass es für mich eine so große Sache ist, deine Exfreundin nackt zu sehen? Und alle freizügigen Details darüber zu erfahren, wie ihr zwei zusammen eure Unschuld verloren habt?«

»Keine Ahnung.« Jetzt ist er vollkommen panisch. »Ich habe darüber geschrieben, weil es passiert ist. Und ich habe es dir gegeben, weil ich nichts vor dir verbergen wollte. Ich wollte dir alles zeigen. Auch die schlechten Teile, schon vergessen?«

»Tja. Vielleicht gehört nicht alles in ein Buch.«

»Es tut mir leid. O Mann. Es tut mir so leid, Isla.«

Ich sage nichts. Es ist unfair, aber ich bin verletzt. Ich will, dass auch er leidet.

»Bitte leg nicht auf. Was ist mit dem Ende, dem Teil, in dem du vorkommst? Wie war der?«

»Ja, die acht Seiten waren toll.« Ich bereue diese Worte, sobald sie aus meinem Mund gekommen sind. In meinem ganzen Leben habe ich noch nichts Egoistischeres gesagt. Er hatte ja nicht mal Zeit, um uns zu zeichnen. Seine Art zu arbeiten dauert ewig. Er hat mir etwas sehr Persönliches anvertraut und ich knalle es ihm ins Gesicht.

Sein Schweigen ist furchtbar.

»Das hätte ich nicht sagen sollen. Tut mir leid.« Tränen und Rotz laufen mir übers Gesicht. »Dein Buch ist wirklich super.«

Josh schnaubt verächtlich, aber jetzt weint er. Mein schlechtes Gewissen verzehnfacht sich.

»Ist es wirklich. Es hat mich bloß unvorbereitet erwischt. Ich weiß doch, was du zeichnest. Ich hätte wissen müssen, was darin vorkommt. Wir sollten überhaupt nicht darüber reden, ich sollte dir lieber von allen Teilen erzählen, die mir gefallen haben …«

»Und jetzt entschuldigst du dich bei mir, das ist doch verrückt.«

»Ist es nicht!« Ich umklammere das Handy fester. »Es tut mir leid. Es tut mir so leid.«

Keine Antwort.

»Hallo? Josh? *Hallo?*«

»Meine Mom ruft mich. Mist. Gleich wird das Dessert serviert oder so was.«

»Nein!«

»Liebst du mich noch?« Wieder kommt Panik in ihm auf. »Du hast es nicht gesagt, als du ans Telefon gegangen bist.«

Ich ziehe eine Handvoll Taschentücher aus einer Box. »Natürlich tu ich das.«

»Ich kann nicht glauben, dass ich ausgerechnet jetzt auflegen muss.«

»Nicht auflegen. Ich liebe dich.«

»Ich ruf dich so bald wie möglich wieder an.« Dann ist die Leitung tot.

Blöd, wie ich bin, bleibe ich den ganzen Abend in der Nähe meines Handys und hoffe, dass »bald« wirklich »bald« bedeutet. Tut es aber nicht. Wie konnte ich ihn nur so angehen? Er hat mir vertraut. Er hat mir seine Seele offenbart und ich habe es ihm vorgeworfen. Ich hasse das. Ich hasse es, dass ich ihn verletzt habe. Und ich hasse es, dass ich immer noch so aufgewühlt wegen seines Buchs bin. Und besonders hasse ich, dass ich so tun muss, als wäre ich es nicht.

Ich lasse die Kiste im Schrank und hoffe, dass etwas in der Richtung von »Aus den Augen, aus dem Sinn« passiert, aber es funktioniert nicht. Es ist das *Einzige*, was ich im Sinn habe. Am Samstagabend habe ich immer noch nichts von ihm gehört. Meine Angst, etwas kaputt gemacht zu haben, erreicht einen kritischen Höhepunkt. Ich muss irgendetwas unternehmen. Ich lege ein kleines Versöhnungsgeschenk in die Kiste und bringe sie zum Haus der Wassersteins. Die Rücksendeadresse steht auf dem Paket. Die Kiste ist schwer und unpraktisch zu tragen. Trotzdem brauche ich nicht lange bis dorthin.

Das braune Sandsteinhaus sieht nicht viel anders aus als die anderen in der Straße – schön, alt und gepflegt. In den Fensterkästen sind kleine winterharte Pflanzen und Efeu, eine amerikanische Flagge hängt aus dem ersten Stock, ein Herbstkranz schmückt die Tür und eine kunstvolle silberne Mesusa ist am Türrahmen angebracht. Die Vorhänge sind zugezogen.

Ich klopfe und hoffe, dass mir der Secret Service öffnet – oder welche Einrichtung es auch immer ist, die auf die berühmteren Senatoren dieses Landes aufpasst. Aber es öffnet niemand. Ich klopfe noch einmal und es erscheint ein untersetzter Mann mit breiten Schultern, elegantem grauen Haar und einem Sicherheits-Ohrhörer. »Kann ich dir helfen?« Seine Stimme passt genau zu seinem kräftigen, stämmigen Äußeren.

»Isla Martin.« Meine eigene Stimme zittert. »Ich bin Joshs Freundin. Aus Frankreich. Ich weiß, er kommt erst morgen zurück, aber bis dahin bin ich schon wieder weg, deshalb dachte ich, Sie könnten ihm vielleicht das hier geben.«

»Ich weiß, wer du bist.«

»Tatsächlich?«

Er lässt den harten Kerl einen Moment lang bleiben und lächelt überraschend freundlich. »Ich werde dafür bezahlt, das zu wissen.«

»Oh.« Ich laufe rot an. »Also könnten Sie es ihm bitte geben?«

Er nimmt das Paket entgegen. »Klar. Aber zuerst muss ich es auf Sprengstoff scannen. Wenn es durchgeht, kann er es bei seiner Rückkehr haben.«

Ich lache.

»Das war ernst gemeint. Alle Pakete werden überprüft.«

Meine Wangen färben sich tiefrot. »Natürlich. Vielen Dank, Sir.« Und ich eile davon.

Als ich am nächsten Abend in Paris auf mein Handy sehe, habe ich eine Nachricht von einer unbekannten Nummer in Manhattan. Josh erwähnt nicht, dass ich das Manuskript zurückgegeben habe – oder dass die Seiten völlig durcheinander waren –, sondern schreibt Folgendes: *Ich kann nicht glauben, wie sehr ich deinen Duft vermisst habe. Merci für den Schal, meine süße Rose.*

Kapitel vierundzwanzig

Die Blässe des Winters bedeckt die ohnehin schon graue Stadt. Die olympischen Ringe, bunt und leuchtend, bieten die einzige visuelle Aufheiterung. Sie kleben an jeder einzelnen Werbefläche, auch an ganzen Häuserseiten. Die olympischen Winterspiele finden nächsten Februar in der Region Rhône-Alpes im Südosten Frankreichs statt, obwohl man nach der Werbung meinen könnte, sie würden direkt in Paris abgehalten. Natürlich sind die französischen Athleten die Stars der Plakate, aber ein paar der bekanntesten Namen aus anderen Ländern haben es ebenfalls geschafft.

Kurt und ich verlassen die Métrostation Denfert-Rochereau und kommen am überlebensgroßen Plakat einer grimmig aussehenden amerikanischen Eiskunstläuferin namens Calliope Bell vorbei.

»Für wen bist du?«, frage ich Kurt. »Die Amerikaner oder die Franzosen?«

Die olympischen Spiele haben bei mir immer schon gemischte Gefühle ausgelöst. Ich weiß, ich sollte so was wie

Nationalstolz empfinden, aber für welches Land? Ich bin beiden treu ergeben.

Kurt wirft einen flüchtigen Blick auf das Plakat. »Ich bin für den besten Sportler in jeder Disziplin. Egal, ob er Amerikaner oder Franzose ist.«

»Dann bist du also einfach für den Sieger. Ist das nicht irgendwie gemogelt?«

»Nein. Ich bin für denjenigen, der anscheinend am härtesten gearbeitet hat.«

Das ist eine seltsame Antwort, aber eine gute. Sie gibt mir zu denken. Wir betreten ein kleines, unscheinbares dunkelgrünes Gebäude. Heute sind keine Touristen dort. Wir bezahlen bei einem Wächter, kommen an einem weiteren Wächter vorbei und stapfen eine Wendeltreppe hinunter, bis wir in einen langen, niedrigen Tunnel gelangen. Wasser tropft von der Decke und wir gehen durch spritzende flache Pfützen. Es ist kühl hier unten in den Katakomben, aber nicht kalt, weil es keinen Wind gibt.

Kurt zeigt auf einen Tunnel, der für die Öffentlichkeit gesperrt ist. »Hab ich dir erzählt, dass es in Paris fast dreihundert Kilometer verlassene Tunnel gibt?«

Ja. Hat er. Seit die Schule wieder angefangen hat, redet er ununterbrochen von den Tunneln. Im letzten Monat hat sich sein Interesse von Faszination zu ausgereifter Besessenheit gesteigert. Während ich nachsitzen musste, hat er alles darüber gelesen – über Métrotunnel, Kalksteinbrüche, Versorgungsleitungen, Abwassersysteme und Krypten. Alles zusammen ergibt eines der ausgedehntesten unterirdischen Netze der Welt.

Natürlich will er eine Karte davon anfertigen.

Seltsam, dass sich die beiden wichtigsten Menschen in meinem Leben beide für Karten interessieren. Kurt im wörtlichen Sinne. Aber Josh auch. Indem er die wichtigsten Ereignisse in seinem Leben schriftlich festhält, zeichnet er ebenfalls eine Karte. Wie lang ich wohl ein Teil davon sein werde? Wo und wann trennen sich seine und meine Geschichte wieder?

»Es gibt schon Karten von den Tunneln«, fährt Kurt fort, »aber keine davon ist vollständig. Und sie sind häufig absichtlich irreführend, um die Leute fernzuhalten.«

Sie zu erkunden ist verboten, und da Kurt jemand ist, der sich immer ehrlich an Regeln hält, ist das seine größte Enttäuschung. Das hat andere aber nicht daran gehindert, es zu tun. Die Tunnel ziehen alle möglichen Leute an, die unter dem Namen »Cataphiles« bekannt sind: Historiker, Graffitikünstler, Raver, Höhlenforscher, Musiker, Schatzjäger. Einige sind in die Tunnel gegangen, um wertvolle Kunstgegenstände zu sichern. Eine Gruppe hat mal ein unterirdisches Kino betrieben. Die Résistance hat sich hier während der Nazibesatzung versteckt und dann haben eben diese Tunnels den Nazis zur Flucht verholfen.

Es wird nicht lange dauern, bis Kurts Besessenheit stärker

ist als sein Bedürfnis, sich an die Gesetze zu halten. Fürs Erste besucht er immer wieder den erlaubten Teil – die Katakomben. Mehr als sechs Millionen Leichen wurden im späten achtzehnten Jahrhundert hier heruntergeschafft, und die endlosen Wände mit ihren aufgeschichteten Gebeinen kann man gegen eine kleine Gebühr ansehen. Einige Knochen sind in einfachen Formen wie Kreuzen oder Herzen arrangiert. Manche sind nach Größe oder Art geordnet. Die meisten wurden jedoch aus praktischen Gründen einfach wahllos hineingeworfen.

Als ich noch klein war, haben mir die Katakomben Angst gemacht. Später dann fand ich sie faszinierend. Jetzt sind sie beinahe friedlich. Aber vielleicht erinnern mich all diese Schädel auch nur an die Tätowierung eines gewissen Menschen. Ich setze mich auf einen Klappstuhl, der für einen Wächter gedacht ist, während Kurt sich umsieht.

Es erscheint mir passend, hier zu sein. Still, aber unleugbar düster, genau wie mein Gemütszustand. Seit Thanksgiving habe ich mein Nachsitzen beendet, mich mit Hausaufgaben abgeplagt und für Prüfungen gebüffelt. Ich lese nicht mehr zum Spaß. Wenn ich für die Schule lese, kann ich mich besser von der auferlegten Funkstille zwischen Josh und mir ablenken.

Wie konnten meine Eltern bloß ohne SMS leben? Ohne Internet? Ich bin daran gewöhnt, Dinge zu wissen, und diese Unwissenheit macht mich verrückt. Wir schicken uns handgeschriebene Briefe, aber die Post braucht so lange, dass Josh oft in der falschen Stadt ist, wenn ihn meine Briefe erreichen. Seine Familie pendelt jetzt nonstop zwischen New York und Washington hin und her.

Ich glaube, im Moment ist er in Washington. Zumindest habe ich sein atheistisches Chanukka-Geschenk dort hingeschickt, eine Schachtel mit seinen liebsten abgepackten Lebensmitteln aus Frankreich. Wenn ich doch nur mit ihm sprechen könnte, dann würde ich mich ganz bestimmt besser fühlen. Ich trage seine Briefe in meiner Tasche mit mir herum, benutze seinen Bierkrug täglich als Trinkglas und habe seine Zeichnungen neben meinem Bett aufgehängt – die von meiner Halskette aus der ersten Schulwoche genauso wie den mit Tauben bedeckten Baum der Sagrada Família, den er mir nach seinem Rauswurf geschenkt hat. Trotzdem fühlt er sich so fern an.

Und je mehr Zeit wir voneinander getrennt verbringen, desto weniger kann ich das Ende von *Internatsjunge* abschütteln. Unsere gemeinsame Zeit umfasst nur acht grobe Seiten. Die Direktorin ist der Meinung, ich sei nur eine Ablenkung für Josh gewesen, was bedeutet, dass ich unsere Beziehung ihrer Einschätzung nach ernster nehme als er. Das stimmt aber nicht. Er hat sie ernst genommen.

Tut er es noch?

Er hat mir keinen Grund gegeben, an ihm zu zweifeln, aber je mehr Zeit wir getrennt verbringen, desto deutlicher erkenne ich, dass unsere Beziehung auf wackligen Füßen steht. Seiner Einsamkeit. Wann wird er darauf kommen, dass es für ihn einfacher war, mich als Freundin zu haben, als allein zu sein? Ich habe ihm gut in den Kram gepasst. Ich war tatsächlich eine Ablenkung.

Josh ist ein Romantiker. Er ist gern verliebt, und er sehnt sich nach Liebe, um die Lücke zu schließen, die seine stets abwesenden Eltern hinterlassen haben. Vielleicht hat sich unsere Beziehung nicht deshalb so schnell ergeben, weil wir so perfekt zueinander passen, sondern weil wir uns davon haben hinreißen lassen – er wegen seines unstillbaren Bedürfnisses, und ich, weil ich schon vorher in ihn verknallt war. Haben diese drei Jahre der Sehnsucht meine Wahrnehmung der Realität getrübt? Wie gut kenne ich ihn wirklich? Seit ich ihn das letzte Mal persönlich gesehen habe, habe ich mit mehreren Inkarnationen zu tun gehabt, von denen ich nicht mal wusste, dass es sie gibt.

Außerdem hat er sich immer noch nicht entschieden, ob und wo er die Highschool beendet. Was, wenn ich in Dartmouth angenommen werde und nach Neuengland ziehe und er ist gar nicht da? Was soll ich ohne ihn tun? Ich habe immer noch keinen Plan für mich selbst, keinen, in dem er nicht vorkäme. Aber seine Pläne sind nicht mehr konkret, sondern instabil wie eine Wand aus Knochen.

Ich schaffe es durch die Hälfte des Schuljahres in der Hoffnung, dass mich diese Zweifel nur deshalb plagen, weil wir uns schon so lange nicht mehr gesehen haben. Wenn wir uns treffen, wird es damit vorbei sein. Am Abend vor dem letzten Unterrichtstag vor den Ferien bin ich überrascht, als ich einen Anruf von Mrs Wassersteins Handy bekomme.

Ich gehe ran und bete, dass es wirklich Josh ist. Er ist es, doch dann mache ich mir sofort Sorgen und stehe kurz davor, hysterisch zu werden. »Du verbringst die Weihnachtsferien in Washington.«

Josh lacht. »Nein, ich habe ausnahmsweise mal gute Neuigkeiten. Eine Einladung zur Weihnachtsfeier im Metropolitan Museum of Art. In festlicher Abendgarderobe. Mit lauter einflussreichen Leuten. Wahrscheinlich wird es schrecklich, aber meine Eltern haben dich eingeladen, also ist das ein gutes Zeichen.«

Das ist es.

»Du kannst ein schickes Kleid anziehen und ich kann mit dir angeben. Mit meiner *Freundin*«, fügt er betont hinzu. »Falls du immer noch möchtest, dass die Welt von dir erfährt?«

»Ja! Ja, bitte.«

Er lacht wieder. »Dann haben wir ein Date.«

Als seine Mutter ihr Handy zurückhaben will, verlasse ich mein Zimmer, um mir auf dem Gang die Beine zu vertreten. So leicht war es mir schon lange nicht mehr ums Herz. Josh hat gelacht. Wir gehen zu einem öffentlichen Termin. Seine Eltern wollen Zeit mit mir verbringen.

Ich bleibe wie angewurzelt stehen. *Seine Eltern wollen Zeit mit mir verbringen.*

Nein. Immer positiv denken. Das ist wirklich ein gutes Zeichen. Ich sehe in meinen Briefkasten. Ganz hinten stecken zwei Briefumschläge, ein dicker und ein dünner. Beschwingt von neuer Fröhlichkeit ziehe ich sie heraus und stelle fest, dass keiner von beiden von Josh stammt.

Einer ist von der Sorbonne, der andere von der Columbia University.

Einer ist eine Zusage, der andere eine Absage.

Kapitel fünfundzwanzig

»Ich kann mich nicht entscheiden, was mir besser gefällt, deine Haare oder dein Kleid.« Maman seufzt. »Beides passt perfekt zusammen.«

Meine gewellten Locken sind auf eine Seite gekämmt und fixiert worden, sodass sie mir kaskadenartig über die Schulter fallen, und mein Kleid – nach dem wir gestern in zig Geschäften verzweifelt geshoppt haben – hat eine dunkle smaragdgrüne Farbe. Meine blasse Haut strahlt ausnahmsweise dank einer dünnen Schicht schimmernden Puders und meiner natürlichen Röte, die ich vor Aufregung habe, weil ich meinen Freund treffe. Er ist erst vor drei Stunden aus Washington hergeflogen. Wir haben uns noch nicht gesehen.

Gen grinst uns von meiner Tür aus an. »Sieht aus, als würdest du zum Abschlussball gehen.«

»Ja, im Film *Prom Night – Das Grauen kommt um Mitternacht*«, sagt Hattie.

Zum Entsetzen von Mädchen wie Sanjita und Emily gibt es in der School of America in Paris keine Bälle. Mir war das eigentlich immer egal, aber jetzt, da ich so herausgeputzt bin, schließe ich mich ihnen *beinahe* an. Ich drehe mich einmal im Kreis herum. »Ich fühle mich wie Aschenputtel.«

»Aschenputtel war blond«, protestiert Hattie. »Die Rothaarigen sind nie Prinzessinnen.«

»Schwachsinn«, sagt Gen, und Maman sieht sie tadelnd an. »Amy Adams in *Verwünscht?*«

»Und was ist mit Arielle?«, werfe ich ein. »Die war auch eine Prinzessin.«

»Die war ein Fisch«, entgegnet Hattie.

»Isla!« Dads Stimme schallt von unten herauf. »Dein Date ist hier!«

Kann man gleichzeitig frösteln und Fieber haben? Ich weiß nicht, was nervenaufreibender ist: Josh zum ersten Mal nach zwei Monaten wiederzusehen, ihn meinen Eltern vorzustellen oder mit seinen Eltern zusammen zu sein. Doch, ich weiß es: eindeutig Letzteres. Durch die Aussicht, wieder mit seiner Mutter zu sprechen, konnte ich den ganzen Tag nichts essen. Zumindest meine Eltern sind froh – und erleichtert –, dass sie Josh endlich kennenlernen dürfen. Außerdem sind sie beeindruckt, dass er mich zu einer solch repräsentativen Feier mitnimmt.

Maman bemerkt meinen besorgten Gesichtsausdruck und lächelt mir aufmunternd zu. »Dein Märchenprinz wartet.«

»Bin gespannt, ob er so dürr und seltsam ist, wie ich ihn in Erinnerung habe«, sagt Gen.

»Hey«, ermahne ich sie.

Ich rechne damit, dass Hattie Gen gehässig zustimmt, aber sie schweigt. Seit Halloween hat sie kein einziges Wort über Josh gesagt. Maman scheucht beide nach unten. Ich habe einen Knoten im Magen. Ich bin nicht sicher, ob mir Joshs Mutter oder Joshs Vater mehr Angst einjagt.

»Es gibt nichts, wovor du Angst haben müsstest«, beruhigt mich Maman und liest meine Gedanken. »Sein Vater wird dich lieben. Und seine Mutter wird es lernen. Du bist intelligent, bezaubernd und gutherzig.«

»Ist klar, dass *du* das denkst.«

»Deine jüngere Schwester würde ich niemals als bezaubernd bezeichnen.«

Darüber muss ich grinsen.

»Jetzt komm. Bist du nicht neugierig, wie dein Freund im Smoking aussieht?« Maman stupst mich an und huscht dann davon. Ich höre sie vom oberen Treppenende rufen: »Joshua, *mon cher*. Wie schön, dich endlich kennenzulernen.«

»Ich freue mich auch, Sie kennenzulernen.« Da ist dieses Lächeln in seiner Stimme – dieses geübte, politische Lächeln. »Ich kann es kaum glauben, aber Ihr Haus sieht noch besser aus als die Schaufenster von Bergdorf Goodman. Die habe ich letzte Woche gesehen. Einfach toll.«

Sie lacht. »Du weißt genau, was du sagen musst, oder?«

Meine Beine werden weich. Bis zu diesem Augenblick war ich mir nicht sicher, ob ich ihn wirklich heute Abend sehen würde. Meine Neugierde überholt meine Nervosität. Ich schnappe mir das juwelenbesetzte Handtäschchen, das ich mir von Maman geliehen habe, stürme aus dem Zimmer und bleibe abrupt am oberen Ende der Treppe stehen. Josh sieht *makellos* aus. Sein Smoking ist nicht geliehen. Er sagt gerade etwas zu meinem Vater und hat dabei sein vertrauenswürdiges Senatorensohn-Gesicht aufgesetzt. Dann folgt er dem nach oben gerichteten Blick meines Vaters, verstummt mitten im Satz und alles an ihm verändert sich.

Josh wird schwach.

Ich habe einen Kloß im Hals. Er sieht aus, als wäre er so froh, mich zu sehen, dass er körperliche Schmerzen verspürt. Mir geht es genauso. Das Haus löst sich auf, die Stimmen verhallen und die Luft selbst hält den Atem an. Wir lassen uns nicht aus den Augen, während ich hinuntersteige. Näher. Näher. Wir strecken die Hände aus, gleich berühren sich unsere Finger …

»Grün und rot.« Mein Vater zeigt zuerst auf mein Kleid, dann auf mein Haar. »Du siehst aus wie die Frau vom Weihnachtsmann.«

Die Nadel rutscht kratzend über die Platte. Alle drehen sich zu mir um und starren mich an.

Er wird rot. »Ich meinte Weihnachten. Sie sieht aus wie Weihnachten.«

»Du kannst einem Mädchen doch nicht sagen, dass sie wie ein Feiertag aussieht«, meint Gen.

»Das Erste, was er gesagt hat, stimmt«, sagt Hattie. Sie steht am Rand, so weit von Josh weg wie möglich. »Du siehst aus wie eine alte Dame.«

»Isla.« Joshs Stimme stockt bei meinem Namen. »Du siehst wunderschön aus.«

Weil ich es in seinen Augen sehe, spüre ich es im Herzen. Er nimmt meine Hand. Seine Haut berührt meine und er ist wieder *real*. Dann verlieren wir unsere Zurückhaltung, er drückt mich stürmisch an sich und küsst mich auf die Wange. Und noch einmal. Ich umarme ihn. Er drückt mich zu fest, aber es ist wundervoll und perfekt und großartig.

Dad mustert Josh mit neuem Misstrauen. »Wann bist du zu Hause?«, fragt er mich.

»Keine Ahnung«, antworte ich aufrichtig.

»Normalerweise ist die Gala bis Mitternacht vorbei, also wird sie nicht später zu Hause sein«, erklärt Josh. »Möchten Sie vielleicht mit Brian sprechen? Er ist heute Abend unser Fahrer und Sicherheitsbeamter.«

Beim Wort »Sicherheit« erhellt sich die Miene meines Vaters. Er linst durch unsere Vorhänge und winkt jemandem auf der Straße zu, vermutlich Brian. »Das ist in Ordnung.« Er kratzt sich den dichten Bart und wirkt ein wenig beruhigt. »Mitternacht also.«

Ich mache einen Schritt in Richtung Tür. »Ich will nicht zu spät kommen.«

»Moment!« Gen hält ihr Handy hoch. »Nur ein Foto.«

»Zwei«, sagt Maman und greift nach ihrem eigenen.

Ich stöhne peinlich berührt auf, aber Gen winkt ab. »Komm schon. Ich sehe meine kleine Schwester schließlich nicht jeden Tag so in Schale geworfen.«

»Wieso? Isla hat doch jeden Tag ein blödes Kleid an«, sagt Hattie.

»Manhattan. Liebling. Halt den Mund«, ermahnt sie Maman.

Ein Dutzend Fotos später sind Josh und ich zur Tür hinaus und stehen im Flur. Sobald wir um die Ecke gebogen sind – weg von den Blicken durchs Schlüsselloch –, schlinge ich die Arme um seinen Hals. Er beugt sich zu mir und nimmt den Kopf dann wieder zurück. »Dein Lippenstift.«

»Ist mir egal.«

Josh drückt mich an die Wand. Wir küssen uns mit allem, was wir haben, schmecken einander, brennen aufeinander. Seine Lippen sind rissig vom Winter. Er hat sich vor Kurzem die Zähne geputzt und sein Mund schmeckt scharf und sauber. Seine Hände wandern über meinen Rücken und an meinen Hüften hinunter. Unsere Küsse werden intensiver, rasend vor Sehnsucht. Ein Schauder läuft durch meinen Körper in seinen und er macht sich nach Luft schnappend von mir los.

»Deine Eltern«, sagt er. »Sie sehen bestimmt zum Fenster raus und warten, dass wir auftauchen.«

Wir stolpern eilig und lachend nach unten. Josh wischt sich den Lippenstift vom Mund, ich wische ihn mir von der

Haut *um* den Mund und dann spazieren wir aus dem Haus, als wären wir ins Gespräch vertieft gewesen. Bestimmt sehen wir unglaublich schuldbewusst aus. Ich blicke flüchtig zwischen den kahlen Zweigen der Kletterrose zum Fenster hoch, und Maman und Gen winken fröhlich zu uns hinunter. Dad nickt mir energisch zu. Hattie sehe ich nicht.

Ein kräftig aussehender Mann mit elegantem grauen Haar und einem Sicherheits-Ohrhörer öffnet die Hintertür einer schwarzen Limousine. Es ist der Mann, der an Thanksgiving mein Paket in Joshs Haus entgegengenommen hat. »Guten Abend, *Mademoiselle*.«

»Oh! Sie sind Brian.«

Er grinst mich breit an. »Schön, dich wiederzusehen. Du siehst hinreißend aus. Ich kann verstehen, warum unser Junge hier fast von nichts anderem redet.«

Ich werfe Josh einen erfreuten Blick zu, und er zuckt die Achseln, als wollte er sagen: »Was hast du erwartet?«

Wir steigen ein, aber während Brian zur Fahrerseite hinübergeht, erlischt Joshs Lächeln. »Das ist nicht mein übliches Fortbewegungsmittel, weißt du.«

»Nein, weiß ich nicht«, necke ich ihn. »Sieht aus, als würdet ihr beide viel Zeit miteinander verbringen.«

»Schon, aber meistens zu Hause. Oder in der Dienststelle meines Vaters. Du sollst nicht denken, dass ich immer so herumkutschiert werde. Normalerweise fahre ich mit der U-Bahn.«

Ich werde weicher. »Schon okay. Ich hab dich nicht verurteilt.«

»Ich weiß, aber …«

Die Fahrertür öffnet sich und Brian schlüpft mit einer überraschenden Eleganz und Geschmeidigkeit herein. Er entpuppt sich als großer Geschichtenerzähler. Das ist ganz gut so, denn es hält mich davon ab, mir zu wünschen, dass dieser vornehme Wagen noch ein bisschen vornehmer wäre – und man darin zum Beispiel durch eine Abtrennung zum Fahrerraum hinten ungestörter wäre. Denn eigentlich will ich nichts anderes, als über meinen Freund herzufallen. Stattdessen bessere ich mein Make-up nach. Ich will bei der Ankunft nicht aussehen wie ein zerrupftes Flittchen. Auch wenn mich Joshs Mutter wahrscheinlich genau dafür hält.

Brian hat nicht gelogen. Er weiß genug über mich, um sich zu erkundigen, ob ich schon eine Antwort von Dartmouth habe. Er zwinkert Josh im Rückspiegel zu, aber Josh bekommt es nicht mit. Er hat nur Augen für mich. Ich sage Brian die Wahrheit – dass ich noch auf Antwort warte. Ich habe Josh noch immer nicht erzählt, dass ich schon von den anderen beiden Unis Bescheid habe. Ich habe ihm noch nicht erzählt, dass die einzige Uni, die mich bis jetzt haben will, in Frankreich ist.

Das Metropolitan Museum of Art gehört zu den am europäischsten aussehenden Gebäuden in Manhattan. Als mich Josh auf den Eingang zuführt, kommt es mir vor, als wären wir in den Oktober zurückgereist. Zurück nach Paris. Die weiße Fassade, die gewaltigen Säulen, die lange Treppe. Hätten wir doch ein Rendezvous im Musée d'Orsay statt dieser Elternkennenlern-Posse. Wenn Joshs Mutter schon so einschüchternd sein kann, wie ist dann erst sein Vater?

Josh bemerkt meinen Gesichtsausdruck und drückt meinen Arm. »Du machst das schon.«

»Deine Eltern hassen mich«, sage ich.

»Sie hassen nicht dich, sondern mich.«

»Lass uns zu mir nach Hause zurückgehen und im Flur rumknutschen.«

Er grinst zu mir herunter. »Hier gibt es viele Flure.«

Ich war zwar schon oft hier, aber die große Empfangshalle beeindruckt mich noch immer. Die Kuppeln und Bögen des prachtvollen Eingangs, die mich wahnsinnig an das Panthéon in der Nähe unseres Wohnheims erinnern, sind mit goldenen Bändern, Girlanden aus Tannenzweigen und riesigem weihnachtlichen Schmuck verziert. Der hallende Saal ist mit einem summenden Strom festlich gekleideter Männer und Frauen gefüllt. Ich bin froh, dass Maman mir geholfen hat, etwas Passendes für diesen Anlass zu finden. Zumindest was das betrifft, mache ich mir keine Sorgen.

Josh reicht einer älteren Dame mit Perlen und schwarzem Paillettentop unsere Eintrittskarten und dann folgen wir der Menschenmenge zur Feier in der Halle für Mittelalterliche Skulpturen. Er führt mich wie ein Gentleman, erwachsen und förmlich. Die Paare um uns herum bewegen sich auf ähnliche Weise. Sie sehen aus, als wäre dieses gestelzte Auftreten für sie Routine, aber für uns ist es neu. Am liebsten würde ich mich an ihn schmiegen, ihn umschlingen, Arme und Hände in ein Durcheinander aus Gliedern verknoten. Dieses bedächtige Eintreten macht mich noch unsicherer.

Auf diese Weise geleitet mich Josh zu den fernen Klängen eines Streichquartetts – neben die Haupttreppe, durch einen schmalen Raum mit byzantinischen Artefakten, durch einen weiteren Raum mit einem kunstvollen, aus Marmor gehauenen Altaraufbau und direkt in die belebte Skulpturenhalle. Der Saal ist geräumiger und höher, aber nicht so groß, wie ich ihn in Erinnerung hatte. An allen Seiten hängen Banner mit Wappen in verschiedenen roten, blauen, gelben und weißen Mustern. Darunter sind die Wände von Bildteppichen mit Hirschen und Frauen in mittelalterlichen Gewändern bedeckt. In der Saalmitte befindet sich der eindeutige Star der Sammlung: ein gewaltiges Eisentor. Von früheren Besuchen weiß ich, dass das eine Chorschranke aus einer Kathedrale in Spanien ist.

In der Mitte vor der Chorschranke steht eine ebenso gewaltige Blautanne, die von Hunderten von Krippenfiguren aus dem achtzehnten Jahrhundert umgeben ist. Der Baum selbst ist mit Engeln, Cherubim und Lichtern bedeckt, die wie Kerzen aussehen. Es sieht dramatisch aus, sicher, aber auch … steif.

»Frohe agnostische Weihnachten«, sagt Josh. »Willkommen auf der jüdischsten Weihnachtsfeier in ganz Amerika.«

Ich lächle.

»Na also.« Er lächelt zurück. »Mehr davon.«

Wir halten zwischen den Alabasterskulpturen nach seinen Eltern Ausschau – besser, wir bringen das gleich hinter uns. Wir entdecken sie am Rand des Saales neben der grob aussehenden Statue eines Clowns. Als wir näher kommen, merke ich, dass der spitze Hut der Statue ein Papsthut ist. Es ist unerheblich, dass ich nichts davon laut ausgesprochen habe. Ich komme mir trotzdem blöd vor.

Joshs Eltern stehen mit dem Rücken zu uns. Sie halten Weißweingläser in den Händen und unterhalten sich mit einem kleinen Mann, der eine Brille mit kreisrunden Gläsern trägt. »Richter Lederman«, flüstert mir Josh ins Ohr. »Oberster Gerichtshof von New York.«

Klar doch. Sicher. Kein Problem.

»Joshua.« Der Richter lächelt und winkt uns herüber.

Ich versuche mich so zu verhalten, als wäre es normal, dass der Richter eines Landesgerichts meinen Freund beim Vornamen kennt. Joshs Eltern drehen sich um. Ihre erste Reaktion ist Freude, doch sie wird rasch verdeckt von einem Verhalten, das man eher als *professionelle Heiterkeit* beschreiben kann. Mit einer Schicht Neugierde. Und vielleicht einer weiteren Schicht, nämlich Argwohn.

Josh führt mich mit der Hand am unteren Rücken vorwärts. Ich stelle mir vor, dass ich aussehe wie eine Maus, schwach und leicht von den Örtlichkeiten zu verscheuchen. »Richter Lederman«, begrüßt ihn Josh. »Schön, Sie zu sehen.« Wie bizarr, seine Interview-Stimme live aus seinem Mund zu hören. »Das ist meine Freundin, Isla Martin.«

Der Richter schüttelt mir die Hand. »Ein hübsches kleines Ding bist du.«

Krass. »Ich freue mich, Sie kennenzulernen, Sir.«

»Mom, du erinnerst dich doch noch an Isla?«, fährt Josh fort, als wäre unsere letzte Begegnung keine schmach- und qualvolle Veranstaltung gewesen. »Dad, ich möchte dir meine Freundin vorstellen. Isla, das ist mein Vater.«

»Ich freue mich, Sie kennenzulernen, Senator.«

Moment. Sollte ich ihn mit Senator ansprechen? Mit Mr Wasserstein? Senator Wasserstein? Ich hätte einfach »Sir« sagen sollen. Warum habe ich nicht einfach »Sir« gesagt? O nein. Ich habe den Richter mit »Sir« angesprochen. Hätte ich »Euer Ehren« sagen sollen oder sagt man das nur bei Gericht? Aber Joshs Vater lächelt und zeigt dabei ein tröstliches Paar vertrauter Grübchen. Er drückt mir die Hand. »Schön, dich kennenzulernen. Ich habe schon so viele Geschichten über dich gehört, dass ich das Gefühl habe, ich würde dich schon kennen.«

Ich bin überrascht. Er klingt aufrichtig, aber … ist er das auch? Das muss dieser einstudierte Politiker-Charme sein. Mir war gar nicht klar, wie gut es ist, dass unser erstes Treffen in der Öffentlichkeit stattfindet. Joshs Vater muss so tun, als wäre alles super, auch wenn es das nicht ist.

»Sam«, sagt er zu Richter Lederman. »Isla geht auf eine Schule im Ausland.«

»Ach ja, richtig«, sagt der Richter zu Josh. »Ich habe ganz vergessen, dass du in Europa lebst. England?«

»Frankreich. Obwohl ich meine Ausbildung hier in Amerika beende.« Joshs Antwort ist glatt. Auswendig gelernt. Seine Eltern lächeln entspannt, und mir kommt in den Sinn, dass alle, die hier dieses Spiel spielen, Profis darin sind. Nur ich nicht.

»Isla ist die Jahrgangsbeste«, sagt der Senator.

Ich werde rot, als sich ein surreales Gespräch entspannt, in dem es um mich geht und Joshs Eltern mit meinen Leistungen prahlen. Es ist mir unangenehm, ihr Lob zu hören, da sie nicht wirklich meinen können, was sie sagen. Sie haben keinen Grund, mich zu mögen. Ich bin ein Niemand. Ein Niemand, der ihren Sohn nach Spanien entführt hat, um Sex mit ihm zu haben, und dadurch seinen Rauswurf aus der Schule verursacht hat. Diese Situation kommt so unerwartet, dass ich nicht einmal ihre Fragen beantworten kann und Josh gezwungen ist, mein Ende des Dialogs fortzuführen. Ehe ich michs versehe, ist das Ganze vorüber und Josh zieht mich weg.

»Wir schauen uns mal nach etwas zu essen um«, sagt er zu seinen Eltern. »Es war nett, Sie mal wiederzusehen«, sagt er zum Richter, schüttelt seine ausgestreckte Hand und bugsiert mich dabei in die entgegengesetzte Richtung.

»Hat mich gefreut, Sie kennenzulernen«, rufe ich noch. Was anderes als das habe ich die ganze Zeit über zu keinem von ihnen gesagt. Wahrscheinlich denken Joshs Eltern jetzt, dass er in Bezug auf meine Intelligenz ebenfalls gelogen hat.

»Das ist gut gelaufen«, meint Josh.

»Wirklich?«

Er sieht kurz zu mir herüber. »Wir reden später noch mit ihnen – wenn wir zu viert sind und sie noch ein paar Gläser Wein getrunken haben.«

Das ist keine Antwort.

Josh steuert uns flink durch eine Gruppe steifer Partygäste. Er geht direkt in Richtung der Appetithäppchen, schnappt sich ein für ihn ungewöhnlich kleines Stück und marschiert mit mir wieder direkt an seinen Eltern vorbei. Er hebt seinen Teller wie zum Toast und seine Mutter hebt zur Antwort ihr Glas. Dann duckt er sich und schlängelt sich mit mir in das dichteste Gedränge im ganzen Saal. Sein Teller verschwindet irgendwann unterwegs.

»Entschuldigung, Pardon«, sagt er.

Ich habe Mühe mitzukommen. »Diese Absätze sind für so was nicht gemacht.«

Josh grinst mich verschmitzt an und ich erkenne einen

Plan hinter all dem. Er steuert uns weiter durch eine nebenan liegende Galerie – an Buntglasfenstern, einer Pietà, glasierten Krügen und Steingutgeschirr vorbei –, bis wir abrupt vor einer geschlossenen Tür stehen bleiben.

Einer geschlossenen Tür und einem Museumswächter in einem marineblauen Anzug.

Aber der Mann im mittleren Alter verliert sofort alle Steifheit, als er Josh erkennt. Er verzieht das Gesicht zu einem unerwarteten Grinsen. Josh hebt das Kinn zum typischen Nicken aller Kerle auf der Welt. Der Wächter erwidert es, öffnet blitzschnell die Tür und lässt uns eintreten.

Hinter uns schließt sich die Tür wieder.

Sofort sind die Geräusche der Party gedämpft. Wir stehen in einem sehr großen, sehr dunklen und sehr leeren Saal. Es ist ein riesiger im Gebäude liegender Skulpturengarten. Wir sind im amerikanischen Flügel, aber dank zweier herrlicher, flackernder, elektrischer Straßenlaternen aus der Jahrhundertwende kommt es mir vor, als wären wir in Paris. Ob die Wächter sie wohl für uns angelassen haben?

»Was«, flüstere ich, »sollte das denn?«

»Wir nehmen eine kleine Auszeit von der Soiree«, antwortet Josh in normaler Lautstärke.

Mein Herz schlägt höher. »Ach ja?«

Er nimmt meine Hand – so wie in der Schule, als er sich wohlgefühlt hat und er entspannt und er selbst war – und führt mich an den Straßenlaternen vorbei.

Meine Absätze klappern und hallen. »Wer war der Wächter? Woher kennst du ihn?«

»Chuck Nadelhorn. Wir haben über die Jahre viele Kunstkurse zusammen belegt.« Er sieht meine gefurchte Stirn und grinst. »Sei mal nicht so voreingenommen, nur weil er älter ist.«

Ertappt. Ich lache.

»Der Außenseiter war eher ich. Ich war bei Weitem der Jüngste in jedem Kurs. Chuck war einer der wenigen, die mich trotzdem mit Respekt behandelt haben.«

»Dann mag ich ihn umso mehr.«

Josh gibt mir einen Kuss auf den Mund. »Hier lang.«

Er geht weiter und ich folge ihm. »Ich nehme mal an, du hast das hier – was immer es ist – schon vorher mit Chuck ausgeheckt?«

»Ein paar Leute wissen Bescheid. Ich hatte ein wenig Zeit, um etwas vorzubereiten«, erklärt er verschlagen. »Aber wir sollten uns lieber beeilen, wir haben nur zwanzig Minuten. Jetzt nur noch neunzehn.«

»Solange ich nicht wegen unbefugten Betretens verhaftet werde. Oder weil ich irgendein unwichtiges, aber unbezahlbares Artefakt gestohlen haben soll.«

»Nur wenn man uns erwischt.«

Ich bleibe stehen.

Er zieht mich an unseren umklammerten Händen weiter. »Jetzt komm schon!«

Wir rennen durch den Saal in einen Durchgangs-Geschenkeladen, und jetzt sind wir nicht mehr in Paris, sondern in Barcelona – zwei verrückte Teenager, die weglaufen, um ihre eigene persönliche Welt zu entdecken. Die Erkundungen machen. Risiken auf sich nehmen. Eine scharfe Rechtskurve und wir betreten einen noch dunkleren und noch weiteren Raum. Aber dieser hier ist unverkennbar. Wer schon jemals in diesem Museum war, würde ihn wiedererkennen.

»Der Tempel von Dendur«, sagt Josh mit einer Endgültigkeit, die mir verrät, dass wir unser Ziel erreicht haben – den altägyptischen Sandsteintempel.

Meine Neugierde ist geweckt. Aber ich bin auch verwirrt. »Gibt es einen besonderen Grund?«

Josh zuckt die Schultern auf eine Weise, die fast verschämt wirkt. »Ich mag das Reflexionsbecken des Tempels. Ich wollte einfach ein bisschen mit dir daneben sitzen und herumknutschen.«

Das ist eigentlich die beste Antwort, die er mir geben konnte.

Diesmal führt er mich ruhig und vorsichtig zur Leiste am Rand des Beckens. Seine Schönheit besteht in seiner würdevollen Stille. Eine ganze Wand dieses Saals ist ein Fenster nach draußen und die Lichter der Stadt funkeln im Wasser. Wir setzen uns. Es ist kalt, auf der Granitleiste sogar noch kälter. Josh zieht seine Smokingjacke aus und legt sie mir schwungvoll um die Schultern. Dann zieht er mich an seinem eigenen Revers zu sich. Sein Mund ist warm. Wir geben uns einander hin, als wäre zwischen jetzt und Spanien keine Zeit vergangen. Wenn nicht tausend Museumskameras auf uns gerichtet wären, würden wir uns hinlegen und miteinander schlafen. Aber ihn zu berühren reicht mir. Ihn zu riechen. Ihn zu schmecken.

Mit ihm hier zu sein.

Und dann … legen wir uns trotzdem hin. Sein Körper ist auf meinem. Wir drücken uns aneinander und unsere Hände und Münder wandern überallhin. Wir tun alles außer das eine, das wir jetzt nicht tun können. Nach einer Weile, die mir gleichzeitig wie eine Sekunde und eine Ewigkeit vorkommt, macht sich Josh von mir los und wir bringen unsere Kleidung in Ordnung.

»Bevor wir gehen.« Er hebt seine Jacke vom Boden auf, greift in eine Innentasche und zieht eine kleine Röhre heraus. Komisch, dass ich sie vorher nicht gespürt habe. »*Joyeux Noël*.«

Das Herz klopft mir bis zum Hals. Es muss eine Zeichnung sein. Ich ziehe den Deckel ab und wie vermutet ist eine dicke Papierrolle darin. Ich lasse sie herausgleiten und rolle sie auseinander, ganz vorsichtig, weil sie für mich wertvoller ist als alles hier im Museum.

Es ist eine winzige Insel. Aber statt der stereotypen einzelnen Palme hat er einen stacheligen Joshua Tree in die Mitte gemalt. Darunter stehen zwei ineinander verschlungene Gestalten. Man kann nicht erkennen, wo die eine aufhört und die andere beginnt. Sie sind zu einem einzigen nackten Körper geworden. Das ganze Bild ist mit tiefschwarzer Tinte gemalt … bis auf das leuchtend rote Haar des Mädchens.

Er ist nervös. »Gefällt es dir?«

»Lass uns heute Abend auf diese Insel ziehen. Jetzt sofort.« Ich kann die aufrichtige Sehnsucht in meiner Stimme nicht verbergen. Und auch nicht die Angst und das Grauen vor unserer bevorstehenden erneuten Trennung.

Josh steckt eine lose Haarsträhne von mir zurück an ihren Platz. »Wir ziehen nächsten Herbst dorthin, vielleicht sogar schon nächsten Sommer. Und dann werden wir nie wieder getrennt sein.«

Kapitel sechsundzwanzig

An Chucks Tür steckt Josh das Röhrchen in seine Innentasche zurück. Mein schickes Täschchen ist zu schick, um einen echten Nutzen zu haben. Josh klopft – ganz normal, nicht wie er es an meinem Zimmer getan hat – und die Tür geht auf. Chuck nickt zufrieden. »Eine halbe Minute zu früh.«

»Falls du irgendwas brauchst, lass es mich wissen«, sagt Josh, als wir wieder in den Saal schlüpfen.

Chucks Lächeln wird zu einem breiten Grinsen. »Keine Sorge, das werde ich.«

»Vielen Dank«, sage ich.

Chuck deutet auf den rechten Träger meines Kleids, der sich gelockert hat und mir immer wieder von der Schulter rutscht. Ich schiebe ihn wieder rauf. Josh läuft genauso rot an wie ich. Chuck lacht. »Jetzt geht und macht euch einen schönen Abend, klar?«

Sobald wir außer Hörweite sind, sagt Josh: »Nur ein Erwachsener kann einem so gut in Erinnerung rufen, dass man keiner ist.«

Ich lache, doch als wir an der Bar etwas zu trinken bestellen, zeigen unsere zwei Ginger Ales nur allzu deutlich, wie wahr dieser halbe Scherz ist. Es ist jedes Mal blöd, in den Ferien nach Hause zu kommen und festzustellen, dass man dort noch weniger Freiheiten hat als in der Schule. Als wir das letzte Mal auf einer Party waren, haben wir Champagner getrunken. Wir sind so lange unterwegs gewesen, wie wir wollten. Und es waren keine Familienmitglieder dabei. »Sollen wir deine Eltern suchen?« Bitte sag Nein.

Er seufzt. »Ja.«

»Wow. Ist das der Bürgermeister?«

Ein schick gekleideter, älterer Fotograf macht gerade Aufnahmen von einem ebenso älteren Mann mit vom Alkohol geröteten Wangen und einer viel jüngeren, nüchtern aussehenden Partnerin.

»Ja«, antwortet Josh wenig begeistert.

Als wir an ihnen vorbeigehen, bemühe ich mich, genauso gleichgültig auszusehen wie Josh und mich nicht nach ihnen umzudrehen. Obwohl ich das gern tun würde. Dieser Abend wird immer merkwürdiger.

Wir schlendern umher und halten nach seinen Eltern Ausschau, kommen aber nur langsam voran. Alle scheinen Josh zu kennen und wollen ihm zur Wiederwahl gratulieren. Berufspolitiker. Josh weiß, wie ihre Kinder heißen und wo ihre Ferienhäuser stehen, und stellt mich jedes Mal vor. Ich knabbere fade Häppchen. Das ist genau die Art von Unterhaltungen, die er nicht ausstehen kann, aber man sieht ihm seine Abneigung nie an. Mir kommt der Gedanke, dass er auch einer von ihnen sein könnte, wenn er wollte. Er ist ein guter Schauspieler.

Das ist etwas beunruhigend.

Allerdings nicht halb so beunruhigend wie der zweite Typus von Partygästen, die Josh an die Seite ziehen. Höhere Töchter. Die weibliche Version von Josh, aber mit einem Elan, den ich zugleich alarmierend und einschüchternd finde. Sie lachen. Sie flirten. Ich esse mehr Häppchen. Sie überragen mich. Selbst diejenigen, die nicht groß sind, schaffen es, mich allein durch ihre Selbstsicherheit zu überragen. Eine Brünette mit ganz unwinterlich gebräunter Haut schafft es besonders gut, so zu tun, als wäre ich gar nicht da. Sie fasst Josh zweimal am Arm an.

Nach dem dritten Anfassen verabschiedet sich Josh höflich und steuert uns davon. Doch selbst dann folgt sie ihm noch mit den Augen durch den Saal.

Nachdem ich bei unzähligen Gesprächen, in denen ich unsichtbar war, meine gesellschaftstauglichste Festtagsstimmung aufgesetzt habe, entdecken wir über eine Stunde später schließlich Joshs Eltern neben einem großen kupfernen … Bottich? Ich lese das Schild. TAUFBECKEN. Überraschenderweise bin ich erleichtert, sie zu sehen, denn sie werden mich immerhin nicht ignorieren.

Wie Josh vorhergesagt hat, haben sie sich noch ein paar Gläser Wein genehmigt. Sie sind entspannt und gut gelaunt. Mrs Wasserstein macht mir sogar ein Kompliment über meine Schuhe. Doch schon bald unterbricht uns ein weiterer Fremder, irgendein berühmter Journalist, und dann nähert sich die aufdringliche Brünette Josh von hinten. Sie stellt sich so hin, dass er den Kopf von uns wegdrehen muss, um sie zu verstehen, was bedeutet, dass *ich* nicht verstehen kann, was sie sagt.

Der Journalist verwickelt Joshs Eltern in ein Gespräch über Steueranreize. Sie blicken gelegentlich zu mir herüber und beziehen mich mit den Augen in die Diskussion ein, aber ich kann nichts dazu beitragen und komme mir dumm und unbedeutend vor. Die Brünette lacht. Josh dreht den Kopf in meine Richtung und sieht mich bedauernd an.

Ich lächle, als wäre alles in Ordnung.

Wir sind erst seit zwei Stunden hier, aber am liebsten würde ich schon gehen.

Mein Blick bleibt an einem Bildteppich mit einer mittelalterlichen Dame hängen. Sie macht ein ungläubiges Gesicht und scheint sagen zu wollen »O nein, das kann doch nicht wahr sein!«. Ich bin froh, dass wenigstens *einer* sieht, was hier los ist. Auch wenn sie nur gewebt ist.

Schließlich unterbricht Josh die Brünette und sein Vater bezieht ihn wieder in das Gespräch mit ein. »Entschuldigung«, sagt Josh, »aber Isla und ich gehen jetzt.«

Was? Ich merke auf.

Der Senator sieht enttäuscht aus. »Komm doch diese Woche mal zum Abendessen zu uns«, sagt er zu mir. »Ich hätte gern eine echte Gelegenheit, dich kennenzulernen.«

Ich bin gerührt. Und verfalle gleich in Panik, weil ich einen Abend mit ihnen verbringen muss, ohne durch das Sicherheitsnetz der Öffentlichkeit geschützt zu sein. »Danke. Mache ich gern.«

»Es war wunderbar, dich wiederzusehen.« Mrs Wasserstein umarmt mich halbherzig mit einem Arm. Ihre Worte klingen relativ freundlich, aber über die Wärme in ihrer Geste ließe sich streiten.

»Ich habe mich auch gefreut, Sie zu sehen. Danke für die Einladung.«

»Fährst du gleich nach Hause?«, fragt sie Josh.

»Nein, wir gehen zuerst was Richtiges essen. Aber wahrscheinlich bin ich trotzdem eher da als ihr.«

»Holt Brian euch ab?«

»Ich habe ihm gerade eine Nachricht geschickt.« Josh hält grinsend ihr Handy hoch.

Sie nimmt es ihm aus der Hand, lächelt aber, als sie ihn zum Abschied umarmt. »Taschendieb.«

»Aufseher.«

Das ist das erste Josh-typische Gespräch, das ich seit Längerem gehört habe. Seine Mutter ist mit seinen Antworten zufrieden, also legt er einen Arm um meine Taille und führt mich zum Ausgang. »Es ist seltsam«, sage ich, sobald wir allein sind. »Wie du mich den ganzen Abend so herumgeführt hast.«

Er zieht so abrupt den Arm weg, als wäre er in einer kompromittierenden Position erwischt worden. »Entschuldigung, ich wollte dich nicht …«

»Nein, ist schon gut. Es ist diese Umgebung. Die fühlt sich einfach … merkwürdig an.«

»Diese ganze Szene ist merkwürdig, weißt du.« Er deutet auf das leiser werdende Gelächter und das Streichquartett.

»Aber du scheinst dich darin wohlzufühlen. Wenn ich es nicht besser wüsste, würde ich nie darauf kommen, dass du sie nicht ausstehen kannst.«

»Tu ich aber.« Er klingt, als wollte er sich verteidigen.

»Weiß ich doch. Ich sage nur, dass du ein guter Schauspieler bist.«

Josh steckt die Hände in die Taschen und im trüben Licht des Museums glänzt der Satinstreifen an seiner Hose. »Ich finde nicht, dass das ein Kompliment ist«, sagt er schließlich.

»So habe ich es auch nicht gemeint.«

Aber … das war es. Und Josh weiß es auch. Aus irgendeinem Grund kann ich mich jetzt nicht mehr zurückhalten, da ich schon angefangen habe. »Das Ganze erinnert mich an den Josh im Fernsehen. Du siehst so geschniegelt aus. Sprichst mit dieser anderen Stimme. Stehst so gerade.«

Josh zieht die Ausgangstür des Museums auf und lässt

mich zuerst durchgehen. Er hat die Zähne zusammengebissen.

»Kennst all diese Leute und Dinge, die ich nicht kenne.« *Halt. Lieber. Den. Mund.*

»Ja, weil sie seit Ewigkeiten zu meinem Leben gehören. Ich kann mich nicht vor den Leuten, denen mein Vater seinen Job zu verdanken hat, wie ein Arschloch benehmen.«

»Ich weiß! Und ich weiß, dass du zu diesem Leben gehörst, also *musst* du dich so benehmen …«

»Ich *muss* gar nichts. Ich *will* mich wie ein anständiger Mensch benehmen.«

Das war ein Schwerthieb in die Brust. Ich bin zu weit gegangen. Viel zu weit. »Entschuldigung. Ich … Ich weiß nicht, warum …«

»Vergiss es.« Aber er hat das Gesicht abgewandt. Er lässt den Blick über die Autos schweifen und hält nach Brian Ausschau, aber in Wirklichkeit ist es ein Vorwand, um mich nicht ansehen zu müssen. Ich kann es ihm nicht verübeln. Warum kann ich meine dummen Unsicherheiten nicht für mich behalten?

Es ist eiskalt, und ich wünschte, ich hätte meinen Wintermantel angezogen. Zum allerersten Mal bemerkt Josh nicht, dass ich zittere, oder er bietet mir absichtlich nicht seine Jacke an. Nicht, dass er es müsste. Ich bin selbst schuld, dass ich meinen Mantel durch die Aufregung über sein Erscheinen bei mir zu Hause vergessen habe.

»Es tut mir leid«, sage ich.

Er zuckt mit den Schultern.

»Möchtest du trotzdem was essen gehen?«

»Klar.« Josh klingt überrascht. Er nimmt die Hände aus den Taschen und verschränkt die Arme. Nach einer Minute betretenen Schweigens nimmt er sie wieder auseinander und reibt sich den Nacken. »Mir tut es auch leid. Dass ich dich mitgenommen habe. Nicht weil ich dich nicht dabeihaben wollte«, fügt er schnell hinzu, »sondern weil ich wusste, dass es ätzend wird. Das ist bei diesen Veranstaltungen immer so. Obwohl nicht alles ätzend war«, fügt er wieder hinzu. »Zwanzig Minuten davon waren fantastisch.«

»Du brauchst dich nicht zu entschuldigen.« Ich blicke auf den Bürgersteig. »Du hast einfach dieses große Leben, zu dem ich nicht gehöre. Und ich wollte es sehen.«

Joshs Miene verfinstert sich weiter.

Ich mache den Mund auf, um es noch einmal zu versuchen, als eine schwarze Limousine vor uns am Straßenrand hält und aufblendet. Als wir darauf zulaufen, wird der Wind beißend. Die Verriegelung klickt, Josh öffnet die Hintertür und wir schlüpfen hinein.

»Tut mir leid, dass ich so spät komme«, sagt Brian. »Ich habe noch mindestens eine Stunde nicht mit euch gerechnet.«

Josh schüttelt den Kopf. »Kein Problem. Du weißt doch, wie diese Veranstaltungen sind.«

»Und ob.« Brian grinst uns im Rückspiegel an. »Ihr habt

noch anderthalb Stunden, bis ihr zu Hause sein müsst. Soll ich euch noch irgendwo hinbringen?«

Josh lehnt sich nach vorn. »Kennst du das Kismet auf der Amsterdam Avenue?«

Brian gibt einen höhnischen Laut von sich. Es verrät mir, dass er die Geschichte bereits kennt. »Ich denke, das finde ich.«

»Danke.« Josh lehnt sich wieder zurück. Dann dreht er sich plötzlich besorgt zu mir um. »Ist das in Ordnung? Sorry, ich bin immer noch im blöden Partymodus. Ich hab dich gar nicht gefragt. Ich weiß, dass wir an Silvester hingehen, aber ich dachte, es wäre ganz nett, schon vorher einmal da zu sein. Aus nostalgischen Gründen.«

»Ja, perfekt.« Ich zwinge mich zu einem Lächeln. »Danke, Brian.«

»Dafür bin ich da«, antwortet er.

Die Stimmung im Wagen ist jedoch alles andere als perfekt. Kein Händchenhalten. Wir sind schweigsam und befangen. Als sich Brian in den Verkehr einfädelt, versucht er uns aufzuheitern. »Und, Isla, hast du was vom Museum zu sehen bekommen?«

Das ist eine Suggestivfrage. Offensichtlich erzählt ihm Josh ziemlich viel. »Ja.«

»Uuuuund?«

Ich zwinge mich zu noch einem fröhlichen Lächeln. »Das war ein schönes Geschenk.«

Er zieht triumphierend die Faust herunter. »Klasse.«

»Hat alles super geklappt«, erzählt Josh. »Danke, Chuck.«

»Danke, Chuck!«, wiederholt Brian.

Sie sprechen über den Plan, irgendeine Vereinbarung mit Chuck auf den letzten Drücker, von der Brian noch nicht gehört hatte, und ich winde mich auf meinem Sitz. Wie viele Leute wussten denn noch davon? Hat Josh so was schon öfter gemacht? Je weniger geheim es wird, desto unbehaglicher fühle ich mich.

Da ist etwas, das ich nicht sagen sollte, aber aus irgendeinem furchtbaren, unbekannten Grund muss ich es trotzdem tun. Ich sollte es mir für einen geeigneteren, emotional weniger belasteten Tag aufsparen. Ich sollte es für einen Moment aufsparen, wenn wir allein sind. Ich sollte es überhaupt niemals sagen. *Sag es lieber nicht.*

»Rashmi mag das alte Ägypten, stimmt's?«, sage ich.

Mist.

»Was?«, fragt Josh abrupt und dreht sich blitzschnell von Brian zu mir um.

»Ich … Ich meine, in deinem Buch. Ihr Kaninchen heißt Isis. Und dann geht sie an die Brown University, um Ägyptologie zu studieren.«

»Ja, sie geht in meinem Buch dorthin, weil sie *wirklich* dort hingeht. Diese Dinge stimmen alle.«

»Und dann gibt es da noch diese Zeichnung von ihr als ägyptische Göttin.« Ich kann nicht glauben, dass ich das laut ausspreche. Und dann auch noch vor *Brian*. Ich habe keine Ahnung, wie das passiert ist, aber in mir hat es irgendeinen Kurzschluss gegeben. Ich drehe durch. Die Sache mit Ägypten ist reiner Zufall, das weiß ich, aber ich kann nicht aufhören. »Kanntest du deshalb den Tempel?«

Er runzelt ärgerlich und verwirrt die Stirn. »Häh?«

»Den Tempel von Dendur. Bist du mit ihr auch da hingegangen?«

Josh sammelt sich wieder. »Erstens mag ich das Reflexionsbecken tatsächlich. Ich wollte heute Abend eine Weile mit dir allein sein, also habe ich mir dafür den – wie ich dachte – schönsten Raum des Museums ausgesucht. Zweitens, *nein*. Ich habe dich *nicht* an einen Ort gebracht, an dem ich früher mit meiner Exfreundin rumgemacht habe. Oder was immer wir in deiner Fantasie dort getan haben sollen.«

»Tja, immerhin weiß ich *so* viel: Wenn dort mehr gelaufen wäre, hätte ich darüber gelesen. Und zwar äußerst plastisch in deinen grafischen Memoiren.«

Die Zeit bleibt stehen.

In diesem Moment weiß ich, dass ich gerade das Schlimmste gesagt habe, was ich in meinem ganzen Leben sagen werde. Und ich habe es genau zu dem Menschen gesagt, den ich am meisten liebe.

Joshs Stimme ist schrecklich leise. »Noch irgendwas, das du mir jetzt unbedingt mitteilen möchtest? Noch irgendeine Kritik an mir oder meiner Arbeit?«

Ich möchte etwas sagen. Ich möchte mich entschuldigen. Hier geht es gar nicht um seine Ex oder seine Arbeit. Ich habe keinen Schimmer, warum ich gerade diese Dinge gesagt habe. Ich bin verwirrt. Ich weiß nicht, warum ich so aufgewühlt bin und Streit suche wegen solcher Nichtigkeiten.

Brian wirft mir einen Blick im Rückspiegel zu und sein Gesicht ist unerträglich angespannt, als würde er am liebsten durch das Autofenster springen, wenn er hindurchpassen würde.

»Nein, im Ernst«, fährt Josh fort. »Wenn du dich mir schon anvertraust, warum machst du nicht einfach weiter? Was ist noch alles verkehrt an meinem Buch?«

Ich habe mich in die hinterste Ecke zurückgezogen. »Nichts ist verkehrt daran.«

»Aber es gibt Dinge, die du ändern würdest?«

»Nein! Ich meine, ja, aber … Kleinigkeiten. Weißt du?« *Halt einfach den Mund.* »Nichts von Bedeutung. Alle Bücher müssen ein wenig redigiert werden.«

Die Straßenlaternen tauchen Josh in Dunkelheit. Ich kann seinen Gesichtsausdruck nicht erkennen, aber es fühlt sich nicht gut an. Er schweigt. Wartet.

»Okay.« Ich muss schlucken. »Da gibt es zum Beispiel diese eine Rückblende, die mir deplatziert schien. Wo du dir dein Tattoo machen lässt. Diese Szene … passt nicht zu dem, was davor und dahinter ist.«

»Aha.« Es kommt aus seinem Mund wie Eis.

»Und deine Eltern. Am Anfang spielen sie eine große Rolle, aber am Ende ist es so, als hättest du gar keine Eltern mehr. Sie sind vollkommen verschwunden.«

»Weil sie in einem anderen Land leben.«

»Ja, das heißt aber nicht, dass sie nicht mehr zu deinem Leben gehören. Selbst wenn es nur darauf ankommt, dass sie *nicht* da sind, sollte man es trotzdem erwähnen.«

Er hat die Zähne zusammengebissen. »Noch irgendwas?«

»Ähm.« Ich senke die Stimme und flüstere fast. »Es gibt viele Zeichnungen von Rashmi. In der Mitte.«

»Wie schockierend.«

»Nein«, sage ich schnell. »Ich meine, es gibt superviele Seiten mit nur einem Panel, die einfach nur … da sind. Völlig unnötig. Sie tragen nichts zum Verlauf der Geschichte bei.« Ich kann nicht glauben, dass ich all das laut ausspreche. Eine gute Freundin würde einfach den Mund halten. »Im Gegensatz dazu waren Abschnitte aus dem ersten Schuljahr viel zu voll. Du musst die Panels stärker variieren. Mehr Platz dazwischen schaffen.«

»Platz.«

»Ähm, ja. Platz. Pausen. Damit der Leser über die Dinge nachdenken kann. Und selbst rausfinden kann, was wichtig ist.«

»Platz«, wiederholt Josh. »Um rauszufinden, was wichtig ist.«

»Es tut mir leid.« Ich ertrinke in einem Fluss, den ich

selbst erschaffen habe. »Ich habe nicht schon früher etwas gesagt, weil ich deine Gefühle nicht verletzen wollte. Es ist großartig, wirklich.«

Er will mich nicht mehr ansehen. »Das Wort hast du schon früher dafür benutzt. Und trotzdem glaube ich dir immer noch nicht.«

»Es tut mir leid«, sage ich noch einmal mit hoffnungsloser Stimme.

»Bist du sicher, dass du nicht einfach nur sauer bist? Vielleicht weil es darin nicht um dich geht?«

»Nein!« Meine Scham ist überwältigend. »Bis zu diesem Jahr kam ich überhaupt nicht in deinem Leben vor. Das weiß ich doch. Ich weiß, dass ich kein wichtiger Teil deiner Geschichte bin.«

Seit mehreren Minuten ist Josh zum ersten Mal wirklich erschüttert. Er dreht sich zu mir um. »Was soll das heißen, du bist kein wichtiger Teil meiner Geschichte?«

»Ich komme noch nicht so lange darin vor. Du hattest dieses ganze Leben vor mir und wirst noch ein ganzes Leben nach mir haben …«

»*Nach* dir?« Seine Stimme klingt eine Oktave höher. »Was meinst du damit, *nach* dir?«

»Vermont. Deine Uni. Deine Zukunft.«

Josh ist verblüfft. »Aber … du kommst doch mit.«

»Ach ja?«

»Wenn du in Dartmouth angenommen wirst …«

»Da wäre ich nicht so sicher«, sage ich.

Er schlägt mit der Faust auf den Sitz. »Hör doch auf, so was zu sagen. Warum machst du dich ständig selber klein? Die nehmen dich schon. Ich kann mir nicht vorstellen, dass sie dich nicht nehmen.«

»Erzähl das mal der Columbia.«

Jetzt ist er wieder erschüttert. »Was?«

»Ich habe eine Absage bekommen.«

»Was? Wann denn? Warum hast du mir das nicht erzählt?«

Ich kann ihn nicht ansehen. Mein Versagen ist demütigend. »Vor ein paar Tagen.«

»Das tut mir leid. Meine Güte, hättest du es mir doch erzählt. Ich hatte doch keine Ahnung.«

»Ich habe außerdem einen Brief von der Sorbonne bekommen. Eine Zusage.«

Josh atmet sichtbar erleichtert auf. »Das ist toll. Du hast es verdient.« Aber ich höre auch Traurigkeit heraus und er lässt die Schultern hängen. Denn wenn ich an der Sorbonne studiere, wird weiterhin ein Ozean zwischen uns sein. »Und wenn dich Dartmouth nimmt? Wohin gehst du dann?«

»Keine Ahnung.« Und jetzt merke ich, dass ich weine. »Ich habe mich noch nicht entschieden.«

»Aber … ich dachte … ich dachte, wir hätten einen Plan.«

»Nein, du hattest einen Plan. Du *hast* Pläne.«

Josh schüttelt ungläubig den Kopf. »Was redest du da?«

»Du weißt genau, wer du bist.« Tränen kullern mir über die Wangen. »Du weißt, wie du du selbst sein musst, aber du weißt auch, wie du jemand anders sein musst, wenn du im Fernsehen und in der Öffentlichkeit bist. Die Kunst war immer schon deine große Leidenschaft, und du wusstest immer schon, wo du studieren möchtest. Du weißt sogar schon, was für eine Wohnung du mieten willst, wenn du da hinziehst! Ganz zu schweigen davon, was für ein Auto du fahren willst, was für eine Katze du dir anschaffst und wie du deine Wochenenden in der Wildnis verbringen willst. Ich hingegen weiß nichts davon. Ich habe mich noch nie für irgendetwas so interessiert wie du dich für deine Arbeit. Ich gehöre nicht mal zu einem einzigen Land. Ich bin niemand. Ich bin ein Nichts.«

»Isla …« Meine Worte haben ihn erneut verblüfft. Er ist vollkommen sprachlos.

»Und du hast recht, vielleicht gibt es egoistische Gründe dafür, dass mich dein Buch so aufwühlt. Ich weiß, du hattest keine Zeit, es dauert Monate, die Zeichnungen anzufertigen, aber … acht Seiten. Ich kam nur auf acht ganzen Seiten vor.« Meine Stimme versagt, sie klingt hohl und verzweifelt. »Ich dachte, ich würde vielleicht etwas über mich erfahren, wenn ich mich durch deine Augen sehen könnte. Aber ich war nicht mal da.«

Josh drückt sich gegen seinen Gurt. Er greift nach meiner Hand, aber ich lege sie beide in meinen Schoß. »Du wirst drin vorkommen«, sagt er. »Natürlich kommst du darin vor.«

»Das habe ich auch gedacht.« Meine Brust springt entzwei. »Verstehst du nicht? Ich bin ein Platzhalter.«

»Was soll das heißen?«

Er bemüht sich verzweifelt darum, dass ich ihn ansehe, aber ich kann nicht. Ich leide unsäglich. »Deine Freunde haben die Schule verlassen und ich war da. Aber ich habe nicht ausgereicht, um dich dazubehalten. Du musstest weiter die Regeln verletzen. Und dann hast du mich verlassen.«

»So war es doch nicht. Du weißt, dass es nicht so war!«

»Doch«, widerspreche ich. »So war es. Du hast dich *richtig* lange *richtig* doll bemüht, rausgeschmissen zu werden, weil du vor deinen Eltern nicht zugeben wolltest, dass du nicht dort sein willst. Dein Plan hat nur leider zur falschen Zeit funktioniert. Und jetzt, wo du weg bist – wo du hier bist und ich es nicht bin –, wirst du früher oder später merken, dass ich für dich nur eine Ablenkung war. Etwas, das dafür sorgt, dass du nicht an dein Elend denken musst. Etwas, das dich bei Laune hält, bis die nächste Phase deines sorgfältig geplanten Lebens beginnt. Aber inzwischen glaube ich nicht mehr, dass du mich wirklich darin haben willst. Und außerdem« – ich schlucke hörbar – »will ich nicht dabei sein, wenn du es herausfindest.«

Josh ist verstört. »W-Was sagst du da?«

»Ich sage, dass ich mich nicht in deiner Zukunft sehe.«

»Isla.« Seine Stimme zittert. »Heißt das … dass du mit mir Schluss machst?«

Da ist sie, die Frage, die einem, einmal laut ausgesprochen, unweigerlich zum Verhängnis wird.

»Du liebst mich nicht so, wie du denkst«, flüstere ich.

Jetzt weint er ebenfalls. »Warum tust du das?«

Meine ganze Welt zerfällt, aber ich muss die Zerstörung vollenden. Ich muss den Rest meines Herzens zerstören, bevor er es für mich tun kann. »Wenn es jetzt schon so wehtut«, antworte ich, »kann ich mir nicht vorstellen, wie sehr es erst wehtun wird, wenn du selbst zu dieser Erkenntnis gelangst. Darum.«

Ich bin genauso schockiert über meine Worte wie er.

Ich begreife nicht, wie das alles während einer einzigen Autofahrt geschehen konnte, aber als Brian in eisigem Schweigen vor dem Kismet hält, weiß ich schon, dass ich aussteige. Und Josh nicht.

Kapitel siebenundzwanzig

»Isla? Alles in Ordnung?« Kurts Vater beobachtet mich durch die Kamera, die vor dem Haus installiert ist. Ich bin alle drei Blocks vom Kismet hergerannt.

»Lassen Sie mich rein. Bitte lassen Sie mich rein!«

Die Tür öffnet sich summend und knallt dann hinter mir zu. Ich rase die zwei Treppen zur Wohnung von Kurts Eltern hinauf. Scott und Sabine stehen bereits im Flur. Ich darf sie nicht Mr und Mrs Bacon nennen, weil sie nicht alt sein wollen. »Was ist denn passiert? Ist alles in Ordnung? Bist du verletzt?« Die Fragen kommen alle auf einmal.

»Ist Kurt da?«, frage ich.

»Natürlich ist er da«, antwortet Sabine mit französischem Akzent. Sie führt mich mit ihrem schlanken Arm sanft hinein. »Er ist vor einer Stunde ins Bett gegangen, ist aber sicher noch wach. Was ist passiert? Warum bist du so schick angezogen?«

Ich platze mit allem heraus. »Ich habe mit meinem Freund Schluss gemacht und ich will nicht nach Hause.«

Sofort sind sie angespannt.

»Hat er dir was getan?« Scott durchläuft eine Verwandlung zum Hulk, was bei seinem ausgezehrten Ex-Rocker-Körper besonders seltsam aussieht.

»Ja!«

Scotts Körper vollendet die Hulk-Verwandlung.

»Nein.« Ich schluchze hysterisch. »Seelisch.«

Scott sinkt in seine normale Gestalt zurück. Sabine tauscht einen Blick mit ihm. »Natürlich kannst du hierbleiben«, sagt sie.

»Rufen Sie bitte meine Eltern an? Ich will es ihnen nicht erklären müssen. Nicht heute Abend.«

Sie führt mich zu Kurts Zimmer. »Ich rufe deine Maman sofort an.« Sie umarmt mich und die tröstliche Vertrautheit ihres Veilchenparfüms lässt mich weinend in ihren Armen stehen bleiben.

Kurt öffnet die Tür. »Was ist denn … Oh. Was ist los?«

Sabine entlässt mich in seine Obhut. Ich lasse mich auf sein ungemachtes Bett fallen und er schließt die Tür hinter mir. »Es … Es ist vorbei!«, sage ich.

Kurt legt mir seine ruhige Hand auf den Rücken, während ich heftig und herzzerreißend schluchze. »Josh hat mit dir Schluss gemacht?«

»Nein. Ich mit ihm.«

Fast eine Minute bleibt er still. »Verstehe ich nicht«, sagt er schließlich.

Ich erzähle ihm die Geschichte, so gut es im Moment geht, und als ich fertig bin, kratzt er sich am Kopf. »Du hast also mit Josh Schluss gemacht, bevor er mit dir Schluss machen konnte.«

»Nein.« Mir ist schwindelig. »So war es nicht. Oder … es war mehr als das. Ich weiß es nicht.«

»Du konntest nie glauben, dass er dich so sehr mögen könnte wie du ihn. Du hattest Angst, er würde dir den Laufpass geben. Deshalb hast du immer wieder Streit gesucht, um ein Gespräch heraufzubeschwören, in dem du ihm zuerst den Laufpass geben kannst.«

»Nein«, wiederhole ich. Aber es regt sich eine schreckliche Ahnung in mir, dass da etwas dran sein könnte.

Dennoch. Das bedeutet nicht, dass es ein Fehler war, mit ihm Schluss zu machen. Ich glaube tatsächlich, dass Josh mich verlassen hätte, sehr wahrscheinlich sogar noch bevor wir zu studieren angefangen hätten. Aber vielleicht hätte er es auch erst gemacht, wenn wir schon zusammen in Neuengland gewesen wären und zusammen gewohnt hätten. Was noch viel schlimmer gewesen wäre. Das hätte mein Herz nicht verkraftet – an einen neuen, fremden Ort zu ziehen und dann den Menschen zu verlieren, der mich dort hingebracht hat. Denn irgendwann hätte er mein wahres Ich gesehen, unter welchen Umständen auch immer. Josh ist ein schönes, chaotisches, leidenschaftliches Kunstwerk, und ich bin … eine leere Leinwand.

Daran ist nichts, was man lieben kann.

»Du hast zu ihm gesagt, du wärst ein Platzhalter in seinem Leben«, sagt Kurt. »Sind dann Josh oder ich Platzhalter in deinem Leben?«

Meine Aufmerksamkeit kehrt blitzschnell zu ihm zurück. »Häh?«

»Jetzt, wo Josh weg ist, bist du sofort zu mir gekommen. Hierher.«

Das Wort »weg« trifft mich unerwartet, aber was er da andeutet, ist noch viel schlimmer. »Das ist doch nicht das Gleiche. Überhaupt nicht. Ihr zwei … belegt doch nicht denselben Platz. Ihr« – ich habe Mühe, es in Worte zu packen, die Kurt versteht – »erfüllt nicht denselben Zweck in meinem Leben.«

»Weil du und ich keine Liebesbeziehung haben?«

»Genau.«

»Josh und ich erfüllen vielleicht nicht denselben Zweck in deinem Leben«, räumt Kurt ein, »aber wir nehmen die gleiche Menge deiner Zeit in Anspruch. Und du hast ihm die Zeit geschenkt, die du früher mir geschenkt hast.«

Schuldgefühle. Damit werde ich jetzt nicht auch noch fertig. Ein schrilles Klingeln aus meinem Juwelentäschchen bewahrt mich davor, antworten zu müssen. Wir schrecken hoch. Mein Handy klingelt noch einmal. Kurt holt es heraus und guckt auf das Display. »Eine Nummer aus Manhattan. Soll ich rangehen?«

Ich schüttle den Kopf.

»Bestimmt ist es Josh.«

»Ich weiß.«

»Wahrscheinlich ruft er von Brians Handy aus an.«

»Ich weiß.«

»Du hast mir gesagt, ich soll immer rangehen, wenn ich glaube, dass es Josh sein könnte.«

»Das gilt jetzt nicht mehr.«

»Okay.«

Das Handy hört auf zu klingeln. Kurz darauf piepst es einmal, weil jemand auf die Mailbox gesprochen hat. Ich schalte den Klingelton aus, sehe aber, dass noch ein Anruf von der Nummer aus Manhattan kommt. Und noch einer. Kurt wirft mein Handy unter sein Bett, damit ich nicht in Versuchung komme, doch ranzugehen.

»Ich bin müde«, sagt er. »Geh und putz dir die Zähne.«

Ich putze sie mir mit seiner Zahnpasta und meinem Zeigefinger und wasche mir mit seiner Flüssigseife die Schminke ab. Mein Gesicht sieht grauenhaft aus, verschmiert und voller Flecken. Ich ziehe mein Kleid aus und ersetze es durch eines der getragenen T-Shirts von dem Wäschehaufen auf Kurts Badezimmerboden. Als ich in sein Zimmer zurückkehre, schläft er schon. Ich lege mich daneben und decke mich zu. Dann liege ich die ganze Nacht wach und beobachte das grüne Blinklicht meines Handys, das unter dem Bett zu mir heraufleuchtet.

Zweiundvierzig verpasste Anrufe. Drei Nachrichten auf dem Anrufbeantworter.

Fröhlicher Heiligabend.

Ich höre die Nachrichten auf dem Nachhauseweg ab. Josh ist wütend und traurig. Er fleht mich an zurückzurufen. Er fleht mich an, es mir noch mal zu überlegen. Er sagt, er verstehe nicht, was passiert sei. Es sei alles ein Versehen, ein Missverständnis. Etwas, das wir in Ordnung bringen können.

Er sagt es immer wieder und wieder.

Das hier ist Brians Handy. Ich darf es die ganze Nacht benutzen. Bitte ruf mich an. Tu uns das nicht an. Ich glaube, du hast Angst. Ich weiß nicht, warum – ich weiß nicht, was ich gesagt oder getan haben könnte, dass du mir misstraust –, aber geh doch nur ein einziges Mal in deinem Leben ein Risiko ein, Isla. Nur dieses beschissene eine Mal. Wenn du immer auf Nummer sicher gehst, wirst du nie erfahren, wer du bist. Ich weiß, wer du bist, und ich liebe, wer du bist. Warum vertraust du mir nicht?

Seine Stimme erfüllt mein Herz mit Schmerz. Seine Worte reißen es auseinander.

Ich glaube ihm – dass er denkt, er liebt mich. Aber ich glaube auch immer noch, dass er nicht verstanden hat, worum es eigentlich geht. Durch den Rauswurf aus der Schule und den Druck seiner Familie ist er viel zu abgelenkt, um zu erkennen, dass er mit mir genau den gleichen Fehler macht wie zuvor mit Rashmi. Er ist so lange mit ihr zusammen geblieben, weil ihm die Vorstellung gefiel, verliebt zu sein. Er hat ein Loch in seinem Herzen, das von jemandem gefüllt werden muss. Egal, von wem. Das reicht mir aber nicht und es wird ihm auch nicht reichen, wenn er die Wahrheit erst mal erkannt hat.

Brian muss Mitleid mit ihm bekommen haben, denn ein paar Stunden später – nach geschätzt drei Stunden Schlaf für Josh – beginnen die Anrufe von Neuem. Ich weiß nicht, was ich tun soll, also tue ich nichts. Meine Angst lähmt mich. Ich stelle das Handy auf lautlos und verstecke es in meiner Sockenschublade.

Josh will nicht lautlos sein. Er kommt am Abend zu uns nach Hause und meine Eltern schicken ihn fort. Kurz darauf klopft es an meiner Tür. Es ist Maman. Sie sieht mich besorgt an und gibt mir ein Röhrchen. »Er wollte, dass du das hier bekommst.«

Ich starre es an.

»Was ist denn darin?«, will sie wissen.

»Mein Weihnachtsgeschenk.«

»War es was Schönes?«

»Ja.«

Sie setzt sich auf meine Bettkante. »Es tut mir leid.«

Ich weine. Sie bleibt bei mir, bis ich nicht mehr weinen kann.

Weihnachten. Ich sitze die meiste Zeit neben dem Baum und versuche eines meiner Geschenke zu lesen. Es ist ein Buch über einen menschenfressenden Tiger, aber ich kann meine übliche Begeisterung nicht aufbringen. Meine Eltern bitten mich nicht, ihnen in der Küche zu helfen, und Gen füllt die Lücke aus. Sogar Hattie übernimmt meinen Anteil des schmutzigen Geschirrs.

Da weiß ich, dass es wirklich schlimm um mich steht.

Ich linse auf mein Handy, bevor ich ins Bett gehe, und entdecke nur zwei verpasste Anrufe. Keine Nachrichten auf der Mailbox. Entweder kapiert er es langsam oder er respektiert meinen Weihnachtsbaum-Agnostizismus.

Es schmerzt, den Satz auch nur zu denken.

»Darf ich reinkommen?« Aber Gen ist schon drinnen, bevor ich überhaupt antworten kann. Ich werfe das Handy wieder zwischen meine Socken und knalle die Schublade zu.

»Ich hab eine Schreibtischschublade genommen«, sagt Gen. »Als meine Freundin mit mir Schluss gemacht hat.«

»Sarah hat mit dir Schluss gemacht?« Jetzt fühle ich mich deswegen auch noch schlecht.

»Ja. Schon nach Thanksgiving.«

»Hat sie danach oft angerufen?«

»Nein.« Gen lächelt mich traurig an. »Ich habe mein Handy genau aus dem entgegengesetzten Grund versteckt.«

»Oh. Das tut mir leid.«

»Macht nichts. Es ist so oder so beschissen, nicht?«

Ich setze mich aufs Bett und sie setzt sich daneben und legt den Kopf auf meine Schulter. Wir sind gleich groß. Fremde halten uns oft für Zwillinge. »Vermisst du sie noch?«, frage ich.

»Ein bisschen. Es wird aber mit jedem Tag besser.«

»Warum habt ihr euch getrennt?«

Sie lacht kurz auf. »Anscheinend bin ich herrisch.«

»Ich bin ersetzbar.«

Gen hebt erbost den Kopf. »Hat er das gesagt?«

»Nein, aber es stimmt. Er hat sich in mich verliebt, weil ich da war. Ich hätte jeder sein können.«

»Sag doch so was nicht. Warum sagst du so was?«

»Weil genau das passiert ist.«

Sie sieht mich ungläubig an. »Du warst immer schon so streng zu dir selbst.«

Ich blicke auf meine Hände hinunter. Ich bin tatsächlich streng zu mir selbst. Aber ist es nicht besser, in solchen Dingen ehrlich zu sein, bevor sie jemand anders gegen einen verwenden kann? Bevor einem jemand das Herz brechen kann? Ist es nicht besser, es sich selbst zu brechen? Ich dachte immer, Ehrlichkeit macht Menschen stark.

»Hey.« Gen stupst mich an. »Zeig mir, was in dem Röhrchen ist.« Ich hebe abrupt den Kopf und sie zuckt die Schultern. »Ich habe gesehen, wie er es gestern abgegeben hat.«

Ich kann mich nicht zurückhalten. »Wie sah er aus?«

»Als hättest du ihm das Herz rausgerissen und wärst mit deinen höchsten Stöckelschuhen darauf herumgetrampelt.«

Ich bin ein schlechter Mensch. Ich habe ihn verletzt. Ich wollte ihn nie verletzen und irgendwie ist es trotzdem passiert.

»Meinst du wirklich, dass es das Richtige war, mit ihm Schluss zu machen?«, fragt Gen.

»Ich weiß nicht.« Aber ich schüttle den Kopf. »Stimmt nicht. Es war richtig. Das war es.«

»Aber du liebst ihn noch.«

Ich muss schlucken. »Ja.«

»Sehr.«

»Ja.«

Sie zögert. »Würde es die Sache verbessern oder verschlimmern, wenn du mir zeigst, was in dem Röhrchen ist?«

»Meine Güte. Du bist echt stur.«

»Das Wort war ›herrisch‹. Du musst schon richtig zitieren.«

»Hm. Na gut.«

Gen öffnet meine Sockenschublade. »Ich hatte so eine Ahnung, dass ich dich hier finde«, sagt sie zu dem Röhrchen. Sie zieht den Deckel ab und klopft vorsichtig das Papier heraus. Dann rollt sie es auseinander. »Wow, Wahnsinn.«

Mist. Ich hatte ganz vergessen, dass er uns nackt gezeichnet hat.

»Ihr habt es wohl richtig ernst gemeint.«

»Bitte, Gen. Nicht.«

»Ist das ein Joshua Tree? Auf einer Insel?«

»Ja.«

»Tja … Mensch. Das ist ein echt romantisches Geschenk.«

»Ich weiß.«

»Er ist gut. Ich meine, er zeichnet gut«, stellt sie klar. »Ich meine, er war schon im ersten Jahr gut, aber das hier sieht nicht aus, als hätte es ein Schüler der Highschool gemalt. Nicht mal ein *talentierter* Schüler der Highschool. Das hier ist echt der Hammer.«

»Hörst du bitte auf, Gutes über meinen Exfreund zu sagen?«

Exfreund. Das Wort schmeckt grässlich auf meiner Zunge. Bis jetzt habe ich es nicht mal gedacht. Jeder einzelne Teil von mir will dieses Wort zurücknehmen.

»Ich stelle bloß fest, dass er Talent hat.«

»Willst du mir nicht mehr von Sarah erzählen?«

Gen rollt die Zeichnung zusammen und schiebt sie in das Röhrchen zurück. »Gewonnen.«

Aber sie irrt sich. Ich habe alles verloren.

Ein erbärmliches Wochenende und keine Telefonanrufe später. Keine Nachrichten. Silvester. Gegröle, Gesinge und alkoholgeschwängerter Trubel unten auf der Straße. Unsere Nachbarn spielen seit drei Stunden Dubstep in voller Lautstärke. Ich sehe allein in meinem Zimmer fern. Genau so, wie Josh und ich es uns bei unserer ersten Verabredung erzählt haben.

Noch zehn Minuten bis Mitternacht.

Josh und ich hatten vor, uns im Kismet zu treffen. Wir wollten das neue Jahr mit einem Kuss einläuten. Ich hatte noch nie einen Neujahrskuss.

An dieser Entscheidung ist nichts leichter geworden. Dieses schreckliche Wort quält mich. *Exfreund*. Ich kann es nicht als die Wahrheit hinnehmen. Ich glaube nicht ... Ich kann nicht ... Ich weiß nicht mehr, warum ich das hier tue. Ich glaube, ich bin an jenem Abend im Auto durchgedreht. Ich weiß, ich bin durchgedreht. Und ich habe so ein instinktives, sehr durchdringendes und sehr hässliches Gefühl, dass ich einen Fehler gemacht habe.

Josh hat zu mir gesagt, dass ich nie erfahren würde, was für ein Mensch ich bin, wenn ich keine Risiken einginge. Sich zu entschuldigen wäre ein Risiko, zu Kreuze kriechen wäre ein Risiko, auf Knien um Vergebung bitten wäre ein Risiko.

Was habe ich nur getan? Ich liebe ihn.

Natürlich ist er das Risiko wert.

Auf einmal reiße ich mir den Schlafanzug vom Leib und schlüpfe blitzschnell in ein Kleid, einen Mantel und Stiefel. Ich rase an meinen schläfrigen Eltern im Wohnzimmer vorbei und rufe ihnen zu, dass ich gleich zurück bin. Ich achte nicht auf ihre besorgten Einwände. Ich renne nach unten, auf den Bürgersteig, über die Straße. Die Luft ist frostig und frisch und der Wind stark.

Josh, ich komme. Ich weiß, dass du da bist. Bitte geh nicht.

Ich sause um die Ecke und da ist es. Mein Hoffnungsfeuer. Ich rase auf das leuchtende große Fenster zu, weiche dabei Taxis aus und stoße mit einem Typen zusammen, der mit dem Arm über der Schulter seines Freundes nach Hause gebracht wird. Er schimpft lautstark, aber ich laufe weiter, bis ich durch die strahlende Glastür des Kismet stürme. Es ist noch geöffnet. Aber es ist leer.

Zwei Angestellte sitzen an einem Tisch. Als ich hereinkomme, blicken sie überrascht auf.

»Entschuldigung, aber ist ein Typ hier drinnen?« Ich keuche, aber ich muss laut sprechen, weil Rockmusik aus den Lautsprechern dröhnt. »*War* ein Typ hier? Ungefähr so alt wie ich?«

Eine Frau, deren Brust mit grellen Tattoos bedeckt ist, schüttelt den Kopf. »Tut mir leid, Schätzchen. Hier ist schon seit fast zwei Stunden nichts mehr los.«

In der Ferne bricht Geknalle und Jubel los. Autos hupen, Leute brüllen aus ihren Fenstern.

Es ist Mitternacht.

Ich renne wieder nach draußen und blicke hektisch die Straße rauf und runter, kann ihn aber nirgendwo entdecken. Zwei etwas ältere Mädchen als ich laufen am Lokal vorbei und schreien aus vollem Halse.

Nein, er kommt. Er muss spüren, dass ich hier bin, so wie beim letzten Mal.

»Ist alles in Ordnung mit dir? Du siehst nicht allzu gut

aus.« Die Frau mit den Tätowierungen steht neben mir und runzelt besorgt die Stirn.

»Mein Freu… mein Josh. Er kommt. Er muss jeden Moment hier sein.«

Der andere Angestellte, ein drahtiger Typ, in dem ich jetzt den gepiercten Abraham Lincoln erkenne, steckt den Kopf zur Tür raus. »Du hast meinen Kuss vergessen, Maggie.«

»Ich hab gar nichts vergessen«, antwortet sie.

»Er kommt«, wiederhole ich.

Maggie sieht mich prüfend von der Seite an. »Wie alt bist du denn? Wissen deine Eltern, dass du unterwegs bist?«

Ich werfe ihr einen ärgerlichen Blick zu. »Ich bin nur klein und zierlich. Kein Kind.«

Sie zuckt mit den Schultern. »Oookay. Aber ich werde trotzdem hier draußen mit dir warten.«

»Das müssen Sie nicht.« Der kalte Wind heult und trägt die anhaltenden Feiergeräusche herüber. Ich ziehe meinen Mantel fester um mich.

»Lieber Himmel.« Abraham schaudert. »Warte wenigstens drinnen.«

Sie überreden mich, wieder mit reinzukommen, und ich setze mich an den Tisch am Fenster. Den Tisch, an dem ich vor über einem halben Jahr gesessen habe. Sie drehen die Musik noch lauter. Mir tun die Ohren weh. Ich schaue auf mein Handy und sehe zu, wie die Minuten verrinnen. Zehn. Fünfzehn. Zwanzig. Josh hat seit Weihnachten nicht mehr angerufen. Bevor ich es mir wieder anders überlegen kann, rufe ich Brians Nummer an. Ich lande direkt auf der Mailbox einer unheimlich klingenden Schutzdienstagentur. Seines Arbeitgebers. Ich hinterlasse eine Nachricht, in der ich erkläre, wo ich bin, und bitte darum, dass Josh mich treffen soll. Dann renne ich wieder nach draußen, als müsste das ausreichen, damit er auftaucht.

Er ist nicht da.

Ich setze mich wieder, warte, bis zwei Minuten vergangen sind, und stürze wieder hinaus. Dieses Muster behalte ich eine Stunde lang bei. Ich rufe noch mal an. Ich hinterlasse noch eine Nachricht. Ich schaue nach draußen, aber es hat sich nichts geändert. Kein Josh.

Er kommt nicht.

Ich breche in der Tür zusammen und kriege nur halb mit, dass Maggie und Abraham auf mich zueilen. Das ist der Todesstoß. Es ist vorbei.

Kapitel achtundzwanzig

Das ist jetzt einen Monat her. Josh hat nicht zurückgerufen. Diese klaffende, blutende, offene Wunde – die ich mir selbst zugefügt habe – reibt mich auf. Ich muss mir immer wieder einreden, dass ich von Anfang an recht hatte und dass es richtig war, mit ihm Schluss zu machen, weil jetzt klar ist, dass er schließlich die Wahrheit dessen begriffen hat, was ich schon immer befürchtet habe. Dass er für mich keine Liebe empfunden hat, sondern ich ihm gut in den Kram gepasst habe.

Er hat es hinter sich gelassen.

Ich wünschte, ich könnte es hinter mir lassen. Aber ich hänge mit jeder Faser meines Wesens daran.

Nachts liege ich wach im Bett und tue so, als wäre sein Körper an meinen gepresst. Ich schließe die Augen und stelle mir das Gewicht seiner Arme vor, die über meinen liegen. Mich festhalten. Im Unterricht träume ich davon, ein Liebesschloss an der Pont de l'Archevêché anzubringen, einer Brücke in der Nähe von Notre-Dame. Pärchen schreiben ihre Initialen auf Vorhängeschlösser und schließen sie als öffentliche Liebeserklärung ans Geländer an. Ich sehne mich nach dieser Art von unzerbrechlicher, dauerhafter Verbindung.

Nach Neujahr sind mein Vater und ich mit dem Zug zum Dartmouth College gefahren. Ich wollte nicht hin, denn wie könnte ich dort noch zusagen, selbst wenn sie mich überhaupt nehmen? Aber Dad wollte, dass ich mir die Uni mal persönlich ansehe. Er ist aufgeregt, weil ich mich an einem unerwarteten Ort beworben habe.

Alles lag unter einer unberührten weißen Schneedecke. Dad hatte ein Vorstellungsgespräch für mich arrangiert und die ermutigende Frau hinter dem Schreibtisch zeigte mir Broschüren vom Campus im Frühling und Herbst. Darin sah er sogar noch schöner aus. Sie war beeindruckt von meinem Studienbuch und versicherte mir, dass viele Studenten bei ihrer Ankunft nicht wissen, was sie studieren sollen. Nach diesem Gespräch war ich hoffnungsvoll, gut gelaunt und lebendig.

Ich starb wieder irgendwann auf der Zugfahrt nach Hause. Dartmouth ist eine Zukunft, die ich hätte haben können, aber verloren habe. Sie gehört nicht mehr zu mir. Außerdem ist mein hässlicher geheimer Wunsch erfüllt worden: Eine Uni hat mich abgelehnt und mir die Entscheidung dadurch abgenommen. Ich werde in Paris bleiben und an der Sorbonne studieren. Vielleicht lerne ich eines Tages jemanden kennen, der mich Josh vergessen lässt. Vielleicht heiraten wir. Vielleicht bleibe ich für immer in Frankreich.

Aber ein paar Dinge *haben* sich geändert.

Kurts Platzhalter-Kommentar geht mir nicht aus dem Kopf. *Ich* bin nämlich ersetzt worden. Während ich einen Monat nachsitzen musste, ist er mit zwei Schülern des zweiten Jahrgangs ins Gespräch gekommen. Mit Nikhil Devi – dieser Familie kann ich anscheinend nicht entkommen – und Nikhils bestem Freund, Michael. Kurt hat mitbekommen, wie sich die beiden über die Tunnel unterhalten haben, und gemerkt, dass sie ebenfalls davon besessen sind. Er hat die beiden im letzten Halbjahr ein paarmal erwähnt, aber ich war so mit meinen eigenen Problemen beschäftigt, dass mir nicht klar war, dass sie sich tatsächlich treffen. Sie sind über die Weihnachtsferien in Kontakt geblieben und jetzt hat ihre Freundschaft die nächste natürliche Ebene erreicht.

Nikhil und Michael sitzen an unserem Tisch in der Mensa.

So muss Kurt sich gefühlt haben, als Josh mit uns gegessen hat. Obwohl mich Nikhil und Michael nicht ignorieren – das tun sie nicht, so wie Josh auch Kurt nicht ignoriert hat –, sie sitzen nicht gerade an unserem Tisch, weil sie mich mögen. Okay, Nikhil scheint mich tatsächlich auf andere Weise zu mögen, aber das ist wieder eine andere unangenehme Situation.

Es ist merkwürdig zu wissen, dass Nikhil durch Rashmi nicht unerheblich viel Zeit mit Josh verbracht hat. Gern hätte ich ihn nach ihnen ausgefragt. Wie waren sie so als Paar? Wie waren Josh und ich im Vergleich dazu? Aber das wäre gemein.

Nicht dass ich noch ein guter Mensch wäre.

Ich kann mich des Eindrucks nicht erwehren, dass sich Kurt absichtlich von mir zurückzieht. Und nicht nur, weil er es leid war, bei mir die zweite Geige zu spielen, sondern aus dem gleichen Grund, aus dem Josh sich von seinen Freunden zurückgezogen hat, als er im vorletzten Jahr war und seine Freunde vor dem Schulabschluss standen. Kurt wird immer mein bester Freund sein, natürlich wird er das, aber die Dinge haben sich geändert. Zum allerersten Mal war Kurt nicht mehr der wichtigste Mensch in meinem Leben. Ich hatte Schwierigkeiten, damit klarzukommen. Es muss für Kurt auch nicht einfach gewesen sein.

Und doch … er blüht richtig auf. Was für mich nur umso deutlicher zeigt, dass *ich* der Grund war, weshalb wir keine anderen Freunde hatten. Nicht Kurt. *Ich* habe uns davon abgehalten. Als ich verschwunden bin, hat Kurt neue Bekannte gefunden, mit denen er seine Zeit verbringen kann, aber ich habe immer noch niemand anderen. Wie freundet man sich überhaupt mit jemandem an? Wie geht das?

Ich muss immer über Risiken nachdenken. Ich bin ein Risiko eingegangen, als ich zum Kismet gegangen bin, und noch eines, als ich Brians Handy angerufen habe. Beides ist nach hinten losgegangen. Ich brauche den ganzen Januar, um genug Mut aufzubringen, dass ich noch einen Versuch wagen kann. Auch wenn es für Josh zu spät ist, möchte ich meine anderen Probleme angehen – meinen Mangel an Freunden und meinen Mangel an Mut im Alltag.

Es passiert eines Abends in der Mensa. Bei Kurt und seinen Freunden ergibt sich eine Pause in der Unterhaltung und ich schlage zu, bevor ich es mir anders überlegen kann. »Angoulême ist dieses Wochenende. Habt ihr Lust, mit mir hinzufahren?«

Angoulême ist eine Stadt, die etwa drei Zugstunden in südwestlicher Richtung von Paris entfernt ist, aber es ist auch die Kurzform für den Namen des größten Comicfestivals in Europa. Das schwarz-weiße Wildkatzen-Maskottchen ist auf jede freie Werbefläche gezwängt worden, die nicht schon von der Olympiade belegt ist. Es kommt mir vor wie ein Symbol für alles, was ich verloren habe. Wenn Josh noch hier wäre – und wir noch zusammen wären –, würden wir einen Tagesausflug dorthin machen, ohne groß darüber nachzudenken. Ich muss mir selbst beweisen, dass ich auch ohne ihn hinfahren kann. Ich habe Nikhil und Michael auch schon beim Comiclesen gesehen, also ist das doch ein reizvolles Angebot, oder?

»Ich dachte, du hast genug davon, die Stadt ohne Erlaubnis zu verlassen«, sagt Kurt.

»Es ist doch bloß ein Nachmittag«, entgegne ich. »Die Schule bekommt nichts davon mit.«

Nikhil setzt sich eifrig auf. Er ist winzig und leicht erregbar, ein kindlich verspielter Energieball, und spricht stets in Form von begeistertem Geplapper. »Klingt doch super. Ja, Leute, ich bin dafür! Fahren wir hin.«

Michael grinst ihn mit seiner Zahnspange an. »Ich frage mich, warum du in Wirklichkeit hinfahren willst.«

»Weil er Isla poppen will«, antwortet Kurt.

»*Kurt.*« Ich bin beschämt.

»Ja.« Michael verdreht die Augen. »Ich weiß.«

»Oh.« Sie mögen Freunde sein, aber sie haben noch nicht ganz begriffen, wie der jeweils andere tickt. Dann hebt Kurt sofort wieder den Kopf, weil er immer noch mehr Informationen hat als Michael. »Das wird nicht passieren. Sie ist immer noch besessen von Josh.«

»Kurt, ich sitze genau neben dir.« Ich versuche, Nikhil als Entschuldigung zuzuzwinkern, aber er starrt entschlossen auf sein Essenstablett. Seine dunkelbraune Haut hat einen leuchtend roten Schimmer bekommen.

Verknallt zu sein ist so furchtbar. Ich frage mich, für wen es wohl schlimmer ist – für den, der verknallt ist, oder für den, in den jemand verknallt ist. Ich denke an meine drei Jahre, in denen ich Josh aus der Ferne beobachtet habe. Ja, eindeutig für den, der verknallt ist.

Armer Nikhil.

Und ich Arme.

»Ist auch egal«, sagt Michael. Er spricht mit einer scharfsinnigen Autorität, die nicht zu seinen ungepflegten, abstehenden Haaren passt. »Samstag ist der einzige Tag, an dem Arnaud uns runterbringen kann.«

»Wer ist Arnaud?«, frage ich.

Kurt sticht mit der Gabel in eine Bratkartoffel. »Unsere erste Kontaktperson. Michael hat ihn gefunden. Er arbeitet im Museum der Abwasserkanäle.«

»Es gibt ein Museum der Abwasserkanäle?« Das Gute daran ist immerhin, dass es noch genug für mich über Paris zu lernen gibt. Schließlich werde ich ja noch eine Weile hier sein. Falls Kurt sich weiterhin für dieses Thema interessiert, werde ich irgendwann wahrscheinlich auch unter der Erde herumkriechen. So übel ist das gar nicht. Eng und schmutzig, klar. Aber auch ein Abenteuer. Denke ich zumindest.

»Na klar«, antwortet Kurt. Als gäbe es in jeder Stadt ein Abwassermuseum. »Komm du doch einfach dieses Wochenende mit uns mit.«

Ich stelle mir Rohre und Schlamm und Dunkelheit vor. Und dann einen Zug und unbebautes Land und ein verschlafenes Städtchen voller Comics.

Ja. Ich suche mir an einem anderen Tag neue Freunde.

An diesem Abend wartet ein Brief auf mich. Ich gucke in meinen Briefkasten und fürchte mich davor, ihn herauszuholen. Ich wünsche mir, dass er von Josh ist. Ich wünsche es mir so sehnlich.

Mit zitterndem Arm greife ich hinein und ziehe ihn heraus.

Er ist nicht von Josh.

Der Schlag in meine Magengrube ist so stark wie eh und je. Ich habe es noch kein bisschen geschafft, über Josh hinwegzukommen. Keinen Zentimeter, nicht mal einen Millimeter habe ich in diese Richtung geschafft. Angeblich heilt die Zeit alle Wunden, auch Liebeskummer. Aber wie viel Zeit braucht die Zeit dafür?

Ich lese die Absenderadresse und werde von einer zweiten Schockwelle getroffen. Ich reiße den Umschlag auf, genau an Ort und Stelle im Flur, und zerre den Brief heraus. Mir wird schwindelig. Ich lese den ersten Satz noch einmal, aber die Wörter haben sich nicht geändert. Das ist eine andere Art von Herzschmerz. *Mit großer Freude informieren wir Sie im Namen der Fakultät und der Lehrkörper, dass Sie im Dartmouth College angenommen wurden.*

Auf den Straßen von Angoulême wimmelt es von roten Ballons und Scharen von glücklichen Lesern. Leider kann ihre Begeisterung den Regen nicht aufhalten. Warum regnet es jedes Mal, wenn ich verreise? Diesmal kaufe ich mir sofort einen Schirm. Den letzten habe ich seit Barcelona nicht mehr gesehen. Josh muss ihn haben. Oder vielleicht haben wir ihn auch im Park liegen lassen. Schirme sind so klein und traurig und leicht zu vergessen.

Ich spaziere durch die Stadt, die Veranstaltungsorte, das Comicmuseum. Festivals wie diese sind nicht so verrückt wie ihre amerikanischen Pendants – es laufen auch viel weniger Kostümierte herum –, aber die europäischen Besucher scheinen mir dennoch ungehemmter als gewöhnlich. Ich versuche, mich von ihrer Begeisterung anstecken zu lassen, und gelegentlich funktioniert das sogar. Als ich zum Beispiel eine mir unbekannte Autorin und Illustratorin entdecke, die über ein geteiltes Leben in China und den USA schreibt. Erst nachdem ich zwei Bände gekauft habe, fällt mir ein, dass auch Josh sie sicher sehr gemocht hätte. Und die Tatsache, dass ich sie ihm nicht zeigen kann, bereitet mir neuen Herzschmerz.

Es wird schlimmer, als ich vor einer riesigen Auslage stehe, in der nur Titel von Joann Sfar angepriesen werden. Und noch schlimmer, als einer von Joshs Lieblingskünstlern leibhaftig vor mir steht. Ich muss mich selbst davon abhalten, mir ein Buch für ihn signieren zu lassen. Das erscheint mir egoistisch, also rede ich es mir wieder ein mit dem Argument, dass ich mir einfach selbst etwas signieren lasse. Ohne Widmung. Falls ich ihn jemals wiedersehe, kann er es haben. Doch in dem Augenblick, als mich der Cartoonist fragt, platze ich heraus: »›Für Josh‹, bitte.« Und bevor ich meinen Fehler korrigieren kann, steht der Name meines Exfreunds – *das* Wort kann ich jetzt immerhin sagen – in Tinte auf der Titelseite, neben einer gezeichneten Rose.

Ausgerechnet. Einer Rose.

Ich kann einfach nicht gewinnen.

Zurück in Paris überlege ich beim Anblick der olympischen Plakate, ob ich mir für nächsten Monat eine Fahrkarte nach Chambéry besorgen soll. Aber der Gedanke an einen weiteren überfüllten Zug, eine weitere überfüllte Kleinstadt, all die überfüllten Hotels … Igitt. Nein.

Dieses Gefühl ist überhaupt seit einiger Zeit vorherrschend bei mir: Igitt. Nein.

Es bleibt kalt in der Stadt. Ein paar Tage nach Angoulême husche ich in eine der griechischen Imbissbuden im Quartier Latin und suche nach Wärme in Form von heißen Pommes. *Frites*. Oder *French Fries*, die eigentlich *Belgian Fries* heißen sollten, wenn die Amerikaner es mal richtig hinkriegen wollen.

Meine Güte. Kein Wunder, dass ich keine Freunde habe.

Das Restaurant ist leer. Ich setze mich mit dem zweiten Band der chinesisch-amerikanischen Autobiografie über ein geteiltes Leben nach ganz hinten. Ich kann es nicht weglegen. Viel davon kommt mir auf deprimierende, aber auch befriedigende Weise bekannt vor.

Die Türglöckchen läuten und ein weiterer Gast betritt den Laden.

Sanjita sieht genauso erschrocken aus, mich zu sehen, wie

ich es bin, dass ich sie hier sehe. Sie winkt mir unsicher zu. Ich winke zurück. Sie kauft sich ebenfalls eine Tüte Pommes, und ich bin froh, dass sie diejenige ist, die die Entscheidung fällen muss, ob sie sich zu mir setzt oder geht. Das Restaurant ist zu klein und uns verbindet zu viel, als dass sie sich allein woanders hinsetzen könnte.

Sie zögert. Wirkt ängstlich. Kommt trotzdem zu mir.

»Saukalt da draußen«, sagt sie.

Ich bin überrascht, wie dankbar ich über ihre Gesellschaft bin. »Stimmt. Von mir aus könnte es endlich mal schneien.«

»Geht mir genauso. Kommt einem komisch vor, wenn es ohne Schnee so kalt ist.«

Verlegenes Schweigen. Die Art von Schweigen, die allen Gemeinplätzen über das Wetter folgt und die angefüllt ist mit allem, was wir *nicht* aussprechen. Ich versuche gerade, ein weiteres neutrales Thema zu finden, als sie fragt: »Wie geht's Josh?«

Das Blut verschwindet aus meinem Gesicht.

Sanjita merkt es gar nicht. Sie stochert in ihren Pommes herum. »Es tat mir total leid für euch, dass er gehen musste.«

Dieser unerwartete Moment des Mitgefühls rührt mich. »Ich … weiß nicht, wie es ihm geht. Wahrscheinlich gut. Wir haben letzten Monat Schluss gemacht.«

»Wirklich?« Sie hebt verblüfft den Kopf. »Aber ihr wart wie geschaffen füreinander.«

Der Boden kippt. »Findest du?«

»Klar. Und du warst ewig in ihn verknallt. Das muss doch der Wahnsinn gewesen sein, als du dann tatsächlich mit ihm zusammen warst.«

Meine Erleichterung darüber, verstanden zu werden – wirklich und tatsächlich verstanden zu werden – ist groß. Die Leere in mir verwandelt sich blitzschnell in einen Gefühlsstrom. »Es *war* der Wahnsinn. Es hat mich umgehauen. Es war das Beste, was mir jemals passiert ist.«

Sanjita beugt sich vor und ihre goldenen Ohrhänger baumeln. »Was ist denn schiefgegangen?«

»Ich mochte ihn – ich *liebte* ihn –, aber ich glaube nicht, dass er mich genauso geliebt hat.«

Sie nimmt die Schultern herunter. »Er hat mit dir Schluss gemacht.«

»Nein. Ich mit ihm.«

Sie verzieht das Gesicht. »Oh. Autsch.«

»Ich weiß.«

Aber ihre Stirn furcht sich noch mehr. »Ich kapier's nicht. Ihr wart doch unzertrennlich. Ich hab doch gesehen, wie er dich angesehen hat. So hat er Rashmi nie angesehen.«

Mir bleibt das Herz stehen. Nikhil kann ich nicht fragen, aber … Sanjita.

»Wie … Wie waren sie denn als Paar, deine Schwester und Josh?«

Sie zuckt die Achseln und ihre langen Ohrringe baumeln

wieder. »Keine Ahnung. Sie haben sich ständig gestritten. Wahrscheinlich waren sie sich ähnlicher, als ihnen klar war, beide eigensinnig und fest entschlossen. Deshalb haben sie irgendwie miteinander funktioniert, aber es wäre nie von Dauer gewesen. Da war nichts ausgeglichen.«

Bei mir und Josh schon. Oder?

»Nicht dass sie *mir* irgendwas erzählt hätte.« Sanjitas Miene verfinstert sich. »Aber von außen betrachtet sah es so aus, als wären sie beide besser bei jemandem aufgehoben, der sanfter ist. Wie du.«

Ich bin mir nicht sicher, ob mir das Wort gefällt. Sanfter.

Sie bemerkt meinen Gesichtsausdruck und schüttelt den Kopf. »Nein, nicht sanft im Sinne von weich. Ich meinte … jemand, der ihnen genügend Raum lässt, um zu gedeihen. Der nicht versucht, sie zu ändern. Der sie unterstützt – auch wenn sie sich blöd verhalten – und der sie zurückführt, wenn sie es brauchen.«

»Und du glaubst … ich bin so?«

»Machst du Witze? Du bist der geduldigste und versöhnlichste Mensch, den ich kenne.«

Da passiert etwas Seltsames. Irgendetwas tief in meinem Innern begreift, dass es stimmt, was sie sagt. Ich *bin* geduldig und versöhnlich.

Nur nicht mit mir selbst.

Sie wendet den Blick wieder ab, verbirgt wieder ihr Gesicht, und ich weiß, sie denkt an Kurt. Daran, wie sie mich monatelang auf die Probe gestellt hat. Wie ich mit beiden befreundet sein wollte und sie mich trotzdem gezwungen hat, mich zu entscheiden. Ich sehe ihr an, dass sie sich schämt. Sie räuspert sich und kehrt in die Gegenwart zurück. »Und warum glaubst du, dass Josh dich nicht geliebt hat?«

»Ich kam mir vor wie … eine nette Ablenkung. Er war so unglücklich hier, weißt du?«

»Handys sind eine Ablenkung. Das Internet ist eine Ablenkung. So wie er dich angesehen hat, war er nicht abgelenkt, sondern verzehrte sich nach dir.«

Ich habe so eine Ahnung, dass sie besonders nett zu mir ist, um die Vergangenheit wiedergutzumachen, ohne sich entschuldigen zu müssen. Es kommt mir feige vor. Andererseits scheint sie zu meinen, was sie sagt. Das ist zugleich meine größte Angst und meine größte Hoffnung. Ist es nach all meinen Zweifeln und Vermutungen möglich, dass Josh mich tatsächlich genauso sehr liebte wie ich ihn? Ist es möglich, dass er etwas in mir gesehen hat, das ich selbst nicht so einfach sehen kann?

Ist es möglich, dass ich der Liebe eines Menschen würdig bin, den ich liebe?

Mein Herz klopft doppelt so schnell wie sonst. »So oder so«, sage ich. Es klingt, als würde ich mich verteidigen. Als suchte ich nach einer Ausrede, was vermutlich auch stimmt. »Er muss jetzt mal die Kurve kriegen. Als wir das letzte Mal miteinander gesprochen haben, wusste er immer noch nicht, was er nach der Schule machen soll. Es ist noch ein halbes Jahr bis zum Highschoolabschluss und er wartet einfach ab. Ohne Abschluss kann er nicht nach Neuengland gehen. Also geht er im Prinzip nirgendwohin.«

Sanjita macht ein verwirrtes Gesicht. »Neuengland?«

Ich erzähle ihr von seiner Uni und dann sprudelt alles andere auch aus mir heraus. »Ich dachte, ich könnte mich an den Gedanken gewöhnen, an der Sorbonne zu studieren, aber jetzt bin ich mir nicht mehr so sicher. Als wir noch zusammen waren, fand ich es aufregend, an einen ganz neuen Ort zu ziehen. Ich habe recherchiert und fand Dartmouth richtig cool, weißt du? Anders. Und als ich vor ein paar Wochen dort war, fand ich es sogar noch besser, als ich es mir vorgestellt hatte. Dann hatten wir Schluss und es war wieder *sein* Ort …«

»Ich dachte, er geht nirgendwohin.«

»Das weiß ich nicht genau.«

»Und wenn schon? Nimm doch Dartmouth.«

»Ja, aber wenn er dann denkt, ich ziehe nur seinetwegen dorthin?«

»Ist es denn so?«

»Nein, aber …«

»Dann zieh doch hin.«

Ich runzle die Stirn, und sie sieht mich an, als wäre ich schwer von Begriff. »Ich verstehe nicht, was daran so schwierig sein soll«, fährt sie fort. »Du hast eine Zusage der Uni bekommen, an der du studieren wolltest. Dann tu es doch einfach.«

Lieber Himmel. Sie hat recht. Ist es wirklich so einfach?

Sanjita verschränkt selbstgefällig die Arme. Sie weiß, dass sie mich überzeugt hat.

»Du wolltest doch mal Anwältin werden«, sage ich. »Willst du das immer noch? Du kannst deine Argumente nämlich ganz schön überzeugend rüberbringen.«

Sie grinst. »Soll ich noch was für dich deichseln?«

»Ich weiß nicht. Meine Schwester vielleicht. Kannst du die für mich deichseln?«

»Hattie, nehme ich an?«

»Sie ist unerbittlich.« Ich reibe *une frite* in das Papier. »Neulich ist sie in meinem Zimmer aufgetaucht – natürlich uneingeladen – und hat sofort angefangen, alle meine Sachen durchzuwühlen. Ich hab ihr gesagt, sie soll das lassen, aber dann hat sie einen riesigen Bücherstapel von meinem Schreibtisch geschoben.«

»Vielleicht ist sie nur neugierig und will etwas über dich erfahren. Vielleicht hat sie es nicht mit Absicht gemacht.«

Ich schüttle den Kopf. »Hattie macht nichts ohne Absicht. Sie hat es getan, um mir auf die Nerven zu gehen, und es hat funktioniert. Wie immer.«

Sanjita zieht eine Augenbraue hoch. »Ich weiß nicht. Klingt, als würdest du sie wie ein Kind behandeln, also benimmt sie sich auch so.«

Ich kann meine Überraschung nicht verbergen. Oder meine Empörung.

Sie nimmt die Hände hoch, wie um sich zu verteidigen. »Ich habe drei ältere Schwestern. Könnten auch drei Mütter sein. Ich habe mich sehr bemüht, Nikhil nicht dieses Jahr genauso zu behandeln.«

Ich greife mit einer Hand nach meiner Halskette. »Wie zum Beispiel?«

»Hast du sie jemals in dein Zimmer *eingeladen*? Oder sonst irgendwohin?«

Langes, leeres Schweigen. Sanjita deutet es richtig. »Was ist mit Gen? Verbringt ihr mal Zeit zusammen, nur ihr beide?«

»Sie lebt auf der anderen Seite des Atlantiks.« Es kommt gereizter heraus, als ich beabsichtigt hatte.

»Aber das macht ihr, oder? In den Ferien.«

Ich denke daran, wie Gen an Thanksgiving in meinem Zimmer war. Und dann noch mal zu Weihnachten. Die Wahrheit überkommt mich wie eine Flutwelle. Es stimmt. Hattie versucht mir das schon seit Jahren zu sagen. Ich behandle Gen wie eine Freundin, aber Hattie wie ein Kind.

Ich bemuttere sie.

Hattie ist schon seit Ewigkeiten kein Baby mehr. Ich war herablassend zu ihr, habe sie nie als Gleichgestellte gesehen und sie auch nie so behandelt. Sie braucht mich als Vertraute. Als Freundin. Und dann wird mir erst die unerwartete

Kehrseite klar: Ich brauche sie in dieser Hinsicht noch viel mehr.

»Du solltest zwei Hauptfächer in Erwägung ziehen«, schlage ich vor. »Jura *und* Psychologie.«

Sanjita lächelt, als würde sie sich freuen, gesehen zu werden. Genau wie ich.

Kapitel neunundzwanzig

Sanjita und ich unterhalten uns noch mehr über das Studium und die Zukunft. Wir reden aber nicht über Kurt. Und nicht über Emily. Und als der Januar in den Februar übergeht, wird mir klar, dass wir das vermutlich auch niemals tun werden. Wir haben uns zu sehr auseinanderentwickelt und die Verletzungen aus der Vergangenheit sind zu groß. Wahre Freundschaft kommt nicht mehr infrage. Aber ich bin deshalb nicht traurig, sondern erleichtert. Es gibt ein vernünftiges Maß an Respekt und Wohlwollen zwischen uns. Und das ist auch schon etwas.

Unser Gespräch hat mir auch vor Augen geführt, wie sehr ich es in meinem Leben vermisst habe, eine Freundin zu haben. Sanjita und ich werden vielleicht nie wieder befreundet sein, aber es gibt noch jemand anderen, den ich schon viel zu lange nicht beachtet habe: Hattie.

Es wird Zeit, diesen dummen Groll abzulegen. Ich weiß, dass sie mich und Josh nicht absichtlich in Schwierigkeiten bringen wollte. Das hat sie letztlich auch nicht. *Sie* hat nicht für Joshs Rauswurf gesorgt. Wir haben uns selbst in Schwierigkeiten gebracht und Josh hat selbst für seinen Rauswurf gesorgt.

Der Schmerz über seinen Verlust sitzt so tief wie eh und je. Ich werde es nur dann schaffen, irgendwann darüber hinwegzukommen, wenn ich dafür sorgen kann, dass er nicht vergebens war. Dass ich etwas daraus gelernt habe. Zumindest wird es sich besser anfühlen, etwas zu tun, als herumzusitzen und sich selbst zu bemitleiden. Ich brauche eine Weile, um den richtigen Weg dafür zu finden, mich gleichzeitig zu entschuldigen und eine freundschaftliche Geste zu zeigen, aber noch länger brauche ich, um überhaupt den Mut zusammenzunehmen, mit ihr zu reden.

Sie ist zwar meine Schwester, aber sie kann wahnsinnig einschüchternd sein.

Ich finde den Mut an einem Sonntagnachmittag, als Kurt mit seinen Freunden beim Höhlenforschen ist. Oder … vielleicht finde ich gar nicht so sehr den Mut, sondern ich bin dazu gezwungen. Denn wann immer meine Welt zum Stillstand kommt, muss ich an das Loch in meinem Herzen denken, das so groß wie Josh ist. Es ist zu traurig für mich, allein zu sein.

Hattie reagiert skeptisch auf meine Nachricht, erklärt sich aber schneller bereit, sich mit mir zu treffen, als ich gedacht hätte. Ich warte draußen vor ihrem Wohnheim. »Warum sollte ich mich warm anziehen?«, fragt sie. »Willst du mich in ein sibirisches Gefängnis bringen?«

Ich lächle und gehe ohne sie über die Straße. »Nö.«

Sie zögert. Dann kommt sie nach und läuft neben mir. »In eine verlassene Forschungsstation der Antarktis?«

»Nö.«

»Du willst mit mir für unser Zweier-Skeletonrennen bei den Olympischen Spielen trainieren.«

»Ja.«

»Glaubst du, dass es endlich schneit?«

Diese Frage verblüfft mich, weil es eine ernst gemeinte ist. Hattie blickt in den Himmel. »Eher nicht«, antworte ich. »Wir hatten bisher nicht dieses Glück. Warum sollte sich das jetzt ändern?«

»Du warst immer meine positiv denkende Schwester«, murrt sie. Wir spazieren schweigend zum anderen Seine-Ufer, und sie schimpft weiter, als wir unser Ziel erreichen. »Tante Juliettes Haus. Soll das eine Intervention werden? Hast du von meiner Sexsucht erfahren? Ich stehe eben auf alte Männer in Babywindeln, was ist schon dabei?«

»Ich bringe dich nicht zu Tante Juliette.«

»Ich war schon hundertmal hier, schon vergessen?«, knurrt sie.

»Sei einfach still und komm mit.«

Aus irgendeinem Grund gehorcht sie. Sie folgt mir die Treppe hinauf. Im zweiten Stock drehe ich mich zu ihr um und sage: »Windeln, soso.«

»Und Gitterbettchen für Erwachsene. Das ist heiß.«

Ich muss lachen.

Ein winziges Lächeln huscht über ihr Gesicht, bevor es wieder ausdruckslos wird. »Und zusammengewachsene Augenbrauen. Ich mag einen alten Knacker mit riesigen, rauen, zusammengewachsenen Augenbrauen.«

Ich lache wieder. »Meine Güte, Hattie.«

Wir kommen an der lila Tür mit der Leopardenmatte vorbei. »Das ist eindeutig Tante Juliettes Tür«, stellt sie fest.

Ich führe sie zu meiner Tür. »Und die hier?«

»Ihr blödes Dach. Gen hat mal meinen Teddybär über die Brüstung geworfen und ein Moped ist drübergefahren. Sludge war nicht mehr derselbe.«

»Das hat sie gemacht? Wirklich?« Ich bin erschrocken. Daran kann ich mich nicht erinnern.

»Ja, wirklich.«

Ich schließe die Tür auf und steige die wackligen Stufen hinauf. »Also. Sludge ist in Sicherheit. Ich verspreche dir, dass ich dich nicht hier raufführe, um einen traumatischen Moment aus deiner Kindheit zurückzuholen.«

»Weiß ich, dass du das nicht tun würdest.« Sie sagt es so leise, dass ich es kaum höre.

Ich werfe die Bodenklappe auf und Hattie blinzelt ins Sonnenlicht. Ich greife nach ihrer Hand und helfe ihr aufs Dach. Sie macht große Augen. Meine ungerührte, unerschütterliche Schwester staunt über ihre Umgebung. »Wer hat das gemacht?«, fragt sie. »Das ist deine Terrasse, oder? Sieht nach dir aus.«

Ich bin nicht sicher, ob das gut oder schlecht ist. »Sie ist geliehen. Ich benutze sie seit ein paar Jahren.«

Hattie wirbelt herum und sieht mich mit zusammengekniffenen Augen an. »Also hat Gen sie dir überlassen? Das ist euer Ort? Für euch beide?«

»Gen? Nein, Tante Juliette hat sie mir in meinem zweiten Highschooljahr überlassen. So hatten Kurt und ich einen Ort, an den wir … vor allen anderen flüchten konnten. Gen weiß nichts davon.«

»Nicht?« Ihre Stimme hat einen herzzerreißenden, hoffnungsvollen Unterton. Und da weiß ich, dass alles, was Sanjita gesagt hat, wahr ist.

Ich lächle sanft. »Nein. Es ist ein Geheimnis. Sie weiß nichts davon.«

»Hübsch hier«, sagt Hattie schließlich.

»Danke. Ich bin froh, dass dir die Terrasse gefällt. Sie gehört jetzt dir.«

Hattie sieht zum zweiten Mal innerhalb einer Minute überrascht aus. Ich halte ihr den Schlüssel hin. Sie nimmt ihn bedächtig entgegen. »Willst du sie nicht Kurt überlassen? Gehört sie nicht auch ihm?«

»Kurt hat jetzt neue Orte, die er erforschen kann. Und … er ist nicht du. Er ist nicht meine Schwester.«

Sie scheint fast erschüttert zu sein. Aber auch nur fast.

»Und du brauchst das Zeug hier auch nicht zu behalten, das ist bloß Müll, den wir über die Jahre gesammelt haben …«

»Nein! Nein, das gefällt mir.« Sie sieht sich um und ihr Blick fällt auf das Wandgemälde, das ich nach Kräften ignoriert habe. »Du hast Josh auch hergebracht.«

Ich stecke die Hände in die Manteltaschen. »Ja.«

»Dann war das hier eine Art abgedrehter Sex-Spielplatz? Habt ihr es auf dem Kopf von dem Karussellpferd getrieben?«

»Hattie!«

Sie lacht, weil ich rot anlaufe, und nach einem Moment muss ich mitlachen. »Nein«, antworte ich. »Aber die Decke in dem Koffer da solltest du vielleicht waschen.«

Meine Schwester kreischt vor echtem Entsetzen und wir müssen beide noch heftiger lachen. Als wir schließlich aufhören, wendet sie sich wieder von mir ab und blickt auf den Fluss hinaus. »Es ist echt cool, dass du mir die Terrasse überlässt. Also … vielen Dank.«

»Es tut mir leid.« Ich hole tief Luft. »Dass ich dieses Jahr so scheußlich zu dir war. Und dass ich dich für etwas verantwortlich gemacht habe, was nicht deine Schuld war.«

Hattie nickt. Sie blickt weiter auf die Seine. Aber ich weiß, dass sie meine Entschuldigung annimmt.

Ich hole noch mal tief Luft und … *da ist er*. Ein neuer, deutlicher Geruch in der Luft. Hattie dreht den Kopf und lächelt mich an, als die ersten Schneeflocken des Jahres auf Paris herunterrieseln. Die Stadt ist kalt und still und wunderschön.

»Meinst du, du vermisst das hier nächstes Jahr?«, fragt sie, und als ich sie überrascht angucke, fügt sie hinzu: »Maman hat mir erzählt, dass sie Dartmouth den ersten Scheck geschickt haben.«

Ich zögere und sage ihr dann die Wahrheit. »Ich werde Paris definitiv vermissen. Und New York auch. Ich bin aufgeregt und ich habe Angst, aber … ich denke, meine Aufregung ist größer als meine Angst. Glaube ich«, erkläre ich.

»Glaubst du?«

»Glaube ich.« Ich rutsche an der Mauer herunter, bis ich sitze. Hattie setzt sich neben mich. Wir verschränken schaudernd die Arme. »Als ich mit Josh in Spanien war, waren wir in einem Park. Einem supersuperschönen Park. Und der brachte mich auf den Gedanken, dass ich vielleicht nicht der Mensch bin, der ich zu sein glaubte. Vielleicht bin ich gar kein Mädchen für die Großstadt. Vielleicht habe ich immer nur Paris mit New York verglichen, weil mir alles andere irgendwie unwirklich vorkam. Wie etwas …«

»… das man in einem Buch liest.«

»*Genau*. Aber als ich mit diesem wunderbaren Jungen in diesem wunderbaren Park war und wir über eine andere Zukunft gesprochen haben, in der ich jemand bin, der lernt, wie man zeltet, auf Felsen klettert, Feuer macht und unter den Sternen schläft … schien es mir in dem Moment möglich zu sein.«

»Und jetzt? Willst du Parkwächter werden?«

Ich lache. »Ich will bloß diese Dinge ausprobieren. Sie klingen, als würden sie Spaß machen.«

»Und was ist mit Josh?«

Mein Blick bleibt an seinem Wandbild hängen. Auf dem rotbraunen Sandsteinhaus mit dem Efeu in den Blumenkästen und der amerikanischen Flagge. »Was soll mit ihm sein?«

»Kommt er nicht mehr in deinen Plänen vor?«

»Tja … nein. Wir sind nicht mehr zusammen. Und ich brauche ihn auch nicht, um diese Dinge zu tun.«

»Ja, klar«, sagt Hattie. »Das meinte ich aber nicht. Ich meinte, *willst* du diese Dinge nicht immer noch mit ihm tun?«

»Doch«, flüstere ich. »Ich will immer noch alles mit ihm tun.«

»Isla … Wie kommst du darauf, dass Josh dich nicht geliebt hat?«

Meine Stimme wird noch leiser. »Weil ich dachte, dass mich niemand lieben könnte.«

»Und wie kommst du darauf?«

»Weil ich dachte, ich wäre es nicht wert, geliebt zu werden.«

Hattie denkt darüber nach. Dann haut sie mir in den Magen. Ich jaule überrascht auf und sie haut mich noch mal. »Sei nicht albern.«

»Autsch.«

»Jeder ist es wert, geliebt zu werden. Sogar eine blöde Schwester wie du.«

Ich schnaube verächtlich. »Ja, vielen Dank, hab's kapiert. Mir geht's wieder gut.«

»Wirklich? Du benimmst dich nämlich nicht wie jemand, dem es gut geht. Du schleichst trübsinnig in der Schule herum, du verlässt fast nie dein Zimmer und du siehst immer unglücklich aus.«

»Sagt mir genau die Schwester, die immer ein finsteres Gesicht macht.«

»Du musst mit ihm reden.«

Ich seufze und schaue auf meinen Schoß. »Ich weiß.«

»Warum hast du es dann noch nicht gemacht?«

»Weil ich inzwischen glaube, dass er mich geliebt hat. Und ich habe Angst, dass er nach all dieser Zeit, nach allem, was er meinetwegen durchmachen musste … mich nicht mehr liebt.«

»O Mann. Dann geh das Risiko ein und find es heraus. Je eher du ihn fragst, desto eher kannst du mit deinem Leben weitermachen. Auf die eine oder andere Weise«, fügt sie hinzu.

Dank Josh gehe ich jetzt Risiken ein. Ich habe gelernt, dass ich nie die Chance habe, glücklicher zu werden, wenn ich nicht die Bereiche meines Lebens verlasse, die für mich bequem sind. Am Dartmouth College zuzusagen war ein Risiko.

Meine Schwester zu bitten, mit mir hierherzukommen, war ein Risiko. Aber das größte Risiko von allen ist immer noch Josh selbst. Ich habe immer noch nicht den Mut, ihm die Gelegenheit zu geben, Nein zu sagen. Die Unwissenheit ist furchtbar, aber immer noch besser, als die falsche Antwort zu bekommen.

Ein gedämpftes Klingeln kommt aus meiner Manteltasche. Ich ziehe mein Handy heraus, um es auf lautlos zu stellen, doch es fällt mir aus der Hand und prallt gegen den Beton.

Josh.

Da steht tatsächlich sein Name. Das letzte Mal, dass ich ihn auf meinem Display gesehen habe, war vor Barcelona. Mein Herz krampft sich zusammen. »Ist er es wirklich? Wie kann er es sein?«

»Wow. Er hat uns gehört.«

Ich hebe das Handy auf. »Was mach ich jetzt?«

»Noch ein Klingeln, dann geht die Mailbox ran.« Hattie späht mir über die Schulter. »Ticktack.«

Ich gehe hektisch ran. »H-Hallo?«

Ein seltsames Schluckauf-Schweigen. Dann sagt er etwas und seine Stimme – *er ist es, er ist es, er ist es* – ist durchdrungen von erstickter Erleichterung. »Ich wusste nicht, ob du rangehen würdest.«

»Du hast dein Handy wieder.«

»Ja. Seit letzter Woche.«

Es gibt mir einen Stich, dass er nicht sofort angerufen hat.

Dann spüre ich einen zweiten Stich, diesmal aus Schuldgefühlen. Ich habe mit ihm Schluss gemacht. Natürlich musste er mich nicht anrufen.

»Es ist Sonntagabend«, sagt er. »Du bist gar nicht bei Pizza Pellino.«

»Nein, ich bin mit Hattie im Baumhaus.« Und dann ist mir so schwindelig, dass mir schwarz vor Augen wird. »Woher ... Woher weiß du, dass ich nicht da bin?«

Aber ich ahne seine Antwort schon.

»Weil ich hier bin.«

Kapitel dreißig

Ich zittere. Hattie hat das Ohr an meinen Kopf gedrückt und hört mit. Silbrig weiße Schneeflocken bleiben in unseren verwurschtelten roten Haaren hängen.

»Isla?«, sagt Josh. »Isla, bist du noch dran?«

»Ja.«

»Ich habe gehofft, dass du hier bist. Bei Pellino. Meine Freunde und ich sind auf dem Weg zu den olympischen Spielen und sind der alten Zeiten wegen hergekommen. Ich wollte dich ihnen vorstellen. Ich meine, ich weiß, dass du sie schon kennst. Aber ich wollte, dass du sie *richtig* kennenlernst.«

Mir schwirrt der Kopf. »Du willst, dass ich deine Freunde kennenlerne?«

»Ist das zu abwegig?«

»Ich weiß nicht.«

»Ich würde dich gern sehen. Vielleicht können wir uns unterhalten?«

Er hat mich überrumpelt. Ich bin nicht darauf gefasst. Ich

muss mich erst darauf vorbereiten. »Wie lange bist du in der Stadt?«

»Nur heute Abend. Wir fahren morgen früh mit dem Zug nach Chambéry.«

Hattie nickt wie eine Verrückte.

»Ähm, klar«, antworte ich. »Ich könnte in … zwanzig Minuten da sein.«

»Super!«, sagt Josh. »Okay, ciao.«

Ich starre auf das Display. »Er hat aufgelegt.«

»Er hatte Angst, dass du es dir anders überlegst«, sagt Hattie.

Ich stecke den Kopf zwischen die Knie. »Mir ist schlecht.«

»Das war echt ein komischer Zufall. Fast Schicksal, wenn ich daran glauben würde. Keine Ahnung. Vielleicht glaube ich jetzt doch daran.«

Ihr Ton klingt so sonderbar, dass ich den Kopf hebe. Sie grinst.

»Hattie.« Mein Herz verkrampft sich wieder. »Was hast du gemacht?«

»Meine Güte, nichts.«

»Sag mir, was du gemacht hast!«

»Au.« Sie hält sich die Ohren zu, weil ich so brülle. »Vielleicht habe ich dein blödes Buch an die Dienststelle seines Vaters in Washington geschickt, keine Ahnung.«

Ich runzle die Stirn. »Häh? Was für ein Buch?«

»Das du aus Angoulême mitgebracht hast. Danke übrigens,

dass du mich nicht gefragt hast, ob ich mitkommen möchte. Das Buch, das ich aus deinem Zimmer geklaut habe, weil ich es lesen wollte, und in dem ich dann die Widmung entdeckt habe. Ich fand das so traurig und erbärmlich, dass ich es ihm geschickt habe. Und vielleicht habe ich auch eine Nachricht dazugeschrieben, in der stand, dass du immer noch total in ihn verliebt bist und dass er versuchen soll, dich noch mal anzurufen.«

Was hätte mich sonst mehr schockieren können als Joshs Anruf? Nur eines, nämlich herauszufinden, dass ich mich bei Hattie dafür bedanken muss. Ich bin sprachlos.

»Gern geschehen«, sagt sie.

»Ähm, ich danke dir. Glaube ich wenigstens. Ich lass es dich wissen, wenn das hier vorbei ist.«

»Unbedingt.« Sie zieht mich auf die Füße, führt mich durch die Bodenklappe und die Treppe hinunter, verschließt die Tür und steckt den Schlüssel ein.

Der Druck in meinem Brustkorb wächst in atemberaubendem Tempo. »Ich bin mir nicht sicher, ob ich das machen soll.«

»Ruhe. Du fängst schon wieder an zu nerven.« Ich lasse mich stolpernd von Hattie in die nächste Métrostation bringen. Ich habe das Gefühl, mich zugleich zu schnell und zu langsam zu bewegen. Sie schiebt mich durch das Drehkreuz und sagt: »Sei kein Feigling. Sag ihm einfach, wie es dir geht.«

»Und wenn er mich nicht liebt?«

»Er liebt dich.«

»Und wenn nicht?«

»Tja, dann ist es auch egal. Du verlierst nichts, was du nicht schon längst verloren hast.« Sie schnippt mir eine Schneeflocke von der Nasenspitze. »Hör einmal in deinem Leben auf deine jüngere Schwester. Sie ist größer und sie weiß es besser als du.«

Die Flocken tanzen umher, bevor sie auf die Erde fallen. Ich werfe einen Blick in den grauweißen Himmel. Wenn doch nur ein Schneesturm aus den Wolken bräche und mich lebendig begraben würde. Das wäre besser als das, was ich gleich tun werde. Die Temperatur liegt unter Null, aber ich schwitze, mir ist fiebrig heiß und ich kriege keine Luft. Meine Füße berühren Pellinos Schwelle, aber weiter will mein Körper nicht. Einen Schritt nach dem anderen. Ich lege die Hand auf die Tür.

Noch nie schien es mir so unmöglich, sie zu öffnen.

Eine Reihe von Messingglöckchen klingelt beim Eintreten. Der Oberkellner strahlt, als er mich sieht. *»Où est Monsieur Bacon?«*

»Kurt hat heute andere Pläne«, antworte ich auf Französisch und lasse den Blick blitzschnell durch den Raum schweifen.

»Oh. Sind wir traurig?«

»Nein, alles in Ordnung. Eigentlich bin ich mit ...«

»Isla!«

Es kommt vom Ecktisch. St. Clair winkt mich herbei, als sich Josh auf seinem Stuhl umdreht. Alles verlangsamt sich zu Zeitlupengeschwindigkeit. Der Oberkellner, das laute Geplapper, der rauchige Geruch der Holzofenpizza – alles verschwindet, während ich darauf warte, dass sich unsere Blicke begegnen.

Wir sehen uns an.

Der ganze Inhalt meines Herzens spiegelt sich in seinem Ausdruck wider. *Freude, Schmerz, Stärke, Staunen, Traurigkeit, Schönheit, Hoffnung*.

Er ist alles.

»Ach so«, sagt der Oberkellner. »Natürlich.«

Er führt mich zum Tisch und das Herz klopft mir bis zum Hals. Der Raum wird kleiner. Meine Seele schmerzt, so sehr fühle ich mich von ihm angezogen. Vier Plätze sind frei und der Oberkellner zieht für mich den Stuhl neben Josh zurück. Zitternd lege ich meinen Mantel über die Lehne. Zitternd setze ich mich hin. Zitternd sehe ich, wie Josh dem Oberkellner einen unverkennbar dankbaren Blick zuwirft. Bedeutet dieser Blick das, was ich glaube?

»Wo ist Kurt?«, fragt Josh.

»Er ist mit ein paar neuen Freunden unterwegs. Unter der Erde. Lange Geschichte.«

Josh macht ein überraschtes Gesicht und der Rest des Tisches strahlt mich an – St. Clair, Anna und Meredith. »Wow«, sage ich. »Die ganze Clique ist da.«

»Alle außer Rashmi«, wirft St. Clair ein.

Anna versetzt ihm einen Tritt unter dem Tisch, aber ich bekomme es mit. »Schon okay«, sage ich unbeholfen. Damit ist immerhin eine Frage beantwortet. Sie wissen über meine Vergangenheit mit Josh Bescheid. Ich werfe einen Blick auf die drei freien Plätze. »Kommt sie noch?«

»Einer davon war für Kurt gedacht«, erklärt Josh und ich bin gerührt.

»Die anderen zwei sind für Freunde, die uns die Olympia-Karten besorgt haben«, ergänzt Anna. »Wir sind heute getrennt los und sie sind noch beim Sightseeing. Sie müssten aber jeden Moment hier sein.«

»Freunde aus Kalifornien?« Ich nutze die Gelegenheit, ihnen zu zeigen, dass ich nicht vollkommen unwissend bin. Nur größtenteils.

Sie nickt. »Ja, Lola und Cricket. Étienne und ich …«

»*Étienne*«, wiederholt Josh und Meredith prustet los.

»Sie machen sich über mich lustig, weil ich die Einzige bin, die ihn so nennt«, erklärt Anna.

»Du bist die Einzige, die ihn so nennen *darf*«, verbessert Josh. »Du und seine Mom.«

St. Clair lächelt. »Die einzigen zwei Frauen, die ich brauche.«

»Das ist ja krank«, sagt Meredith, aber sie lacht noch immer. Sie hat ein wundervolles, freundliches Lachen. Ein winziger Nasenring glitzert im Licht. Alles an ihr wirkt fröhlich.

Es kommt mir unwirklich vor, hier zu sein, umgeben von seinen Freunden. Von den Gesichtern, die ich von seinen Bildern kenne.

Anna gehört zu den Mädchen, die auf natürliche Weise schön sind, ohne es zu wissen. Sie trägt Jeans und T-Shirts, hat ein Zahnlückenlächeln und eine blondierte Strähne im langen braunen Haar. Sie scheint sich in ihrer Haut wohlzufühlen. Ihr Freund sieht ebenfalls gut aus, aber er weiß es auch. Nicht dass sich St. Clair wie ein Blödmann benimmt. Er hat nur viel Selbstbewusstsein. Er ist klein, aber das ist ihm nie in die Quere gekommen. Fast jedes Mädchen an der Schule war schon in ihn verliebt. Ganz zu schweigen von den Jungs und der Hälfte des Lehrkörpers.

Ich war nie in ihn verliebt. Nicht als es Josh gab.

Anna räuspert sich. »Jedenfalls arbeiten Étienne und ich …«

Josh und Meredith kichern.

Anna grinst. »… mit Lola in einem Kino. Cricket ist ihr Freund und seine Zwillingsschwester ist Calliope Bell, die Eiskunstläuferin.«

Ich mache ein erstauntes Gesicht. »Ich hab sie auf hundert Plakaten gesehen.«

»Genau die. Sie will die Goldmedaille haben.«

»Und ihr seid alle hier, um sie anzufeuern?« Ich sehe flüchtig zu Josh hinüber. Er wirkt ruhig, aber nur oberflächlich. Eine pulsierende Energie geht von seinem Innern aus.

Vibriert an mir. Ich reibe mir die Arme, meine Härchen sind aufgestellt, aber die anderen merken es nicht.

»So ungefähr.« St. Clair zuckt die Schultern. Langsam und mit dem ganzen Körper, sehr französisch. Maman macht es genauso. »Eigentlich ist es eine Ausrede, um herzukommen.«

Ich wende mich Meredith zu. »Und du bist aus Rom gekommen? Da studierst du doch, oder?«

»Ja.« Sie legt einen Arm um Josh und lehnt ihren Lockenkopf an seine Schulter, aber es ist eindeutig nur eine freundschaftliche Geste. »Als ich gehört habe, dass alle anderen auch da sind, konnte ich nicht widerstehen.«

»Und du?« Ich sehe Josh nicht an. Er weiß, dass die Frage an ihn gerichtet ist.

Er kann mir auch nicht in die Augen schauen. »Das Gleiche. Konnte nicht widerstehen.«

St. Clair zwinkert Josh zu, aber als er merkt, dass ich es gesehen habe, setzt er ein kokettes Grinsen auf. »Komm schon, Kumpel«, sagt er zu Josh. »Gib's zu. Du konntest *mir* nicht widerstehen.«

Josh lächelt entspannt. »Du bist eine leckere Praline.«

»Köstlich in jeder Hinsicht«, sagt St. Clair.

Anna verdreht die Augen. »Warte, bis du die Creme im Innern probiert hast.«

St. Clair bricht in Gelächter aus und Meredith hüstelt. Die Chemie stimmt zwischen den Vieren noch so, als wären sie nicht einen Tag getrennt gewesen. Es versetzt mir einen

Stich, aber nicht aus Neid, sondern weil ich mich für Josh freue. Er beugt sich über den Tisch, um St. Clair zu schubsen, schlägt mir aber stattdessen aus Versehen gegen den Arm.

»Entschuldigung«, sagt er schnell und angespannt. Er setzt sich wieder hin und die vergnügte Stimmung senkt sich mit ihm, aber seine Berührung durchströmt meinen ganzen Körper in Wellen.

Verlangen. So glühend und mächtig wie zuvor.

Ich wende mich ab, damit er nicht sieht, wie sehnlich ich mir wünsche, dass er mich noch mal berühren möge. Und da entdecke ich eine seltsame Erscheinung draußen vor dem Fenster des Restaurants. Ich blinzle. Sie ist immer noch da. Im Winter sind die Straßen von Paris grau und die Mäntel darauf schwarz.

Deshalb sieht das da … aus wie …

»… der Zirkus«, beendet Josh meinen Gedanken. »Es ist, als wäre der Zirkus in die Stadt gekommen.«

»Hervorragend«, sagt St. Clair. »Das müssen Lola und Cricket sein.«

Ein Junge und ein Mädchen betreten das Restaurant. Der Junge ist wahnsinnig groß und dürr – viel dürrer als Josh – und seine enge Nadelstreifenhose betont diese Figur noch. Es sieht fast so aus, ale würde er Stelzen tragen. Er hat eine leuchtend blaue Militärjacke an und seine Handgelenke sind mit regenbogenfarbenen Arm- und Gummibändern bedeckt.

Das Mädchen trägt einen riesigen, petticoatartigen Rock, aus dem unten rosa, gelbe und türkisfarbene Reifröcke herausgucken. Sie hat ebenfalls eine Militärjacke an, in Olivgrün aus der Vietnamzeit, aber ihre ist mit rosa Glitter verziert. Und sie hat dazu passende rosa Haare.

»Hi!« Lola lässt sich auf den Stuhl neben mir fallen, wobei sich ihr Rock aufbauscht und meinen Schoß bedeckt. »Huch! Entschuldigung.« Sie streicht ihn lächelnd unter den Tisch.

»Wie hast du das alles in den Koffer reinbekommen?« Ich bin beeindruckt.

Sie grinst von einem Ohr zum anderen. »Ich bin eine meisterhafte Kofferpackerin.«

St. Clair schnaubt verächtlich. »Ja, und sie hat dreimal so viel Gepäck dabei wie wir anderen.«

»Trotzdem kann sie gut packen«, mischt sich Cricket ein. »Du wärst überrascht, wie viel sie in die zusätzlichen Koffer reinquetschen kann.«

Er zieht den Stuhl neben ihr zurück und sie streckt beide Arme nach ihm aus, als er sich hinsetzt. Nicht weil er Halt bräuchte, sondern weil sie offensichtlich noch frisch verliebt sind und sie ihn einfach anfassen *muss*. Sie halten unter dem Tisch Händchen, mit jeweils beiden Händen. Es tut weh, als ich daran denken muss, dass ich das mit Josh genauso gemacht habe. Lola gibt Cricket einen Kuss auf den Mund, und er sieht aus, als könnte er vor Glück zerplatzen.

»Hey«, sagt Lola, als ihr Blick auf Josh fällt. »Ich glaube, ich habe dich vor ein paar Monaten im Fernsehen gesehen.«

»Kann sein«, antwortet Josh.

»Ihr müsst Isla und Josh sein«, sagt Cricket.

Ich will ihn schon korrigieren – *o nein, wir sind kein Pärchen* –, als mir klar wird, dass er Isla und Josh meint. Nicht Isla-und-Josh. Ich schüttle seine ausgestreckte Hand und fühle mich niedergeschlagen. »Und Meredith«, sagt er und beugt sich über mich, um ihr die Hand zu geben.

»Deine Haare gefallen mir«, sagt sie.

»Danke«, antwortet er. Sie stehen nach oben ab und lassen ihn noch größer wirken.

»Damit keiner von euch fragen muss«, erklärt Lola. »Ein Meter fünfundneunzig. Ohne die Haare.«

»Étienne ist eins fünfundsechzig«, sagt Anna. »*Mit* Stiefeln.«

»Ohne«, protestiert St. Clair. Aber sein Grinsen straft ihn Lügen.

»Du bist kleiner, als ich dachte.« Ich sage es, ohne nachzudenken. »Entschuldigung.« Ich verziehe das Gesicht. »Ich wollte sagen, du siehst gar nicht so klein aus.« Ich verziehe wieder das Gesicht.

»Selbstbewusstsein, Darling.« Er beugt sich über den Tisch und tippt mir mit dem Finger an die Wange. »Du könntest noch was von mir lernen, weißt du.«

Ich laufe rot an. Trotzdem lache ich und freue mich, dass ich in ihre gut gemeinten Sticheleien einbezogen werde. Josh sieht mich besorgt an. Ich drehe mich auf dem Stuhl, wende ihm direkt das Gesicht zu und lächle. Er atmet erleichtert auf und ich beuge mich zu ihm hinüber.

»Alles gut zwischen uns«, flüstere ich. »Oder?«

»Mehr will ich gar nicht«, antwortet er.

Unser Kellner kommt an den Tisch. Wir rücken erschrocken auseinander und mein Herz rast. Heißt das, er will mit mir befreundet sein? Oder will er mich? Mit allem, was das bedeutet?

Wir bestellen einen Haufen Pizzas. Normalerweise würde mich die Vielfalt begeistern, aber jetzt will ich nur zu unserem Gespräch zurückkehren. Aber unser Moment der Zweisamkeit ist vergangen. Die anderen beziehen uns in eine Unterhaltung über die Olympiade ein. Crickets Zwillingsschwester ist anscheinend eine aussichtsreiche Kandidatin für Gold, aber sie ist überzeugt, dass sie mit einem Fluch belegt ist, der sie immer nur den zweiten Platz erreichen lässt. Alle sagen, sie wird es sicher schaffen, aber Cricket ist sonderbar und nervös. Ich habe den Eindruck, dass er ebenfalls an den Fluch glaubt. Danach geht es darum, wer wo studiert. Ich warte darauf, dass sich Josh zu Wort meldet, aber er tut es nicht. Ob das bedeutet, dass er sich immer noch nirgendwo eingeschrieben hat? Vielleicht wartet er aber auch darauf, dass ich zuerst etwas sage.

Das Schweigen in unserer Ecke wächst.

Die Pizza kommt. Mit jedem weiteren Bissen nehme ich

mir vor zu fragen, ob er die Highschool beendet. Ob er immer noch vorhat, nach Vermont zu ziehen. Aber die Wahrheit ist, ich fürchte mich vor seiner Antwort. Es ist noch keine zwei Monate her, dass ich ihm das Herz gebrochen habe. Wie sollte er die Kraft aufbringen, auf eine neue Schule zu gehen oder sich überhaupt dafür zu interessieren?

Meine Schuldgefühle und meine Furcht treiben uns weiter auseinander.

»Alles in Ordnung mit dir?«, erkundigt er sich. »Du hast ja kaum was gegessen.«

Ich blicke auf seinen Teller. »Du auch nicht.«

Er öffnet den Mund, um zu antworten, als St. Clair aufsteht. »Wir gehen«, verkündet er und meint damit nur sich und Anna und niemanden sonst. Anna sieht genauso überrascht aus wie wir alle.

»Wir haben noch nicht mal den Nachtisch gegessen«, wendet Meredith ein.

»Ich führe meine Herzdame zu einem Nachtisch an einem besonderen Ort aus.«

»Ach ja?«, fragt Anna.

»Ja.«

Anna scheint nichts dagegen zu haben. »Okay.« Sie packt ihr Zeug ein und schaut uns verwirrt an. »Dann sehen wir uns wohl morgen.« Ihr Blick fällt auf mich. »Jetzt haben wir uns gar nicht richtig unterhalten. Na ja, ich hoffe, wir sehen uns noch mal wieder. Bald. Viel Glück.«

Ich denke über ihre Worte nach. *Bald. Viel Glück*. Eigentlich nichtssagende Floskeln, aber sie scheint sie so gemeint zu haben. Sie klingen vielversprechend. Anna und St. Clair umarmen alle zum Abschied, sogar mich. Die Umarmung zwischen Josh und St. Clair dauert am längsten. Es ist eine echte Umarmung, keine halbherzige Jungs-Umarmung. Sie bricht mir das Herz noch ein bisschen mehr. Anna und St. Clair verlassen das Restaurant. Meredith, Lola und ich setzen uns wieder, aber Josh und Cricket tauschen einen bedeutungsvollen Blick.

Josh winkt dem Kellner. *»L'addition, s'il vous plaît.«* Die Rechnung, bitte.

»Wir gehen auch?« Ich kann meine Enttäuschung nicht verbergen. Für ein echtes französisches Abendessen müssten wir noch mindestens eine Stunde bleiben.

Josh hält inne, während er sein Portemonnaie herauszieht. Er sieht mich forschend an und ich erkenne Hoffnung in seinen Augen. Das lässt mich auch hoffen. Er lächelt. »Wir haben noch etwas Besseres vor.«

»Los, los, los.« Cricket wippt auf den Fußballen auf und ab.

»Hast du eine Ahnung, was los ist?«, wendet sich Lola an mich.

Ich schüttle den Kopf, und Meredith guckt zwischen Josh und Cricket hin und her. »Habt ihr zwei euch nicht gerade erst kennengelernt?«, fragt sie. »Wie könnt ihr denn schon Geheimnisse haben?«

Josh grinst so breit, dass seine Grübchen erscheinen. Mir stockt das Herz, so sehr habe ich diesen Anblick vermisst. Er und Cricket werfen ein paar Euro auf den Tisch und dann zerrt Josh eine prall gefüllte Umhängetasche hinter dem Tisch hervor. »Komm.« Er lächelt mich noch immer an, während er in seinen Mantel schlüpft. Natürlich seinen Ausgeh-Mantel.

Der Mantel. Es tut weh, wie sehr ich ihn liebe.

Zu fünft rennen wir durch die schneeweißen Straßen auf die Seine zu. Die Sonne ist untergegangen und die meisten Bewohner des Quartier Latin scheinen heute Abend zu Hause zu bleiben. Josh wirft einen Blick auf meine Füße. Ich trage Stiefel mit hohen Absätzen, kann aber mit den anderen mithalten. Er sieht mich beeindruckt an, als wir genau gegenüber von Notre-Dame das Viertel hinter uns lassen.

»Wohin?«, wendet sich Cricket an Josh.

»Auf den Platz in der Nähe des Haupteingangs.« Josh deutet auf etwas hinter der Brücke. Wir laufen hinüber, auf den Hof von Notre-Dame zu.

»Ach so«, sagt Meredith, als ginge ihr ein Licht auf. »Ist das euer Ernst?«

Lola schaut mich an und wir brechen in hilfloses Gelächter aus. Wir beide haben keinen Schimmer, was hier vor sich geht. Wir keuchen, sind nicht mehr in Form und außer Atem.

»Halt!«, ruft Josh.

Taumelnd bleiben wir hinter ihm stehen. Wir haben den Platz vor der gewaltigen Kathedrale erreicht. »Wir sind doch bestimmt nicht hierhergerannt, um ein Gebäude zu bewundern, das seit Jahrhunderten an genau diesem Fleck steht?« Lola zupft ihr rosafarbenes Haar zurecht, und erst jetzt merke ich, dass es eine Perücke ist. »Was schauen wir uns also an?«

Aber ich habe sie schon entdeckt.

Mehrere Meter von uns entfernt – in der Nähe der legendären Torbögen der Kathedrale mit den eingemeißelten Figuren – stehen Anna und St. Clair genau auf dem Point Zéro. Jemand hat den Schnee von ihm heruntergewischt. Point Zéro ist eine bronzene Markierung, ein Stern, der die offizielle Mitte Frankreichs kennzeichnet. Es gibt mindestens zwei Aberglauben dazu. Der eine besagt, wer sich auf den Stern stellt, wird nach Frankreich zurückkehren. Der andere besagt, dass man sich darauf etwas wünschen kann.

»Jetzt«, sagt Josh.

Lola steht gerader, aufgeregt. »Nein!«

»Doch«, sagt Cricket.

Ich bin die Letzte, die noch im Dunkeln tappt, bis es – plötzlich – passiert. St. Clair holt etwas aus der Tasche. Dann geht er auf ein Knie hinunter.

Annas ganzer Körper leuchtet vor Überraschung, Freude und Liebe auf. Sie nickt eifrig. St. Clair schiebt ihr den Ring auf den Finger. Er steht wieder auf, sie schlingt die Arme um ihn und sie küssen sich. Er wirbelt sie im Kreis herum. Sie küssen sich noch mal. Innig, hungrig, lang. Dann dreht er sich zu uns um, winkt uns zu – mit dem breitesten Grinsen, das ich jemals gesehen habe – und hat offensichtlich die ganze Zeit genau gewusst, dass wir dort stehen.

Kapitel einunddreißig

Ich habe noch nie so einen Augenblick miterlebt. Ich wusste nicht mal, dass ich überhaupt alt genug für einen solchen Augenblick bin. Freunde – sind es Freunde? Könnte sein, weil sie mich heute Abend mitgenommen haben –, die sich verloben. Mit neunzehn!

Anna führt uns ihren Ring vor. Er ist klein, schlicht und zauberhaft. Ihre Augen strahlen auf einmal und sie wirbelt zu St. Clair herum. »Deshalb hast du dir einen Job gesucht.«

Er grinst. »Ich wollte dir keinen Ring vom Geld meines Vaters kaufen.«

Josh umarmt St. Clair stürmisch. »Ich finde es nur schade, dass du nicht mehr zu haben bist.«

»Verrate es Anna nicht, aber ich hab dir auch einen gekauft«, antwortet St. Clair.

Lola schlingt die Arme um Cricket. »Ich kann gar nicht glauben, dass du mir nicht erzählt hast, was hier passieren soll.«

»Wollte ich eigentlich«, antwortet er. »Aber manchmal kannst du Dinge nicht für dich behalten.«

»Stimmt gar nicht!«

»Stimmt doch«, sagen Anna und St. Clair wie aus einem Mund.

Lola grummelt, aber lächelt dabei.

»Achtung, Achtung«, sagt St. Clair. »Meine Verlobte und ich …«

Alle lachen darüber, wie seltsam und fremd dieses Wort klingt. Es ist, als würde man eine neue Sprache entdecken oder einer neuen Kultur angehören. Der Kultur der Erwachsenen. Wir wissen zwar noch nicht ganz, wie sie funktioniert, aber bis jetzt fühlt sie sich gut an.

St. Clair räuspert sich. »Meine Verlobte und ich sind unterwegs zu einem feierlichen Dessert. Ich würde euch ja alle bitten mitzukommen, aber ich will euch nicht dabeihaben.«

Wir lachen. Alle umarmen sich noch mal zum Abschied und diesmal dauert es bei Anna und Meredith am längsten. Meredith flüstert ihr etwas zu und Anna sieht gerührt aus. Sie umarmt Meredith noch einmal. Dann stapfen Anna und St. Clair beschwingt davon, im Zickzack durch den sich anhäufenden Schnee. St. Clair summt laut eine fröhliche Melodie.

Lola blickt zum Vollmond hinauf. »Es ist noch gar nicht so spät.«

Cricket hält ihr seinen Arm hin. »Sollen wir einen Spaziergang machen?«

Sie hakt sich bei ihm ein und zieht ihn an sich. »Ich kann gar nicht glauben, dass wir in *Paris* sind. *Zusammen*.«

»Es war nett, dich kennenzulernen«, sagt Cricket zu mir, und ich bin traurig, dass jetzt alle gehen. »Sehen wir uns morgen früh?«, fragt er Josh.

Josh nickt.

Lola und Cricket schlendern davon, ein leuchtender Farbklecks in einer weißen Nacht. Jetzt sind wir nur noch zu dritt. Josh macht ein ernstes Gesicht. Er legt einen Arm um Meredith, und die Geste ruft mir ins Gedächtnis, dass Meredith mal in St. Clair verliebt war.

»Alles in Ordnung, Mer?«, fragt er.

»Ja«, antwortet sie. »Aber danke, dass du fragst.«

Noch eine Umarmung, eine lange voller Erinnerungen. Sie macht sich als Erste los. »Tut mir leid«, sagt sie. »Ihr müsst mir verzeihen. Mein Tag hat schon früh angefangen und ich bin ziemlich k.o. Ich mache mich auf den Weg zur Jugendherberge.« Aber Meredith macht überhaupt nicht den Eindruck, als wäre sie k.o. Sie zieht sich zurück, damit wir reden können. Sie entscheidet sich fürs Alleinsein – an einem Abend, der vielleicht bittersüß für sie ist –, um uns Gelegenheit zu geben … Wozu? Ich bin mir nicht sicher.

»Es war nett, dich wiederzusehen«, sage ich. Und das meine ich auch so. Ich weiß ihr Opfer sehr wohl zu schätzen.

»Sei nicht allzu traurig. Ich bin sicher, wir sehen uns eines

Tages noch mal wieder.« Und sie zwinkert mir beim Gehen zu. »Bis morgen, Josh«, ruft sie.

Josh hat die Hände in den Taschen und die Schultern zu den Ohren hochgezogen. »Sie ist nicht gerade die Subtilste unter meinen Freunden. Und das will was heißen. Tut mir leid deswegen.«

»Schon okay. Sie ist echt nett.«

»Das ist sie.«

»Alle deine Freunde sind nett.«

Er sieht mich an. »Ich bin froh, dass du sie magst.«

Wir schweigen. Der Schnee fällt sanft auf sein dunkles Haar.

»Also«, sage ich.

»Also.« Er blickt auf seine Füße. »Kann ich dich nach Hause bringen?«

Ich werde rot. »Ja. Bitte. Danke.« Ich wende mich verlegen ab.

Ohne dass wir es laut aussprechen müssen, nehmen wir einen Weg zum Wohnheim, auf dem weniger Leute unterwegs sind. Wir gehen schweigend. Die Flocken werden dicker. Die Stille sollte einem ein Gefühl des Friedens geben, aber meine Nervosität wächst.

Er sieht so schön aus im Laternenschein. Ich glaube, ich habe mich in ihm getäuscht. Ich *hoffe*, ich habe mich in ihm getäuscht. Ich weiß, ich habe mich in mir selbst getäuscht. Bis zum Wohnheim sprechen wir kein Wort. Als wir zum ersten Mal zusammen hierherspaziert sind, haben wir noch beide hier gewohnt. Jetzt nur noch ich. Es ist ganz schön tapfer von ihm, hierher zurückzukommen, und ich kann auch tapfer sein.

»Möchtest du …«, beginne ich.

Josh beobachtet mich. Er wartet, dass ich die Frage zu Ende ausspreche. Er will, dass ich es sage.

»Möchtest du mit reinkommen?«, frage ich. »Und reden?«

Er sieht aus, als würde ihn das, was er gleich sagen will, vielleicht umbringen. »Ich würde gern, aber ich glaube nicht, dass ich da drinnen willkommen wäre.«

Bitte weise mich nicht zurück. »Seit wann scherst du dich um Regeln?«

»Ich will nicht, dass du Schwierigkeiten bekommst.«

»Ist mir egal«, entgegne ich.

»Mir aber nicht.«

Mein Herz krümmt sich fester, stärker. »Bist du wenigstens noch zum Frühstück da? Wann geht dein Zug?«

»Ich bin nicht sicher«, antwortet er.

Ich schließe die Augen. Wie kann er nicht die Antwort auf diese Frage wissen? Was für eine Ausrede ist *das* denn?

»Ich möchte dir das hier geben«, sagt er.

Ich mache die Augen wieder auf. Er zieht mit Mühe ein Manuskript aus seiner Tasche, und jetzt erkenne ich, dass sie deshalb so prall gefüllt war. Das Papier hat die ganze Tasche ausgefüllt.

Es bricht mir das Herz. Deshalb wollte er mich heute Abend treffen.

Wider bessere Einsicht halte ich seine Tasche unten fest, damit er es herausziehen kann. Er presst sich das Manuskript an die Brust und übergibt es mir dann erst mit zitternden Händen. Ich weiß nicht, ob sie vor Nervosität zittern oder vor Kälte.

Ich nehme es an. Es hat einen neuen Titel. *Räume.*

»Du hattest recht«, sagt er. »In vielen Dingen. Ich habe echt hart daran gearbeitet und würde gern deine Meinung dazu hören. Zu den Änderungen.«

Bitte zwing mich nicht dazu, es noch einmal zu lesen. »Ähm, na gut.«

Er klingt hoffnungsvoll. »Ja?«

»Ja. Klar.« Das Gewicht seiner Arbeit wird in meinen Armen größer. »Ähm, wann möchtest du es zurückhaben?«

»O nein, das gehört dir. Du kannst es behalten.«

Schweigen.

»Okay«, sage ich schließlich.

Er steckt die Hände wieder in den Mantel. »Rufst du mich an, sobald du es durch hast?«

Ich bin verblüfft. »Ich soll es jetzt lesen?«

»Ja. Ich meine, nein. Musst du nicht. Aber ich bin morgen weg …«

»Nein, schon okay. Ich kann es jetzt lesen.«

»Wirklich?«, fragt er.

»Ja.«

»Gut. Du hast ja meine Nummer.«

Das hier ist sicherlich das ungeschickteste Gespräch, das wir jemals geführt haben. Viel schlimmer als alle, die wir hatten, bevor wir zusammen waren.

Ich nicke. »Yep.«

Josh beugt sich zu mir herüber, um mich zu umarmen. Er zögert genau in dem Moment, als ich mich hinüberlehne. Also beugt er sich noch mal vor. Das Manuskript liegt kalt und schwer zwischen uns. Und als er mir unbeholfen auf den Rücken klopft, wird mir klar, dass dies das letzte Mal sein wird, dass wir uns jemals berühren.

Kapitel zweiunddreißig

Ich lege das Manuskript auf mein Bett. Ich bin erschöpft.

Ich ziehe die nassen Stiefel aus, den Mantel, die Leggings.

Ich wasche mir das Gesicht.

Ich putze mir die Zähne.

Die Papieraugen des Manuskripts bohren sich mir in den Hinterkopf. Ich betrachte es im Spiegel über dem Waschbecken. Es kommt mir zugleich auf tragische Weise tot und beängstigend lebendig vor. Und mir bleibt nichts anderes übrig, als damit ins Bett zu steigen. Ich fummle an einer widerspenstigen gewellten Haarsträhne herum. Ich knibble an den Poren auf meiner Nase. Ich lasse mir viel Zeit, um die Lampe anzuknipsen.

Ich krieche ins Bett. Ich lausche auf die Schneeflocken, die jetzt stärker herunterfallen, aber ich kann sie nicht hören. Ich kann nur sehen, wie sie durch das Licht der Straßenlaternen strömen.

Ich nehme das Manuskript auf meinen Schoß. Und lese.

Es gibt einen neuen Anfang. Das Buch beginnt nicht mehr mit seinem ersten Tag an der Highschool als naiver, staunender Junge, sondern mit einem älteren, weiseren und verbitterten Josh. Es ist der Sommer vor seinem letzten Schuljahr. Er sitzt allein in einem Lokal und zeichnet.

Und dann … bin ich da.

Ich erscheine wie ein Traum, und Josh wird in eine unwirkliche, glückselige Nacht gefegt, die ihn seine Probleme vergessen lässt. Sie lässt ihn zum ersten Mal seit Jahren Hoffnung spüren. Es kommt eine Seite, die ich schon gesehen habe: Er rennt nach Hause, um mich zu malen. Doch dann folgt ein neues, ganzseitiges Bild von mir mit dem Gartenrosen-Heiligenschein. Ich leuchte auf der Seite wie etwas Heiliges. Josh kniet am unteren Rand und blickt weinend und mit gefalteten Händen zu mir auf. Das Wort Erlösung fließt aus seinen Lippen.

Meine eigenen Hände zittern so heftig, dass ich kaum umblättern kann.

ERSTES HIGHSCHOOLJAHR steht da. Und es beginnt die Geschichte, mit der ich bereits vertraut bin. Der Großteil dieses Abschnittes ist gleich geblieben. Er ist witzig, traurig und süß. Unschuldig. Aber es gibt ein paar Unterschiede. Er hat ein paar feine Pinselstriche hinzugefügt, um die Aufmerksamkeit auf bestimmte Aspekte der Handlung zu lenken, die später noch größere Bedeutung erlangen werden. Dinge, von denen er damals, als er sie vor ein paar

Jahren gemalt hat, noch nicht wissen konnte, dass sie einmal wichtig werden würden.

Und dann komme ich. Schon wieder. Er hat in chronologischer Reihenfolge die Panels unseres ersten Gesprächs hinzugefügt, als er mich dabei gesehen hat, wie ich in der Mensa das Buch von Joann Sfar gelesen habe. Er hat sich sogar beim Sprechen ein winziges Herz über den Kopf gemalt. Und dann ein gebrochenes, als er denkt, dass ich ihn nicht mag.

Ich berühre das gebrochene Herz mit der Fingerspitze.

Die Geschichte geht vertraut weiter, aber diesmal sind die Panels mit Rashmi weniger schmerzhaft. Die Traurigkeit, die ich fühle, kommt von der Erinnerung daran, wie sie mich beim ersten Lesen verletzt haben. Er hat ihre Szenen und die übermäßigen einseitigen Panels gekürzt. Sie nimmt immer noch einen großen Teil der Handlung ein, was auch so sein sollte, aber der Fokus bleibt klar bei ihm. Was ebenfalls so sein sollte.

Letzten Sommer. Kismet. Ein Rückruf-Panel signalisiert eine Rückkehr zum Anfang der Geschichte und setzt dann an der Stelle wieder ein, als Josh mich am nächsten Abend mit Kurt entdeckt.

Es folgen neue Seiten. Josh mit seinen Eltern. Es entsteht eine zunehmende Distanz zwischen ihnen – jetzt selbst geschaffen, aus Bosheit –, während er sich gleichzeitig nach mehr Nähe sehnt. Er will, dass sie um seine Aufmerksamkeit kämpfen. Er kehrt zur Schule zurück und sein letztes Jahr bricht an. Als ich das hier im November gelesen habe, bestanden diese Seiten noch aus groben Skizzen. Jetzt sind sie liebevoll mit Tinte ausgemalt. Dadurch wirkt alles beständiger.

Und dann lese ich, wie er in mich verknallt ist, wie er sich auf dem Oktoberfest nach mir sehnt und wie wir unsere erste Verabredung haben. Wie er sich in mich verliebt. Ich lese etwas über das Baumhaus und die Unibewerbungen und seinen Geburtstag, und wir fahren nach Spanien und lieben uns dort. Er zeichnet uns wunderschön. Die Gefühle auf dieser Seite sind viel intensiver als alles, was er bisher gezeichnet hat.

Dann kommt eine Doppelseite: ein einzelnes Panel, das in der Mitte geteilt ist. Ich bin auf einer Seite, er auf der anderen. Unsere Hände greifen nach dem Raum dazwischen. Und berühren sich nur fast.

Meine Wangen sind nass. Ich weiß nicht genau, wie lange ich schon weine.

Die Seiten werden wütend und wild und drehen sich um die Wahl und seine Eltern, die immer da sind, es aber eigentlich doch nicht sind. Er trauert, weil wir uns nicht mehr sehen können. Er gibt sich selbst die Schuld. Er ist niedergeschlagen und weiß nicht, wie er mir sagen soll, dass wir uns an Thanksgiving nicht sehen. Am liebsten würde ich dem Josh auf dem Papier sagen, dass alles gut wird, aber das geht nicht. Nichts wird gut.

Er streitet mit seinen Eltern. Sie wollen, dass er den Abschluss an einer Privatschule macht. Er will stattdessen den GED machen, um die Hochschulreife zu erlangen. Beides wird nichts. Er versinkt tiefer in seiner Depression, will sein Zimmer nicht mehr verlassen und zeichnet mich immer und immer wieder. Und dann zeichnet er mein Weihnachtsgeschenk. Ich weiß nicht, ob ich es packe, über Weihnachten zu lesen, aber die Seiten kommen einfach.

Ich suche Streit. Ich bin gemein. Ich vernichte ihn.

Er dachte, wir würden für immer zusammen sein. Bilder von Neuengland, Hochzeit, Kindern, Altsein zerfallen im Hintergrund eines dunklen Panels, in dem er zusammengerollt wie ein Fötus auf dem Boden liegt. Er versucht mich anzurufen. Ich gehe nicht ran. Seine Betrübnis verwandelt sich in Zorn. Es kommt der Silvesterabend und er sitzt allein in seinem Zimmer und sieht fern. Er denkt an unser erstes Treffen, genau wie ich damals. Brian ruft kurz nach Mitternacht bei ihm zu Hause an und überbringt die dringende Nachricht, dass ich im Kismet auf ihn warte. Er würde es noch rechtzeitig dorthin schaffen.

Ich blättere um und fürchte mich davor, was als Nächstes kommt.

Josh entscheidet sich, nicht hinzugehen. Er will, dass ich auf die gleiche Weise leide, wie er meinetwegen gelitten hat. Es tut weh, das zu lesen, aber genau das habe ich verdient. Als die Tage vergehen, wird Josh aber klar, dass er einen

Fehler gemacht hat. Und als noch mehr Tage vergehen, wird es immer schwerer, mich anzurufen. Jetzt hat er Angst, dass ich ihn inzwischen ganz aufgegeben habe.

Und dann … taumelt seine nackte Gestalt in den leeren Raum.

Eine komplett schwarze Doppelseite. Auf der darauffolgenden Seite keine Bilder, sondern meine Worte in Joshs wunderschöner Handschrift: »*Platz … Pausen … Um über die Dinge nachzudenken … Um herauszufinden, was wichtig ist …*«

Es folgt eine Reihe fast identischer Panels, die zeigen, dass eine qualvolle Zeitspanne vergeht. Eine gewisse Wahrheit macht sich breit: Eine meiner schmerzhaftesten Äußerungen ihm gegenüber – dass er passiv an seinem eigenen Rauswurf gearbeitet hat, weil er vor seinen Eltern nicht zugeben wollte, dass es ein Fehler war, nach Frankreich zu ziehen – hat ihn nur deshalb so verletzt, weil sie stimmt. Die Direktorin und seine Exfreundin sagen ihm das schon seit Jahren, aber es war ihm egal, bis er das Gleiche von dem Menschen gehört hat, der ihm am meisten bedeutet: von mir.

Aber er ist außerdem wütend auf mich, weil ich seine Gefühle für nichtig erklärt habe. Er liebt mich, aber ich lasse ihn nicht. Er kommt zu dem Schluss, dass er es beweisen muss. Er gesteht seinen Eltern, dass es ein Fehler war, sein Zuhause zu verlassen und nach Paris zu ziehen. Aber er sei bereit für Vermont. Er werde es diesmal nicht vermasseln. Seine Eltern antworten, sie würden ihm gern glauben, aber sie sorgten sich um seine Fähigkeit, Dinge bis zum Ende durchzuziehen. Sie machen ihm ein Angebot: Sie lassen ihn nach Vermont gehen, wenn er das Projekt beendet, das ihm am meisten bedeutet und das außerdem als offizielle Bewerbungsmappe dienen soll: diese grafischen Memoiren.

Ihnen ist klar, dass er schon eine ganze Weile über sein Privatleben schreibt – und dass sie auch darin vorkommen. Trotzdem unterstützen sie ihn.

Seine Eltern verstehen und unterstützen … vieles.

Ich lese jetzt schneller und blättere immer hektischer um, als sich Josh wieder in die Arbeit stürzt. Er schließt sich in seinem Zimmer ein, um sich wieder mit der Welt zu verbinden. Tag und Nacht arbeitet er die Änderungen ein und bleibt hartnäckig bei der Sache. Seine Entschlossenheit ist bewundernswert, als er sich durch lange, eintönige Stunden und die wieder aufflammenden Schmerzen in der rechten Hand kämpft, um seine Vision zu Papier zu bringen.

Er meldet sich zum GED-Test an und reißt ihn an einem Wochenende herunter. Er spricht mit St. Clair, erfährt von dem Verlobungsring und der bevorstehenden Reise und trägt sich das Datum in seinen Kalender ein. Und markiert es mit dem Wort *Isla*.

Seine Mutter sieht es. Sie nickt.

Mein Herz rast. Jetzt sind die Seiten nicht mehr mit Tinte versehen, sondern nur grobe Bleistiftskizzen. Nach einem Monat harter Arbeit im Januar folgen zwei Wochen qualvolle

Arbeit im Februar. Zweifel beschleichen ihn. Er denkt darüber nach, seinen Flug zu stornieren, doch dann kommt Hatties Päckchen an. Er ist überwältigt und außer sich vor Freude, und das gibt ihm den Mut, weiterzumachen. Er fliegt über den Atlantik. Er trifft seine Freunde und lädt sie zum Abendessen bei Pizza Pellino ein, da er weiß, dass Kurt und ich da sein werden. Weil es Sonntag ist.

An diesem Punkt bin ich mit Joshs echter Vergangenheit fertig und beginne mit dem, was er sich als Zukunft erhofft.

Die Skizzen werden grober. Kurt und ich sind im Restaurant und Josh und seine Freunde – St. Clair, Anna und Meredith – gesellen sich zum Abendessen zu uns. Die Unterhaltung bei Tisch ähnelt der, die wir tatsächlich heute Abend geführt haben, nur dass Josh gesprächiger ist. Er erzählt mir, es sei wichtig, dass ich seine Freunde kennenlerne, weil es die Menschen sind, die er in seinem Leben haben will. Im Gegensatz zu den Leuten auf der Weihnachtsfeier, mit denen er sich nur der Familie wegen abgibt. Er möchte, dass auch ich mit seinen Freunden befreundet bin.

Er fragt mich nach Dartmouth, und ich sage ihm, dass ich eine Zusage von dort habe. »Ich wusste es«, flüstert er. Wir verfolgen den Heiratsantrag und werfen uns hoffnungsvolle, nervöse Blicke zu. Wir trennen uns von den anderen, er bringt mich nach Hause und überreicht mir ein Exemplar dieses Manuskripts. Er bittet mich, ihn anzurufen, wenn ich es gelesen habe.

Ich halte den Atem an und schaffe es kaum, auf die nächste Seite zu blättern.

Da bin ich. Ich lese dieses Buch im Lampenschein. Ich beende es, rufe ihn an, und er sagt mir, dass er an der Ecke vor meinem Fenster steht. Er hat die Hände in die Taschen gesteckt und zittert in der frostigen Februarnacht.

Isla-im-Buch rennt nach draußen. Josh umarmt sie.

»Ich bin verliebt in dich«, sagt er. »Ich würde alles tun, um bei dir zu sein.«

»Ich bin verliebt in dich«, antwortet Isla-im-Buch. »Ich werde auf dich warten.«

Ich sage ihm, dass ich warten werde, bis er dieses Buch beendet und sich seine Aufnahme an die Uni verdient hat. Ich sage ihm, dass wir uns im Sommer wiedersehen. Und dann, sagt er zu mir, werden wir nie wieder getrennt sein.

Es ist nach zwei Uhr morgens, als ich das Manuskript schließlich weglege. Mein Herz pocht so laut, dass ich nicht klar denken kann und vor Tränen fast nichts sche. Ich klettere aus dem Bett, ziehe den Vorhang zur Seite und spähe aus dem Fenster.

Er ist da.

Ich lasse den Vorhang fallen und er schwingt zurück an seinen Platz. Ich hebe ihn noch mal an und blicke noch mal nach draußen. Er ist immer noch da. Er steht an der Ecke und hat den Kopf zitternd unter den Mantel gezogen. Es schneit wie verrückt. Die Flocken bedecken ihn, als wäre er ein Hydrant, ein Fahrrad oder ein Baum. Er sieht mich nicht. Ich schlüpfe in meine Stiefel, schnappe mir meinen Schlüssel und renne den Flur entlang. Ich werfe die Tür auf, und anscheinend hört er mich kommen, denn er biegt genau in dem Moment um die Ecke, als ich sie erreiche.

»Du hast vergessen anzurufen«, sagt er.

Ich breite die Arme aus. Er zieht mich an sich und wir küssen uns, seine Lippen sind kalt, und ich glaube, dass er weint, ich weine auf jeden Fall und ich mache mich los und sage: »Ich bin so verliebt in dich, Joshua Wasserstein. Natürlich warte ich auf dich.«

Kapitel dreiunddreißig

Seine Stimme ist nur ein Flüstern. »Ich will dich nicht in Schwierigkeiten bringen.«

Ich schließe behutsam und lautlos meine Tür. »Ich habe noch keine letzte Verwarnung und dich haben sie schon rausgeschmissen. Was ist das Schlimmste, das passieren könnte?«

»Ich weiß nicht.« Josh macht sich ernsthaft Sorgen. »Vielleicht wird es in deine Akte eingetragen und dann zieht Dartmouth die Zusage zurück?«

Ich lächle. »Meine Eltern haben schon den ersten Scheck für die Studiengebühren hingeschickt.«

Seine Knie werden weich. Dann der Rest seines Körpers. Ich führe Josh zur Bettkante. »Heißt das …?«, fragt er. »Gehst du …?«

»Ich gehe aufs Dartmouth College.«

Josh lässt den Kopf in die Hände sinken. Sein ganzer Körper zittert. Ich setze mich neben ihn und lehne den Kopf an seine Schulter. Weil ich das jetzt wieder kann. Er hebt den

Kopf und seine Augen glänzen vor Tränen. »Tut mir leid. Ich bin nur … gerade echt überwältigt.«

»Ich auch.«

»Ich liebe dich. Ich habe dich immer geliebt, Isla.«

»Ich weiß.« Ich nehme seine eiskalten Hände und reibe sie zwischen meinen, um sie zu wärmen. »Es tut mir leid, dass ich dir nicht geglaubt habe. Ich habe an mir selbst gezweifelt und deshalb auch an dir. Aber du warst nicht das Problem. Du warst *nie* das Problem. Ich hätte dir vertrauen sollen, aber das habe ich nicht, weil ich kein Vertrauen zu mir selbst hatte.«

»Aber jetzt schon? Hast du jetzt Vertrauen zu dir selbst?«

»Ich … mache Fortschritte. Allmählich denke ich, dass es in Ordnung ist, eine leere Leinwand zu sein. Vielleicht ist es okay, dass meine Zukunft unbekannt ist. Und vielleicht«, sage ich mit einem weiteren Lächeln, »ist es okay, sich von Menschen inspirieren zu lassen, die *ihre* Zukunft kennen.«

»Das funktioniert in beide Richtungen, weißt du.«

Ich schiebe seine Eiszapfenfinger zwischen meine. »Was denn?«

»Künstler werden von leeren Leinwänden inspiriert.«

Mein Lächeln wird breiter.

»Für eine leere Leinwand«, fährt er fort, »gibt es unendlich viele Möglichkeiten.«

Ich schließe die Augen, beuge mich zu ihm hinüber und küsse ihn auf die kalten Lippen. »Danke.«

Er zittert heftiger.

»*Oh, mon petit chou.*« Ich ziehe seine Arme aus dem schneedurchtränkten Mantel. »Ich kann gar nicht glauben, dass du die ganze Zeit da draußen gewartet hast.«

Seine Zähne klappern. »Ich ... Ich hätte die ganze Nacht gewartet.«

Ich hänge seinen Mantel in die Dusche und gehe zurück, um sein Shirt zu holen. »Das auch.« Ich ziehe es ihm über den Kopf. Seine Haut ist bleich. Fast lavendelfarben. »Und die hier.« Ich ziehe ihm Schuhe und Socken aus, aber mit der Hose ist es schwieriger. Sie ist praktisch an seinen Beinen festgefroren. Als sie sich endlich löst, purzle ich nach hinten.

Er lächelt zitternd. »So ... habe ... ich mir ... das nächste Ausziehen mit dir ... eigentlich nicht vorgestellt.«

Ich hänge sein Shirt und seine Hose neben den Mantel zum Trocknen. Seine Socken und seine Boxershorts fliegen über meinen Kopf in die Dusche. Ich lache. Er hat sich in meine Steppdecke eingewickelt und nur sein Gesicht guckt noch heraus.

»Das heißt nicht, dass du das ausnutzen kannst«, sagt er.

Ich lache wieder.

Josh streicht mit der Hand über mein Bett, um mich aufzufordern, dass ich mich neben ihn setzen soll, aber die Steppdecke bleibt an seinem Manuskript hängen. Es poltert in einem lauten, krachenden Albtraum zu Boden. Wir erstarren vor Schreck.

Wir lauschen, ob Nate kommt. Nichts.

Dann lächeln wir über das Wunder, das uns gewährt wurde.

Ich setze mich zu ihm. Er rutscht zu mir herüber, aber ich recke den Kopf nach hinten. »Willst du nicht zuerst wissen, was ich von deinem Buch halte?«, frage ich.

»Ich weiß nicht.« Er lacht nervös. »Will ich das?«

»Du weißt, dass es gut ist. Es ist wirklich, wirklich gut.«

Sein Gesicht verschwindet, als sein ganzer Körper unter den Berg aus Decken sinkt. »Du kannst dir nicht annähernd vorstellen, wie erleichtert ich bin, das von dir zu hören.«

»Ich habe immer gewusst, dass du brillant bist. Und jetzt hast du es der Welt bewiesen.«

Eine Hand guckt unter der Decke hervor. Ich drücke sie. »Wenn du mich fragst«, sagt er, »würde aus dir eines Tages eine großartige Lektorin werden. Alles, was du mir an den Kopf geknallt hast, hat gestimmt.«

Ich wende beschämt den Blick ab. »Es tut mir so leid.«

»Muss es nicht.«

»Doch, schon. Vieles tut mir leid. Besonders … dass ich deine Exfreundin benutzt habe, um meine eigenen blöden Unsicherheiten anzuheizen. Du sollst wissen, dass ich das hier« – ich zeige auf sein Manuskript, das auf meinem Parkett verstreut liegt – »nicht liebe, weil jetzt weniger von ihr darin ist. Oder mehr von mir. Du sollst wissen, dass ich es liebe, weil *du* darin bist – die guten *und* die schlechten Teile. Ich liebe dich. Ich liebe *alles* an dir.«

Er umfasst meine Hand fester. »Danke.«

»Kommt ziemlich spät, dieses Lob.« Ich reibe meinen Daumen an seinem Zeigefinger. »Und ich habe dir noch so viel mehr davon zu geben.«

»Morgen. Im Moment will ich nur dich.«

Aber das Herz wird mir wieder schwer. »Du meinst heute. Hast du herausgefunden, wann dein Zug geht?«

»Isla.« Er macht ein überraschtes Gesicht. Als sollte ich das schon wissen. »Ich habe mir keine Fahrkarte gekauft.«

Mir stockt der Atem. »Was?«

»Ich fahre nicht zu den olympischen Spielen. Ich bin deinetwegen hergekommen.«

»Heißt das … Heißt das, du bleibst hier?«

Er rückt näher an mich heran. »Zwei Wochen. Bis zum Ende der Spiele, wenn es dir recht ist. Aber dann sitze ich bis Juni in Washington fest.«

»Ja! Und ob mir das recht ist!«

Josh lächelt verschmitzt. »Tatsächlich?«

Ich schubse ihn durch die Decke. Er fällt lachend auf die Seite und zieht mich zu sich herunter. Dann sieht er mir in die Augen und sein Lächeln erlischt. »Ich hab dich so vermisst.«

Ich reibe mir fröstelnd die Arme. »Ich habe *dich* vermisst.«

»Du frierst ja.« Er hält die Decke auf. »Komm her.«

Ich schlüpfe zwischen die Decken, Laken und Kissen. Kuschle mich an ihn. Die Steppdecke landet auf meinem

Rücken und umhüllt mich an seinem Körper. Ich drücke die Wange an seine nackte Brust. Er umarmt mich fester. Wir bleiben ganz ruhig liegen. Die Welt ist still bis auf unseren Herzschlag.

Ich blicke zu ihm auf.

Josh sieht mich an. Sein Herzschlag wird schneller.

Ich rutsche nach oben, bis unsere Nasen aneinandergedrückt sind. Ich küsse ihn auf den Mundwinkel und spüre, dass er lächelt, während er mich auf meinen küsst. Seine Finger wandern an meinem Rücken hinunter, als er den Reißverschluss meines Kleides öffnet. Er zieht es bis ganz unten, an meinen Knöcheln vorbei, und lässt es zu Boden fallen. Dann sind mein BH und meine Unterhose dran.

Als Letztes nimmt er mir die Halskette mit dem Kompass ab.

Unsere Küsse sind sanft. Neckend. Zurückhaltend. Unsere Haut ist zuerst kalt, dann warm, dann heiß. Unsere Küsse werden länger. Unser Atem wird schneller. Ich taste nach einem Kondom. Er drückt sich an mich, und es fühlt sich so gut, so intensiv an, dass ich aufschreie. Er blickt mir in die Augen, um sich zu vergewissern, dass alles okay ist, dass alles mehr als okay ist, und meine Hüften recken sich ihm zur Antwort entgegen. Er schließt vor Wonne die Augen und führt meinen Körper, wir finden unseren Rhythmus und sind endlich wieder zusammen.

Wir können die Worte nicht oft genug sagen.

Ich liebe dich.

Sie sind ein Gesang durch die Nacht, während wir uns langsam zusammen bewegen. Dann schnell. Langsam. Dann schnell. Erst im Morgengrauen schlafen wir ein. Joshs Körper ist um meinen geschlungen. Unsere Hände sind über meinem Herzen gefaltet. Wir liegen immer noch so, als uns mein Wecker eine Stunde später rasselnd aus dem Schlaf reißt. Ich drehe mich um und schalte ihn aus, stöhne vor Ärger auf und drehe mich zu Josh zurück. Ich kuschle mich wieder an seine Brust und seufze vor Glück.

Er nimmt meine Tentakelarme herunter. »Mmm, das geht nicht«, murmelt er.

Ich wimmere leise auf.

»Schule«, sagt er.

»Aber du bist doch hier. Das ist nicht fair.«

Er umarmt mich ungeachtet dessen, was er zuvor gesagt hat. »Ich muss meinen Koffer holen. Der steht noch in Merediths Zimmer in der Jugendherberge. Und ich will mich von den anderen verabschieden, bevor sie losfahren.«

»Kann ich da nicht mitkommen?«

Josh streichelt mir mit der Nase die Wange. »Ich werde hier sein, wenn du zurückkommst.«

»Ich hab die Tür reparieren lassen. Du brauchst einen Schlüssel.«

»Ich pass gut drauf auf.«

»Und wenn ich ihn dir nicht gebe?«

»Dann trete ich die Tür wieder ein.«

»In diesem Wohnheim fühle ich mich unglaublich sicher.«

Er lächelt und schiebt mich aus dem Bett. »Geeeeh.«

Ich will, dass er sich mit mir fertig macht. Das Haus ist jetzt laut und lebendig, deshalb können wir uns jetzt bewegen, ohne auf Zehenspitzen gehen zu müssen. Wir duschen, putzen uns die Zähne und föhnen uns die Haare, und alles ist ein doppelt so großes Wunder wie in Barcelona. Weil wir diesmal wissen, dass es uns niemand mehr wegnehmen kann. Dies wird unsere Zukunft sein.

Seine Sachen sind noch nass, deshalb trockne ich seine Hose mit dem Föhn und gebe ihm das T-Shirt zurück, das er mir an Thanksgiving geschickt hat. Es steckt in einem meiner Kissen. Als er es sieht, ist er traurig und glücklich und erstaunt. »Ich dachte, du hast es bestimmt weggeworfen. Ich habe immer noch den Schal im Bett, den du mir geschenkt hast.«

»Will ich zurück, okay?«

»Den Schal?«

Ich lächle. »Das T-Shirt.«

Josh erwidert mein Lächeln und zieht sich das Shirt über den Kopf. »Ich gebe es dir mit extra-neuem Geruch von mir zurück.«

Ich umarme ihn und schmiege meinen Kopf an seine Brust. »Muss ich wirklich heute zur Schule?«

»Ich bringe dich nicht noch einmal in Schwierigkeiten.«

Ich gucke überdeutlich auf die Tür und dann zu ihm.

»Na gut.« Er grinst. »Dafür würde ich vielleicht in Kauf nehmen, dass du schlecht dastehst.«

Als Kurt erfährt, dass Josh in meinem Zimmer ist, besteht er darauf, dass wir zum Mittagessen heimlich ins Wohnheim zurückkehren. Ich bin stolz auf ihn, weil er noch eine Regel verletzt, bin aber besorgt, was passieren wird. Aber ich bemerke nicht das geringste Zögern, als sie sich sehen. Josh begrüßt Kurt mit der gleichen aufrichtigen, begeisterten Umarmung, mit der er St. Clair verabschiedet hat.

»Ich hoffe, das sind Freudentränen«, sagt Kurt, als er mich ansieht.

»Ja, sind es«, antworte ich.

»Ich bin froh, dass ihr wieder zusammen seid«, wendet sich Kurt an Josh. »Und ich bin froh, dass du da bist.«

»Ich auch«, erwidert Josh.

»Mir ist Isla lieber, wenn ihr ein Paar seid. Das hätte ich vorher nicht gedacht – ich dachte, ich mag sie lieber ohne dich –, aber das war überhaupt nicht so.«

Josh lacht. »Freut mich zu hören.«

»Sie war keine angenehme Gesellschaft«, stellt Kurt fest.

Josh lacht noch lauter, erfreut über diese Nachricht, und ich knuffe Kurt in den Arm. Aber ich muss auch grinsen.

»Übernachtest du hier?«, fragt Kurt Josh.

Josh und ich spannen uns unwillkürlich an. Sicher durchlebt er die gleiche Erinnerung wie ich – Kurt, der nicht lügen kann. Barcelona.

»Ja«, antwortet Josh. »Ich will Isla nicht in Schwierigkeiten bringen, aber ich kann gut schweigen.«

»Von mir erfährt niemand was«, sagt Kurt schnell. »Und wenn mich Nate in die Enge treibt, sag ich ihm, du wohnst in der Jugendherberge und nicht hier.«

Ich merke Josh an, dass er genauso überrascht ist wie ich. »Das weiß ich zu schätzen«, sagt er. »Aber ich möchte nicht, dass du für uns lügst. Wenn wir erwischt werden, müssen wir das selbst ausbaden.«

Darüber denkt Kurt einen Moment nach. »Du hast dich verändert.«

Josh lächelt. »Du dich auch.«

»Ach so«, sagt Kurt. »Ihr solltet aber diesmal Hattie Bescheid sagen.«

»Auf jeden Fall«, sagen Josh und ich zusammen.

Wir bleiben still und glücklich zusammen. Josh lässt nicht zu, dass ich noch mehr Schulessen schwänze oder weitere Regeln verletze. Nur die eine, offensichtliche, dass ich einen Jungen in meinem Zimmer habe.

Es ist herrlich, mit ihm zusammenzuwohnen.

Während ich Hausaufgaben mache, zeichnet er. Jeder von uns hat seinen eigenen Raum in unserem gemeinsamen Reich.

Ich male mir aus, dass es in unserer Wohnung im nächsten Herbst auch so ist. Der Gedanke macht mich glücklicher, als ich für möglich gehalten hätte. Ich leihe mir Hatties Fernseher aus und angefangen bei den Eröffnungszeremonien schalten wir die Spiele nicht mehr aus. Der Geist der Spiele – vor allem, wenn man sich im Gastgeberland befindet – ist aufregend. Und was noch besser ist – der Ton des Fernsehers ist unglaublich praktisch, wenn man andere ungünstige Geräusche übertönen will.

Wie immer kommt der Eiskunstlauf der Frauen erst am Ende der Spiele. Als Erstes das Kurzprogramm, und wir sind ganz aus dem Häuschen, als Crickets Zwillingsschwester Calliope mit einer akrobatisch überragenden Leistung den ersten Platz macht. Die Kamera zeigt, wie Cricket und Lola auf der Tribüne vor Freude von ihren Sitzen aufspringen, aber die Kommentatoren konzentrieren sich stattdessen auf Calliopes Fluch. Sie sagen voraus, dass sie zu viel Angst haben wird, um ihren zweiten Wettkampf zu schaukeln.

»Warum lassen sie sie nicht einfach diesen Augenblick genießen?«, frage ich.

»Keine Sorge«, antwortet Josh. »Arschlöcher nehmen immer alles zurück, was sie gesagt haben.«

Zwei Abende später passiert es. Bei der Kür. Ihr Blick ist verbissen und ihr schwarzes Kostüm ist schimmernd und durchscheinend. Die Musik stammt aus dem *Romeo-und-Julia*-Film von 1968 und sie wird vor der ganzen Welt zu Julia – in der Liebe, im Tod. Sie gewinnt die Goldmedaille haushoch. Cricket und Lola fallen sich weinend in die Arme. Sogar Anna und St. Clair kann ich hinter ihnen auf und ab hüpfen sehen. Aber Calliope hat ein triumphierendes Grinsen im Gesicht.

»Hab ich doch gesagt«, stellt Josh fest, als könnte er die Zukunft vorhersagen. Aber vielleicht kann er das ja. Er wusste immer schon, was er will, und bekommt alles, worum er gebeten hat. Ich habe das nicht immer gewusst. Aber jetzt habe ich auch, was ich will. Der Rest davon, das Unbekannte … kommt schon noch.

Und ich freue mich darauf.

Das Medaillenprogramm ist zu Ende und wir schalten den Fernseher aus. Und als wir uns umeinanderschlingen, müssen wir uns der Tatsache stellen, dass auch unsere gemeinsame Zeit zu Ende geht. Josh hält mich fester, aber nicht fest genug, um die Uhr aufzuhalten. Am nächsten Abend wird die olympische Flamme gelöscht. Die Spiele sind vorbei. Und er ist weg.

Kapitel vierunddreißig

Es ist Mitternacht. Es ist brütend heiß.

Es ist Mitte Juni.

Ich überquere die Amsterdam Avenue unter einem klaren Himmel. Ich bin nervös, aber es ist eine gute Nervosität. Eine erwartungsvolle Nervosität. In den vergangenen paar Monaten sind die letzten Spuren von Schüchternheit und Zweifeln aus meinem Gang verschwunden. Ich habe den »richtigen Weg« gefunden.

Und ich gehe genau darauf zu.

Das goldene Licht aus dem Kismet zwinkert mir zu. Da. Im Fenster. Alles an diesem Moment ist genau so, wie ich es mir ausgemalt habe. Seine Schultern sind gerundet und der Kopf schräg nach rechts geneigt. Die Nase berührt fast das Stiftende. Sein Flieger aus Washington ist heute am frühen Abend gelandet.

Ich bleibe genau vor dem Fenster stehen. Das Licht auf seinem Papier ändert sich und er blickt auf. Wie lächeln uns sanft an.

Ich lege die Hand an die Scheibe. Ich forme mit den Lippen ein *Hi*.

Josh berührt die andere Seite. *Hi*.

Er nickt in Richtung Tür. Ich soll hereinkommen. Ich öffne sie, und der warme Duft von starkem Kaffee schlägt mir entgegen. Josh steht auf. Ich gehe direkt in seine ausgebreiteten Arme. Wir küssen uns und küssen uns und küssen uns. Er schmeckt wie Josh. Er riecht wie Josh. Er fühlt sich an wie Josh.

»Du bist so real«, stelle ich fest.

Er berührt meine Wange. »Das habe ich auch gerade gedacht. Ich liebe dein reales Ich. Ich habe dein reales Ich vermisst.« Sein Finger ist mit frischer Tinte beschmiert, und ich spüre, wie sich ein winziger Tropfen auf meine Haut drückt. Josh will ihn wegwischen, aber ich hindere ihn daran.

»Bitte«, sage ich. »Lass ruhig. Ich habe dein reales Ich auch vermisst.«

Josh drückt meine beiden Hände mit seinen.

»Woran arbeitest du?«, frage ich.

»An der letzten Seite.« Er deutet auf den Tisch, auf dem eine Bleistiftskizze in Tintenstriche verwandelt wird. Es ist eine Zeichnung von uns, in diesem Lokal, in diesem Augenblick.

Ich sehe lächelnd zu ihm auf. »Wunderschön. Aber was kommt als Nächstes?«

»Der beste Teil.« Und er zieht mich wieder in seine Arme. »Das Glück bis an unser Lebensende.«

Danksagung

Dieses Buch – und ich selbst – sind bei drei verschiedenen Gelegenheiten vor dem Abgrund bewahrt worden: 1) im November 2011 von Carolyn Mackler und Sara Zarr, 2) im Juli 2012 von Holly Black und 3) in täglichen Telefonaten mit Myra McEntire. Ich werde immer dankbar für ihre Anteilnahme, Fürsorge und Ratschläge sein. Danke, ihr erstaunlichen Frauen, ihr.

Myra, du verdienst deinen eigenen Absatz. Weil … TWYLA.

Danke, Kate Schafer Testerman, dass du mein Fels warst. Mein gut gelaunter, ermutigender, zäh wie ein Olympiaturner seiender Fels.

Danke, Julie Strauss-Gabel, für deine unvergleichliche Geduld und Intuition. Dafür, dass du meine drei Mädchen als Individuen angesehen und mir geholfen hast, ihre Welten zu erschaffen. Weiterer Dank gilt allen in der Penguin Young Readers Group dafür, dass sie mir gleichermaßen Unterstützung und Begeisterung haben zukommen lassen. Ausrufezeichen für: Lindsey Andrews, Lauren Donovan, Melissa Faulner, Anna Jarzab, Rosanne Lauer und Elyse Marshall.

Liebe Grüße und unendlicher Dank gehen an meine Familie: Mom, Dad, Kara, Chris, Beckham, J.D., Fay und Roger. Und auch an dich, Mr Tumnus.

Danke, Kiersten White. Worte scheint es nie genug zu geben, wenn ich dir danken will. Du hast mir so lange zugehört, als ich über diesen Roman gesprochen habe. Nur wenige Menschen hätten das mit so viel aufrichtigem Mitgefühl und Verständnis gekonnt.

Dank geht auch an meine Asheville-Freunde: Alexandra Duncan, Alan Gratz, Beth Revis, Megan Shepherd und Meagan Spooner. Alle in Malaprop's Bookstore and Café. Und besonders an Lauren Biehl dafür, dass sie persönlich dafür gesorgt hat, dass ich wieder gesund und glücklich werde.

Dank an Gayle Forman und Daisy Whitney für das einwandfreie, ehrliche Feedback. Dank an Jim Di Bartolo für meine stetige Weiterbildung im Bereich Comics, Manning Krull und Marjorie Mesnis dafür, dass es ihretwegen so aussieht, als könnte ich Französisch, Hope Larson und Delia Sherman dafür, dass sie meine äußerst speziellen Fragen beantwortet haben, Brian Sulkis für die großartige Gesellschaft und Inspiration und Jon Skovron dafür, dass er mich auch durch den Furcht einflößendsten Lernstoff geführt hat. Und danke, Natalie Whipple, dafür, dass du so viel Zeit darin investiert hast, mir etwas zu einem Thema beizubringen, das es in diesem Roman nicht mehr gibt. Du bist eine fantastische Verbündete.

Dank geht an alle netten Leser, Autoren, Buchhändler, Bibliothekare, Pädagogen und Nerdfighter, denen ich auf meinen Reisen begegne. Eine dicke Umarmung geht an Robin Benway, Amy Spalding, Margaret Stohl, Laini Taylor, Jade Timms und alle auf dem Rückzug in San Miguel de Allende dafür, dass ihr zugehört und an den richtigen Stellen gelacht habt.

Und schließlich – Dank an Jarrod Perkins. Ich weine jetzt, nur weil ich deinen Namen getippt habe. Ich liebe dich mehr als *irgendjemand sonst. Immer. Mal hundertmillionenmal*. Étienne, Cricket und Josh – sie waren alle du, aber keiner von ihnen kam nur ansatzweise an dich heran. Du bist mein bester Freund. Du bist meine wahre Liebe. Du bist mein Glück bis an mein Lebensende.

Huntley Fitzpatrick

Mein Sommer nebenan

512 Seiten, ISBN 978-3-570-40263-4

Samantha Reed liebt die Garretts heiß und innig – doch nur aus der Ferne. Die 10-köpfige Nachbarsfamilie ist tabu, denn die Garretts sind alles, was Samanthas Mutter ablehnt: chaotisch, bunt und lebensfroh. Aber eines schönen Sommerabends erklimmt der 17-jährige Jase Garrett Samanthas Dachvorsprung und stellt ihr Leben auf den Kopf. Sie verliebt sich mit Haut und Haaren und wird von den Garretts mit offenen Armen aufgenommen. Eine Zeit lang gelingt es Samantha, ihr neues Leben vor der Mutter geheim zu halten. Doch als ein Autounfall die Garretts aus der Bahn wirft, muss Samantha eine schwere Entscheidung treffen ...

40236

www.cbj-verlag.de

Morgan Matson

Dreizehn Wünsche für einen Sommer

480 Seiten, ISBN 978-3-570-15981-1

Emily kann es nicht glauben: Ihre beste Freundin Sloane ist verschwunden, einfach so. Keine Erklärung, kein Abschied, nichts. Das einzige Lebenszeichen, das Emily ein paar Tage später erhält, ist ein Brief mit einer merkwürdigen Liste, eine To-do-Liste wie es scheint. Soll Emily sich damit die Zeit bis zu Sloanes Rückkehr vertreiben? Da es das Einzige ist, was ihr von Sloane bleibt, macht sie sich daran, die Dinge auf der Liste abzuarbeiten. Äpfel pflücken in der Nacht? Kein Problem. Tanzen bis zum Morgengrauen? Klar, warum nicht. Einen Fremden küssen? Nacktbaden? Moment mal ... Schnell wird Emily klar, dass Sloanes Liste sie ganz schön herausfordert. Doch als ihr unerwartet der gut aussehende Frank zu Hilfe kommt, steht ein unvergesslicher Sommer bevor ...

20207

cbj

www.cbj-verlag.de